KB007537

락다운
LOCKDOWN

락다운
LOCKDOWN

피터 메이 지음

고상숙 옮김

북레시피

"이 바이러스는 내가 본 최악의 바이러스다……
우리는 어디에도 숨을 수 없을 것이다."

로버트 웹스터
바이러스 학자
미국 테네시주 멤피스
세인트 주드 소아 연구 병원

들어가는 말

2005년 『블랙하우스*The Blackhouse*』나 『특별한 사람들 *Extraordinary People*』(엔조Enzo를 주인공으로 한 첫 번째 시리즈물)의 출판사를 찾는 데 난항을 겪을 무렵 조류독감 팬데믹을 배경으로 한 범죄소설을 구상하기 위해 자료조사에 착수했다.

당시 과학자들은 H5N1이라는 조류독감이 팬데믹을 유발할 것으로 예측하고 있었다. 1918년에는 스페인 독감으로 인해 전 세계적으로 2천에서 5천만에 달하는 사람이 목숨을 잃었는데 사망률이 60퍼센트 혹은 그 이상에 이르는 조류독감으로 인한 사망자는 이를 훨씬 능가할 것으로 예측되었다.

이미 중국을 배경으로 하는 스릴러 연재물인 『가물치*Snakehead*』를 집필하기 위해 스페인 독감에 대한 조사를 했기 때문에 이 주제에 대해 나름 꽤 정통한 지식을 확보했다고 자부해온 나로서는 당시 H5N1에 대한 조사를 통해 내가 무엇을 알게 될지 그리고 조류독감 유행이 전 세계에 어떠한 공포를 불러올지에 대해서는 전혀 알 수 없었다.

나는 팬데믹이 야기할 혼란 그리고 그로 인해 우리 사회가 어떤 방식으로, 얼마나 빠르게 붕괴될 수 있는지 그 가능성에 대해서 조사를 하기 시작했다. 그러다가 영국 런던을 팬데믹의 진원지이자 이야기의 배경으로 삼아 완전히 봉쇄된 도시로 설정하는 소설을 구상하게 되었다. 소설은 응급 병원을 짓고 있는 건축 현장에서 일하던 인부들이 공사 중 어린아이의 뼈를 발견하며 시작된다. 그리고 맥닐 형사는 가족이 바이러스에 감염된 와중에 이 사건에 대한 수사를 맡게 된다.

나는 주문에 걸린 것처럼 6주에 걸쳐 밤낮없이 원고를 써 내려가 탈고했지만, 『락다운』은 출판사를 찾지 못했다. 당시 영국의 편집장들은 H5N1이라는 일종의 보이지 않는 적의 공격을 받게 되는 런던에 대한 묘사를 비현실적인 것, 그리고 절대 일어나지 않을 것이라고 생각했다. 내가 조사한 자료들을 통해 실제로 그러한 상황이 발생할 수 있는 현실성이 충분히 입증되었음에도 불구하고 말이다. 그때쯤 한 미국 출판사가 엔조 시리즈에 대한 판권을 인수했고, 중국 스릴러 연재물이 미국에서 처음으로 출판되었다. 덕분에 나의 관심은 대서양의 반대쪽으로 향하게 되었고, 『락다운』 원고는 내 드롭박스의 한 폴더에 담긴 상태로 잊혔다. 지금까지 말이다.

이렇게 책의 서문을 쓰면서도, 나는 프랑스에 있는 내 방구석에 처박혀 특별한 경우가 아니면 집을 나가지 못하고 있다. 새로운 코로나 바이러스가 온 세상을 들쑤시고 다니며 우리가 알고 있던 모습의 사회가 빠른 속도로 붕괴되고 있다. 코로나 바이러스로 인한 사망률은 조류독감의 몇 분의 일에 불과하지만, 정치인들은 전 세계에 퍼진 코로나 바이러스와 씨름하며 바이러스가 유발한 혼란 및 공포와 싸우느라 반쯤 혼이 나가 있다. 이러한 상황은 이 소설 『락다운』에 기술된 상황과 소름 끼치도록 유사하다. 나는 바로 지금이 드롭박스 안에서 먼지를 뒤집어쓰고 있던 원고를 꺼내어 독자들과 공유할 때라는 생각이 들었다. 이 소설을 통해 앞으로 상황이 얼마나 더 악화할 수 있는지 깨닫는 계기가 되길 바란다.

프랑스에서,
피터 메이

차례

프롤로그

짙은 어둠 속에서 비명이 울려 퍼졌다. 공포에 사로잡혀 절규하는 비명 소리를 들었다면 누구든 팔이나 어깨 혹은 목덜미 또는 온몸의 털이 곤두섰을 터였다. 하지만 이 낡은 집의 두꺼운 벽은 그 밤의 공포를 꽁꽁 감싸 안아버렸고, 그 덕분에 세상의 어느 누구도 이 소리를 듣지 못하고 말았다.

어둠 속에서 남자가 욕을 하며 씩씩거리다가 침을 뱉었고, 여자아이는 숨을 죽인 채 계단에서 소리를 듣고 있었다. 그리고 그 아이는 지금까지 믿었던, 심지어 사랑했던 남자가 자신을 해치려 하는 이 상황을 이해할 수가 없었다. 어떻게 이럴 수가 있을까? 고문과도 같은 긴 병에 시달릴 때 그는 다정한 손길로 열이 펄펄 끓는 이마를 짚어주곤 했었다. 그 느낌을, 그의 연민에 찬 눈빛을 똑똑히 기억하고 있는데. 그런데 지금 그의 눈은 분노와 악의로 타오르고 있었다.

아이는 숨소리라도 들킬까 숨을 참고 있었고, 그는 계단 위쪽으로 올라가고 있었다. 그는 아이가 꼭대기 층에 있다고 생각하는 듯했다. 아이는 서재에서 슬그머니 나와 계단에 비친 그의 그림자가 다락방으로 올라가는 것을 지켜보았다. 그리고 돌아서서, 작은 발로 두꺼운 카펫 위를 살금살금 걸어가 불투명한 유리창을 뚫고 쏟아지는 빛을 따라 마루의 끝으로 갔다. 이어 절박한 손으로 현관의 손잡이를 당겨보았다. 하지만 문은 굳게 잠겨 있었다. 밖으로 나갈 수 있는 방법이 없었다.

맨 위층에 아무도 없음을 확인하고 분노에 차 고함을 지르는 소리에 아이는 그 자리에서 얼어붙고 말았다. 잠시 동안 아이는 어찌할 바를 몰라 망설였다. 지하실로 가는 길은 계단 아래 있는 화장실에서부터 이어져 있었다. 일단 아래로 내려간다면 그 안에 갇혀 옴짝달싹할 수 없게 될 것이었다. 그곳에는 옆집과 골목으로 이어지는 오래된 석탄 활송 장치가 있는데, 아이의 체구가 작기는 했지만 그 공간을 비집고 들어가기에는 역부족이었다.

쿵쿵거리며 내려오는 발소리에 온 집안이 흔들렸고 공포에 질린 아이가 몸을 돌렸을 때 앞에는 작은 여자아이가 서 있었다. 눈앞에 나타난 유령 같은 아이는 하얀 잠옷을 입고 있었으며 짧은 흑발이었다. 검은 눈동자에 가로로 긴 아몬드 모양의 눈매를 하고 있었다. 그 모습을 보자 마치 칼날에 찔린 듯한 공포가 엄습했는데, 아이는 바로 다음 순간 그것이 공포로 인해 일그러진 자기 모습임을 깨닫고 움찔하였다.

"초이!" 계단에서 외치는 그의 목소리와 동시에 불현듯 몇 달 전 집을 안내해준 아줌마가 한 말이 떠올랐다. 다이닝룸 벽에 있는 가벽과 한 번도 사용한 적 없는 그 방. 햇빛과 등불이 번갈아가면서 블라인드의 모퉁이를 비춰주던 그날 어둠 속의 그 방은 후덥지근하게 달아올라 있었다. 부동산 직원이 작은 탁자를 옮기고 가벽을 치우자 그 뒤에 있던 문이 모습을 드러내었다. 오래된 하얀색 문의 동그란 손잡이를 돌리면 그 너머로 어둠 속에 웅크리고 있는 공간이 나타난다. 그 습하고 춥고 케케묵은 벽돌 방에서 여섯 가족이 불을 끄고 숨어 폭탄을 피했다고 했다.

초이는 '블리츠(Blitz. 런던 대공습)'라고 했을 때 그게 무슨 뜻인지 알지 못했다. 어른들은 세계대전 당시 독일 폭격기들이 런 던 공습을 마치고 남쪽으로 돌아갈 때, 남은 폭탄을 이 불쌍한 지역에 떨궈버리고 갔다고 했다. 그래서 사이렌이 울릴 때면 사 람들은 쥐처럼 이 방으로 몰려 들어가 어둠 속에 몸을 숨기고 폭 격기가 지나가길 기다리며 기도했다고 했다. 초이의 이름을 부 르는 소리가 또 들려왔다. 아이는 마치 50여 년 전 그 시절 사이 렌 소리라도 들은 것처럼 당황하여 지하실로 향했다.

서둘러 작은 탁자를 옆으로 밀고 작은 손으로 진한 파란색 패 널의 고리를 풀기 위해 씨름을 하기 시작했다. 계단을 타고 내려 온 발소리가 마루를 거쳐 이제 바로 위 큰 방에서 울렸다. 허둥 지둥 패널을 한쪽으로 밀고 문을 열자 어둠 속 공간이 나타나며, 춥고 습한 공기가 아이를 감싸 안았다. 아이는 안으로 들어가 패 널을 끌어 원래의 자리로 가져다 놓았다. 안쪽에서는 패널 고리 를 걸 수 없기 때문에 그저 그가 눈치채지 않기만을 기도할 뿐이 었다. 문을 닫자, 모든 불빛이 사라졌다. 아이는 쪼그리고 앉아 서 온기를 찾아 팔로 다리를 감싸 안았다. 너무 춥고, 너무 어두 웠다. 마치 세상의 마지막처럼 느껴졌다. 나가는 문은 없었다. 어떻게 여섯 사람이 이 좁은 공간에 들어와 있었을지 상상도 되 지 않았다. 사방에 폭탄이 떨어지는 소리를 들으면서 다음 폭탄 이 내 머리 위로 떨어질 수도 있다는 두려움에 떠는 게 어떤 것 일지 상상조차 할 수 없었다. 하지만 지금 들려오는 목소리의 실 체인 남자의 모습이나, 그가 가지고 다니는 칼날에 불빛이 반사 되는 장면은 상상하지 않아도 훤히 그려졌다. 광둥의 고아원에 서 보냈던 시간은 너무 머나먼 기억이 되어버렸고, 그곳에 있었던 아이는 이제 다른 사람처럼 느껴졌다. 고작 6개월 만에 너무나 많은 것이 변했다. 하지만 그때의 삶은 영원처럼 느껴졌고 또 다른 삶은 마치 꿈의 그림자처럼 생각되었다.

얕고 빠른 호흡 소리가 너무나 크게 들려 미칠 것 같았다. 숨이 막힐 것 같은 그 순간 복도에서 발소리가 들려왔다. 무거운 발소리가 바닥을 울리며 서서히 다가오고 있었다. 아이의 이름을 부르는 그 목소리에는 분노가 담겨 있었다. 그러고는 정적이 이어졌다. 그 짧은 정적이 아이에게는 마치 몇 시간처럼 느껴졌다. 아이는 숨을 참았다. 숨소리를 내면 분명 그가 들을 수 있을 테니까. 숨 막히는 정적이 이어지다 마침내 문 너머에서 패널 긁히는 소리가 들리자 아이는 너무 놀라 자신도 모르게 헉하는 소리를 지르고 말았다. 마치 누군가가 가슴을 주먹으로 사정없이 때리고 있는 것처럼 심장이 빠르게 뛰었다.

손잡이가 돌아가자 문이 열리고, 아이는 벽에 등을 바싹 붙여 보지만 더 이상 갈 데가 없었다. 홀에서 흘러나오는 불빛에 그의 실루엣이 보였고, 아이의 입에서 새어 나온 숨결이 차가운 공기 속에서 연기처럼 모습을 드러내었다. 그는 천천히 몸을 굽혀 아이 쪽으로 손을 뻗었다. 얼굴을 볼 수는 없지만 그의 얼굴에 미소가 번지는 것을 느낄 수 있었다.

"자, 이제 아빠한테 오렴." 그가 부드럽게 속삭였다.

1

아치비숍 공원의 친구들은 — 아직 살아 있는 사람들은 — 입에서 피를 쏟고 있었다. 그리고 이미 죽은 사람들은 무덤에서 개탄하고 있을 것이 분명했다. 지난 몇 년 동안 램버스 지역 사람들을 위한 휴식 공간으로써 이 쾌적한 대지를 보존하고자 했던 노력은 의회에서 통과된 비상 법령 하나로 단박에 물거품이 되어버렸다. 총안(몸을 숨긴 채로 총을 쏘기 위하여 성벽, 보루 따위에 뚫어놓은 구멍-역주)이 만들어져 있는 성의 작은 탑 위로 깃발 하나가 어둠 속에서 흐느적거리고 있었다. 성에는 대주교가 거주하고 있지만, 여섯 시간에 불과했던 밤의 정적을 깨고 새벽 5시부터 작업을 시작한 불도저 탓에 그가 아직 잠이 들어 있을 리는 만무했다. 공원을 자치구에 내어주고 떠난 그의 전임자들도 마찬가지로 평화롭게 쉴 수 없을 터였다.

아크등이 현장을 밝히고 있었다. 한때 아이들이 뛰어놀던 마당, 아이들의 목소리가 울려 퍼졌던 이곳은 이제 밤낮없이 돌아가는 굴착기들이 흙을 뒤엎으며 내는 굉음에 묻혀버렸다. 축구장과 농구경기장 바닥은 다 뜯어져 나간 채로 한쪽에 내팽개쳐져 있었고, 훼손된 그네와 놀이 기구의 잔해는 공원 서쪽 방면에 위치한 버려진 건물 근처에 쌓여 있었다. 한때 화장실이 있었던 공간은 카페가 들어설 예정이었지만 역시 와해된 상태로 방치되어 있었다. 이곳에서의 작업은 무엇보다 시간 엄수가 가장 중요하여 18시간씩 교대조를 짜고 수백 명의 인력이 동원되었다. 업무 시간이 길고 힘들어도 불평하는 사람은 하나도 없었다. 돈을 벌어 마땅히 쓸 곳이 없기는 했지만 임금이 두둑했기 때문이다.

오렌지색 멜빵 작업복과 안전모를 착용하고 흰색 마스크를 쓴 인부들은 말없이 일만 하고 있었다. 어떤 주제라도 대화를 나누는 이 하나 없이 간격을 유지하고 작업에만 몰두했다. 마스크 안에서부터 내뿜는 담배 연기가 세밀한 섬유 사이를 뚫고 나오며 니코틴 자국이 남아 동그란 모양을 그리고 있었다. 인부들이 피우고 버린 담배꽁초를 태우기 위해서 한쪽에는 화롯불이 계속 타고 있었다. 담배꽁초에 묻은 타액을 통해서도 감염은 너무나 쉽게 확산되었기 때문이다.

어제는 기초 공사를 하기 위해 큰 구덩이를 팠고, 오늘은 그 구덩이에 콘크리트를 채워 넣기 위한 대형 레미콘 트럭이 줄줄이 도착했다. 현장에서는 거대한 크레인이 이미 철골보를 들어 올려 제자리에 넣을 준비를 하고 있었다. 어제 오후 긴급위원회로부터 파견된 대표단은 인근 웨스트민스터에서 이곳까지 걸어와 절망의 상황 속에서 승인할 수밖에 없었던 이 파괴의 현장을 희망과 두려움이 교차하는 오묘한 표정으로 지켜보았다. 비록 하얀색 마스크로 얼굴이 가려져 있었지만, 눈에 담긴 불안을 숨길 수 없었다. 그들 또한 고요한 정적 속에서 현장을 바라보았다.

레미콘과 채굴기가 돌아가는 소리를 뚫고 누군가가 어둠 속에서 손을 들고는 멈추라고 소리를 지르기 시작했다. 북서쪽 모퉁이, 3미터 정도 되는 큰 구덩이의 끄트머리에 걸터앉아 있는 키가 크고 다부진 체구의 남자였다. 회색 진흙을 분출하려던 콘크리트 활송 장치가 공중에 크게 한번 휘적이고는 멈춰 섰다. 남자는 구덩이의 한구석에 쭈그리고 앉아 어둠 속을 뚫어지게 쳐다보며 "저 안에 뭔가가 있어요!"라고 소리쳤고, 현장감독은 화가 난 듯 진흙을 성큼성큼 밟으며 그를 향해 걸어갔다.

"이렇게 어물쩍거릴 시간 없는 거 몰라요?!" 현장감독은 시멘트를 치기 위해 작동키를 잡고 있던 남자를 향해 두꺼운 장갑 낀 손을 휘저었다. "자, 시작해요!"

"아니, 잠깐만." 큰 키의 남자가 가뿐하게 구멍 속으로 뛰어들어가며 시야에서 사라졌다.

현장감독은 하늘을 향해 눈을 치켜들며 외쳤다. "세상에!! 여기 조명 좀 비춰봅시다."

삼각대가 덜커덩거리며 아래쪽을 향해 조명을 비추는 동안 인부들이 구덩이 주위에 모여들기 시작했다. 그 키 큰 남자는 작고 어두운 물체 위로 몸을 구부리고 있었다. 그는 자기를 향해 집중된 눈동자들을 올려다보려다 조명이 너무 환해 반사적으로 눈을 가렸다. "여기 여행가방이 있어요." 그가 말했다. "가죽으로 된 것 같은데. 제기랄, 고작 쓰레기나 갖다 버리라고 우리가 이 구멍을 파고 있는 걸로 알았나."

"알겠으니까, 일단 거기서 나와요." 현장감독이 소리쳤다. "이렇게 질질 끌 여유가 없다고."

"가방 안에 뭐가 있나요?" 누군가가 소리쳐 물었다.

키 큰 남자는 소매로 이마를 한번 훔치고는 가방을 열기 위해 장갑을 벗었다. 뭐가 들었는지 들여다보기 위해 사람들은 모두 몸을 가까이 기울였다. 그리고 순간 남자는 전기에라도 감전된 것처럼 흠칫 놀라 뒤로 물러났다. "제기랄!"

"아니 뭔데 그래요?"

사람들 눈에는 조명을 받아 반짝이는 하얀색의 물체가 보였다. 구덩이 안에 있는 남자가 숨을 헐떡거리며 위를 쳐다보았다. 이미 수면 부족으로 허여멀건 남자의 얼굴에 남아 있던 얼마 안 되는 핏기가 모두 가신 듯했다.

"아니 도대체 뭐가 들어 있길래 그래요?" 현장감독은 초조한 듯이 물었다.

구덩이 안에서 남자가 조심스럽게 가방 안을 쳐다보며 말했다. "뼈예요." 숨죽여 말했지만 모두가 똑똑히 알아들을 수 있었다. "사람 뼈."

"그게 사람 뼈란 걸 어떻게 알아요?" 사람들 무리 중 누군가가 물었다. 깜짝 놀랄 만큼 시끄러운 목소리였다.

"왜냐면, 지금 망할 두개골이 나를 올려다보고 있거든." 그러면서 이 키 큰 남자는 자기의 두개골을 돌려 위쪽을 올려다보았는데 두개골 사이의 피부가 팽팽하게 당겨져 있는 듯했다. "그런데 어른의 뼈라기엔 너무 작은데. 이건 분명 어린아이의 뼈예요."

***

맥닐은 멀리 어딘가 그가 있으면 안 되는 곳에 있었다. 그곳은 따뜻하고 편안하고 안락한 곳이었다. 하지만 마음속 한편에 무언가를 잊은 듯, 혹은 놓친 듯한 느낌이 들어 이상하게 꺼림칙했다. 그러다 불현듯 그는 소스라치게 놀라며 몇 달 동안 출근하지 않았다는 사실을 깨달았다. 어떻게 그런 걸 잊을 수가 있을까? 하지만 이번이 처음이 아니었다. 그건 확실했다. 희미한 기억이 남아 있었다. 뭐라고 둘러대야 하나? 어디 가서 뭘 했다고 변명할 것인가. 머리가 아파왔다.

휴대폰이 울리는 소리가 들렸고 맥닐은 상대방이 누구인지 짐작이 갔지만 전화를 받고 싶지 않았다. 무슨 말을 할 수 있을까? 월급은 계속 들어오는데 출근해서 얼굴이라도 비친 게 한참이니…… 아마 다른 사람들이 그의 빈 자리를 채우며 교대조를 돌리고 있었을 것이다. 그러면서 그를 욕하고 있을지도 모를 일이었다. 휴대폰 벨소리가 계속해서 울리고 있었지만 맥닐은 여전히 전화를 받고 싶지 않았다. "조용히 좀 하라고!" 휴대폰에 대고 소리를 질렀다. 하지만 그런 그를 무시하는 듯이 계속 울려대는 휴대폰 소리는 마치 심장을 칼로 찌르는 듯 느껴졌다. 받을 때까지 그렇게 울릴 태세였다. 이마에서 주르르 땀이 쏟아져 내렸다. 무엇인가가 그를 옥죄고 있었다. 벗어나려 하면 할수록 더욱 옴짝달싹할 수 없이 죄고 들어왔다. 그는 뒤척이다가 허공에 발을 차고 숨을 몰아쉬며 일어나, 겁먹은 커다란 눈으로 천장을 쳐다보았다. 꿉꿉한 베개에 눌려 짧은 머리가 헝크러져 있었다. 천장을 노려보는 그의 눈에 06:57이라고 적힌 디지털 숫자가 들어왔다. 그것은 그가 유일하게 집에서 가지고 나온 물건이자, 선이 준 선물이었다. 천장에 적외선 빛을 쏘아 현재 시각을 알려주는 알람 시계 덕분에 그는 불면의 시간 동안 시간을 확인하기 위해 굳이 고개를 돌릴 필요가 없었다. 천장을 바라보면 언제나 시간이 얼마나 느리게 흘러가는지를 그 숫자가 상기시켜주었기 때문이다.

물론, 맥닐은 션이 직접 그 시계를 산 게 아니란 사실을 알고 있었다. 이런 기기를 좋아하는 그의 취향을 잘 아는 사람은 마샤였지만, 맥닐에게 그것을 선물하는 기쁨을 누린 사람은 션이었다. 그리고 그 물건을 건네줄 때 션은 오직 아이만이 느낄 수 있는 순수한 기쁨을 온전히 누리고 있었다. 선물을 주면서 본인이 선물을 받을 때와 같은 진정한 기쁨을 누리고 있는 게 느껴졌다.

맥닐은 땀으로 젖은 침대 시트를 걷어 젖히고 두 다리를 침대 모서리에 걸쳤다. 곧 차가운 공기가 그를 감쌌고, 전화벨은 여전히 그에게 일어나라고 외치듯이 계속 울리고 있었다. 그리고 꿈에서와 마찬가지로 이 전화는 꺼지지 않을 것이었다. 그는 침대 옆에 있는 캐비닛으로 손을 뻗어 전화를 받으며 입술을 깨물었다. "네?"

"맥닐, 술은 다 깼겠지?"

말을 하기 위해 입천장에 붙어 있던 혀를 떼어내자 입안에서 오랫동안 찌든 위스키 같은 냄새가 났다. 그는 눈을 비비적거리며 대답했다. "제 근무시간 아닌데요."

"맞아. 자네 근무시간이야, 2교대라고. 오늘이 마지막 날이니까 잘 버텨봐. 또 두 명이 줄었어."

"제기랄."

"제기랄 맞아. 바로 우리 뒷마당에 누가 뭘 버리고 갔어. 지금 현장에 갈 사람이 자네밖에 없어."

맥닐은 고개를 뒤로 기대어 흐릿한 눈으로 천장에 떠 있는 커다란 시계를 바라보았다. 어차피 해가 중천에 떠 있을 때는 절대 잠을 못 자니까 일이라도 하는 편이 나을 듯했다. "무슨 사건입니까?"

"인골人骨이 나왔어. 아치비숍 공원 건축 현장에서 일하는 인부들이 구덩이 속에서 발견했대."

"그럼 경찰이 아니라 고고학자를 불러야 할 사건 아닌가요?"

"여행가방 안에서 사람 뼈가 발견된 거야. 그리고 전날만 해도 그런 뼈가 없었단 말이지."

"아……."

"바로 가는 게 좋을 거야. 정부에서 나온 사람들이 그것 땜에 작업이 중단됐다고 난리를 치고 있대. 가서 빨리 처리해. 알았지? 성가시게 만들지 말자고."

전화기가 치직거리는 소리에 맥닐은 얼굴을 찡그렸고, 랭은 전화를 끊었다.

맥닐은 방 맞은편 화장실에서 이를 닦으며 거울에 비친 공허한 남자의 모습을 바라보았다. 김이 서려 있는 머그컵 안에는 각기 다른 주인들의 칫솔들이 한데 담겨 있었다. 그는 모든 물건을 방에다가 두고, 화장실에서는 아무것도 만지지 않았다. 심지어 수도꼭지를 만지기 전에는 꼭 소독을 하고 세척했다. 이제 면도를 해야 했다. 두세 시간 정도 잠을 더 잤다면 다크서클이 조금 옅게 끼었을지도 모르지만 그 어떤 것도 지난 몇 달간의 상처를 되돌릴 수는 없었다. 아직 마흔도 되지 않았지만 스트레스로 찌든 얼굴은 쳐다보기 힘든 몰골이었다.

까칠하게 자란 수염을 면도하던 중 옆방에서 인기척이 느껴졌다. 자동차 영업사원이었다. 맥닐이 처음 이곳에 방을 구하던 날 1층에 살고 있던 집주인은 세입자들을 소개해주었다. 먼저, 자격정지 처분을 받은 이혼한 의사. 웬만한 병치레에는 약을 구해주는 수완이 있어 이런 시기에 더더욱 가까이 두기 유용한 사람이었다. 그다음, 자동차 영업사원. 집주인은 그를 동성애자라고 생각하는 듯했으나 동성애자를 인정할 준비는 되어 있지 않아 보였다. 그리고 지금은 명칭이 바뀐 철도노동조합 단체에서 일하는 직원 두 사람. 한 명은 맨체스터에서, 또 다른 한 명은 리즈에서 온 사람이었다. 그들은 런던에 있는 조합의 집행위원회에서 활동하고 있다고 했다. 이 건물에 사는 세입자 중 여자는 딱 한 명 있었는데, 좀 냄새가 나고 살날이 많아 보이지 않는 몰골이었다. 집주인은 그 여자가 마약쟁이라고 확신했지만 방세를 따박따박 잘 내고 있기 때문에 달리 흠잡을 데가 없었다.

어딘가 잘못 찾아 굴러들어온 것처럼 보이는 인간 군상들이 모인 이 기묘한 조합은 살아 있지도 그렇다고 죽은 것도 아닌 일종의 땅거미 속에서 사회의 변두리를 떠도는 사람들이었다. 이들은 그저 숨을 쉬며 존재하고 있었다. 처음 이곳에 왔을 때 — 그게 정말로 고작 다섯 달 전이라는 게 믿을 수 없었다 — 맥닐은 자신이 아웃사이더처럼 느껴졌다. 자기는 이러한 군상들이 모인 곳을 밖에서 들여다보고 있는 일종의 관찰자라고 생각했다. 그는 그곳과 어울리지도 않았으며 그곳에서 계속 살 생각도 없었다.

하지만 다른 사람들도 역시 그런 생각을 한 번쯤은 했을 것이었다. 그리고 이제 그는 다른 세입자들과 마찬가지로 이곳에서 벗어날 수 있는 방법을 찾을 수 없다. 그는 더 이상 밖에서 안을 들여다보는 아웃사이더가 아니었고, 이미 그들과 같이 안쪽에 들어가 그 안에 정착해 밖을 내다보는 상황이 되어 있었다.

그가 이 지역을 선택한 것은 이곳이라면 션을 데려올 수도 있겠다고 생각했기 때문이었다. 이 지역은 슬럼가도 아니었고, 희미하게나마 인간적인 품위가 남아 있는 곳이었다. 길가의 끝자락에는 하이베리 필드가 있었는데 그곳은 션과 공차기 놀이도 하고, 만약 개를 키운다면 개를 산책시키기에도 좋은 곳이었다. 거리의 이름들 또한 고향같이 느껴지는 구석이 있었다. 애버딘, 켈빈, 시포스, 퍼거스와 같은 이름들은 오래전에 떠나온 고향 스코틀랜드가 떠오르는 친근하고 편안한 이름들이었다. 하이베리 코너에서 조금만 올라가면 수영장이 있었는데, 집주인의 말로는 예전에는 야외 수영장이었지만 후대 사람들이 그 주위에 벽을 짓고 지붕을 얹어버려 실내 수영장이 되었다고 했다. 맥닐은 그곳에서도 션과 좋은 시간을 보낼 수 있을 것이라 생각했다. 그리고 시즌 티켓을 구해 에미레이츠 스타디움에서 하는 프리미어리그 경기를 보러 갈 생각이었다.

하지만 션의 엄마는 아들이 도시를 가로질러 이즐링턴으로 오가는 것에 반대했다. 비상사태가 끝나면 가능할지도 모르겠지만 현재로선 너무 위험하다고 말했다.

맥닐은 코트를 걸치고 옷깃을 세웠다. 양복은 구겨져 다림질이 필요해 보였고 흰색 와이셔츠는 칼라가 닳아 해어져 있었다.

맨 위쪽에 단추도 하나 떨어지고 없었는데, 그는 구멍이 빠진 자리를 가리기 위해서 넥타이를 꽉 조이고 장갑을 끼고는 서둘러 좁은 복도로 이어지는 계단을 내려갔다. 불과 한 달 전만 하더라도 집주인이 문 사이로 얼굴을 내밀고 아침 인사를 했지만 이제는 아무도 대화 자체를 하려 하지 않았다. 모두가 너무 겁에 질려 있었기 때문이다.

***

건물 입구 현관문을 닫고 나오는데 다시 전화벨이 울리는 소리가 들렸다. 또다시 랭의 목소리를 듣고 싶지 않아 재빨리 주머니에서 휴대폰을 꺼내 전원을 꺼버렸다.

운전석으로 미끄러지듯 들어가 앉았다. 차 안의 공기는 얼음같이 차가웠다. 성에가 낄 정도로 춥지는 않았지만 앞 유리에 물방울들이 맺혀 시야가 잘 보이지 않았다. 맥닐은 라디오를 켜고 칼라브리아 거리를 따라 내려가며 미끄러지듯 차를 몰았다. 라디오에서는 작년에 히트했던 노래들이 흘러나오고 있었다. 지난 두 달간은 어떤 가수도 새로운 곡을 발표하지 않았다. 한 노래에서 다음 노래로 부드럽게 이어지는 음악을 들으며 맥닐은 이른 아침마다 아무 말이나 떠들어대던 디제이들의 목소리가 나오지 않아 좋았다. 7시 30분 뉴스를 놓친 것은 아쉬웠다.

항상 그렇듯이 시내로 들어가는 경로는 군대 검문소에서 결정했다. 일부 지역은 심지어 경찰인 그에게조차 접근이 제한되어 있었다. 제한구역에는 경계가 쳐 있었고 그 경계를 넘어가려면 특별

허가증이 있어야 했다. 그는 펜톤빌을 향해 남쪽으로 주행하다가 펜톤빌에서 서쪽으로 방향을 틀어 유스턴 로드로 들어섰다. 시간은 거의 7시 45분이 되어가고 있었다. 공기중에 깔려 있는 회색빛들이 저 멀리 보이는 고층 건물들과 맞닿을 정도로 낮게 깔린 백랍빛 구름 사이를 관통하여 올라가고 있었다. 예전이라면 택시나 버스와 같은 대중교통 차량들이 마치 혈관에 끼어 있는 콜레스테롤처럼 도로를 막고 있었을 터인데, 거리가 텅 비어 있었다. 맥닐은 차도 사람도 거의 없는 거리의 모습에 아직도 적응이 되지 않았다. 이른 아침 거리에는 쌀쌀한 적막함이 배어 있었다. 그는 간헐적으로 보이는 군대 수송차 그리고 〈스타워즈〉 영화에 나오는 얼굴 없는 대원들처럼 가스마스크와 고글을 쓰고 카키색 천 아래에서 노려보고 있는 군인들을 지나쳐 갔다. 이들은 최근 들어 자주 사용할 수밖에 없게 된 총기를 꼭 껴안고 있었다.

해가 뜨고 날이 밝아오자, 얼마 안 되는 개인 차량과 상용 차량이 도시의 지정된 구역에서 운행을 하기 시작했는데 통행하는 차량들은 모두 카메라와 인공위성으로 추적이 되고 있었다. 약탈이 성행했던 도시 중심부는 가장 엄격하게 통제가 이루어지고 있었다. 정부가 원래 교통혼잡 부담금을 부과하기 위해 설치해 놓았던 기반 시설이 이제는 도심을 드나드는 모든 차량을 모니터하고 통제하는 데 활용되고 있었다. 맥닐은 시내 북쪽 경계선을 따라 주행하다 텅 빈 유스턴 역을 지나, 남쪽으로 방향을 틀어 토트넘 코트 로드로 진입했다. 이렇게 움직이는 그의 차량번호판은 카메라에 녹화되어 바로 중앙 컴퓨터로 전송되었다. 그렇게 전송된 정보를 검토해 허가되지 않은 차량이 발각되면 차량 운행을 중지시켰다.

도심의 쇼핑거리는 전쟁터와 다름없는 모습이었다. 아직 유리창이 박살 나지 않은 가게 앞은 합판으로 막혀 있었다. 길가에는 도난당한 차량들의 불탄 잔해가 마치 시체처럼 버려져 있었고, 한때 문명의 중심이자 가장 번화한 도시를 이루고 있던 것들에서 부서져 나온 잔해와 폐기물들이 거리 곳곳에 흩어져 있었다. 폭력이 휩쓸고 지나간 밤의 모습이 그렇게 남아 있었다. 토트넘 코트 로드 역의 맞은편에 있는 도미니언 극장은 새까맣게 그을려 타버린 조개껍데기 같았다. 비가 올 때면 극장에서 마지막으로 공연된 작품인 〈어느 세일즈맨의 죽음〉 상연 당시의 그을린 냄새를 여전히 맡을 수 있었다. 옥스퍼드 거리에 위치한 맥도날드는 내부가 완전히 소실되어 아무것도 없었고, 불꽃 속에 굽던 햄버거는 다 타버린 모습이었다. 하모니 성인용품 가게는 강도의 침입이 너무 잦은 나머지 그 주인은 판자라도 동원해 가게를 보호할 생각을 포기한 듯 보였고, 맨살이 드러난 검정 가죽옷을 요상하게 걸쳐 입은 여자가 포스터 속에서 맥닐을 뿌루퉁한 표정으로 쳐다보고 있었다.

좀 더 남쪽으로 가자, 세인트 마틴 극장이 나타났다. 공연 신기록을 세우며 흥행을 이어가던 연극 〈쥐덫〉의 공연도 끝내 막을 내렸다. 극장 건물 벽에 달려 있던 네온 조명이 다 박살나고 뜯겨서 음울하고 슬픈 분위기를 풍기고 있었다.

맥닐은 케임브리지 서커스에 있는 군대 검문소에서 멈춰 섰다. 이제 익숙해질 법도 한데, 대여섯 자루의 총이 머리를 향해 다가오는 경험은 몇 번을 겪더라도 결코 익숙해지지가 않았다.

마스크 속에서 뚱한 표정을 짓고 있는 듯한 군인은 그의 얼굴을 한번 쳐다본 뒤, 적당히 거리를 유지하며 라텍스 장갑을 낀 손으로 서류를 받아 보고는 재빨리 다시 되돌려주었다. 마치 종이에 뭔가 묻어 있어 오염될까 봐 몸을 사리는 모습이었다. 실제로 그럴 가능성이 있기도 했다.

맥닐은 체어링 크로스 거리를 따라 트라팔가 광장을 지나서 화이트홀로 진입했다. 그곳은 와해되고 있는 사회시스템을 지탱하기 위한 공무 행정 업무가 어느 정도는 처리되고 있는 곳이어서 사람의 인적이 그나마 있었다. 마스크를 쓰고 화이트홀로 들어가고 또 나오는 사람들의 모습에서는 이 도시에 사는 사람들을 삼켜버린 암울한 절망감이 느껴졌다.

강에 가까워지자, 낡은 배터시 화력발전소에 달린 네 개의 굴뚝에서 검은색 연기가 무거운 아침 하늘을 향해 올라가고 있는 모습이 눈에 들어왔다. 발전소 굴뚝에서 나오는 연기는 냉정한 자연의 힘에 직면해 속수무책인 인간의 처지를 보여주는 상징처럼 느껴졌다. 지금까지 얼마나 많은 사람들이 죽어 나갔을까? 50만 명? 60만 명? 그 이상? 이제 발표되는 숫자를 믿는 사람은 아무도 없었다. 그리고 수치를 증명할 수 있는 방법 또한 없었다. 하지만 아무리 낙관적으로 셈을 해도 정부에서 발표하는 통계는 납득이 되질 않았다.

8시 뉴스에서는 밤새 방송되던 뉴스가 반복 송출되고 있었다. 하지만 그 소식을 아침이 되어서야 처음 접한 맥닐에게는 큰 충격이었다. 어젯밤 자정이 조금 지난 한밤중 세인트 토마스 병원에서 총리가 사망했다는 뉴스였다. 총리의 자녀들 중 두 명은 이미 죽었고, 총리 부인 또한 위중한 상태였다. 총리의 상태가 심각하다는 건 모두가 다 알고 있었다. 하지만, 한 나라에서 가장 큰 권력을 쥔 사람의 목숨조차 그렇게 쉽게 앗아갈 수 있다면 그 나머지 사람들에게는 얼마만큼의 희망이 남아 있는 것일까?

뉴스 진행자는 낭랑한 목소리로, 앞으로 부총리와 재무장관 사이에 당을 장악하기 위한 권력투쟁이 벌어질 것으로 예상된다고 보도했다. 맥닐이 싫어하는 두꺼비 같은 부총리가 총리의 빈자리를 대신하는 것이 자연스러운 수순이므로, 부총리가 유리한 상황이었다. 최소한 일시적으로는 말이다. 맥닐은 도대체 어떤 사람이 이런 상황 속에서 책임자의 자리를 원하는 것인지 이해할 수 없었다. 권력의 유혹은 어떤 이들에게는 불가항력 같았다. 그는 속으로 재무장관이 이 권력투쟁에서 이겼으면 좋겠다고 생각했다. 적어도 현재 다우닝 11번가의 주인인 재무장관은 지식과 양심을 갖춘 이성적인 사람처럼 보였다.

웨스트민스터 다리를 건너 또 다른 군대 검문소를 통과하자 템스강의 남쪽 둑 위로 높이 솟아오른 11층짜리 세인트 토마스 병원의 옆모습이 보였다. 저 콘크리트와 유리로 되어 있는 건물 안쪽 어딘가에 한때 이 나라를 다스렸던 사람이 잠들어 있다. 이제 모든 권력을 내려놓고 자식으로부터 옮은 병으로 인해 숨을 거두어 차갑게 식어가고 있다. 저쪽 너머 세 개의 병동은 고통받는 환자들로 가득했다. 만약 원래 있던 네 개 병동이 2차 세계대전 중 런던 대공습으로 파괴되지 않았더라면, 도로 맞은편의 공원에다가 응급 병원시설을 건설할 필요는 없었을 것이다.

2

맥닐은 자기 차, 포드 포커스를 램베스 팰리스 거리에 위치한 응급실 맞은편 버스 정류장에 세웠다. 이곳을 거쳐 가곤 했던 네 개 노선의 버스 중 그 어느 버스도 이제 이 정류장을 지나가지 않을 터였다.

아치비숍 공원의 입구에 있는 정문은 중장비가 들락날락할 수 있도록 모두 해체되어 있었다. 과학수사대 현장수사반의 차량이 눈에 띄었다. 현장수사반은 공원 남쪽 끝으로 이어진 좁은 길 바로 위에 자리잡고 있었다. 엎어지면 코 닿을 거리를 굳이 차를 몰고 오다니, 걸어오는 쪽이 더 빨랐을 거라는 생각이 들었다.

수도 전역에 봉쇄령이 떨어지면서 과학수사대 팀들은 모든 인력을 한 곳에 집중해야 했고, 램베스에 위치한 구 대도시 과학수사대를 본부로 지정해 경찰에서 필요로 하는 의학 및 과학 서비스를 제공했는데 그 수사대원들이 맥닐을 기다리고 있었다.

맥닐은 공원의 잔해를 유심히 살펴보았다. 한때 콘크리트와 유리로 된 도시 한가운데 작은 초록색 오아시스 역할을 했지만 지금은 파헤쳐져버린 공원의 잔해 사이로 괴물 같은 장비들이 무심히 서 있었다. 오렌지색 작업복을 입은 인부들 수백 명이 삼삼오오 무리 지어 담배를 피우거나 이야기를 나누고 있었다. 이른 아침 안개가 깔린 공사 현장, 하얀색 방역복과 마스크를 착용한 유령 같은 형체들이 거대한 구덩이 주위에 모여 있었다. 땅 한가운데 나 있는 그 구덩이는 원래 예정대로라면 지금쯤 시멘트로 채워져 있었을 것이다. 맥닐이 현장으로 다가가는 동안, 정강이까지 오는 카멜색 정장에 하얀색 안전모를 쓴 남자가 진흙이 묻을까 조심하는 걸음걸이로 맥닐 앞에 오더니 멈춰 섰다. 그는 맥닐과 같은 표준규격의 하얀색 면 마스크를 쓰고 있었다. "맥닐 형사님?"

맥닐은 거리를 유지하고 그를 경계하듯 바라보았다. "예, 누구시죠?"

"데릭 제임스입니다. 부총리실에서 나왔습니다. 악수를 못 해도 양해하시리라 믿습니다."

"저한테 뭐 하실 말씀이라도?" 맥닐은 항상 본론으로 바로 들어갔다.

"제가 원하는 건," 제임스는 약간 날이 선 목소리로 말했다. "현장 작업을 빨리 재개하는 겁니다."

"이 대화를 빨리 끝낼수록 제가 볼일을 빨리 끝내고 사라져드릴 수 있을 것 같습니다." 맥닐은 이 말과 함께 그를 지나쳐 유령 같은 형체들이 모여 있는 곳으로 향해 갔다.

제임스는 발에 진흙이 묻을까 노심초사하면서 맥닐을 따라왔다. "지금 상황이 얼마나 긴박한지 아시는지 모르겠습니다. 맥닐 씨, 이 공사 작업은 의회의 긴급명령으로 진행되고 있는 겁니다. 이 프로젝트에 쏟아부은 돈만 수백만 파운드예요. 정해진 일정대로 진행해야 합니다. 작업이 지연되면 많은 사람들이 목숨을 잃게 됩니다."

"이미 누군가는 목숨을 잃은 것 같은데요, 제임스 씨."

"이미 죽은 사람은 우리가 어떻게 할 수 없지만, 아직 살아 있는 사람들에게는 기회를 줘야지요."

맥닐은 가던 길을 멈추고 고개를 돌려 정부 부처에서 나온 그 남자를 쳐다보았다. 그러자 그는 마치 맥닐이 무슨 험한 짓이라도 할까 겁을 먹은 듯이 움찔했다. "이봐요, 이 나라 사람은 그 누구든 정의의 심판을 받을 권리가 있습니다. 살아 있든 죽었든지 간에요. 그걸 지키는 게 내 일입니다. 전 제 일이 끝나면 사라질 테니 댁은 그때 할 일 하시면 됩니다. 그때까지는 제 면전에서 사라져주시죠." 그는 다시 돌아서서 진흙 사이를 터벅터벅 걸어 방역복을 입은 남자들 쪽으로 갔다.

"어떻게 된 거죠?"

"사람 뼈가 든 가방을 발견했답니다." 무리 중 한 사람이 마스크를 통해 웅얼거리는 듯한 목소리로 대답했다. "여기 구멍을 판건 어제랍니다. 그러니까 밤사이에 누군가 여기다 버리고 간 것 같아요." 그는 저쪽에서 자기를 쳐다보고 있는 수많은 얼굴들을 흘깃 보았다. "그런데 저 사람들은 우리가 최대한 빨리 빠져주길 원하는 것 같던데요."

"때가 되면 빠져주죠."

또 다른 방역복을 입은 남자가 맥닐에게 비닐로 된 신발 커버를 건네주었다. "여기, 이거 신는 게 좋을 거예요." 맥닐은 비닐 커버를 씌우고 구덩이 안쪽을 들여다보았다. 바닥 쪽에 어떤 형체가 쭈그리고 있는 것이 보였다. "아래쪽에 사람이 있나요?"

"당신의 오랜 동료."

맥닐이 눈을 굴리며 "아, 이런." 하고 탄식처럼 내뱉었다. "톰 베넷!"

그 과학수사관은 마스크 안으로 미소를 지었고, 그러자 마스크가 팽팽하게 늘어났다.

맥닐은 서둘러 라텍스 장갑을 끼고 내려갈 준비를 했다. "나도 좀 내려갑시다."

문제의 가방은 값비싼 스포츠 여행용 가방으로 한쪽 옆에는 퓨마 로고가 그려져 있었다. 톰은 장갑 낀 손으로 열린 가방을 잡고 있었다. 맥닐이 옆으로 내려오자 "너무 가까이 오진 맙시다. 감염될지도 모르니까."라고 말했다.

맥닐은 그의 말을 무시하고 물었다. "안에 뭐가 있나요?"

"어린아이의 뼈요."

맥닐은 가방을 자세히 들여다보기 위해 몸을 앞으로 숙였다. 아이의 뼈는 마치 태양 아래서 말리기라도 한 듯 새하얬다. 한때는 살아 숨 쉬던 존재가 조각조각 분해된 모습은 묘하게 슬픈 분위기를 풍겼다. 맥닐은 유통기한이 한 달은 더 지난 고기에서 나는 듯한 역한 냄새에 순간 움츠러들었다. "이 냄새는 대체 뭐죠?"

"뼈 냄새예요." 젊은 병리학자는 맥닐이 역겨워하는 반응을 내심 즐기는 듯했다.

"뼈에서 냄새가 나는 줄은 몰랐는데."

"사망하고 두 달 심지어 석 달까지도 냄새가 납니다."

"그럼 이 애는 꽤 최근까지 살아 있었다는 말인가요?"

"아주 최근까지요. 냄새가 심한 걸 보니 이렇게 된 지 얼마 안 지났습니다."

"그럼 살가죽은 어떻게 된 거죠?"

"굉장히 날카로운 절단 장비를 써서 뼈에서 발라냈습니다." 톰은 기다란 다리뼈를 들어 올려 조심스럽게 양손 위에 얹어놓았다. "대퇴골, 그니까 허벅지 뼈에 보다시피 칼자국 또는 그 비슷한 도구 자국이 남아 있어요. 자국이 꽤 깊고 넓은 걸 보니, 상당히 무거운 도구를 사용한 것 같네요."

맥닐은 뼈에 남아 있는 칼자국과 파인 곳을 바라보았다. 상처는 대부분 평행한 형태로 각이 맞춰져 있었다. 사선으로 칼질하는 동작을 일정하게 반복한 것 같았다. "그럼 전문가는 아닌 거죠?"

"뼈에서 살을 발라내는 데 있어 어떻게 작업하는 걸 전문가라고 불러야 할지는 모르겠지만, 상당히 조잡한 수준이죠." 톰은 길고 얇은 손가락으로 관절의 동그란 부분을 쓸었다. "관절이 탈구되면서 생긴 자국인데, 여기 미처 제거하지 못한 인대와 조직이 남아 있네요."

맥닐은 다시 가방 안을 들여다보며 조심스럽게 갈비뼈로 추정되는 작은 활 모양의 뼈를 집어 들었다. 그는 고개를 갸우뚱하며 궁금한 듯이 뼈를 관찰하면서 매끈한 뼈의 하얀색 곡선을 손가락으로 한번 쓸어보았다. "어떻게 하면 이렇게 뼈를 깨끗하게 만들 수 있죠?"

톰은 어깨를 으쓱했다. "아마 세척을 했을 거예요. 저도 가끔 두개골을 세척해야 할 때 표백제랑 세탁 세제를 넣고 끓이기도 하니까요."

"그러면 냄새가 사라지지 않나요?"

톰은 재밌다는 표정으로 코를 살짝 찡그렸다. "끓이든 그대로 그냥 두든 골수는 남아서 계속 썩어요."

맥닐은 가방 안에 갈비뼈를 도로 넣은 뒤 일어섰다. 이어 그들이 나누는 대화를 듣기 위해 위쪽에서 몸을 숙인 채 기다리고 있는 사람들의 얼굴을 올려다보고는 다시 톰을 향해 고개를 돌렸다. "성별은 알 수 있나요?"

"지금 당장은 알 수 없어요. 하지만 나이는 아홉 살에서 열한 살 사이로 보고 있어요."

맥닐은 생각에 잠긴 표정으로 고개를 끄덕였다. 이렇게 탈구된 뼈를 가지고 어떤 식으로 부검을 진행할지 의문이 들었다.

그런 그의 생각을 읽기라도 한 듯, 톰이 일어서며 말했다. "당연히 진짜 부검다운 부검은 전혀 할 수 없어요. 지금 할 수 있는 건 그냥 뼈를 펼쳐놓고 단서를 찾아보는 것뿐이에요." 비닐 샤워 캡 사이로 끼인 금발 머리카락 밑에서 똑바로 쳐다보는 톰의 푸른색 눈동자와 마주치자 맥닐은 자기도 모르게 눈길을 피했다. "물론 저는 어떤 뼈가 어디에 속하는지 파악해서 정렬할 수 있는 전문 지식이 없어요. 갈비뼈를 분류해낼 수는 있지만, 정확한 순서대로 배열하지는 못하죠. 손가락뼈를 분리할 수는 있지만 정확히 어느 손의 몇 번째 마디인지 확실히 모릅니다. 그 정도까지 하려면 인류학자가 필요해요."

맥닐은 애써 다시 병리학자의 눈을 바라보며 말했다. "그게 힘든 일인가요?"

"그 인류학자가 지금 아프거든요."

"아."

"제가 전반적인 분석은 해볼 수 있어요. 뼈에 가해진 주요 부상이라든지, 누락된 뼈가 있는지 확인하는 정도는 가능합니다. 골수에서 조직을 채취해 독극물 검사를 의뢰해볼 수도 있고요." 그는 잠시 쉬었다 말을 이었다. "에이미를 부르는 게 좋을 듯합니다. 에이미는 두개골 전문가고, 신원 파악과 관련된 경험이 많으니까."

맥닐은 에이미의 이름을 듣자 갑자기 심장박동이 뛰었다. 그리고 혹시 그게 얼굴에 티가 났을까 걱정이 되었다. 아마 얼굴이 살짝 붉어졌을지도 모를 일이었다. 그는 톰이 자기 얼굴을 유심히 바라보고 있는 것은 아닌지 살펴보았다. 하지만 톰의 얼굴에는 어떤 눈치를 챈 기색이 드러나지는 않았다. "그래요. 그렇게 생각하신다면야." 맥닐은 이렇게 말하며 돌아서서 밖으로 나가기 위해 손을 뻗었다.

"조심해요." 톰이 빠르게 말했다. "저한테 등을 보이면 위험하다고 생각하는 사람도 있습니다."

맥닐은 고개를 천천히 돌려 그를 쳐다보았다. 그리고 말이 필요 없을 정도로 어둡고 위험한 표정으로 그를 바라보았다.

톰은 미소를 지었다. "진짜 상남자신데요."

현장에는 낮게 깔려 있는 안개와도 같은 침묵이 감돌고 있었다. 런던의 가장 중심부에 차 소리 하나 들리지 않다니. 그 흔한 사람들의 일상적인 대화 소리도, 개트윅 공항이나 히스로 공항을 향해 날아가는 비행기 엔진 소리도 들리지 않는 건 정말 기이한 일이었다. 들리는 것이라곤 북해의 돌풍을 피해 강어귀로 날아 들어온 갈매기들의 서글픈 울음소리뿐이었다. 새들이 날아오른 자리에 하얀색 깃털들이 머리 위로 맴도는 풍경은 마치 죽음을 기다리는 독수리 떼를 연상시켰다.

사실 죽음은 이미 도착해 그 자리에 있었지만, 남아 있는 게 뼈밖에 없어 쪼아 먹을 만한 것이 없을 뿐이었다.

맥닐은 그를 쳐다보고 있는 얼굴들을 익히 알고 있었다. 정부 부처에서 나온 남자는 팔짱을 끼고 그를 맞았다. "자, 그럼?"

"전부 다 현장에서 나가주세요." 맥닐이 말했다. "이제부터 여기를 출입금지 지역으로 지정하고 수색을 시작할 겁니다."

정부 부처에서 나온 남자는 고개를 한쪽으로 기울이며 화가 난 눈빛으로 "이거 이러면 곤란합니다."라고 말했다.

"누구든지 시키는 대로 안 하는 사람이 곤란해질 겁니다."

맥닐은 현장에 있는 모든 사람이 들을 수 있도록 목소리를 높였다. "여긴 살인 현장이에요."

***

"그 사람한테 도대체 뭐라고 한 거야?"

"살인 현장이니까 수색에 들어가야 한다고 했습니다."

랭은 탐탁지 않은 표정으로 맥닐을 쳐다보았다. "흠, 어떻게 말했든지 간에, 상당히 화가 났던데. 지금 내 입장이 얼마나 곤란한지 알기는 하나?"

"알 것 같습니다."

"그래?" 랭은 손목시계를 쳐다보고서 서류 캐비닛 위에 있는 리모컨을 들어 TV를 켰다. "알잖아! 내가 30년 전 글래스고에서 런던 경찰청으로 옮겨왔을 때, 너 같은 꼴통은 다 두고 온 줄 알았는데. 여기 사람들은 예의를 중요시하는 편이야. 무슨 말인지 알지?"

"예, 여기서는 좀 더 예의를 차려 협박하는 편이죠."

랭은 그를 노려보았다. "은퇴를 눈앞에 두고 살인 같은 강력 사건에 엮이게 될 줄은 상상도 못 했네." 그러고는 텔레비전 볼륨을 높였다. 방송에서는 또다시 총리 사망 사건을 보도하고 있었다. 랭은 뉴스가 궁금한 눈치였다.

맥닐은 랭 부부의 사진을 흘깃 보았다. 랭은 아내와 찍은 사진을 액자에 넣어 책상 뒤에 있는 책장에 올려놓았는데 이 부부의 조합은 특이했다. 랭은 서민층을 위한 글래스고 경찰 학교 출신이었다. 그는 욕설과 조잡한 농담을 입에 달고 사는 인물로 공격적인 사람이었다. 머리에는 브릴크림 헤어왁스를 처바르고 반들반들하게 면도를 하고선, 종종 술로 팽창된 혈관이 훤히 비치는 뺨에 올드 스파이스 로션을 철썩철썩 바르고 다녔다. 덕분에 그가 근처를 지나면 냄새로 먼저 알아차릴 수 있었다. 반대로 랭의 아내는 아주 고상한 숙녀였다. 첼시 지역 의사의 딸인 그녀는 오페라와 연극을 좋아했으며, 런던 퀸메리 대학에서 영어와 드라마를 강의했다. 그들 부부는 런던 서쪽에 위치한 커다란 테라스가 딸린 타운하우스에서 살고 있었다. 랭은 아내와 함께 있으면 완전 다른 사람이 되었다. 맥닐은 랭의 어떤 점이 그녀의 마음에 들었는지 가늠할 수 없었지만 그게 무엇이었든지 간에 그녀는 항상 랭의 가장 좋은 면모를 끌어냈다. 가끔 그런 사람을 만나게 된다. 맥닐은 아내를 떠올리면서, 마사가 최소한 자신의 최악을 끌어내는 사람은 아니었지만, 가장 좋은 면을 끌어낸 적도 없다는 생각이 들었다. 그런 면에서 그는 랭 부부가 부러웠다.

맥닐은 열린 문 사이로 경감실 밖에 보이는 형사실을 쳐다보았다. 안에서 근무 중인 형사는 두어 명밖에 없었고, 행정직원들이 몇몇 있었으며 구석에는 유니폼이 걸려 있었다. 팬데믹이 여기까지 영향을 미치고 있었다.

어느 순간 뉴스에서 나오고 있는 내용이 그의 주의를 끌었다. 뒤돌아 텔레비전을 보자 어두운색 정장을 차려입은 남자들이 탁자에 나란히 앉아 마이크에 대고 전전긍긍하는 모습이 보였다. 질문으로 폭격을 퍼붓는 기자들과 마찬가지로 그들은 모두 마스크를 쓰고 있었다. 중앙 탁자에는 요 몇 달 사이, 마스크를 쓴 모습마저도 익숙해진 얼굴이 있었다. 금발 머리와 대조되는 크고 짙은 색깔의 눈과 두꺼운 검은 눈썹을 한 남자였는데, 머리는 아주 짧게 깎았고 눈에 띄는 은색의 타원형 안경을 끼고 있었다. 목소리는 크림같이 부드러웠으며 어디인지는 모르겠지만 아주 약간 외국어 억양이 섞여 있었다. 그는 스타인-프랑크 사의 플루킬 프로젝트를 책임지고 있는 의사, 로저 블룸이었다.

"빌어먹을 쥐새끼들!" 랭의 거침없는 표현이 맥닐의 생각을 대변해주었다. "저 인간들 주식은 또 올랐겠지."

스타인-프랑크는 프랑스에 본사를 두고 있는 회사로, 조류독감이 사람들 간에 전염되어 팬데믹이 되는 경우를 대비해 세계보건기구가 가장 효과 있는 치료제로 선정했던 플루킬이라는 항바이러스제를 만든 제약회사였다. 세계보건기구는 그런 사태가 다가올 것이라고 경고했었다. 그 결과, 전 세계에서 플루킬을 구입할 여건이 되는 국가들은 치료제에 대해 35억 유로가 넘는 선주문을 넣었다. 영국만 하더라도 인구의 4분의 1을 치료할 수 있는 분량, 거의 1,500만 명분의 치료제를 구입했다. 그리고 의료 및 보건 계열 종사자들에게 이 약을 쓸 수 있는 최우선 순위가 주어졌다. 하지만 이 약은 완치제는 아니었고 약을 쓰면 증상 완화와 바이러스로 인한 유병 기간을 단축시키고 생존율을 높일 뿐이었다. 하지만 사망률이 8퍼센트에 육박하는 상황에서, 이러한 확률을 낮춰줄 수 있는 약에 대한 수요는 엄청났다.

스타인-프랑크의 이번 기자회견은 플루킬의 수요가 증가하면서 이를 충족하기 위해 생산량을 늘리겠다는 내용에 관한 것이었다. 냉소적인 기자가 블룸에게 이번 생산량 증가 결정이 몇몇 개발 도상국에서 발표한 복제약 생산 계획과 연관이 있는지 물었다. 그 질문은 누가 들어도 '블룸의 회사가 시장 독점 유지에만 관심을 갖고 있다'라는 생각을 내포한 것이었지만, 블룸은 대수롭지 않다는 듯이 넘겼다.

"저희는 프랑스에 플루킬을 생산하기 위한 최첨단 맞춤형 시설을 보유하고 있습니다. 그 시설이 다음 주부터 가동에 들어갈 겁니다. 이건 오래전부터 계획했던 것으로 계획 과정에 오랜 시간이 소요되었을 뿐 경쟁사의 싹을 없애려는 의도가 아님을 밝히는 바입니다. 저희는 항바이러스제를 누구보다 빠르고 효율적으로 생산해낼 수 있는 능력이 있습니다. 또한 약효를 보장하기 위해서 품질 관리에도 완벽을 기하고 있습니다."

"스타인-프랑크의 백신이 별로 효과적이지 않다는 것이 입증

되지 않았습니까?" 이렇게 말한 기자의 어조는 이러한 재난 상황을 이용해 주머니를 두둑이 불리고 있는 회사에 대한 국민적인 분노를 대변하고 있었다.

"그 부분은 굉장히 안타깝습니다." 블룸이 말했다. "다른 어떤 상업적인 이유 때문이 아니라, 효과가 조금 더 좋았다면 목숨을 구할 수도 있었던 사람들 때문에 안타깝게 생각합니다."

"그럼 왜 효과가 없었나요?" 또 다른 비난의 목소리가 날아왔다.

"왜냐하면 저희 예상이 잘못되었기 때문입니다." 블룸은 간단하게 설명했다. "조류독감은 아주 오랜 시간 동안 존재해왔습니다. 하지만 1997년이 되어서야 처음으로 확진자가 나왔죠. 그 최초 확진자의 경우 사람이 조류로부터 전염된 것입니다. 조류 바이러스가 독감 바이러스와 섞이면서, 사람 간 전염이 되는 것은 시간문제였죠. 그리고 사람 간 전파가 시작되면 큰일이란 것도 알았습니다. 팬데믹 상황은 예견된 것이었고, 또 1918년의 스페인 독감 때보다 심각할 거라 예상했습니다. 스페인 독감 사망자는 5천만 명이었습니다. 그래서 이번에는 일이 커지기 전에 막을 방법을 찾아왔던 것입니다. 이번 일이 발생하기 훨씬 이전부터요." 그는 뒤통수 쪽으로 뻣뻣한 머리카락을 쓸었다. "저희는 실험실에서 면역계가 사람 간에 전파되는 조류독감을 인지할 수 있도록 만들기 위한 시도를 했습니다. 백신 개발을 위해서지요. 그 과정에서 H5N1 조류독감으로부터 추출한 유전자를 독감 바이러스와 혼합하고 대조해보았습니다. 그리고 그중 가장 최근 발생한 조류독감과 가장 연관성이 깊은 H3N2 균주를 선택했습니다." 그 의사는 고개를 저었다. "각각 바이러스의 8개 유전자를 모두 하나씩 대체해서 바꿔보고 그중 어떤 조합이 사람 사이에 쉽게 퍼지는지 확인하는 것이 목표였습니다. 문제는 250가지가 넘게 가능한 조합에서, 딱 들어맞는 걸 찾는 게 복권 당첨만큼이나 어렵다는 사실이었습니다."

"하지만 성공했다고 하지 않았습니까?"

"맞습니다. 실제 바이러스가 출현했을 때 저희가 거의 동일한 것을 만들어냈음을 발견했기 때문입니다. 문제는 이게 완벽하게 동일한 것이 아니어서 약간의 차이가 있었는데, 그 때문에 면역계가 같은 것으로 속아 넘어가지 않는다는 것이었죠. 이걸 정정하기 위해서는 6개월 이상의 시간이 필요하다는 것이었습니다."

"그럼 스타인-프랑크에서 어느 누구라도 팬데믹이 왜 아시아가 아닌 런던에서 시작되었는지 설명해줄 수 있는 사람이 있나요?"

"그건 저희 소관이 아닙니다." 블룸이 차분히 말했다. 그는 질문자들이 내비치는 적대감을 무시하고 계속 답을 이어갔다. "그 문제는 보건당국에 물어보셔야 할 것 같습니다." 그러고는 잠깐 뜸을 들이더니 말했다. "하지만 베트남, 태국, 캄보디아, 그 어디서든지 감염자가 단 한 명이라도 런던, 뉴욕 혹은 파리로 날아온다면, 이미 감염의 씨앗이 뿌려진 것입니다. 비행기로 어디든 자유롭게 갈 수 있는 현대에 사는 인간은 정말 말 그대로 지구촌에서 살고 있는 것입니다. 비행기로 날아가서 내리면 버스나 지하철을 타고 이동하죠. 사실상 우리는 바이러스를 탄생시키고, 이동할 수 있는 가장 완벽한 인큐베이터를 만들어놓은 셈입니다. 그리고 이렇게 인류의 재앙을 불러온 것입니다."

이 말을 마치자 방송국 스튜디오로 화면이 전환되면서 총리의

죽음 이후 생긴 공석을 차지하기 위한 대결 구도가 어떻게 진행
되고 있는지를 알려주는 속보가 이어졌다. 하지만 그 뉴스에는
흥미가 없는 듯 랭은 텔레비전을 꺼버렸다. 그는 회전의자에 앉
아 제자리에서 빙빙 돌며 맥닐을 유심히 쳐다보았다. "너 같은
멍청이는 정말 없을 거야. 이런 시국에 경찰을 그만두겠다니. 능
력도 있으면서⋯⋯" 그는 말을 하다 말고 망설였다. 그러다 마지
못해서, 인정하기 싫다는 듯이 칭찬을 이어갔다. "몇 년 안에 내
자리에 앉을 수도 있을 텐데."

"그때쯤이면 션이 다 커버린 후입니다." 맥닐은 고개를 저었
다. "아이가 크는 건 한순간이에요. 다시 어린 시절로 시간을 되
돌리는 건 불가능하잖아요." 그는 랭이 앉아 있는 곳 너머 창문
으로 케닝턴 로드를 바라보았다. 경찰서 맞은편에 있는 상점과
레스토랑들이 보였다. 트라팔가 락 앤 키, 페르도니 레스토랑,
피터 젠트 미용실, 임페리얼 탄두리와 같은 가게나 식당들의 모
습이 아들보다도 익숙했다. 그는 아들보다 랭과 함께 보낸 시간
이 더욱 많았던 것이다. 제기랄.

랭이 말했다. "내일 근무 마감 전까지 플루킬은 반납하게." 맥닐
과 랭의 눈이 마주쳤다. "나도 그렇게까지 하고 싶진 않네. 하지만
이제 더 이상 최전선에서 일하는 게 아니니까. 규정이 그래."

'"알겠습니다."

랭은 손바닥으로 책상을 탁탁 치며 말했다. "현장 조사할 시간
딱 두 시간 줄게. 땅 파는 사람들이 두 시간 후에는 다시 작업을
시작할 거니까 그 전에 끝내."

3

인골을 원래대로 조합하는 것은 퍼즐 조각 맞추기와 비슷한 구석이 있었다. 갑갑한 마스크 사이로 바로 앞에 있는 책상에서부터 부패된 냄새가 올라왔다. 냄새와 더불어 맨 처음 안면복원술을 했던 옛일이 떠올랐다. 맨체스터에서 발생한 사건을 지원하기 위해 기차를 타고 가 대면한 사체는 죽은 지 3개월 정도 된 여성이었다. 세제와 표백제를 푼 물에 두개골을 담가 천천히 끓였는데 그래도 여전히 악취가 심해 과학수사대에서는 에이미에게 따로 작업을 하도록 호텔방을 잡아주었다. 에이미가 작업하는 동안 실험실과 사무실 전체가 악취로 진동하는 것을 누구도 원하지 않았던 것이다.

호텔 관리자들은 사복 경찰이 아무 표식도 없는 차량을 호텔 앞에 주차해놓고 호텔을 들락날락하며 젊은 중국 여자가 투숙하고 있는 305호실을 방문하는 것을 의심스럽게 생각했다. 성매매와 같은 범죄 사건이 아닌가 추측하며 지켜보다가 객실 청소직원이 방에서 나는 악취에 대한 불만을 호소하였고, 에이미는 결국 호텔방에서 쫓겨나는 신세가 되었다.

톰은 현장에서 수거한 뼈가 담긴 봉투를 깨끗한 천으로 덮은 탁자에 올려놓고, 흩어진 뼛조각들을 대충 원래 자리에 맞추어보았다. 그러고 나서 손과 발에 속했던 뼛조각들을 한 무더기로 모아놓았다. 척추뼈는 경부와 흉부 그리고 요추 부분으로 나누어보았지만, 원래 순서대로 정렬하기는 어려웠다. 갈비뼈도 마찬가지였다. 에이미는 톰이 벽에 붙여놓은 골격구조 사진을 보고 미소를 지었다. 톰은 사람의 골격구조에 대해 잘 알지 못했고 자신도 없어했다. 의과대학 입학 첫날부터 그는 장기, 심혈관계나 뇌에 더 관심이 많았다. 하지만 에이미는 사람의 골격—뼈에 매력을 느꼈다. 어찌 됐든 골격이라는 구조 위에 다른 인체 기관들이 구축되는 것이니까. 그래서 아마 그 점 때문에 치아 쪽을 전문 분야로 하게 된 것일 수도 있었다.

그녀는 조심스럽게 손을 복원하기 시작했다. 아이의 작은 손. 성인에게는 총 206개의 뼈가 있고 그중 절반 이상이 손과 발을 이루고 있다. 하지만 유아의 경우 350개의 뼈가 있다. 그중 일부는 성장하면서 합쳐지게 된다. 에이미는 이 아이의 경우 뼈가 몇 개일지 확신할 수 없었지만, 빠진 게 있다면 찾아낼 자신은 있었다.

그때 문이 확 열리는 바람에 에이미와 대여섯 정도 되는 실험실 사람들이 모두 고개를 돌려 문 쪽을 쳐다보았다. 조이가 담배 냄새를 풍기며 옆을 지나가기도 전부터 다들 그녀가 담배를 피우고 들어오는 길이라고 짐작했다.

"마스크!" 누군가가 소리쳤다. 조이가 마스크 쓰는 것을 까먹은 것이었다.

"앗, 죄송해요." 조이는 마스크를 올려 쓰고 코와 입을 가렸다. "감염된 사람이 만진 물건을 건드리기만 해도 옮을 수 있다는 것 잘 알죠." 그녀가 말했다. "얼굴에다 대고 재채기를 하는 건 물론이고."

조이는 아는 체하길 좋아하는 사람이었는데, 대학원에서 미생물학을 공부하고 지금은 과학수사대에서 훈련을 받고 있는 중이었다. 하지만 바이러스의 전염성은 이제 누구나 아는 공공연한 사실이었다. 정부에서 신문 인쇄와 배포 중지라고 하는 긴급조치를 취한 것도 그런 이유에서였다. 종이는 바이러스를 전달하는 완벽한 매개체니까. 누군가 감염된 사람이 인쇄작업을 한다면 그 균이 수많은 독자에게 전달될 것이었다. 바이러스가 누군가의 손에 묻어 있기만 하면 그것은 음식을 통해 혹은 심지어 눈을 비비는 행위만으로도 전파될 수 있었다. 그러한 이유로 뉴스는 라디오와 텔레비전, 인터넷을 통해서만 송출되었다.

조이는 에이미의 책상 쪽으로 다가와 뼈를 살펴보았다. "어린아이죠?"

"맞아요." 에이미는 조이가 갑자기 끼어드는 게 귀찮았지만, 싫은 표정을 짓지 않으려 노력했다. 담배 냄새도 밀려왔지만 조이가 남자친구와 함께 살던 시절에 희미하게 감돌던 쿰쿰한 체취보다는 훨씬 나았다. 언젠가 조이는 서랍장에 빨아놓은 옷이 하나도 없어서 세탁 바구니에 있던 옷을 다시 주워 입었다고 말한 적도 있었다. 조이는 그 이야기를 재밌는 일화 정도로 생각하고 떠들었지만 다른 사람들 입장에서는 그저 조이가 풍기는 냄새가 설명되는 대사였을 뿐이었다. 하지만 부모님 집에 다시 들어가 살기 시작하면서 어머니가 딸의 빨래를 살뜰히 챙겨주시는지 조이의 체취는 점차 나아졌다.

조이가 말했다. "감염된 사람이 재채기나 기침을 할 때 나오는 병원균을 살균할 수 있는 마스크를 개발했대요. 대량 생산하기 위해 준비 중이라네요. 구멍이 수천 개 뚫려 있는데 숨 쉴 때 공기가 통과하는 구멍들에 소독제가 들어 있어서 바이러스를 살균, 소독해준대요. 똑똑한 사람들이에요. 멋지죠?"

"정말 그러네요." 에이미는 오른발의 중족골을 찾으면서 대답했다.

"재채기 한 번에 얼마나 많은 비말이 분출되는지 아세요?

"수백만 개죠"

"그쵸, 그리고 그 방울 하나하나에 다 바이러스가 들어 있잖아요. 마치 오염된 분무기처럼요. 세상에…… 그래도 플루킬을 배분받아서 다행이죠?"

"그걸 복용할 일이 없기를 바랄 뿐이에요." 에이미는 마음속으로 그녀에게 저리로 좀 가라고 말하고 싶은 심정이었지만, 직선적인 성격이 아니어서 차마 그럴 수 없었다. 어찌하면 좋을까 고민하던 중, 예상치도 못했던 구조의 손길이 다가왔다.

"조이, 지금 이러고 있을 때가 아닐 텐데. 해야 할 일이 있지 않아?" 톰이 에이미 뒤편으로 지나가며 특유의 거만한 표정으로 조이를 쳐다보고 말했다.

"네, 박사님." 조이가 약간 뻘쭘한 듯이 쭈뼛대며 대답했다. 그러고는 서둘러 실험실 저쪽으로 가버렸다.

에이미는 고맙다는 듯이 톰을 향해 웃으며 말했다. "왔어?"

톰이 목소리를 낮추어 말했다. "쟤 진짜 못 말리는 애 같아."

에이미는 눈썹을 치켜올렸다. "그니까 말이야."

톰은 해골을 쳐다보았다. "우리 신원미상의 아이에 대해서는 좀 알아낸 게 있어?"

"이 소녀에 대해 조금씩 알아가고 있는 중이야."

"여자아이야?"

"응, 어린 여자아이야. 근데 뼈가, 네가 배열해놓은 대로 생겼으면 얼마 오래 살지는 못했을 것 같아."

톰은 음흉하게 웃었다. "난 뼈보다는 살에 더 정통하거든."

에이미는 오른쪽 발 퍼즐을 완성했다. "말이 나와서 말인데, 해리는 어때?"

톰은 눈을 천장으로 굴리면서 조금 과장스럽게 한숨을 쉬었다. "알잖아. 지금까지 난 평범한 남자들한테 빠졌었는데, 처음으로 날 좋아해준 남자가 이 지구상에서 가장 난잡한 사람일 줄은 상상도 못 했어. 그리고 내가 어떤지 알잖아. 나는 한 사람만 바라보는 거."

"내가 확실히 말할 수 있는 건," 에이미는 약간의 확신을 갖고 말했다. "너랑 해리가 천생연분은 아니라는 거야."

"맞아…… 항상 다른 놈들이 우리 사이에 끼어들더라고."

에이미는 웃음을 참을 수 없었다. 톰은 거의 12년 전 의과대학에서 처음 만난 순간부터 그녀를 웃게 했다. 두 사람은 해부학 수업 시간에 처음 만났는데, 톰은 교수를 보면 자기의 말랑한 살이 뼈같이 딱딱해진다고 농담을 했다. 둘은 서로 다른 전공을 택했지만 교과 과정을 거치는 동안 내내, 그리고 그 이후에도 친구로 남았다. 에이미는 그 사고가 발생하고 나서 끔찍했던 몇 개월의 시간 동안 만약 톰이 없었다면 어땠을지 상상할 수도 없었다. 톰은 정말 말 그대로 최고의 남사친이었다. 그래서 그녀는 톰의 변덕스러운 성격과 작은 기벽들을 참아내고 톰과 해리의 사이가 주기적으로 틀어질 때마다 톰을 아파트 소파에서 재워주었다.

에이미는 옆 책상 쪽으로 팔을 뻗다가 톰에게 말했다. "저쪽에 있는 치과 차트 좀 건네줄 수 있어?"

"네가 직접 챙겨."

에이미가 인상을 쓰고 쳐다보자 톰은 고개를 비스듬히 기울이며 눈썹을 치켜들었다. 에이미는 새삼스레 톰이 잘생겼다는 생각을 했다. 정말 아까운 일이었다. 밝은 금발 머리와 옅은 파란 눈이 얼마나 매혹적으로 아름다운지. 잘생긴 톰은 항상 에이미에게 자기는 하인이 아니고, 에이미는 환자가 아니라며 뭐든 스스로 해야 한다고 강조했다. 에이미가 지금처럼 독립적으로 생활할 수 있기까지는 톰이 옆에서 채찍질을 해준 영향도 컸다. 에이미는 오른쪽 팔걸이에 있는 컨트롤러로 의자를 회전시켜서 스스로 차트가 놓인 옆 탁자로 갔다.

방 저쪽에서 조이가 큰 소리로 재채기를 하자 사람들이 일제히 고개를 돌려 쳐다보았다. 이제는 아주 약간 코를 훌쩍거리는 소리에도 모두가 굉장히 민감하게 반응했다. 작은 재채기 한 번으로 심장마비를 일으킬 수도 있었다. 조이는 사과의 의미로 손을 들고 미소 지었다. "괜찮아요. 정말로. 저 멀쩡해요. 부모님이 키우는 고양이 때문에 이래요. 고양이 털 알레르기가 있거든요."

뼈가 담긴 가방이 발견된 구멍과 도로 사이의 구역은 사각형으로 구획이 되어 있었다. 사각형 모서리마다 박힌 말뚝들 사이로 쳐진 흰색 선의 모습은 지도의 위도와 경도 표시 같았다. 그 주변으로는 범죄 현장에 쓰이는 노란색과 검은색 테이프가 둘러져 강가에서부터 불어오는 쌀쌀한 산들바람에 팔랑거리고 있었다. 방역복에 부츠를 신은 남자들은 여섯 명씩 한 조를 이루어 사각형으로 구분된 구역 내, 각자 배정받은 진흙더미 속에서 발견되는 물건들을 증거수집 봉투에 조심스럽게 담는 작업을 하고 있었다.

오렌지색 작업복을 입은 인부들은 삼삼오오 무리를 이루어 공원 주변에 서 있었다. 시멘트 레미콘트럭은 어디론가 사라졌고, 남아 있는 무거운 중장비들은 차가운 공기 속에 침묵을 지키며 서 있었다.

정부 부처에서 나온 남자는 병원 옆 노면에 세워둔 검은색 BMW 차량 뒷자리에 앉아 창문을 열어놓고 줄담배를 피우며 차창 밖으로 빠져나가는 담배 연기 사이로 사람들을 쳐다보고 있었다. 맥닐은 낡은 농구 코트 옆에 거꾸로 뒤집혀 있는 쓰레기통 위에 앉아 화를 참고 있었다. 그 옆에서 불안하게 왔다 갔다 하던 현장감독은 "여기 일은 다 보너스를 얹어주니까 하는 겁니다."라고 말했다. "우리가 여기서 목숨을 담보로 망할 관절을 다 삭혀가며 일하는 유일한 이유는 돈 때문이라고요. 근데 그 돈을 제대로 받으려면 기한 내에 일을 마무리 지어야 해요."

"기한이 언제인데요?" 맥닐은 심드렁한 눈빛으로 그를 돌아보았다.

"7일이요." 현장감독은 고개를 저었다. "애당초 일정이 너무 빡빡했죠. 근데 이제는…….."

맥닐이 어깨를 으쓱했다. "그렇게 말도 안 되게 기한을 정한 이유가 뭔가요?"

"제가 정하는 건 아니니까 모르죠. 처음 사스가 발생했을 때 중국인들은 일주일 만에 병원 하나를 통째로 지었다는데, '우리도 못 할 게 뭐냐'라고 생각했던 걸 수도 있습니다. 우리가 지금 여기 짓고 있는 건 또 병원도 아니고, 병원에 넘치는 인원을 수용하기 위한 시설이니까요. 난방 좀 하고, 침대 설치해서 구색만 갖추는 정도의 그런 시설 말입니다. 사실상 사람들이 죽을 수 있는 장소를 짓는 거예요."

"일은 할 만한가요?"

"뭐, 지금 당장 다른 일거리가 있는 게 아니니까요. 대우도 나쁘지 않게 해주고…… 그런 편 아닌가요? 여기서 일하는 사람들 대부분 M25 바깥 지역에서 왔어요. 외곽 순환 도로가 한계로 설정되었을 때 안쪽 구역으로 들어오면 더 이상 다시 나갈 수 없을 거라는 걸 알고도 들어왔어요. 진짜 소름 돋아요. 이건 뭐 영화에나 나올 법한 상황 아닌가요. 다리나 고가도로에서 총 들고 서 있는 군인들 하며……."

"숙식은 어떻게 해결하죠?"

현장감독이 빙그레 웃으며 말했다. "그게 조건에 포함되어 있었어요. 관광객들이 머물던 대형 호텔들이 지금은 다 공실이라

각자 자기 방을 제공받았고, 때에 맞춰서 식사도 줘요. 저를 포함한 몇몇 사람은 리츠칼튼에서 묵고 있고 또 다른 사람들은 사보이에서 지내고 있어요. 지금 이 비상 상황이 종료될 때까지는 이렇게 지내게 될 것 같습니다." 구름이 그의 미소에 그늘을 드리웠고 그는 맥닐을 흘깃 쳐다보며 덧붙였다.

"우리가 기한에 맞춰 일을 마무리할 수 있다면 그렇단 말입니다."

멀리서 차가운 1월의 공기를 뚫고 구급차 사이렌 소리가 들려왔다. 또 다른 피해자가 발생한 모양이었다. 그리고 그것은 또 하나의 병상이 더 필요하게 되었다는 뜻이기도 했다. 도시의 모든 병원이 환자들로 가득 찼지만, 사망률이 높아 그다음 사람에게 침상을 비워주는 순환율 또한 높았다.

감염으로 인해 근로 인력이 거의 30퍼센트 정도 감소했다. 의료계 종사자들이 가장 큰 위험에 노출되어 있었고, 가장 많은 사상자들이 발생했다. 플루킬이 나왔음에도 불구하고 더 이상 출퇴근하는 사람은 없었다. 소수 상점만이 하루에 몇 시간 정도 한시적으로 운영했다. 대중교통도 운행이 중지되었고, 공항은 무기한 폐쇄되었다. 런던의 수도권 경제는 급락했고, 사람들은 바이러스를 봉쇄하기 위해서라면 무엇이든 할 준비가 되어 있었다. 영국으로 들어오거나 영국을 나가는 것 모두가 금지되었다. 그래도 바이러스가 영국을 벗어나 전 세계로 퍼지는 것은 시간 문제였다. 하지만 백신이 생산될 때까지만 버틸 수 있다면…….

맥닐은 한숨을 내쉬었다. 얼굴에 빗방울이 떨어지기 시작하여 하늘을 올려다보니 마치 멍이 든 것 같은 파란색과 검은색 구름들이 시야에 들어왔다.

"잭."

맥닐은 방역복을 입고 진흙 사이 깊게 파인 타이어 자국을 가로질러 터덜터덜 걸어오는 사람 쪽으로 고개를 돌렸다.

"다 마쳤습니다."

맥닐은 시간을 확인했다. 할당된 두 시간을 채우려면 아직 시간이 남아 있었다. "뭐라도 찾았나요?"

과학수사대 직원이 투명한 비닐봉지를 들어 올렸다. 봉투 안에는 희미한 분홍색 조각 같은 것이 들어 있었다. "이게 도움이 될 만한 물건인지는 아직 모르겠습니다."

"그게 뭐죠?"

수사직원이 그에게 봉지를 건넸다. "지하철 티켓에서 잘려 나간 조각이에요. 비수기 때 발권한 것이고, 일일 이용권인데 날짜는 식별이 잘 안 되지만 마그네틱 부분에서 뭔가 정보를 확보할 수도 있을 것 같습니다."

맥닐은 봉지를 받아 들고 가로등 쪽에 비추어보았다. 티켓에 인쇄된 글자들은 빗방울에 번져 흐릿해 있을 뿐 아니라 진흙에 문대어져 거의 없어진 상태였고, 모퉁이 한쪽은 찢겨 나가 있었다. 지하철이 운행을 중지한 지도 거의 8주가 되어가고 있는 시점이었다. 티켓을 이용한 사람에게 이동 수단이 지하철밖에 없었다면, 이동 범위가 그리 넓지는 않았을 것으로 볼 수 있었다. 맥닐은 봉투를 수사원에게 넘겨주고는 쓰레기통에서 뛰어내렸다. 그러고는 현장감독을 향해 돌아서서 말했다. "하던 일 계속하시죠."

***

에이미는 부드러운 두개골 표면을 손등으로 쓸어보면서 이 작은 소녀에게 묘하게 감정이입이 되었다. 턱 부분의 선천적인 결함을 제외하고 두개골 자체에는 아무런 손상의 흔적이 발견되지 않았다. 톰이 복구해낸 조직에서 독극물이 발견되지 않은 이상 사인을 밝혀낼 방법은 없었다. 독극물이 발견될 가능성은 희박했다. 누가 대체 어떤 이유로 어린아이를 독살하려 한단 말인가. 이렇게 작고 연약한 뼈를 가진 생명체를? 어른이 위력을 가하면 그야말로 꼼짝 못 하고 당할 수밖에 없는 연약한 아이를 무슨 이유로?

그럼에도 불구하고 누군가가 이 아이를 살해했다는 데에는 의심의 여지가 없었다. 살인이 아니라면 아이의 뼈에서 살과 피부를 모두 벗겨내는 번거로운 작업까지 하며 증거를 없애려 애쓸 필요가 없었을 테니까. 그러한 복잡한 작업을 다 마쳐놓고 막상 중요한 증거를 건축 현장에 버려놓고 가는 조심성 없는 행동은 모순적이었다. 하지만 그 문제에 대한 답은 다른 사람들이 찾아야 할 몫이었다. 에이미가 집중해서 능력을 발휘해야 할 대목은 아이의 신원 확인이었다. 아이가 살아 있었을 때 어떤 모습이었는지 복원해서 살인자를 찾도록 돕는 것이 에이미가 해야 할 일이었다.

에이미는, 이제는 텅 비어 있지만 한때 촉촉한 고동색 눈이 자리하고 있었을 안와를 관찰했다. 두피에는 칠흑같이 검은 모발이 자라 있었을 텐데. 머리카락 길이는 어느 정도였을까? 그걸 알 수 있는 방법은 없었다. 에이미는 두개골의 왼쪽 광대를 따라 높게 솟아올랐다가 턱까지 이어지는 얼굴선을 손가락으로 쓸어 보았다. 기형적인 아래턱과 그로 인한 특유의 미소가 한때 이 아이만의 두드러진 특징이었을 것이었다.

톰이 갑자기 그녀 옆으로 몸을 굽히는 것이 느껴졌다. 톰이 얼굴을 가까이에 대고 말했다. "고개 돌리지 마. 원시인 등장하신다."

에이미가 눈동자를 위로 굴리자 맥닐이 실험실을 가로질러 걸어오는 모습이 보였다. 그녀는 침착하게 맥닐을 바라보면서 그를 처음 보는 사람은 그의 첫인상을 어떻게 묘사할까 생각해보았다. 맥닐은 키가 아주 컸는데 그 점이 가장 눈에 띄는 특징이라고 할 수 있었다. 키는 컸지만 깡마르지는 않은 균형 잡힌 체형이었고 덩치가 컸다. 전형적으로 잘생긴 외모라고 할 수는 없었지만, 오렌지빛이 살짝 흩뿌려져 있는 듯한 초록색 눈은 신비롭고 따뜻한 기운을 풍겼다. 짧게 자른 머리가 그다지 어울리지는 않았으며 양옆 관자놀이에 살짝 회색빛이 도는 구레나룻이 눈에 띄었다. 양복은 몸에 딱 맞다 못해 살짝 끼는 듯했고 반면 코트는 지나치게 커서 헐렁했으며 항상 어딘가 헝클어진 모습이었다.

맥닐의 모습을 관찰하던 에이미의 눈에 그의 풀어진 신발 끈이 들어왔다. 진흙투성이 신발은 걸어 들어온 길을 따라 자국을 남기고 있었다. 톰은 그를 원시인이라고 불렀다. 톰은 맥닐이 동성애를 혐오하는 인간이라고 생각했고, 그 이유로 맥닐을 좋아하지 않았다.

에이미는 그의 첫인상을 회상할 수가 없었다. 맥닐을 처음 만났던 때가 기억나지 않았으니까. 사고 이후 그 이전의 기억에 중간중간 공백이 생겨버렸다. 그러한 작은 기억들의 공백으로 좌절하기도 하고 때로는 혼자 눈물까지 쏟았다. 에이미는 다른 사람 앞에서는 울지 않았다. 한편 자기연민과는 거리가 먼 톰은 지금 에이미의 옆에서 가슴팍에 팔짱을 턱 끼고는 마치 에이미를 지키기 위한 보디가드라도 된 양, 턱을 치켜올리고 선 채 그들 쪽으로 다가오는 맥닐을 주시하고 있었다. 장애를 가진 불쌍한 자기 친구에게 무례하게 굴면 가만두지 않겠다는 듯한 모습이었다. 사실 에이미가 정상인처럼 생활하는 것이 어렵게 된 이후에도 다시 일을 시작할 수 있었던 것은 톰 덕분이었다.

맥닐은 책상 앞에서 걸음을 멈추더니 톰을 무시하고 아이의 뼈를 바라보았다. 그러고는 에이미를 쳐다보고 살짝 고갯짓을 하며 "뭐 알아낸 게 있나요?"라고 물었다.

"꽤 많아요." 에이미는 다시 아이에게 시선을 던졌다. 그리고 손가락 등 쪽으로 마치 살아 있는 아이를 만지듯이 아이의 이마를 쓰다듬었다. "정말 불쌍한 여자아이예요."

"이게 여자아이라는 걸 어떻게 알 수 있죠?"

"이 아이가 여자아이라는 걸 어떻게 알 수 있었냐면," 에이미는 '이게'라는 표현에 마치 아이가 기분이라도 상할까 봐 걱정되는 것처럼 맥닐이 했던 말을 정정해 표현했다. "어떤 결정적인 요소 한 가지, 바로 이거다, 그런 거는 없어요." 그녀가 말을 이어갔다. "그보다는 여러 가지 요소를 종합적으로 고려했을 때 그렇게 볼 수 있다는 거죠. 약간의 직감적인 부분도 있고요."

"직감은 빼놓고 얘기하도록 하죠." 맥닐이 말했다. "사실만 갖고 얘기합시다."

에이미는 당황하지 않고 대답했다. "좋아요, 사실만 갖고 얘기해볼게요. 여자는 전반적으로 남자에 비해 근육 부착점이 작고 덜 발달되어 있어요." 그녀는 손끝으로 대퇴골 쪽을 만지며 말했다. "여기 지금 보이는 솟아 있는 부분들이 근육과 힘줄을 이어주는 부착점 역할을 해요." 그러고는 골반뼈로 옮겨갔다. "일반적으로 여자의 골반은 아기를 낳기 위한 조건에 맞추어 형성되기 때문에 남자의 골반과 구분되는 몇 가지 특징들이 있어요. 우선 일반적으로 골반이 넓은 편이죠."

이 말에 어렴풋이 옛날 기억이 떠올라 맥닐의 입가에 옅은 미소가 퍼졌다. 엄마가 옆집에 사는 여자애를 미래 며느릿감으로 상상하면서 그 애의 골반이 아기를 낳기에 좋은 골반이라고 말했던 것이 생각났기 때문이다.

에이미는 위쪽을 흘깃 바라보다 맥닐의 옅은 미소를 보고는 "이게 지금 재미있나요? 맥닐 경위님?"라고 물었다.

"아니요. 아닙니다."

그녀는 맥닐을 빤히 바라보다가 다시 책상 위의 뼈로 시선을 옮겼다. "전반적인 외형을 제외하고도, 골반뼈를 측정하면 성별을 알아내는 데 도움이 될 수 있어요. 일반적으로 치/좌골 지수라고 알려진 치골과 좌골 길이의 비율 차이를 봐요."

"물론, 치/좌골 지수는 잘 아시겠죠." 톰이 마스크 귀퉁이로 언뜻 그를 자극하는 듯한 미소를 내비치며 말했다.

"물론이죠." 맥닐이 대답했다. 그리고 에이미에게 물었다. "그걸 측정해본 거죠?"

"그렇죠."

"그래서요?"

"이 치수 자체가 결정적인 건 아닙니다. 아직 어린아이여서 성적 특징들이 발달하기 전이니까요. 하지만, 그래도 기준대로 보면 남자아이보다는 여자아이에 훨씬 가깝습니다." 그녀는 아이의 두개골을 들어 올린 뒤 조심스럽게 손바닥에 올려놓았다. "일반적으로는 두개골이 좀 더 정확한 지표가 돼요. 먼저, 여자아이의 두개골은 보통 남자아이의 두개골보다 작아요. 안와상 융기와 유양돌기가 여성에서 좀 덜 두드러지게 보이고, 안와랑 이마가 좀 더 둥글죠." 그러고는 설명을 확실히 하기 위해 언급한 부분들의 곡선을 손으로 짚어주면서 맥닐을 똑바로 쳐다보았다. "저는 이 아이가 여자애라고 95% 확신해요."

"나머지 5%는요?"

"그 부분은 직감이죠. 뭐 어찌 됐든 그 부분은 계산에서 빼라고 하셨으니까."

맥닐이 웃었다. "맞아요. 제가 그랬죠. 그 밖에 알아낸 게 더 있나요?"

"가난한 개발 도상국에서 왔을 가능성이 있어요. 또 외적으로 굉장히 눈에 띄는 특징이 두 가지 있다는 것도."

맥닐은 놀라워했다. "뼈만 가지고 어떻게 그런 걸 알 수 있죠?"

"왜냐면 에이미는 이 일에 전문가니까요. 맥닐 씨." 톰이 자랑스럽게 말했다. "에이미는 법의학 치과 분야에서 런던 최고였어요. 그 사고 전까지는 정말……" 톰은 자신도 모르게 내뱉은 말을 큰 실수라도 한 듯 주저했지만, 그래서 오히려 더 주목을 끌 뿐이었다. "정말 최고로 꼽혔다니까요." 톰은 서둘러 덧붙였다. "어쨌건 실력은 녹슬지 않는 거니까."

에이미의 얼굴이 붉어졌지만 여전히 두개골에 집중했다. "이 건 몽고 인종 두개골이에요. 인종 차별적인 색깔이 들어간 용어 이긴 하지만, 이런 용어들이 대부분 그러니까요. 두개골은 흑인 종, 백인종, 몽고 인종 이렇게 세 가지로 구분해요."

"항상 생각하는 건데 백인을 지칭하는 코카서스는 무슨 〈스타 워즈〉에 나오는 청소로봇 이름 같아." 톰이 말했다.

맥닐은 웃지 않았다. "그리고 몽고 인종이라는 말은 즉, 아시 아 계통이란 거죠?"

"맞아요." 에이미가 말했다. "에스키모, 일본인, 중국인, 모두 다 몽고 인종에 속해요. 저도 마찬가지고요."

맥닐은 에이미의 비스듬한 아몬드 모양 눈과 높은 광대뼈, 날 렵한 턱선과, 낮은 눈썹뼈를 보며 그녀가 예쁘다고 생각했다.

에이미의 길고 반짝거리는 긴 머리는 목덜미에서 느슨하게 묶 여 있었고 앞머리는 거의 속눈썹을 찌를 정도로 이마를 덮고 있 었다. 에이미가 고개를 위로 들었을 때 맥닐은 그녀를 빤히 쳐다 보고 있었다. 에이미의 눈이 깜빡거리더니 곧장 아이의 뼈로 시 선이 옮겨갔다.

"하지만 실질적으로 이 아이에 대한 정보를 가장 많이 알 수 있는 부분은 치아예요. 몽고 인종 두개골의 특징은 어렸을 때는 잘 나타나지 않는 편인데, 치아는 달라서 절치가 전형적으로 이 런 삽 모양이에요." 그녀는 앞니를 하나씩 가리켰다. "또, 치관

쪽이 더 둥글고, 삽 모양 절치의 뿌리가 짧은 경향이 있어요."

"그럼 어떤 이유로 본인과 다르다고 생각하는 거죠? 중국인 또는 동양인이지만 영국에서 태어나고 자란 건 아니라고 생각하는 이유는?"

에이미가 미소를 지었다. "왜냐면 치아 상태가 너무 완벽하니까요." 그녀가 말했다. "이 아이는 어떤 종류든 치과 치료를 받은 흔적이 없어요. 할 필요가 없었던 거죠. 식단에 설탕이 들어 있지 않으니 충치가 전혀 없었겠죠. 만약 열 살짜리 영국 아이였다면 이건 아주 특별한 경우인 거죠."

"열 살이라고 했나요?"

에이미가 고개를 끄덕였다. "네."

"오차 범위는요?"

"3, 4개월 정도 차이 날 수 있어요. 치아 발달 정도는 굉장히 정확한 지표예요."

맥닐은 잠시 동안 에이미가 말해준 모든 사실들에 대해 골똘히 생각해보았다. "아까 외모에 두드러지는 특징이 두 가지 있다고 했죠?"

"네, 이 아이는 아시아인이에요. 그중에서도 인도나 파키스탄 쪽은 아니고 중국 쪽에 더 가까워요. 당신들 눈에는 우리 같은 아시아인들이 대체로 비슷하게 보일 거예요. 만약 제가 이 아이와 같은 나이대였다면 우리 두 사람 사이에 크게 다른 점을 발견하지 못할 수도 있어요. 한데 이 아이에게는 굉장히 크게 눈에 띄는 특징이 한 가지 있어요." 그녀는 잠시 말을 멈추었고, 맥닐은 그 특징이 무엇인지 궁금해 귀를 쫑긋 세웠다. "이 아이는 소위 말하는 언청이였어요." 에이미가 말했다. "보통 사람들이 그렇게 부르죠. 정확하게는 불완전 구순열이라고 해요." 에이미는 두개골을 맥닐 쪽으로 살짝 기울여서 그가 더 잘 볼 수 있게 했다. "윗니를 잡아주는 역할을 하는 위턱뼈 즉, 상악골에 아주 심한 결함이 있어요. 구순열은 사람에 따라 갈라진 부분이 아주 경미할 수도 있고 심할 수도 있어요. 또 한쪽만 나타난 경우도 있고 양쪽에 나타날 수도 있어요. 이 아이 경우는 일측성 구순열이에요. 위쪽 전치 몇 개가 굉장히 이상한 위치에 나 있는 거 보이시죠?" 에이미가 맥닐을 쳐다보았다. "외모가 아주 눈에 띄는 아이였을 거예요. 아이가 지나가면 사람들이 고개를 돌려 쳐다보는 일이 많았을 겁니다. 학교에서 다른 아이들과 지내는 데도 그런 점으로 인해 많이 힘들었을 거고요."

이때 뜬금없이 스코틀랜드의 국가가 맥닐 코트의 깊숙한 곳으로부터 웅웅거리며 울리기 시작했다. 코트를 뒤적여 주머니에서 휴대폰을 끄집어내자 선명하고 우렁찬 벨소리가 실험실 전체에 울려 퍼졌다. 여기 도착하기 전에 휴대폰 전원을 켜봤을 때 두 통의 부재중 전화가 와 있었다. 모두 마사에게서 걸려온 전화였다. 마사가 남긴 음성메시지가 있었지만 맥닐은 메시지를 들어보지 않았다. 휴대폰 화면에는 또 마사의 이름이 떠 있었다. 맥닐은 수신 거부 버튼을 누르고 휴대폰을 다시 주머니 속으로 찔러 넣었다.

"중요한 전화 아닌가요?" 톰이 말했다.

맥닐은 당황해서 움찔했다. "아내예요."

"아, 그렇구나." 톰이 말했다. "아내 말은 잘 들어야 하는데."

톰이 말을 잠시 멈췄다. "아님 무시하거나."

맥닐이 에이미에게 말했다. "이거 보고서로 작성하고 가실 거죠?"

"그럼요."

맥닐이 고개를 끄덕였다. "고마워요." 그러고는 주머니 속에 손을 넣고는 문 쪽으로 향해 갔다. 톰은 그가 멀어지는 모습을 멸시하듯 지켜보았다. "너 오늘 진짜 천재 같았어." 톰이 에이미에게 말했다. "그런데 저 인간 고작 '고마워'가 끝이야?"

"나는 그냥 내 할 일을 한 거잖아. 저 사람은 형사 일을 하면서 고맙다는 인사치레조차 듣기 힘들지도 몰라."

톰이 마땅찮다는 듯이 툴툴거렸다. "저 작자는 완전 형편없는 인간이야. 대체 어떤 여자가 저런 사람을 좋아할 수 있는 건지."

"부인 말하는 거야?"

"눈이 먼 거지."

"별거 중이래."

톰은 놀란 듯이 에이미를 쳐다봤다. "별걸 다 알고 있네. 그런 걸 대체 어떻게 알았대?"

에이미는 얼굴이 붉어지며 어깨를 으쓱했다. 그러고는 불편한 감정을 숨기기 위해서 다시 뼈를 관찰하는 척했다. "나도 잘은 몰라. 그냥 그렇다고 들었어. 그게 전부야."

4

핑키는 가끔 엄마 꿈을 꾸었다. 핑키는 꿈속의 그 사람이 바로 엄마라는 것을 알 수 있었다. 왜냐하면 꿈속에서 엄마라고 부르고 있었으니까. 하지만 꿈속 엄마에게서는 그가 어린 시절 기억하는 엄마의 모습과 닮은 부분을 찾기가 어려웠다. 그래서 꿈에서 깰 때마다 마음이 허탈했다. 핑키는 대체로 현실이 실망스러운 편이었다. 그는 종종, 깨어 있는 시간이 꿈이고 꿈이 진짜 현실이라고 생각하고는 했다. 그렇게 생각하면 깨어 있는 시간 동안 좋아하는 일들을 거리낌 없이 할 수 있었다. 그리고 잠이 들면 낮에 했던 일들이 모두 실제는 일어나지 않았던 일이 되어버렸다. 이런 식으로 생각하는 것은 그가 즐거운 일을 하고 그 일들을 처리하는 나름의 방식이었다. 다른 사람들은 아마 이해하지 못할 테지만……

지금 이 순간 핑키는 할아버지 할머니 집에 돌아와 있었다. 이것은 현실이었다. 그는 그 집에 있었던 순간들을 생생하게 기억했다. 거실 소파에 누워 지내던 밤들과 뼛속까지 추웠던 겨울, 그리고 무덥고 답답한 여름. 또 저 멀리 벽에 붙어 있던 책장과 모서리에 마주 닿은 소파 그리고 거기 놓여 있던 베개. 핑키는 자기가 다른 누구보다 가장 일찍 일어났던 날들이 며칠이나 되나 세어보다가 숫자를 놓치고는 눈높이에 들어오는 책장 칸을 누운 채로 바라보았다. 그곳에는 제목이 기묘하고 멋진 책들이 꽂혀 있었다. 『가자에서 눈이 멀어』, 『구름 골짜기』, 『누구를 위하여 종은 울리나』. 책을 쓴 작가들의 이름도 이상하기 짝이 없었다. 올더스 헉슬리, 루이스 그래식 기번, 어니스트 헤밍웨이. 대체 올더스란 사람은 어떻게 생겼을까?

핑키가 책장 앞으로 슬며시 다가가 진열된 책들 중 한 권을 뽑아서 노랗게 바랜 페이지를 조심스럽게 열어보는 모험을 감행하기까지는 꽤 오랜 시간이, 아마도 2년 정도가 걸렸던 것 같다. 할아버지는 고등학교에서 영어를 가르치는 선생님이셨고, 책장에는 다양한 책들이 꽂혀 있었다. 그중에서 그는 『브라이턴 록』이라는 책을 뽑아 들었다. 작가는 그레이엄 그린이라는 사람이었다. 첫 문장만 읽어보려던 생각으로 시작했지만, 한 문장이 한 문단이 되었고, 또 한 페이지가 되었다. 그렇게 해서 1년 만에 책장에 꽂힌 모든 책을 다 읽어버리고 말았다. 하지만 그중에서도 마음속에 가장 깊이 남아 있던 건 첫 번째 책이었다. 그 책에는 그가 살고 있는 시대보다 훨씬 앞선 시대를 배경으로 하는 이해할 수 없는 이야기가 실려 있었는데 기묘하게 어두운 구석이 있었다. 주인공은 영웅이라기보다 영웅의 반대편에 선 인물이었지만 핑키는 단박에 주인공과 동질감을 느꼈다. 그 소설의 주인공인 10대 갱단 핑키는 무자비하고 냉혹하고, 사람을 가지고 노는 아이였다. 그리고 물론 우리 모두가 다 그렇듯이 결함투성이 인간이었다.

그는 그때부터 핑키라는 별명을 사용하기 시작했다. 그리고 학교에서도 다른 아이들에게 그렇게 부르라고 요구했다. 핑키라는 이름이 얼마나 우스꽝스럽고 이상하게 들릴지에 대해서는 생각해보지 않았다. 자신을 책 속의 주인공과 동일시했기 때문이다. 그는 핑키가 되고 싶었다. 핑키라고 부르라고 했을 때 많은 아이들이 웃었지만, 그 웃음은 오래가지 않았다. 아무도 핑키를 두 번 비웃지는 못했다.

엄마가 핑키의 침대 쪽으로 허리를 숙이자 향수 냄새가 풍겨왔고 핑키는 볼에 다가오는 따뜻한 엄마의 뺨을 느낄 수 있었다. 엄마가 부드러운 입술과 달콤한 숨결로 "잘 자라, 우리 아들. 푹자."라고 속삭이는 소리가 들렸다. 이어 전화벨 소리가 울렸고, 짜증나게도 엄마는 "전화를 받아야겠다"고 말하고는 사라졌다. 이런 시간에 대체 누가 전화를 하는 거야? 그냥 전화벨이 울리게 내버려 두면 안 돼? 그런데 정말 전화벨이 계속 울렸다. 결국 핑키는 욕을 하며 몸을 굴려 침대 옆 탁상에 있는 전화기를 집어 들었다. 현실 세계로 돌아온 것이다.

"뭐야?"

"좋은 아침, 핑키. 내가 깨운 건 아니었으면 좋겠는데."

핑키는 화를 가라앉히기 위해 깊은숨을 내쉬었다. 이건 일이니까. 그는 수화기 너머의 목소리를 바로 알아들었다. 부드럽고 이상할 정도로 단조로운 음조의 목소리 주인공은 스미스 씨였다. 일은 다 마무리되었는데 웬일이지.

"아닙니다." 핑키가 말했다. "뭐 좀 하느라 바빴어요."

"핑키, 문제가 좀 생겼는데."

핑키는 대체 어떤 문제가 생겼는지 가늠할 수가 없었다. "무슨 문제요?"

"자네가 소개해준 그 젊은 애 말이야…… 마무리를 제대로 못한 것 같다."

"무슨 말씀이시죠?"

"그니까, 걔가 뼈를 제대로 처리하지 않았더라고. 건축 현장에 버렸어. 지금 그 뼈는 경찰이 가져갔고."

"제기랄!" 핑키는 분노로 인해 목과 어깨 쪽 근육이 조여오는 것을 느꼈다. 망할 새끼! "그놈을 없애버릴까요?"

"감시를 좀 해줬으면 해, 그 뼈를 단서로 추적할 수 없게. 무슨 말인지 알지? 일을 깔끔하게 처리하기 위해 필요한 거라면 어떤 짓이라도 해도 좋아."

스미스 씨의 목소리는 아주 평온했지만 핑키는 그가 실제로는 평온하지 못하다는 것을 알고 있었다. 그는 스미스 씨의 불같은 성격을 목격한 적이 있었기에, 누구도 상상하지 못할 일을 할 수 있는 사람이라는 것을 잘 알고 있었다. 사실 핑키는 스미스 씨를 살짝 두려워하고 있었다.

"뭘 타고 다니죠?"

"내 차를 타고 가. 어디든 통행 가능하게 해놨으니까." 스미스 씨가 말을 마친 뒤 잠시 쉬었다 덧붙였다. "경찰들이 뭘 하는지, 진척 상황을 감시할 방법을 찾았으니까, 그 결과에 따라 네가 앞으로 해야 할 일이 정해질 거야."

"경찰들을 그냥 없애면 어떨까요?"

"그건 안 돼! 안 돼." 스미스 씨가 황급히 말했다. "수사관들한
테 무슨 일이 생기면 관심만 끌게 될 거야. 그건 우리가 제일 원
하지 않는 거고."

5

에이미는 작은 노란색 토요타 차량을 몰고 툴리 가를 지나고 있었다. 그녀의 차는 장애인 전용 복지 차량으로, 휠체어를 실을 수 있게 특별히 개조된 것이었다. 뒤로 밀어서 여는 방식의 운전석 문과 경사로가 탑재되어 있고, 그녀가 간단하게 운전석에 앉을 수 있게끔 되어 있는 구조였다. 장애인 관련 장비들이 대개 그렇듯이 비용이 꽤 많이 들었지만 보상금이 나왔기에 이런 차량을 살 수 있었고, 덕분에 어느 정도는 평범한 사람들처럼 생활을 할 수 있게 되었다.

요즈음은 거리가 텅텅 비어 운전하고 다니기에 더없이 편했다. 하지만 그렇다고 자주 차를 몰고 나오는 것은 아니었다. 에이미는 서쪽으로 달려가고 있는 군대 호송 차량을 지나쳐서 북쪽 방향의 강가와, 유리와 철강으로 기울어진 곡선 모양을 그리고 있는 시청 건물을 바라보았다. 언제 한번 시장이 저 유리에 대해 언급하면서 투명한 유리가 정부의 투명성을 상징하는 것이라고 말한 적이 있었다. 이제는 말 그대로 유리 안이 너무나 투명하게 잘 보였다. 그 안에 아무것도 없었으니까. 결국 공허한 약속은 허공으로 날아가버리고 말았다. 온갖 계획을 세우고 대비를 했지만 이런 규모의 엄청난 일이 발생할 것이라고는 아무도 예견하지 못했다.

이름대로라면 한때 세 그루의 참나무들이 자리하고 있었을 쓰리 오크 레인Three Oak Lane에서 그녀는 북쪽으로 달리기 시작했다. 참나무들은 이제는 사라진 지 오래였다. 에이미는 그레인스포드 가에서 다층 주차장으로 들어선 뒤 자신에게 할당된 2층 주차장에 차를 세웠다. 이 주택을 구매할 때 남아 있던 유일한 주차 공간이 이것밖에는 없었고, 덕분에 에이미는 항상 엘리베이터를 이용해야 했다. 엘리베이터가 작동할 때는 아무 문제가 없었다. 하지만 만약 엘리베이터가 안 된다면 난감할 것이었다. 다행히 엘리베이터는 오늘도 아무런 문제 없이 우웅거리며 1층으로 내려왔고 에이미는 휠체어를 조정하여 개조된 창고와 새로 지은 건물들 한가운데 마당이 자리잡고 있는 버틀러스&콜로니얼 와프 입구의 정문으로 향했다. 모든 것이 멈춰 있는 적막하고 칙칙한 이런 날, 벽돌과 벽돌 사이로 푸른 빛이 새어 나오는 이런 곳에서 휠체어에 달린 전기 모터 돌아가는 소리가 유독 시끄럽게 들렸다. 사람은 코빼기도 보이지 않았다. 옛날에는 이곳의 거리와 골목, 건물 모두 활기가 넘쳤을 텐데. 항만에서 작업하는 사람들과 창고를 관리하는 사람들로 북적거렸을 것이며, 배들이 머나먼 대영제국 식민지 곳곳에서 온갖 이국적인 식품과 향신료들을 싣고 강어귀를 따라 들어왔을 것이었다. 이곳에는 높게 솟은 창고들 사이로 금속으로 만든 다리가 이상한 각도로 자리하고 있었다. 템스강 쪽으로 이어지는 아치 모양의 거대한 문 앞에서는 인부들이 몇 시간 동안 일거리를 기다리며 줄을 서 있고는 했을 것이었다. 이제 이곳은 도시 재생 사업에 따라 돈 좀 있는 사람들이 거주하는 주택가로 변모했고, 거리에는 와인 바와 맛집들이 들어서 다시 활기를 찾은 곳으로 바뀌었다. 하지만 바이러스 때문에 이곳에도 으스스한 적막만이 감돌았고, 과거의 부산한 소음은 메아리로도 남아 있지 않았다.

에이미는 경사로를 따라 휠체어를 밀고 올라가 문을 열고 안으로 들어갔다. 이곳은 한때 향신료를 보관하던 창고였다. 이 집을 에이미에게 판 중개인은 이곳을 소개하면서 개조공사를 하기 전 안전모를 쓰고 건물을 둘러보던 이야기를 들려주었다. "정말 천국 같았어요, 아가씨." 그녀는 이렇게 말했다. "건물 곳곳이 정향 냄새로 가득 차 있었다니까요."

창고로 사용되던 그 건물은 총 3층으로 이루어져 있었는데, 에이미는 위쪽의 두 개 층에서 살기로 했다. 휠체어를 사용하는 사람에게는 꽤나 무리한 선택일 수 있었지만 에이미는 장애 때문에 원하는 것을 포기하지 않겠다고 결심한 터였다. 만약 사고가 일어나기 전 이곳을 보았더라면 당장 사고 싶었을 것이었다. 돈이 없어서 불가능했겠지…… 그러나 이제 사고 덕분에 이곳을 구입할 여건이 되었고, 장애를 이유로 어떤 타협도 하고 싶지 않았다. 그래서 그녀는 계단 양쪽에 휠체어 승강기를 설치하고 층마다 휠체어를 두는 방식을 택했다. 아래층은 잠을 자는 공간으로, 위층은 전반적인 생활공간으로 꾸몄다. 서까래들 사이 넓게 탁 트여 있는 공간을 가구와 책장을 이용해 구획을 나눴다. 공간 한쪽 구석에는 확 트인 주방을 두었고, 뒤쪽 벽 두 짝으로 된 커다란 프랑스식 유리문을 지나면 사각형 모양의 발코니가 이어져 있었다. 여름이면 발코니에 앉아 책을 읽기 안성맞춤이었다.

에이미는 휠체어에서 계단 승강기로 옮겨 탔다. 팔의 근력을 탄탄히 키워 혼자 힘으로 몸을 들어 올릴 수 있었다. 어차피 가녀린 체구라 무게가 많이 나가지도 않았지만. 가끔씩 에이미는 승강기가 답답할 정도로 느리게 느껴지기도 했는데 오늘은 그냥 눈을 감고, 다리 위에 올려놓은 작은 소포를 살포시 잡고서 승강기에 몸을 맡겼다. 살인 사건 피해자 신원 파악은 자주 있는 일이 아니었다. 뜻밖의 인연으로 만난 이 불쌍한 어린 소녀는 에이미가 생각지 못한 방식으로 마음을 뒤흔들어놓고 있었다. 에이미는 그녀가 지금까지 다루어본 모든 사체 그리고 일을 하기 위해 집으로 가져왔던 두개골을 회상해보았다. 그때는 두개골은 그냥 일이었으며, 상쾌할 수 없는 이 업무 자체와 자기 자신을 항상 분리해 생각했었다. 지금까지는 그게 가능했지만 이 어린 아이의 뼛조각은 달랐다. 아직도 유골 어디엔가 아이의 영혼이 깃들어 있는 것처럼 느껴졌다. 마음이 편하지 않았다. 아이의 두개골을 손에 들고 있으면 마치 아이가 느꼈던 공포가 뼈를 타고 고스란히 그녀의 온몸으로 전해지는 것 같았다.

1층 문은 잠긴 상태였고 현관문에서 들어오는 약간의 빛만이 어둠을 관통하고 있었다. 공기중에 평상시와는 다른 냄새가 희미하게 감돌고 있었지만 에이미는 소포를 내려놓고 계단 위쪽 휠체어에 앉기 위해 끙끙거리는 중이어서 냄새를 감지하지 못하고 있었다. 그녀는 어두운 것에는 크게 개의치 않았다. 가끔씩 몇 시간 동안 불을 꺼놓은 상태로 그때 발생한 사고가 현실이 아니기를 상상하고는 했다. 오늘은 곧바로 불을 켜고, 몸을 움직였다.

에이미는 휠체어를 운전해 두 번째 계단참으로 이동하다가 순간 놀라서 멈추었다. 그녀 뒤 어둠 속에서 움직이는 그림자는 감지하지 못했지만, 2층 계단에 있어야 할 승강기가 없었기 때문이다. 목을 길게 빼고 올려다보니 승강기가 계단 맨 위쪽에 올라가 있었다. 어떻게 저게 올라가 있을 수가 있지? 오늘 아침 외출할 때 분명히 승강기가 바닥에 내려와 있었는데. 순간 에이미는 몇 초 전 그냥 지나쳤던 냄새를 감지했고, 동시에 어디선가 나타난 손이 그녀의 입을 틀어막았다. 순간 심장이 철렁했다. 소리를 지르고 싶었지만 입을 열 수가 없었고, 뒤에서 튀어나온 팔의 힘이 얼마나 센지 꼼짝할 수가 없었다. 그녀가 양팔을 위로 올려 소매를 움켜잡았는데, 동시에 침입자는 조용히 에이미를 의자에서 들어 올렸다.

힘없는 다리가 허공에서 흔들렸고 에이미가 할 수 있는 것은 아무것도 없었다. 그녀가 할 수 있는 것은 그 사람이 마루를 지나 방문을 차고 침실로 들어가는 동안 매달려 있는 것뿐이었다. 그는 세 발자국 만에 침대로 가서 에이미를 침대 위 이불과 쿠션 사이에 눕히고는 입을 막았던 손을 거뒀다. "나쁜 사람!" 에이미가 소리를 질렀다. 그리고 팔을 뻗어 그의 목덜미를 얼싸안고 힘껏 당겨 입을 맞추었다.

두 사람이 떨어졌을 때 에이미는 숨이 가빴다. 그리고 남자는 에이미를 향해 씩 웃고 있었다. "정말 너무 멋지던데." 그가 말했다.

에이미는 미소를 지었다. "그냥 제 일을 하는 거죠. 형사님."

그는 다시, 이번에는 가볍게 키스를 하고 에이미의 눈을 가리고 있는 머리카락을 쓸어 올려주었다. 얼마나 사랑스럽고 짙은 눈동자인지. 그는 경외심과 애정에 찬 시선으로 에이미를 응시하며 말했다. "베넷 박사가 우리를 보면 뭐라고 할까?"

에이미의 얼굴에 어두운 그림자가 스쳐 지나갔다. "엄청 싫어하겠죠. 톰은 당신이, 게이란 이유만으로도 사람을 두들겨 패버릴 수 있는 그런 경찰이라고 생각하고 있으니까."

"뭐 한판 덤비자고 들면, 얼마든 패줄 수 있지. 근데 게이여서 그런 게 아니라 사람 기분 나쁘게 구니까."

에이미는 그를 밀어냈다. "잭, 톰은 내 친구예요. 세상에서 제일 소중한 절친. 지난 2년 반 동안 톰이 없었으면 나는 살아남지 못했을 거야."

맥닐은 긴 한숨을 내쉬며 하고 싶은 말을 참았다. "알아, 근데 이제 내가 있잖아."

"얼마나 오래? 싫증나면 떠날 텐데?"

"바보같이 굴지 마. 내가 당신을 어떻게 생각하는지 알잖아."

"당신이 나를 어떻게 생각해주었으면 하는 건 알지. 당신이 나를 어떻게 생각하는지 말해준 적은 없는 것 같은데."

"난 말주변이 없어서, 행동으로 보여줄게." 맥닐은 다시 키스를 퍼부었다. 에이미는 처음에는 거부했다. 세상에서 가장 좋아하는 두 남자가 서로 사이가 좋지 않아 이렇게 비밀로 해야 하는 것이 마음에 들지 않았다. 둘이 심지어 연적도 아니고…… 맥닐은 혀를 밀고 들어왔고, 결국 에이미는 굴복하고 말았다. 그러자 불같은 열정이 타올랐다.

다시는 걷지 못할 거란 말을 들었을 때 에이미는 이제 섹스도 끝이라고 생각했다. 하지만 에이미의 척수는 완전 손상된 것이 아니었다. 부분 손상만 입었을 뿐이었다. 대소변도 가릴 수 있었다. 하지만 다시 섹스를 하고 싶은 열정을 느낄 수 있을지는 알 수 없었다. 맥닐과 처음 일을 치르기 전까지는. 그때의 경험은 통증과 쾌락 그리고 눈물이 뒤섞인 첫 경험처럼 느껴졌다. 그날 맥닐과 첫날 밤을 치르기 전까지 에이미는 그에게 저의가 있다고 생각했다. 건장하고 터프한 맥닐 같은 남자가 걷지도 못하는 가녀린 중국 여자에게 관심을 가질 이유가 무엇일까? 하지만 맥닐은 너무나 부드럽게 다가왔다. 그를 통해 에이미는 눈에 보이는 게 다가 아님을 깨달았다. 맥닐은 수줍음 많고 배려심도 많은 복잡한 인물로, 장로교 부모 밑에서 자라 종교적인 색채까지 더해 금기도 많은 사람이었다. 게이를 싫어한다기보다는 노골적인 성적 표현을 꺼려하는 사람일 뿐이었는데 톰은 자신이 게이라는 사실을 노골적으로 과시하고 다니는 사람이었다.

맥닐은 셔츠를 벗고, 에이미의 부츠를 하나씩 벗겨주었다. 그러고 나서 블라우스와 검은색 치마를 벗기기 시작했다. 그러다 갑자기 손길을 멈추고 말했다.

"앗, 이러면 안 될 것 같아. 내가 당신에게 독감을 옮길 수도 있지 않을까?"

"그럼 아예 사는 걸 포기하는 게 나을 거예요. 어차피 죽을 거니까." 에이미가 그를 올려다보며 말했다. "지금 이 순간을 사는 것처럼 살지 못하면, 결국 살아보지도 못하고 죽음을 맞게 되겠죠."

***

하얀색 벤츠 트럭이 아스펜 웨이를 덜컹거리며 동쪽으로 가고 있었다. 텅 빈 고속도로를 따라가던 트럭이 도크랜드 경철도 아래를 지나가자 웨스트 인디아 키에 고여 있던 납빛 물이 도로 남쪽 콘크리트 면에 튀어 오르는 것이 보였다. 구름이 엷어지면서 차가운 아침 공기가 희미하게 밀려오는 노르스름한 빛과 섞여 대기중에 은은히 퍼져나가고 있었다.

핑키는 유니폼이 몸에 맞지 않아 불편했지만 가스 마스크와 커다란 고글이 얼굴 대부분을 가려주어, 그 덕분에 보장되는 익명성 뒤에서 묘한 안정감을 느꼈다. 그는 야구모자를 눈 위까지 푹 눌러쓴 채로, 우회전을 하여 빌링스게이트 수산시장 옆의 북쪽 가교로 이어지는 입구로 주행하며 점점 시야에서 가까워지는 군인들을 주시했다. 20명 이상 되는 군인들이 이제는 거의 반영구적인 캠프가 되어버린 검문소에 주둔하고 있었다. 강 건너편에는 저격수들이 총구를 겨누고 있는 교착상태였다. 무장 차량들과 철사줄로 엮어 만든 장벽이 길목을 막고 있었다. 그는 차를 잠시 멈추고 창문을 내렸다. 어선들이 출항을 멈춘 지 몇 주가 지났음에도 불구하고 바람결에 실려오는 생선 냄새가 코를 찔렀다. 고약한 냄새가 공기중에 흡수되어 그곳의 냄새로 박제가 되어버린 것 같았다.

상관으로 보이는 군인 하나가 운전석 창을 향해 총구를 겨눈 채 조심스럽게 접근해왔다. 그는 핑키의 서류를 확인한 뒤, 잠시 그를 무심히 쳐다보고 서류를 돌려주고는 권총을 딸각거리며 말했다. "마스크 벗으세요."

가슴이 철렁했다. 마스크를 벗으라는 요구는 예상 밖의 일이었다. 그는 야구모자를 벗고 마스크를 휙 벗었다.

군인이 핑키를 의심스러운 눈빛으로 쳐다봤다. "찰리는 어디가고?"

"아픕니다." 핑키가 그 말을 하자마자 군인이 무의식적으로 뒷걸음질했다.

"찰리랑 접촉한 적은?"

핑키는 고개를 저었다. "본 적도 없어요. 다른 일에서 차출되어 대신 뛰는 겁니다."

군인은 안심하는 듯했다. "마스크 다시 착용해도 좋소." 그는 돌아서서 임시 장벽 쪽에 있는 엔지니어들에게 소리쳤다. "통과시켜." 그러자 군인들은 철사를 돌돌 말아 만든 장벽을 밀어서 다리로 이어지는 길을 터주었다.

핑키는 마스크를 쓰고 시동을 걸었다. 트럭은 덜컹거리며 천천히 다리를 향해 나아갔다. 강가 저편에는 유리로 된 고층빌딩들이 안개 속에 솟아올라 있었고 건물마다 붙어 있는 회사의 로고가 건물 주인이 누구인지 말해주고 있었다. 맥그로힐 컴퍼니, 뱅크 오브 아메리카. 핑키는 불안한 눈빛으로 하늘과 맞닿은 건물의 윤곽선을 훑으며 소총을 겨누고 있는 저격수가 혹시 없는지 살펴보았다. 아무것도 없었다. 그는 천천히 경사로를 지나 텅빈 파란색 보안 부스를 거쳐 다리 앞에서 차를 멈췄다. 그 다리는 남측에서 45도 정도 올라가 있었다. 대형 선박들이 아래로 지나갈 수 있게 설계되어 있었지만 지금은 아주 효과적인 장벽 역할을 하고 있었다. 누군가 레버를 움직여 다리가 내려가기 시작했다. 다리를 건너면 카나리 워프와 그 너머 '아일 오브 독스'까지 갈 수 있었다.

핑키는 천천히 차를 몰아 다리를 건넜고, 이후 사이드미러로 쳐다보니 다리가 다시 올라가고 있었다. 그는 계기판에 있는 클립보드를 흘깃 보았다. 경로와 배달 장소가 모두 확실히 표시되어 있었다. 의심을 사지 않으려면 경로를 꼼꼼하게 잘 따라가야 할 것이었다. 트라팔가 웨이와 뱅크 스트리트 로터리 아래 웨스트페리 로드에 검문소가 또 진을 치고 있었다. 돌아가는 길에는 웨스트인디아 애비뉴에 있는 검문소를 지나 웨스트페리 로터리 쪽으로 갈 계획이었다. 그러나 먼저 런던 동부의 심장에 자리한 자가 격리 중인 섬에서 일을 마쳐야 한다.

핑키는 종종 왜 그곳이 '개들의 섬'이라는 뜻인 '아일 오브 독스Isle of Dogs'라고 불리게 되었는지 궁금했다. 실제로는 섬이 아니고 강에 둘러싸인 반도인데…… 이제 그 이유를 알게 되었다. 한때 세상에서 가장 분주한 부두의 하역 작업을 하기 위해 여러 선창과 수로를 만들어놓는 바람에 육지와의 길이 끊어져 섬처럼 되어버렸기 때문이었다. 또한 그곳은 헨리 8세가 개를 키우던 곳이라, 개들의 섬이란 이름이 붙여진 것이었다. 적어도 핑키가 15센티짜리 차가운 스테인리스 스틸을 부드럽게 찰리의 갈비뼈 사이로 밀어 넣기 직전에 찰리가 말한 대로라면 그랬다. 찰리는 참 좋은 아이였는데. 그가 죽어야 했다는 것이 참 안타까웠다.

핑키는 남쪽으로 향했다. 높은 빌딩 숲 아래에 깔린 아스팔트

도로를 타고 캐나다 스퀘어를 지나 주빌리 플레이스로 향했다. 길 위에는 개미 새끼 한 마리 보이지 않았다. 카나리 워프는 마치 유령 도시 같았다. 지하철역 반대편에는 머리 부분이 잘린 반인반마 형상의 조각상이 잎이 다 떨어진 메마른 여섯 그루의 나무 사이에 둘러싸인 채, 연무가 끼어 흐릿해 보이는 강둑 쪽 돔을 응시하고 있었다. 팔 없는 몸통이 말의 배 아래 옆구리 쪽으로 누워 있었다. 핑키의 얼굴에 옅은 미소가 흘러나왔다. 이런 걸 예술이라고?

핑키는 뱅크 스트리트에서 오른쪽으로 급히 차를 틀었다. 앞쪽에는 카나리 워프와 헤론키 사이를 도크랜드 경전철로 이어주는 파란색 다리가 보였다. 약탈로 인해 공공 기물이 파손되어버린 도심과 달리 이곳은 멀쩡했다. 판자로 올려 막은 곳도 없었다. 상점과 식당들 모두 문을 닫은 상태였지만, 판자때기로 막지 않아 적어도 상점 모습을 볼 수 있었다. 슬러그 앤 레티스, 주빌리 플레이스 쇼핑몰. 하지만 이곳에 속하지 않은 사람, 바이러스 감염 가능성이 있는 사람이라면 어느 누구라도 현장에서 바로 총에 맞을 것이었다. 그래서 누구도 밖으로 나올 생각을 하지 않았다. 심지어 지역 주민들도 몸을 사리고 밖으로 나다니지 않았다. 일단 총부터 쏘고 질문을 던질 테니까. 또 그러면 이미 너무 늦게 마련이니까.

핑키의 눈에 무언가 움직이는 것이 포착되었다. 파란색 유니폼을 입은 남자가 총을 겨드랑이 옆에 들고 위로 겨눈 채, 흰색 골프 버기 차량을 몰고 가고 있었다. 그렇게 잠깐 파란색과 흰색의 조합은 스쳐 지나 배에 선적을 하던 어두운 구역으로 사라져버렸다. 이곳에서 원래 보안요원으로 일하던 사람들은 자경단에 합류해 버기 차량을 몰고 다니며 순찰을 했다. 그들이 총을 어디서 구했는지는 수수께끼였다. 하지만 이곳은 부유하고 권력 있는 사람들이 사는 곳이었고, 목숨이 걸린 일이라면 그리고 돈만 있다면 불가능할 게 없을 것이었다.

핑키가 첫 번째로 멈춘 곳은 광장 남쪽에 있는 지하 주차장이었다. 핑키는 경사로를 타고 건물 지하에 있는 음침하고 텅 빈 주차장으로 내려갔다. 금속 들보 위의 천장이 낮은 주차장이었다. 차 몇 대가 주차되어 있었지만 인기척은 없었다. 물론, 핑키는 자기를 지켜보고 있는 눈이 있을 거라고 짐작했다. 그는 차를 세우고 엔진은 끄지 않은 상태로 차에서 뛰어내려 트럭 뒤쪽 문을 열었다. 그 이후 상자들을 지면으로 내려서 콘크리트 바닥으로 옮기는 데 30분 정도가 소요되었다. 상자를 옮기는 작업은 꽤나 고되었고 작업을 다 마칠 즈음에는 온몸이 땀에 젖어 있었다. 상자 안 내용물 표시는 아무 데도 되어 있지 않았지만 그는 통조림이 들어 있을 것이라고 짐작했다. 이 섬에 살고 있는 약 2만5천 명의 사람들에게 식량 공급을 하기 위해 매일 20여 대의 차량이 들어왔다.

마지막 박스를 옮기던 중, 박스 바로 뒤에서 맨살이 드러난 팔이 툭 떨어졌다. 찰리의 손은 마치 크리켓볼을 움켜쥔 자세에서 누군가가 공만 빼어간 모양을 하고 있었다. 팔뚝에는 핏방울이 튀어 있었다. 핑키는 재빠르게 팔을 차 안쪽으로 밀어 넣어버리고서 보고 있는 사람이 없는지 주위를 살폈다. 여전히, 아무도 보이지 않았다. 그는 남은 상자 몇 개의 자리를 옮겨 찰리가 더 이상 달갑지 않은 등장을 하지 않도록 확실히 한 뒤 차에서 뛰어내려 차 뒷문을 닫아걸고 감시하는 눈들로부터 시체를 안전하게 숨겼다.

마스크 때문에 얼굴 안쪽이 너무 후덥지근하고 불편했다. 땀이 줄줄 흘러 눈으로 들어갔다. 그는 다시 훌쩍 뛰어서 운전석에 올라탔다. 이제부터는 아주 길고 긴 하루가 될 것이었다.

***

에이미는 등을 대고 누운 채로 천장을 바라보고 있었다. 그녀의 오른쪽 다리는 맥닐의 어깨에 걸쳐져 있었고 맥닐은 에이미 앞에 무릎을 꿇은 자세로 앉아 납작하고 힘센 엄지손가락으로 에이미의 종아리 근육을 따라 무릎 주위와 허벅지를 마사지하고 있었다. 에이미는 감각을 느낄 수 있으면 하고 간절히 바랐다. 누군가가 자신을 만지고 있는 것을 머리로는 인지할 수 있지만 실제 감각으로는 전혀 느끼지 못한다는 건 정말 이상한 기분이었다. 이런 상황에는 지금도 그리고 앞으로도 절대 익숙해지지 않을 것 같았다.

이따금 그녀는 아주 희미하게 핀이나 바늘이 발을 콕콕 찌르는 듯한 감각을 느끼며, 그렇게 작게 시작하여 모든 감각이 물밀듯이 다시 돌아오기를 바랐다. 지금은 쓸모없이 붙어 있는 것처럼 보이는 이 부속물들에 언젠가 다시 생명의 숨결이 돌아올 수도 있지 않을까 생각했다. 어쩌면 다시 걸을 수 있지 않을까? 의사들은 불가능하다고 말했다. 하지만 낙관적인 기분이 드는 날이면 그녀는 의사들의 말이 항상 맞을 수는 없다고 스스로에게 되뇌고는 했다. 한편 비관적인 생각이 드는 날이면 핀과 바늘로 콕콕 찌르는 듯한 감각이 느껴지는 건 그저 상상인 것 같아 두려웠다. 그저 희망 사항인 것인가?

하지만 맥닐은 그녀가 다시 걸을 수 있을 것이라고 확신했다. 그리고 그렇게 되기 위해서는 에이미의 근육을 단련시키고 유연하게 관리해야 한다고 했다. 근육이 그대로 말라붙게 놔둘 수 없다고…… 그래서 그는 몇 시간 동안 에이미의 다리를 살피며 근육군별로 운동을 시키고 다리와 무릎, 발목을 앞뒤로 젖혔다가 펴는 행동을 반복했다. 지치는 기색도 전혀 없어 보였다. 이렇게 운동을 하는 동안에는 절대 서로 말을 하지 않았다. 맥닐은 말없이 에이미의 근육 운동을 진행했고, 에이미는 전에는 알지 못했던 평온함을 온전히 즐겼다. 가끔씩은 눈을 감고 그냥 멍하니 있으면서, 마음속에 있는 모든 생각들을 비워냈다. 또 어떨 때는 마음이 산란해지는 문제들에 대해 생각하기도 했다. 직장에서의 문제나, 사이가 멀어진 남동생에 대해서. 그러면 답이 찾아질 때도 있었고 부분적인 해결책이 떠오를 때도 있었다. 때로는 전에 몰랐던 편안한 기분이 들기도 했다.

그런데 오늘 에이미는 '침묵'이라고 하는 맥닐과의 암묵적인 약속을 깼다. "나 그 애를 집으로 데리고 왔어."

"누구?" 맥닐은 마사지를 멈추고, 얼굴을 찌푸렸다.

"린."

"린이 누구야?"

"구순열 있는 그 어린 여자아이."

맥닐은 몸을 숙여 에이미의 얼굴을 쳐다보았다. "무슨 말이야?"

"나는 그렇게 부르기로 했어. 린이라고. 그 애도 이름이 있어야 하잖아. 내가 린이라는 이름을 항상 좋아하기도 했고. 홍콩에 있는 내 사촌 이름도 린이고, 우리 부모님이 내 이름을 그렇게 지어주기를 바라기도 했거든."

"나는 에이미라는 이름이 좋던데." 그러고서 맥닐은 다시 다리를 마사지하기 시작했다. "집에 데리고 왔다는 게 무슨 의미야?"

"머리를 복원해보려고. 그러면 어떻게 생겼을지 파악하는 데 도움이 될 것 같아서, 안 그래? 윗입술이 기형이었으니까 굉장히 눈에 띄는 얼굴이었을 거야. 쉽게 얼굴을 알아볼 수 있을걸? 내 생각에는 그래."

"그러니까 두개골을 집까지 가지고 왔다는 말이지?"

에이미가 끄덕였다.

"악취가 나지 않아?"

"조금. 근데 위층에 있는 큰 창을 열어놓고 거기서 할 거야. 정원이 내려다보이는 조그만 발코니 있잖아. 물만 안 묻게 조심하고 창문도 계속 열어놓으면 괜찮을 거야." 에이미는 팔꿈치를 디디고 자리에서 일어났다. "위층으로 데려다줘. 보여줄게."

맥닐은 그 집 꼭대기 층의 공간을 좋아했다. 높은 곳에 있는 숨통이 트일 만큼 넓은 공간은 기분전환에 딱이었다. 그곳은 이즐링턴에 있는 폐쇄공포증이 생길 것 같은 그의 단칸방과는 천지차이였다. 그는 넓은 창 쪽으로 탁자를 세팅해준 뒤, 뒷벽의 커다란 찬장에 들어 있던 재료들을 꺼내서 에이미가 작업 준비를 할 수 있도록 도와주었다. 맥닐로서는 에이미가 두개골 작업하는 것을 직접 보는 게 처음이었는데, 찬장 중간에 두개골이 나란히 늘어서 있는 것을 보고 흠칫 놀라지 않을 수 없었다. 대머리 남자, 젊은 여성, 소년, 나이 든 여성 두개골 그리고 아직 미완성으로 보이는, 머리에 큰 부상을 입은 남자의 머리 등이 들어 있었다.

에이미는 책이며 차트, 접합용 못과 점토 덩어리들을 하나씩 일하기 좋게 늘어놓기 시작했다. 맥닐은 그 모습을 신기하게 쳐다보았다. 그녀는 받침대에 머리를 고정시키고 휠체어를 조절해서 일하기 가장 적합한 위치에 자리를 잡았다. 창문을 열어놓은 덕분인지 냄새는 생각보다 나쁘지 않았다.

"그 두개골 위에다가 얼굴 형상을 만들 거야?"

"아니, 먼저 회반죽으로 두개골 모양을 떠놓고, 수지로 턱뼈를 만들 거야. 이 두개골이 증거물이 될 수 있는데, 훼손되면 안 되니까. 그치?"

맥닐은 에이미가 준비를 시작하는 모습에 빠져들어 지켜보았다.

"두개골만 보고 얼굴 생김새를 어떻게 알 수 있어? 그러니까, 사람의 두개골이란 게 대체로 다 서로 비슷하게 생겼잖아."

에이미가 씩 웃었다. "중국인들이 서로 비슷하게 생긴 것처럼?"

맥닐은 얼굴이 화끈거렸다. "그런 뜻이 아닌 거 알잖아."

그녀는 고개를 끄덕거리고는 웃으며 말했다. "먼저 두개골 주위를 따라 34개 레퍼런스 포인트에 작은 구멍을 뚫어서 소형 접합용 나무못을 붙일 거야. 지름은 2.5밀리미터짜리로. 나무못은 평균 연조직 깊이를 표시하는데 헬메르라는 사람이 실재 사람을 대상으로 초음파로 측정해서 계산한 척도에 따라 진행하는 거야. 그러니까 상당히 정확도가 높아. 그리고 나서 아메리칸 방식이라고 하는 방법으로 얼굴을 형상화할 거야. 예술작품을 만드는 거라기보다는 과학적 재건을 하는 거지. 폭이 5밀리미터 정도 되는 플라스티신(점토) 조각들을 가지고 평균 조직 깊이만큼씩 쌓아가면 피부밑 근육층을 구현할 수 있어. 입 모양은 치아랑 턱으로 결정이 돼. 이 아이의 경우는 특히 갈라진 입술 모양 형태가 나올 거야. 콧등 모양은 코뼈의 치수에 따라서 결정되고. 눈꺼풀 모양과 선을 잡기 위해 사용하는 차트랑 척도도 있어. 그리고 물론 인종도 그 부분에서 한 역할을 하지."

"어디서 이런 걸 다 배웠어?"

에이미가 어깨를 으쓱했다. "항상 관심이 있었어. 또 그 사고가 난 뒤에 이런 거는 다리가 없어도 할 수 있는 일이기도 했고. BAHID의 멘토가 나를 많이 도와주기도 했어."

맥닐은 에이미가 BAHID(British Association for Human Identification: 영국 신원파악 연구 학회) 회원이란 것을 알고 있었다. BAHID는 병리학자, 경찰, 변호사, 치과의사 등 다양한 분야의 법과학 전문가들이 모여 만든 비공식 학술 모임이었다. 하지만 멘토에 대해서는 처음 들어보는 것이었다.

"멘토도 있어?"

"응, 경험 많은 실무자들이 보통 은퇴한 후에 젊은 사람들 몇 명을 데리고 가르쳐주는 거야. 내 멘토는 샘이라고 하는데, 은퇴한 인류학자셔. 이메일하고 메신저를 통해서 소통하고 있어."

그는 에이미가 일하는 것을 지켜보면서, 섬세하고 기다란 손가락으로 발휘하는 손재주에 감탄했다. 에이미는 아름다운 옅은 상아색의 피부에 입꼬리가 살짝 올라가 항상 미소를 짓고 있는 것처럼 보였다. 이 입꼬리 미소는 외상과 비극의 흔적마저도 품어버린 듯했다. 맥닐은 그냥 에이미를 들어 올려서 꼭 안아 항상 옆에 두고 싶었다. 아니 그냥 맥닐의 일부로 만들어버리고 싶었다. 그건 태어나서 처음으로 느낀 감정이었다. 그는 자신 안에서 솟아나는 감정들이 놀랍고 심지어 당황스럽기까지 했다. 자기 안에 있을 거라고 생각해보지 못했던 감정들이 불쑥불쑥 고개를 내밀었다.

갑자기 주머니 속에서 스코틀랜드 국가가 시끄럽게 울렸다. 그는 휴대폰을 꺼내서 화면을 보았다. 마사의 이름이 떠 있는 걸 확인하고 그가 막 전화를 끊으려던 참이었다.

"그 사람이야?"

얼굴을 돌리자 에이미가 심각한 표정으로 바라보고 있었다. 그는 고개를 끄덕였다.

"그럼 받아야지."

에이미의 눈에 담긴 미묘한 표정을 보자 아침 내내 마사의 전화를 피하려고 했던 행동에 대한 죄책감이 일었다. 그는 초록색 통화 버튼을 눌렀다. "무슨 일이야?"

"대체 어디 있었던 거야, 잭? 몇 시간 동안 내가 얼마나 애를 태웠는지 알아?"

마사의 목소리에는 경고등이 켜져 있었다. "무슨 일인데?"

"션 때문에……." 마사의 목소리가 갈라지고 있었다.

"션한테 무슨 일이 생겼어?"

"션이 아파."

***

핑키는 맨체스터로를 타고 남서쪽으로 달리며 세인트 존과 세인트 루크 크라이스트 처치 방면을 지나고 있었다. 주택들 사이로 그리고 아일랜드 정원의 나무들 너머로 멀리 강 저편에 위치한 그리니치 대학교 내 구 왕립 해군학교의 돔 두 개가 나란히 보였다. 강가의 탁한 회색빛 물에서부터 올라온 차가운 공기가 얇은 안개로 퍼지고 있었다. 이제 핑키는 도크랜드 경전철역을 지나 좌회전을 해서 페리 거리로 진입했다. 그러고 나서 포플라 조정 클럽을 지나 우회전을 하니 템스강을 굽어보고 있는, 빨간색 벽돌로 새로 지은 아파트들이 늘어서 있었다.

구석에 있던 페리 하우스 펍은 닫혀 있었지만 세인트 데이비즈 스퀘어로 통하는 문은 열려 있었다. 예전에 찰리는 이곳에 들르면 담배를 피우며 쉬어 가곤 했다고 말한 적이 있었다. 그 모습을 들켜도 뭐라 하는 사람 하나 없었다고도 했다. 이제 핑키는 스퀘어 안으로 들어가 엘리펀트 로얄 태국 음식점을 지나갔다. 안쪽에는 하얀색 발코니와 프랑스식 창문들로 되어 있는 6층짜리 아파트 건물들이 주변에 우뚝 서 있었다. 광장 중앙에는 수영장과 분수가 있었는데, 예전에는 그 분수에서 물이 쏟아져 내리고 푸른색 조명이 이를 비춰주곤 했다. 강가 쪽 아파트는 강가 갯벌을 넘어 그리니치까지 모두 볼 수 있게 시야가 탁 트여 있었다. 그리고 무엇보다도 높게 솟아 있는 커티삭호의 돛대 세 개가 눈길을 끌었다.

핑키는 상자들을 내리면서 광장이 내려다보이는 창문 쪽에 사람이 있는지 조심스럽게 살펴보았다. 15분이나 걸렸으니 핑키를 내려다보는 눈이 열은 넘었을 텐데…… 하지만 실제로 눈에 띄는 사람은 하나도 없었다. 핑키는 문득 사람들이 상자를 어떤 식으로 배분해서 가져갈지가 궁금했다. 가구당 한 사람씩 나와서 가져갈까? 아니면 둘씩 짝을 지어서? 당번표 같은 걸 만들어서 교대로 가져가나? 만약 분쟁이 생기면 어떻게 해결하지? 그는 저렇게 사는 사람들의 하루 일상이 어떨지 가늠할 수 없었다. 보이지는 않았지만 이곳에 사는 사람들의 두려움만은 느낄 수 있었다. 침묵만이 감도는 이 적막한 공기에도 형용하기 힘든 분위기가 배어 있었다.

그는 짐을 다 내린 뒤 트럭 문을 닫고 강변의 산책로를 향해 태평하게 걸어가며 주머니에 있는 담뱃갑을 꺼냈다. 담배를 피울 생각은 아니었다. 왼쪽에는 콘소트 하우스동 로비로 향하는 문이 있었고 숫자가 8부터 42까지 표시되어 있었다. 그는 차양 옆의 벽에 잠시 기대어 앉아서 담배 한 개비를 꺼냈다. 그리고 맞은편에 줄지어 있는 지붕을 하나씩 살펴보았다. 지금이다. 핑키는 자신이 들어가는 모습을 누군가 보고 있으리란 걸 알고 있었지만, 그래도 아무도 나서서 그를 막으려 하진 않을 거란 사실 또한 알고 있었다. 총을 가지고 있다면 모를까. 그리고 이런 상황에 누가 자기 집 문을 열고 나와 이웃집의 나이 든 아주머니를 도와주려 하겠는가? 그러기엔 사람들은 모두 너무 많이 겁을 먹은 상태였다. 그는 불을 붙여보지도 않은 담배꽁초를 뭉개 던져버리고는 자리에서 일어났다. 그리고 문을 열고 안쪽으로 들어갔다. 혹여나 등 뒤로 날아오는 총알은 없는지 기다렸지만, 아무것도 날아오지 않았다. 그는 로비에서 심호흡을 한번 한 뒤, 엘리베이터를 타고 꼭대기 층으로 올라갔다. 엘리베이터에서 내려 복도에 발을 내디디며 문에 붙어 있는 숫자들을 빠르게 훑기 시작했다. 42A호는 벽의 끝 쪽에 있었다. 그는 복도 끝 쪽을 향해 나 있는 창을 따라 신속하게 이동했다. 창을 통해 강변 풍경이 눈에 들어왔다. 갈매기 떼가 낮게 강을 가로지르고 있었다. 갈매기들은 까악까악 울어대며 급강하를 해 물속으로 다이빙을 하더니, 다시 하늘로 날아올라 곧 그의 시야 밖으로 사라졌다. 핑키는 문을 두드려도 그녀가 나오지 않을 것이라는 사실을 알고 있었다. 그렇다고 문을 박차고 들어가기에는 소음이 너무 크게 날 터였다. 그에게는 다른 기술이 있었다. 그는 주머니에서 얇은 금속 막대 뭉치를 꺼내었다. 그리고 문의 잠금쇠를 잠시 관찰한 후 막대 하나를 골랐다.

집 안으로 들어가자 복도에 카펫이 깔려 있어 발소리를 흡수해주었다. 그는 문을 살살 닫고 조심스럽게 복도를 지나서 복도의 끝자락으로 걸어갔다. 복도 옆 방에서 햇빛이 쏟아져 들어오고 있었다. 그는 열려 있는 문 앞에서 등을 벽에 밀착한 상태로 고개만 살짝 틀어 내부를 들여다보았다. 안쪽에는 창문을 통해 템스강이 내다보이는 공간이 넓게 펼쳐져 있었고, 좁은 발코니로 통하는 유리문이 있었다. 벽에는 그림과 액자에 담긴 가족사진들이 가득했다. 오돌토돌 무늬가 새겨진 구식 가구들 때문에 방이 좁게 느껴지는 면이 있었지만 한편으로는 그 덕분에 정겨운 분위기를 연출하고 있었다. 핑키는 그 공간의 분위기가 마음에 들었다. 이런 곳에서 한번 살아보고 싶다는 생각까지 들었다.

그곳은 핑키의 할아버지 할머니 집을 연상시켰다. 다만 두 분은 이런 곳에서 살 여건이 되지 않았을 것이었다.

문 뒤쪽 너머 어딘가에서 달각거리는 소리가 들려왔고 그는 그 소리의 정체를 알아보기 위해 조심스럽게 발걸음을 옮겨 방 안으로 들어갔다. 단발머리를 한, 머리가 허옇게 센 할머니였다. 앞머리가 눈가까지 내려오는 모습으로 책상에 앉아서 아주 숙련된 솜씨로 컴퓨터 키보드를 치고 있었다. 금속 테를 두른 안경은 이마 위에 걸쳐져 있었고, 바로 옆 탁자에는 서류 더미가 쌓여 있었다. 창문 밖으로 저렇게 멋진 풍광이 펼쳐져 있었지만, 그녀의 눈은 컴퓨터 모니터 화면에 고정되어 있었다. '이게 무슨 낭비일까?'라고 핑키는 생각했다. 사람들은 컴퓨터에 너무 많은 시간을 할애했다.

그는 방 안으로 한 걸음 더 들어서며 "안녕하세요?"라고 인사를 건넸다.

그녀는 깜짝 놀라 뒤돌아보며 찌를 듯한 푸른색 눈으로 믿을 수 없다는 듯이 그를 뚫어져라 쳐다보았다. "이게 무슨…… 당신 누구야?"

핑키는 살짝 미소를 지었다. 할머니가 떠올랐다. "당신을 구해주러 온 사람이에요, 할머니." 그는 작업복에서 소음기가 달린 총을 스윽 꺼내어 한 발 쏘았다. 그녀의 이마에 아주 깔끔한 구멍이 생겼다. 하지만 총알이 빠져나간 자리가 깔끔하지 못해 터져 나온 피와 뇌가 온 창문에 후두두 떨어졌다. 할머니는 앞으로 쓰러져서 얼굴부터 부딪혔고, 이윽고 피가 카펫을 적시기 시작했다. 핑키는 움찔했다. 난장판을 만들어놓고 가고 싶지는 않았다. 청결함과 정리 정돈은 엄마가 끊임없이 잔소리하던 미덕이었다. 정직, 친절, 충실, 성실도 마찬가지였다. 만약에 어떤 일이 할 가치가 있다고 생각되면, 잘해야 한다. 끝내지 못할 일은 시작하지도 말아야 한다.

그는 방을 가로질러 벽에 붙은 가족사진을 둘러보았다. 사진 속에 그녀가 있었다. 집안의 가장이자 기둥이었던 그녀 주위로 아이들과 손자들이 둘러싸고 있었다. 그들은 사진 속에서 행복한 미소를 짓고 있었다. 핑키는 그 모든 것을 빼앗아 간 사람이 자기 자신이라는 사실을 깨닫고 잠시 스치는 듯한 슬픔을 느꼈다. 안타까운 일이었다, 진심으로.

어디선가 아기 우는 소리가 들려 깜짝 놀라 권총을 들고 뒤돌아보니 하얀 양말을 신고 턱받이를 두른 검은 고양이가 죽은 주인의 머리맡에서 킁킁거리고 있었다. 할머니에게 무슨 일이 생겼음을 감지한 눈치였지만 정확히 무슨 일이 일어난 것인지 모르는 듯했다. 핑키는 총을 치웠다. "아이고, 야옹아." 그가 고양이를 부르며 말했다. "이제 네 밥은 누가 주니?"

고양이는 상냥한 그의 목소리에 반응하듯 수직으로 세운 꼬리의 끝 쪽을 살짝 말고 핑키를 향해 걸어왔다. 핑키는 허리를 숙이고 고양이를 들어 올려 팔에 안았다. 고양이는 핑키가 부드럽게 배를 문지를 수 있게 놔두었다. 사람 손을 많이 탄, 나이 많은 고양이였다. 핑키가 만져주자 기분이 좋아 그르렁거렸다.

핑키는 고양이를 주방으로 데리고 가서 조리대에 내려놓은 뒤, 찬장에서 고양이 먹이를 찾아보았다. 싱크대 아래쪽에 캔이 들어 있었다. 그는 캔을 두 개 따서 접시 두 개 위에다가 탈탈 털어냈다. 이리 해두면 불쌍한 늙은 고양이가 얼마간이라도 배를 곯지는 않을 것이었다. 고양이는 등을 말아 아치 모양으로 앉아 먹이를 먹기 시작했다. 핑키는 손가락으로 고양이의 등을 부드럽게 쓰다듬어주었다. "불쌍한 야옹이."

6

그동안 저축해놓았던 자금과 마사가 상속받은 돈을 모아 함께 구입했던 그 집은 우울한 모습 그대로였다. 그마저도 주택 융자를 끼고 사서 아직 대출금도 다 갚지 못한 상태였다. 1층에 위치한 소박한 침실 두 개짜리 아파트는 런던 남쪽 근교의 숲으로 둘러싸여 있었고, 현대적인 디자인의 테라스가 있었다. 뒤편에는 션을 위한 작은 마당이 있었고, 교통이 붐비지 않은 시간대라면 램베스까지 20분이면 갈 수 있는 거리에 위치해 있었다.

8년 전 두 사람은 엄마와 아빠가 되어 갓 태어난 아기와 함께 희망을 품고 이곳에 왔지만, 8년이 지난 지금 이곳의 거리는 그 꿈들이 모두 무위가 되어버렸다는 것을 가슴 아프게 상기시켜줄 뿐이었다. 모든 것이 실패로 끝나고 말았다.

천생연분도 아니었고 행복한 결혼생활도 아니었다. 맥닐이 처음 런던에 왔을 때 그는 겨우 27세였다. 스코틀랜드 인버네스셔(스코틀랜드 북서부의 옛 주—역주)의 시골을 떠나 런던에 도착한 맥닐은 세상 물정 모르는 앳된 청년이었다. 런던이라는 대도시는 일종의 모험지였고, 런던 경찰청에서의 생활은 그에게 새로운 도전이었다. 런던으로 온 바로 그달 경찰 파티에서 마사와 처음 만났다. 당시 마사는 다른 형사와 사귀고 있었지만 그 두 사람의 관계는 거의 끝을 바라보고 있는 상황이었다. 마사와 맥닐은 첫눈에 서로에게 끌렸다. 섹스가 그들 관계의 원동력이었다. 기회가 있을 때마다 언제든 어디든 가리지 않았다. 루이샴에 있는 원룸을 임대해 쉬는 날은 대부분 침대에서 보냈는데, 아이스크림을 먹고 섹스를 하고 술을 마시고 지내며 마치 롤러코스터를 타는 기분으로 살았다. 모든 책임으로부터 자유로웠으며, 미래에 대해 아무런 생각 없이 보내던 시절이었다.

그러던 어느 날 마사가 임신 사실을 알려왔고, 이것으로 그들의 인생은 바뀌게 되었다.

둘 다 조심했는데 어떻게 된 건지 영문을 알 수 없었다. 마사는 갈등했다. 아이를 원했지만, 아직은 아니었다. 마사가 낙태 이야기를 꺼냈을 때 맥닐은 들으려 하지 않았다. 어떤 종교적 믿음 때문은 아니었다. 비록 맥닐의 부모님은 스코틀랜드 교회의 신실한 신자였지만 맥닐은 신의 존재에 대해서 믿지 않았다. 하지만 그의 내면 어딘가 부모님의 윤리 기준이 새겨져 있었다. 맥닐은 마사를 설득했고 결국 그녀는 아이를 낳기로 생각을 바꾸었다. 션이 태어나던 날, 마사는 션을 안고 쏟아져 내리는 눈물을 주체할 수가 없었다. 그리고 그 눈물 사이로 덩치 크고 터프한 스코틀랜드 사나이가 울고 있는 모습이 눈에 들어왔다.

맥닐은 길가에 차를 세우고 시동을 껐다. 전에는 하나였던 아치 모양 문이 이제 하나는 고동색, 다른 하나는 하얀색의 두 개로 나누어져 있었다. 맥닐은 두려움에 떨며 계단을 올라갔다.

"션이 아프다"는 단 두 어절의 말로 그나마 그의 인생에 남아 있던 것들이 모두 다 산산조각 나고 말았다.

마사는 그가 문 앞에 도착하기도 전에 문을 열어주었다. 마사의 모습은 충격적이었다. 얼굴은 핏기가 하나도 없이 창백했고, 피곤한 눈 아래쪽으로는 깊은 그림자가 스며들어 있었다. 지난번 봤을 때보다 훨씬 나이 들어 보였고, 신경이 곤두서 있는 상태였다. 불과 일주일 전이었는데. 그때만 해도 션에게는 아무런 문제도 어떤 증상도 없었다. 학교도 전부 폐쇄되어서 다른 사람들과 접촉할 일도 거의 없었다. 대체 어떻게 감염이 된 것일까? 맥닐이 마사에게 물어볼 수 있는 건 그거밖에 없었다. 그리고 그 질문에는 마사에 대한 비난, 그 이상의 것이 들어 있었다.

"나도 모르겠어." 마사가 고개를 저었다. 그녀의 목소리에는 절망이 묻어 있었다. 두 사람은 안으로 들어갔다. "당신한테서 묻어온 것일 수도 있지. 우리는 아무 데도 나갔다 온 데가 없는데. 당신이 옮겨온 게 아닐까."

맥닐은 턱에 질끈 힘을 주고 치솟는 화를 가까스로 참았다. "션은 어디 있어?"

"돔에. 어젯밤 의사한테 전화했어. 오늘 새벽 4시에는 기침을 하는데 가래까지 나왔어. 얼마나 빠르게 진행되는지 몰라. 동이 틀 때 구급차가 왔어." 마사가 추궁하듯이 그를 쳐다봤다. "왜 전화를 안 받은 거야?"

"전화해서 좋은 소리가 나온 적이 없잖아?" 거실은 완전히 난장판이었다. 빨래건조대에는 션의 아스널 축구팀 유니폼이 널려 있었고, 텔레비전 옆에는 게임기가 나뒹굴고 있었다. 맥닐은 짐

짓 수그러들면서 답했다. "일하는 중이었어."

"물론 그랬겠지." 마사의 목소리에는 원망하는 기색이 분명히
드러나 있었다. "언제나 일이 우선이지."

그는 마사를 쳐다보며 익숙한 죄책감을 느꼈다. 화낼 만했다.
아기가 태어나고 나서 마사는 더 이상 섹스에 관심이 없었고 둘
사이 대화도 점점 사라져갔다. 맥닐은 시간이 나는 날이면 션과
함께 보냈고, 마사는 소외감을 느꼈다. 그녀는 점점 더 멀어져갔
고 맥닐은 그럴수록 더 일에 몰두했다. 집안 분위기는 끔찍했다.
그는 집이 싫었다. 집만 아니라면 아무 곳이라도 좋았다. 성급하
게 한 결혼을 두고두고 후회했다. "미안해." 맥닐이 말했다. "혼
자서 많이 힘들었을 텐데." 그는 늦게나마 위로의 표시로 마사를
안아주려 다가갔다.

"안 돼." 마사는 손을 내저었다. "션이 감염되었다는 건 나도
감염되었을 수 있다는 소리야."

그는 반사적으로 재킷 주머니를 뒤져 알약이 들어 있는 작은
유리병을 꺼냈다. 비상 상황이 발생하고 초기에 지급받은 것이
었다. 다음 날 아침 퇴직과 함께 반납해야 할 약병이기도 했다.
그는 병을 마사에게 건넸다. "여기, 이거 받아."

"이게 뭔데?"

"플루킬이야. 경찰들은 다 지급받았어."

"당신이 필요할 때가 생기면?"

"나는 상관없어. 당신에게 주고 싶어. 지금."

"병에 걸리고 난 뒤 먹는 거잖아."

"맞아. 감염되었다고 생각되면 최대한 빨리 먹는 게 좋아. 자,

어서." 그는 병을 들이밀었다.

마사는 약병을 받아 라벨을 읽어보고는 다시 맥닐을 쳐다보았다. "션에게 이 약이 필요할 때 당신이 옆에 없었다는 게 너무 가슴 아파."

머리가 띵했다. 그 말이 부당하다고 생각해서 그런 것이 아니었다. "내가 이 집에서 나가길 원한 건 당신이야."

그녀는 유리병을 주머니에 넣었다. "나중에 먹을게. 나 돔으로 좀 데려가줄 수 있어? 도심으로 들어갈 수 있는 통행증이 없어서 갈 수가 없어. 택시도 없고."

그는 끄덕였다. "거기서는 뭐래?"

"뭘?"

"션이 나을 확률 말이야."

마사가 그를 쳐다보았다. "아무런 말도 안 해줬어. 그럴 필요가 없잖아. 치사율은 말 안 해도 다 알고 있으니까." 마사의 눈에 눈물이 차올랐다. 마사는 아랫입술을 꽉 깨물었는데 얼마나 세게 깨물었는지 피가 나기 시작했다.

맥닐은 마사의 눈을 똑바로 볼 수가 없었다. 카펫을 내려다보고 있으려니 션과 함께 그 위에서 뒹굴며 놀던 기억이 떠올랐다. 션이 세 살 정도 되었을 때 둘이 함께 텔레비전에서 클린트 이스트우드가 나오는 옛날 영화를 본 적이 있었다. 〈석양의 무법자〉라는 영화였다. 아이들에게는 어떤 대사가 기억에 박히는지 아무도 알지 못한다. 영화에서는 엘리 웰라치가 이스트우드를 "변절자 새끼"라고 부르는 장면이 등장했다. 그리고 맥닐과 션이 그다음 날 총싸움을 하며 놀 때, 아이는 갑자기 아빠에게 "변절자 새끼!"라고 소리를 쳤다. 생각도 못 한 션의 모습에 맥닐과 마사는 한 30분 동안을 자지러지듯이 웃었었다.

"자 그럼, 출발할까."

차갑고 흐린 날이었지만 집보다는 밖이 환한 것처럼 느껴졌다. 바깥이 활기차게 느껴질 만큼 집 안은 너무 음울하고 음침했다.

마사에게 조수석 문을 열어주고 서 있는 동안 옆집 커튼이 흔들리는 것이 눈에 띄었다. 이웃 사람들은 션이 구급차에 실려가는 것을 모두 보았을 터이다. 이제 맥닐이라는 성을 단 사람은 다 같이 따돌림을 당할 것이었다. 불가촉천민이나 나병 환자처럼 누구도 그들의 근처에 오려고 하지 않을 것이다.

***

그들은 블랙월 터널로 가는 남쪽 접근로를 따라 차를 몰아 밀레니엄 웨이로 향했다. 정면 방향으로 노스 그리니치 황무지 위, 강철 기둥으로 된 상부 구조물에 매달려 있는 돔은 마치 텐트처럼 보였다. 2차선 도로를 가다 보니 지하철과 버스 정류장 옆에 있는 주차 구역에 다다랐다. 지하철과 버스의 운행이 중단된 지 이미 몇 주나 지났지만, 주차장은 만원이었다. 마스크를 쓴 군인들이 입구에서 손짓을 했고, 맥닐은 줄지어 서 있는 구급차들을 지나 돔 주위에 파란색 판들이 늘어서 있는 구역으로 갔다. 몇십억 파운드가 투입된 이 기념비적 장소가 콘서트장으로서의 짧은 수명을 마치고 드디어 유용한 쓰임새를 찾은 것이었다. 이제 그곳은 앓다가 죽어가는 사람들로 채워지고 있었다. 그 넓은 공간이 도심 병원들의 부담을 덜어주기 위해 벌집같이 구획이 나뉘어, 수천 개의 침상을 차려놓고 밀려오는 환자를 수용하고 있었다. 구급차 함대와 의료 공급용 차량들이 버스 정류장에 길게 줄지어 서 있었다.

맥닐은 도로 끝의 로터리 직전에 있는 구역에 차를 세우고, 서둘러 경사로를 올라 입구를 찾아 나섰다. 돔 근처를 둘러싼 뻘건색 아스팔트 바닥에는 온갖 차량들과 마스크를 착용한 의료진들이 오가느라 혼란 그 자체였다. 방문객들을 위한 안내문은 어디에도 붙어 있지 않았다. 아무도 방문객이 올 것을 기대하지 않으니까. 마사와 맥닐은 대체 어디로 들어가야 하는지, 또 누구에게 물어봐야 할지 알 수가 없었다. 보안요원들도 보이지 않았다. 하얀색 캔버스로 둘러쳐진 그 광활한 동굴 같은 공간으로 들어가기 위해 바로 옆을 지나쳐 가면서도 누구 하나 두 사람에게 관심을 보이지 않았다.

소음 또한 엄청났다. 머리 위에서 난방기 히터들이 돌아가는 소리가 윙윙 울렸고, 수천 명의 환자들이 기침하는 소리, 신음 소리 그리고 구역질하는 소리가 들렸다. 얼굴이 창백한 하얀색 유니폼의 병원 직원들이 바퀴 달린 침대를 옮기며 지나갔다. 침대 위 젊은 남자는 이미 숨을 거둔 뒤였다. 피와 구토 자국으로 얼룩진 천으로 대충 덮여 있는 그의 눈은 허공을 응시하고 있었다. 맥닐은 차라리 환자가 되어 아들 곁으로 가고 싶었다. 이 지옥과 다름없는 곳 어딘가에 그의 아들도 누워 있을 터였다. 션이 정말 죽을 운명이라면, 여기서 죽게 놔두느니 집으로 데려가고 싶었다. 맥닐은 바로 옆에 지나가는 간호사의 팔을 붙잡았고, 간호사가 뒤를 돌아보았다. "무슨 일이시죠?" 피곤으로 찌들고 그늘이 가득한 얼굴이었다. 눈빛은 백내장에 걸린 사람처럼 흐렸다. 끊임없이 죽어 나가는 사람들을 처리하고, 살아 있는 사람들의 짜증을 감당하느라 힘든 모습이었다.

"제 아들이 여기 어디 있어요. 오늘 새벽에 도착했습니다."

피곤한 얼굴 위로 잠깐 연민의 표정이 스치듯 지나갔다. "밖으로 나가서 길을 따라 돌아가면 게이트 C가 나올 거예요. 새로 도착한 환자들은 다 그쪽으로 데리고 가요." 간호사는 그렇게 말한 뒤 다시 벌집같이 빽빽이 들어차 있는 침상 쪽으로 향했다.

맥닐은 마사의 손을 잡고 밖으로 나왔다. 밖으로 나오니 상쾌한 공기가 맞아주었고 죽어가는 사람들의 소리로부터 자유로웠다. 그들은 간호사가 가르쳐준 길로 정신없이 달려가며 주변 병원 직원들과 몸이 부딪쳐도, 그들이 뭐라 소리를 질러도 신경 쓰지 않았다. 아들을 찾아야 한다는 일념에 사로잡혀 아무것도 생각할 수가 없었다. 게이트 C에 도착하니 이중문이 활짝 열려 있었다. 문 안으로 뛰어 들어가서 임시 안내 데스크로 향했다. 여기로 이송되어 오는 사람들이 데스크 컴퓨터에 기록되어 있었다. 데스크의 한쪽에 앉아 있는 나이 지긋한 한 간호사가 마스크를 뚫고 나오는 피곤한 얼굴로 말했다. "무엇을 도와드릴까요?"

"저희 아들이 오늘 아침에 여기 도착했는데요." 맥닐이 말했다. "이름은 션 맥닐입니다. 여덟 살이고요."

"방문객을 위한 별도의 안내 시설이 없습니다. 죄송합니다." 말은 그렇게 했지만 목소리는 전혀 죄송하게 들리지 않았다. "응급 번호를 매겨서 24시간 관리하고 있습니다."

간호사 옆에 있는 클립보드에는 충별 안내와 환자 이름이 연필로 적혀 있었다. 맥닐은 연필로 이름을 쓴 이유가, 이름을 지우고 새로 쓰기 쉽게 하기 위한 것이었다는 사실을 곧 알아차렸다. 생각해보면, 나름 합리적인 방법이었다. 그는 순식간에 클립보드를 낚아챘다.

"저기요!" 간호사가 클립보드를 빼앗으려 했지만 그는 클립보드를 높이 쳐들었다. "경찰 부를 거예요." 간호사는 짜증 섞인 목소리로 말했다.

"그러실 필요 없습니다. 제가 경찰이거든요." 맥닐은 그렇게 말하고서 충별 안내를 빠르게 훑어보았다. 충층마다 구역이 나누어져 있었는데, 그런 기록이 여섯 페이지도 넘게 이어져 있었다. "션의 이름이 안 보여. 못 찾겠어." 그가 마사에게 말했다. 목소리가 조급했다. 그는 급하게 다음 페이지로 넘겨 훑어보았다.

간호사는 한숨을 깊게 쉬고는 컴퓨터 키보드에 무언가를 타닥타닥 치고 나서, 맥닐 쪽으로 손을 뻗어 클립보드를 다시 가져갔다. 그리고 세 번째 페이지에서 션의 이름을 찾아냈다. 7B 구역이요." 그녀가 말했다. "바닥에 붙은 화살표를 따라가면 돼요. 7번 구역은 노란색이에요."

션은 7번 구역에서 또 나누어진 한구석에 세 명의 아이들과 함께 있었다. 션을 포함해 세 명의 아이들은 링거를 꽂고 있었다. 볼에는 선명한 패치들이 붙어 있었는데, 그 패치라도 아니었다면 시체로 착각했을 것 같았다. 션은 아픈 몸을 젖은 침대 시트로 돌돌 감고 있었다. 션은 그곳의 아이들 중 유일하게 의식을 완전히 잃지는 않은 것 같았지만, 주체할 수 없이 나오는 기침으로 혼미해 보였다. 션의 폐와 목에서 체액이 걸리는 소리가 들렸다. 하얀색 가운을 쓰고 마스크와 장갑을 착용한 의료진이 맥닐과 마사가 션에게 더 가까이 가지 못하도록 저지했다. "당신들 대체 여기서 뭘 하고 계신 거죠?"

"우리 아들이에요." 마사가 말했다. 하지만 목소리가 너무 기어들어가서 들리지 않자 목을 가다듬고 좀 더 크게 다시 말해야 했다.

의사는 피곤한 표정으로 션을 돌아보고는 으쓱했다. "죄송합니다." 이곳에서는 모두가 죄송하다는 말밖에 모르는 듯했다.

"아이 치료는 어떻게 되어가고 있나요?" 맥닐이 물었다.

의사는 션의 침대 발치에 있는 클립보드를 빼내어 차트를 살펴보았다. 그러고는 한숨을 쉬며 말했다. "스테로이드를 주고 있었습니다. 병이 전형적인 패턴대로 진행되고 있는 상황이에요. 급성 호흡곤란 증후군 단계까지 진행됐습니다."

"그게 무슨 말인가요?" 마사가 별거 중인 남편의 팔을 꽉 쥐며 물었다.

맥닐은 그게 무슨 말인지 잘 알고 있었다. 처음에 비상 상황이 시작됐을 때 모든 경찰들에게 브리핑이 진행되었는데, 이 병의 증상과 일반적인 진행 과정에 대한 설명이 포함되어 있었다. 감염되면 처음에는 독감처럼 몸살을 앓고, 목이 붓고, 열이 나고, 기침이 나는 등의 증상으로 시작되어 회복하기 어려운 호흡계 손상 혹은 급성 호흡곤란 증후군(ARDS)으로 빠르게 진행된다는 설명을 들었다. 또한 결핵과 비슷하게 시작되지만 항생제나 항바이러스제가 듣지 않는다고 했다. 맥닐은 스테로이드가 최후의 수단이며, 스테로이드도 감염이 진행되는 것을 막거나, 단백질 누출과 섬유증 그리고 끝내 죽음으로 이어지는 것을 막을 수 없다는 점을 잘 알고 있었다.

"그 말은 아이가 얼마나 강하게 버티느냐에 달렸다는 얘기예요." 의사가 말했다. "아이의 면역계가 얼마나 효과적으로 싸우는지에 달렸습니다."

맥닐은 침대에 누워 고통받고 있는 아들을 쳐다보았다. 아이는 너무나 작고 연약해 보였다. 다 큰 어른들도 이 병으로 인해 죽어가고 있었다. 건장하고 힘센 남자들도 강풍에 쓰러지는 볏짚처럼 고꾸라지는 마당에 이렇게 어린 아이가 생명을 부지할 확률은 얼마나 될까? 그는 무력감에 사로잡혀서 눈을 감았다. 아이를 보호해주고 안전하게 지켜주어야 하는 아빠라는 사람이 할 수 있는 게 아무것도 없었다. 아이는 경련을 일으키며 발작적인 기침을 계속했고, 맥닐은 다시 눈을 떴다. 이제 그 눈은 눈물로 채워져 있었다. "얼마나 버틸 수 있을까요?"

의사는 어깨를 으쓱했다. 이 작은 아이의 아빠와 마찬가지로 그도 할 수 있는 것이 없었다. "앞으로 한 시간만 버텨낼 수 있다면," 그가 말했다. "그러면 가능성이 있을 수도 있어요."

***

밖으로 나온 맥닐은 마스크를 잠시 옆으로 당겨 차가운 1월의 공기를 폐 속 깊숙이 들이마셨다. 마사의 어깨를 감싸자, 온 힘을 다해 참고 있지만 그래도 흘러나오는 흐느낌이 고스란히 전해졌다. 두 사람은 완전히 정신 나간 사람들처럼 오고 가는 사람들 사이를 뚫고 밖으로 나왔다. 주위의 세상은 존재하지 않는 것 같았다. 그렇게 두 사람은 게이트를 통과해 밀레니엄 웨이까지 걸었다. 도로의 저쪽 끝에는 파란 널빤지가 더 올라가 있었고, 그 사이의 틈을 통해 나오자 한쪽에는 200미터만 더 가면 밀레니엄 모텔이 있다는, 손으로 쓴 표지판이 세워져 있었다. 하지만 눈앞에 펼쳐진 것은 다 부서져가는 건물과 벽돌집을 널빤지로 막아놓은 것뿐이었다. 버려진 땅덩어리에는 잡동사니가 쌓여 있었고, 콘크리트를 발라놓은 거리에는 그 사이를 뚫고 잡초와 풀이 삐져나와 있었다. 녹슨 가로등이 어떻게 버티고 있는 건지 신기하게 느껴지는 각도로 서 있었고, 오래된 오드넌스 워프 주변에는 구덩이에서 파낸 흙이 쌓여 있었다. 예전에는 밀레니엄의 꿈이었던 이곳이 이제는 암울하고 황폐하게 버려진 공간이 되어 있었다. 마치 누더기가 되어버린 그들의 결혼생활과 삶과 죽음 사이를 오가고 있는 아이가 모두 투영되어 있는 듯했다.

강 건너 저편으로는 카나리 워프의 고층빌딩들이 자욱한 안개 사이로 솟아 있는 모습이 보였다. 건축가들이 새천년의 번영과 부흥을 염원하며 지었던 건물들이었다. 하지만 지금은 그것을 쌓아 올린 사람들처럼 아무런 영혼 없는 빈 깡통 같은 모습으로 사람들에게 버려진 채 두려움에 사로잡힌 모습으로 서 있었다.

강 건너편에서 무엇인가 탕탕하는 소리가 느리고 침울한 썰물을 타고 전해져왔다. 마사는 마치 공기중에서 냄새를 감지한 동물처럼 고개를 들어 올리며 "방금 그거 뭐지?"라고 물었다. 진짜 궁금해서라기보다는 본능적으로 나오는 질문이었다. 그냥 무언가 할 말이 필요했던 것이다.

"아마 총소리일 거야."

마사가 얼굴을 찌푸렸다. "누가 총을 쏘는데?"

마사와 마찬가지로 그는 무슨 말이라도 해서 이 공백을 채워야할 것 같았다. 그렇게라도 하지 않는다면 원치 않는 생각들이 밀려와 그 안에 가라앉고 말 것 같아 기계적으로 답했다. "아일 오브 독스가 봉쇄됐어. 그곳에는 아직 감염자가 없으니까, 돈 있는 사람들이 총을 들고 균이 유입되지 않도록 차단하고 있는 거지."

"그렇게 해도 되는 거야?" 마사는 믿을 수가 없었다. 순간적으로 자기가 왜 이곳에 왔는지를 잊을 정도였다.

"그러니까 저러고 있겠지. 그곳을 나오는 것은 자유지만, 일단 나오면 다시 돌아갈 순 없어. 들어가는 건 맘대로 못 해. 군대랑 대치 상태인데, 정부가 한 걸음 물러선 것 같아. 때때로 총격을 주고받는데 내 생각에는 보여주기식이지 싶어. 총에 맞은 사상자가 실제로 발생한다면, 군 병력이 투입되겠지."

또다시 탕탕거리는 소리가 들리더니 이내 잠잠해졌다. 이제 강 하류에 있는 노란색 컨테이너를 끌고 오는 예인선이 통통거리는 소리만이 적막을 뚫고 들려오고 있었다.

두 사람은 한동안 아무 말 없이 천천히 걸었다. 맥닐이 먼저 입을 열었다. "오늘이 내 마지막 날이야."

마사가 그의 얼굴 쪽으로 고개를 돌리는 것이 느껴졌지만, 맥닐은 마사와 눈을 마주치고 싶지 않았다.

"무슨 말이야?"

"일 그만둔다고 했어. 내일 아침 7시까지 하면 끝이야."

"무슨 말인지 못 알아듣겠어."

마사의 목소리에는 혼란스러움이 담겨 있었다.

"이해 못 할 게 뭐가 있어? 일을 그만둔다고."

"왜?"

"왜냐하면 션 양육권이 당신한테 있으니까. 내가 이렇게라도 시간을 만들지 않으면 션을 볼 수 없을 거니까."

마사는 생각에 잠긴 듯하더니 한참 만에 입을 열었다. "진작에 그런 생각을 못 했다는 게 안타깝네."

"또 시작이다." 맥닐은 마사의 어깨에 둘렀던 팔을 내렸다. 그리고 또다시 익숙한 그 분노를 느꼈다. 싸울 때마다 매번 이런 식이었다. "지금 이러고 싶지 않아. 지금 우리한테 션보다 더 중요한 건 없어."

마사는 맥닐의 팔을 꽉 붙잡으며 말했다. "그 말이 맞아. 미안해. 만약에 우리가 션을 우선시했다면, 우리 자신보다 아들을 먼저 생각했더라면, 이렇게 안 되었을 수도 있을 텐데."

맥닐은 정말 그럴지도 모른다는 생각이 들었다. 하지만 그렇다고 마사와 부부로서 행복했을지에 대해서는 여전히 의문이 들었다. 만약 생각지도 못하게 션이 생기지만 않았더라면, 그 둘의 관계는 자연스럽게 소실되어서 서로 각자의 인생을 살았을 것이었다. 얼마나 많은 커플이 어쩌다 생긴 아이 때문에 사랑 없는 결혼생활에 갇혀 사는 것인지, 그리고 그것이 얼마나 아이에게 부당한 일인가 하는 생각이 들었다. 션이 엄마 아빠에게 원했던 것은 사랑밖에 없었는데 그들은 아이에게 사랑을 주면서도, 무조건적이었던 적은 없었다. 이제 아이는 죽어가고 있었고, 그들에게 남은 것은 후회와 죄책감뿐이었다. 두 사람에게 모두 똑같이 잘못이 있었다.

"앞으로 어떻게 할 생각이야?" 마사가 물었다. "밥은 먹고 살아야지."

맥닐은 고개를 저었다. 지금껏 회피해왔던 질문이었다. "아무 생각 안 해봤어."

"만약에," 마사가 어렵게 입을 떼었다. "만약에 션이 회복한다면, 우리 다시 한번 더 노력해봐야 하지 않을까? 션을 위해서."

맥닐은 쌀쌀한 겨울의 아지랑이를 황량하게 바라봤다. 우주 속으로 아무런 중력 없이 떨어지는 듯한 느낌이 들었다. "그래야겠지." 그는 확신 없는 어조로 대답했다.

***

에이미는 컴퓨터 화면의 커서를 하위메뉴로 움직여 메시지 전송 아이콘을 클릭했다. 그리고 메시지 친구 목록에서 샘을 선택한 후 빠른 속도로 타자를 쳤다.

－ 샘, 골수에서 추출한 조직에서 유전자 샘플을 확보해보려 하는데, 어떻게 생각하세요?

엔터 키를 치자 쉬-익 소리와 함께 메시지가 전송되었다. 그녀는 화면을 보며 샘의 답장이 뜨기를 기다렸다. 프로필 사진으로 설정해둔 에이미의 아바타 이미지가 메시지와 함께 샘의 화면에 뜰 것이었다. 샘은 어떤 이유인지 화려한 색깔의 앵무새 그림을 본인의 아바타로 설정해두었다. 에이미는 항상 그 사진에 어떤 특별한 의미가 있는 건지 물어보려고 했지만, 매번 대화의 흐름에 묻혀 물어보는 것을 까먹고는 했다. 메시지를 주고받는 것도 일종의 대화라고 쳐준다면 말이다.

메시지를 주고받는 것은 이메일보다 즉각적이면서도 전화처럼 부담되지는 않았다. 그냥 화면을 켜놓은 채로 대화가 하고 싶을 때 언제든지 답을 하면 되었다. 에이미는 그날 이미 샘과 많은 대화를 나누고 있었고, 은퇴한 인류학자인 샘에게 아이의 뼈에 대한 브리핑을 진행하는 중이었다.

쉬-익 하는 소리가 샘의 답장이 왔다는 것을 알려주었다.

– 왜?

– DNA 샘플을 요청하는 이유를 물어보시는 건가요? 아니면 제가 이걸 물어보는 이유를?

– DNA 샘플.

둘의 대화방식은 종종 아이들이 대화하는 것처럼 짧고 간단했는데, 그것은 인터넷으로밖에 만난 적이 없는 두 사람이 서로에 대한 친근감을 표현하는 방법이기도 했다. 하지만 오늘은 답이 너무 짧고 간결한 것이, 샘의 기분이 영 좋지 않은 것처럼 느껴졌다. 키보드 자판에 메시지를 치려 하는데 다시 샘의 메시지가 날아왔다.

– 유전자 데이터베이스에 그 아이가 올라와 있을 확률은 희박해.

– 네가 생각하는 대로 그 애가 개발 도상국에서 온 애라면 말이야.

– 맞아요, 근데 아니라면 자책하게 될 것 같아서요. 뻔해 보이는 것도 간과하지 말라고, 항상 그렇게 말씀해주셨잖아요.

– 골수에서 산출할 수 있는 양도 아주 적을 거야.

– 치아에서 치수를 추출할 수도…….

– 두개골이 너한테 있다고 하지 않았니?

– 아아, 맞아요. 저한테 있어요. 그럼 다른 뼈에서 해보면 될 거예요. 톰한테 대퇴골 좀 잘라서 해달라고 부탁해볼 수 있어요. 사실 아마 골수 확보하려고 이미 잘라봤을 수도 있고요.

꽤 오랫동안 침묵이 이어졌다. 에이미는 화면에서 커서가 깜빡거리는 것을 우두커니 지켜봤다.

– 시도해볼 만하지.

또다시 잠시 침묵이 이어졌다가 질문이 날아왔다.

– 톰이 그 외 다른 검사 요청한 게 있어?

– 모르겠어요. 아마도 독극물 검사.

– 거기서는 별로 수확이 없을 거야. 정량적이라기보다 정성적 결과일 뿐이지. 약이 검출되어도 아주 미량일 거고. 양이 얼마인지 알 수 있는 방법도 없어.

에이미는 화면을 보고 마치 샘이 그녀를 볼 수 있기라도 한 것처럼 고개를 끄덕거렸다. 샘의 말이 맞았다. 더 이상 무언가를 기대하는 건 무리일지도 몰랐다. 그리고 뼈를 통해 한 사람에 대해 알 수 있는 게 이것뿐이란 사실이 무력하게 느껴졌다.

– 고마워요, 샘. 나중에 다시 얘기해요.

에이미는 방 저쪽 맞은편에 있는 린의 머리를 쳐다보았다. 피부가 덮여 있지 않은 상태에서도 상악 쪽에 일직선으로 균일하게 나와 있어야 할 치아를 균열이 대신하고 있는 모습은 너무 튀는 기형이었다. 그녀는 휠체어 오른쪽 팔걸이의 레버를 눌러서 창가에 있는 탁자로 능숙하게 다가갔다. 구멍을 뚫고 접합 못을 잘 붙여놓은 상태였다. 이제 고정이 잘 되었으니 얼굴의 모양과 성격을 형상화해줄 '근육'층을 만들 차례였다. 에이미는 점토(플라스티신) 재료를 열심히 준비했다. 그러나 무력감은 사라지지 않았다.

에이미는 주기적으로 무력감을 느꼈고, 때로는 그것이 우울증으로 이어지기도 했다. 지금까지 열심히 교육받고 연습하며 사랑하게 되어버린 일을 할 수 없다는 사실에서 오는 무력감이었다. 두뇌는 여전히 예리하고 맑고 손기술도 전혀 둔해지지 않았지만, 마음대로 움직일 수 없다는 것은 그녀가 그전처럼 치과 전문 범죄 수사관으로서 온전하게 일할 수 없다는 것을 의미했다. 휠체어에 앉아서 할 수 있는 일에는 한계가 있었다. 강연 제의가 들어오기도 했지만 그건 그다지 유쾌한 일이 아니었다. 그녀는 사람들의 동정 어린 눈빛이 너무 싫었다. 그 동정심으로 인해 어딘지 그녀가 하는 말들의 가치가 깎여버리는 것 같았다.

에이미는 논문을 집필하고 연구 결과도 발표했다. 또한 과학 수사대에 컨설팅을 제공했고 런던 경찰청뿐 아니라 경찰청 외부에서 그녀의 의견을 구한 적도 있었다. 어느 순간부터 멍 자국 감별을 전문으로 연구하기 시작해 살아 있는 사람과 죽은 사람의 몸에 남은 멍 모두를 연구했다. 살인의 경우에는 멍이 둥그런 고리 형태로 남고, 성폭행의 경우나 싸우다 생긴 자상과 절개 부상의 경우에는 허리띠 버클 형태로 남는다. 분석원칙은 깨문 자국을 분석할 때와 동일한데, 원래 에이미의 전공이 바로 깨문 자국 분석이었고, 이건 휠체어를 타고도 할 수 있는 일이었지만 여전히 불구로 인한 한계 때문에 좌절감을 느끼곤 했다.

하지만 에이미는 자기 연민에 빠지는 게 싫었다. 아니, 자기 연민이라는 쉬운 함정에 빠지고 싶지 않았다. 그래서 그 좌절감을 떨쳐버리려 첫 번째 점토 조각으로 두개골의 뺨을 둘러싸는 일에 집중하고 있는데 무언가 문득 뇌리를 스쳤다. 왜 진작 그 생각을 하지 못했는지 스스로 의아해하며 그녀는 휴대폰으로 손을 뻗어서 기억을 더듬어 톰의 집 전화번호를 눌렀다. 전화벨이 울리는 소리가 들렸다.

"네?" 톰의 목소리는 그다지 유쾌하게 들리지 않았다.

"톰?"

"이런, 에이미였구나. 오늘 근무가 너무 길었어. 집에 잠깐 들렀는데 저녁 7시에 다시 나가야 해."

"미안해, 미처 생각 못 했어. 잠깐 얘기 좀 할 수 있어?"

손으로 휴대폰을 감싸고 웅웅거리는 톰과 또 다른 남자 목소리가 번갈아가며 들려왔다. 톰이 휴대폰에서 다시 손을 떼고는 말했다. "지금 타이밍이 별로 안 좋은데."

"나중에 다시 전화할게."

그러자 톰이 수그러들며 말했다. "중요한 거야?"

"나중에 얘기해도 돼."

에이미는 톰이 깊게 한숨 쉬는 소리를 들었다.

"아, 에이미. 이제 다 깼다. 이제 얘기해도 될 것 같아." 톰의 목소리가 부드러워졌다. "말해봐. 이제 차 한잔 타 마시려고. 두개골 작업은 잘되어가고 있어?"

"응 잘돼가."

"얼굴도 완성했나?"

"진정해. 내 손놀림이 그렇게 빠르진 않다고. 몇 시간 더 걸릴 것 같아."

에이미가 잠시 틈을 두고 물었다. "있잖아 톰, 골수 관련 검사는 어떤 걸 의뢰했어?"

찻잔 같은 게 떨어지는 소리가 들리고 톰이 욕을 내뱉었다. "아이 씨!" 또다시 웅웅거리는 대화 소리가 들렸다. "골수 검사는, 할 필요가 없다는 생각이 들더라고. 그러니까, 독극물 검사에서 나온 거로는 별다른 결론을 낼 수 없을 거야."

"샘도 그렇게 생각하더라."

"샘하고 그 문제를 의논하고 있었어?"

"응, 그래도 되지?"

"안 될 것도 없지."

"골수에서 DNA 유전자 샘플을 추출하는 게 어떨까 하는 얘기가 나와서."

"가능은 해. 얼마나 쓸모가 있을지는 모르지만 말이야. 대조해볼 유전자가 없으니까."

"이런 생각도 해봤는데," 에이미가 말했다. "바이러스 검사를 해볼 수도 있을 것 같아. PCR 검사 있잖아. 아이가 그 바이러스에 감염된 적이 있는지 확인해보는 건 어떨까?"

"지금 도시 인구 절반이 다 감염된 상황에서?" 톰은 에이미의 생각이 달갑지 않은 듯했다.

"맞아, 근데 바이러스 때문에 죽었을 수도 있는 거니까."

"바이러스로 죽었다면, 대체 그 사실을 왜 숨기려고 했을까?"

"그건 잘 모르겠어." 에이미가 어깨를 으쓱하고는 말했다. "어찌 됐든 알아보면 좋지 않을까? 뼈에서 얻을 수 없는 정보는 한 정되어 있으니까. 그나마 우리가 해볼 수 있는 거는 다 해서 알 아봐야 할 것 같아."

톰은 또다시 한숨을 쉬었다. 그리고 잠시 또 정적이 흘렀다. "그럼 이건 어때. 조이한테 해보라고 시키는 거야. 걔한테도 할 일이 생기는 거니까, 계단에서 맨날 담배 피우는 것보다 훨씬 낫 겠지."

***

바람이 점점 거세어지면서 강어귀의 차갑고 습한 공기를 도시 중심 쪽으로 몰고 왔다.

맥닐과 마사는 돔 주변부를 둘러 돌아왔다. 한 시간이 그렇게 길게 느껴진 적은 없었는데 맥닐은 그마저 또 15분을 더 끌었다. 빨리 돌아가봐야 할 이유가 없었다. 사실 듣고 싶지 않은 소식을 최대한 늦게 전달받고 싶은 마음이었다. 이럴 땐 모르는 게 약이 었다.

가슴에 총을 두른 한 무더기의 군인들이 급한 발걸음으로 그 들 옆을 행보해 지나갔다. 대 이라크 생화학 전쟁 대비용으로 개 발되었지만 대량 살상용 무기를 찾지 못해 결국 사용하지 않게 된 가스 마스크를 착용한 채, 겁먹은 눈을 하고 있었다. 돔이 굽 어진 부근의 약간 더 멀리 떨어진 곳에서는 아까 나왔던 C 게이 트보다 몇 개의 게이트를 더 지난 곳에 아무런 표시가 없는 검은 색 밴 차량들이 시체를 화장터로 수송하기 위해 줄을 서 기다리고 있었다. 기존의 화장터로는 늘어나는 처리량을 감당하기 힘들어서, 점점 쌓여가는 시체 처리를 위해 정부에서는 임시 화장 시설까지 운영하기 시작했다. 매일매일 말 그대로 수천 구의 시체들이 화장터로 향했고, 대기 중인 시체들을 보관할 곳도 없었다. 24시간 내 화장해 처리하지 않으면 공중 보건에도 위협이 되는 상황이었다. 가족장을 치르는 것은 불가능했고, 종교적인 추모식도 여러 사람이 모이면 감염된다는 이유로 금지되었다. 정부는 후일 추도식을 치를 수 있도록 하겠다고 약속했다. 그렇게 죽은 이들을 위한 추모 과정은 생략되었고, 유족들의 아픔은 이루 말할 수 없었다.

게이트 C는 아직도 열려 있는 상태였다. 데스크 뒤에는 아까와 다른 간호사가 앉아 있었는데, 침대를 옮겨주는 직원들과 대화에 열중하고 있어서 맥닐과 마사가 지나가는 것을 눈치채지 못했다. 맥닐은 마사를 이끌고 다시 미로를 뚫고 노란 화살표를 따라 7B 구역으로 향했다. 침대에는 네 명의 아이들이 누워 있었는데, 그중 션은 더 이상 없었다.

마사는 맥닐의 팔을 부여잡았다. "어디 갔지?"

맥닐은 파티션 너머 어린 소녀의 팔에 링거를 다시 연결하고 있는 의사를 발견했다. 아까 대화를 나눴던 그 젊은 의사는 아니었다. 맥닐은 그의 팔을 붙잡고 물었다. "7B 구역 오른쪽 침대에 있던 남자아이, 어디로 갔나요?"

의사는 맥닐의 무례한 태도에 불편한 기색을 내비치며 자신의 팔을 붙잡고 있는 맥닐의 손을 풀었다. 그리고 파티션 뒤쪽을 쳐다보았다. "머리색이 진한 아이요?"

"네."
"죽었습니다."

7

맥닐은 아들의 방에 서서 창밖의 뒷마당을 바라보았다. 뒷마당 잔디에는 그가 조립해서 설치해준 그네가 있었다. 그네를 높이 밀어주자 신나서 소리 지르던 아들의 목소리가 귀에 들리는 듯했다. *계속 밀어줘, 아빠, 계속!*

정원의 나무 펜스 뒤로 덜컹거리면서 지나가는 기차의 진동 때문에 집까지 흔들렸지만 맥닐은 아무것도 느낄 수 없었다.

맥닐은 그물 커튼을 내리고 창을 등지고 돌아섰다. 아스널 축구선수들의 포스터가 벽에 빼곡히 붙어 있었고, 빨간색과 흰색으로 이루어진 아스널 스카프가 침대 옆 의자에 걸쳐져 있었다. 천장에는 우승기가 달려 있었다. 옆방에서 마사가 흐느끼는 소리가 들렸고 맥닐은 가슴이 터질 것 같아 방바닥에 있던 축구공을 차버렸다. 벽을 맞고 튀어온 공이 서랍장에 부딪혔고, 그 바람에 서랍장 위에 세워두었던 가족사진 액자가 떨어져 산산조각이 나고 말았다. 맥닐은 허리를 굽혀 깨진 유리 조각들 사이에서 사진을 집어 들었다. 코스타 브라바에서 휴가 때 찍은 가족사진을 확대한 것이었다. 사람이 많은 해변을 뒷배경으로 말도 안 되게 파란 바다 바로 앞 눈부신 햇살이 쏟아지는 해변 모래 위에 세 사람은 같이 앉아 있었다. 젊은 아가씨에게 사진을 찍어달라고 부탁했는데, 그 사진이 최고의 가족사진으로 남았다. 영원히 포착된 행복한 순간. 그리고 이제는 영원히 잃어버린 순간이 되어버렸다.

맥닐은 션의 침대 모퉁이에 앉아 하염없이 사진을 바라보았다. 어느 순간 정말 오랜만에 부모님이 떠올랐다. 아이를 잃고 나니 부모님과의 불화가 부질없고 어리석은 짓이라는 생각이 들었다. 우리 모두에게 인생은 한 번뿐인데, 분노와 같이 파괴적인 감정으로 낭비하기에는 너무 짧았다.

그는 몇 번이고 되풀이해서 스스로에게 자기 잘못이 아니라고 되뇌었으나, 부모님과 화해하기 위해 노력을 해본 적도 없다는 사실을 깨달았다. 어른이 되어서는 부모님과 가깝게 지낸 적이 없었고, 런던으로 온 이후에는 가끔씩 전화 통화만 했었다. 그리고 통화를 할 때면, 부모님의 어조에는 가시가 숨어 있었다. "이렇게 전화로 목소리를 들으니 얼마나 좋은지 모르겠다." 이 말은 '전화 좀 자주 하지, 왜 이렇게 전화를 안 하니?'라는 뜻이었다. 어머니는 환한 미소를 띤 채 정곡을 찌르며 책망을 하는 데 도가 트신 분이었다.

마사가 임신했다고 했을 때 부모님에게 바로 알리지 못했다. 인정하지 않으셨을 테니까. 부모님은 맥닐이 동거를 하고 있다는 사실도 알지 못하셨다. 결혼 전 관계를 하는 것은 그들의 세계에서는 죄악이었다. 차일피일 미루면 미룰수록, 말하기가 더욱 힘들어졌다. 결국 결혼식을 치른 후 부모님에게 알리기로 결정했다. 두 사람은 런던의 한 등기소에서 친구들을 증인으로 세우고 결혼식을 올렸다.

드디어 부모님께 사실을 알렸을 때, 부모님은 불같이 화를 내셨다. 단지 하나님 앞에서 결혼 서약을 하지 않아서가 아니라, 당신 아들 결혼식을 보지 못했다는 이유에서였다. 그리고 곧 아기가 태어날 것이라는 사실을 알게 되자 부모님은 완전히 경악해 노발대발하셨다.

마사와 아기를 데리고 딱 한 번 스코틀랜드에 간 적이 있었다. 부모님을 찾아뵙는 것 자체가 두려웠다. 그리고 걱정했던 대로 분위기는 끔찍했다. 부모님은 손자에게는 온갖 난리법석을 떨었지만 맥닐에게는 차가웠고 마사는 거의 없는 사람 취급을 하셨다. 돌아오기 전날 마사가 션을 유모차에 태우고 산책 나가 있는 동안 맥닐은 부모님과 끝을 봤고, 그 이후로는 스코틀랜드에 가지 않았다. 그러고 나서 이어진 무언의 냉전 상태는 설전이 오가는 것보다 더 지독했고, 이런 상황에서 션이 떠나고 말았다.

이제 그는 더 이상 주인이 찾아오지 못할 아들의 침대에 앉아서 처음으로 부모님을 덤덤히 떠올려보았다. 그렇게 부모님을 생각하며 앉아 있으려니 잊고 있었던 옛일이 하나씩 떠올랐다. 어린 시절에 있었던 일들, 부모님의 따뜻한 손길과 미소…… 정이 넘치고 살가운 분들은 아니었지만 부모님과 함께 있으면 그는 언제나 부족함이 없다고 느꼈다. 정말 스코틀랜드 사람다운, 장로교도다운 분들이었다. 사랑은 느끼는 것이지 드러내놓고 표현하는 게 아니라고 생각하는 분들이었다.

그는 주머니에서 휴대폰을 꺼내 전원을 켰다. 휴대폰 알람이 울리면서 메시지가 몇 통 왔음을 알려주었지만, 별로 듣고 싶지 않았다. 대신 부모님의 번호를 찾을 때까지 주소록을 뒤졌다. 번호를 외우고 있어야 했는데…… 번호를 기억하지 못하는 것 또한 멀어지게 된 추가 요인이기도 했다. 맥닐이 떠난 뒤 부모님은 이사를 했는데, 두 분이 새로 인사를 간 집은 전혀 우리 집처럼 느껴지지 않았다. 그가 어린 시절을 보낸 집을 처분해버린 것에 대해 그는 서운한 감정을 가지고 있었다.

그는 900킬로미터 이상 떨어진 곳에 전화벨이 울리는 소리를 멍하니 듣고 있었다. 다른 시간, 다른 세계로 가는 전화였다. 왜 전화를 해야 한다고 생각했는지 정확하게 이유를 말할 수는 없었지만 전화를 걸었다. 어쩌면 단순히 다시 어린 시절로 돌아가고 싶은 마음, 지금의 현실과 분리되어 짐을 내려버리고 싶은 마음일 수도 있었다. 아버지가 전화를 받았다.

"아버지, 저 잭이에요."

휴대폰 저편에서 긴 침묵이 이어졌다. "그래. 무슨 일로 전화를 다 하셨나?"

"션이 죽었어요. 아버지."

이번에는 끝없는 침묵이 이어졌다. 그리고 마침내 아버지가 길고 느리게 숨을 쉬는 것이 들렸다. "엄마를 바꿔주마." 기운이 다 빠진 아주 작은 목소리로 아버지가 말했다.

어머니가 전화를 다시 받기까지는 족히 1분 이상은 걸린 듯했다. 어머니의 목소리가 떨리는 게 느껴졌다.

"오, 우리 아들……." 어머니의 말에 맥닐의 얼굴에서 후드득 눈물이 떨어졌다.

맥닐이 침실에서 나왔을 때 마사는 거실에 있었다. 그녀가 맥닐을 쳐다보는 모습에서 그가 운 것을 알아챘음을 느낄 수 있었다.

"누구랑 통화했어?"

"부모님."

순간 마사가 긴장하는 것이 느꼈다. "뭐라고 하셔?"

"별말 없었어."

"하나님이 우리를 이런 식으로 벌주는 거라고 안 하셔?"

그는 시선을 피했다. "아니." 두 사람은 아무 말 없이 오랫동안 그렇게 서 있었다. 그리고 드디어 맥닐이 입을 열었다. "나 이제 가야 해."

"그래, 일하러 가야 되겠지." 마사의 목소리에는 비난 그 이상의 것이 담겨 있었다.

"어린 여자아이가 살해당했어."

"당신 아들이 죽었어, 잭."

"그건 이제 내가 어찌할 수는 없는 일이잖아. 심지어 누구 탓할 사람을 찾을 수도 없어."

팔짱을 낀 채 서 있는 마사는 무너지려 하고 있었다. 그리고 이미 눈물을 쏟느라 빨개진 눈에서 또 눈물이 떨어져 내렸다. "가지 마." 그녀가 말했다.

"가야 해."

"못 가."

그는 고개를 저었다. "가야 해. 마사. 내가 여기 있는다고 뭐가 달라져?" 그는 마사를 그대로 두고 현관으로 향했다. 그러다 갑자기 돌아서서 "달라질까?"라고 물었다.

마사는 모든 긴장이 풀리면서 기운 없이 축 처졌다. "아마 아니겠지."

"플루킬 먹어." 그가 말했다. "내가 가지고 있으면 내일 반납해야 해."

그녀는 주머니에서 플루킬을 꺼내어 알 수 없는 표정으로 유리병을 바라봤다. 그러고는 거실 끝 쪽에 있는 화장실로 성큼성큼 걸어갔다. 화장실 문을 확 열어젖힌 마사는 유리병의 뚜껑을 비틀어 열고 그 안에 담긴 것을 변기 속으로 비워버렸다. 그녀는 싸움이라도 할 기세로 맥닐 쪽을 뒤돌아보며 "망할 놈의 플루킬. 지옥에나 가버려."라고 말했다. "나도 걸려서 죽어버렸으면 좋겠어." 그러더니 변기 레버를 눌러 마지막 남은 일말의 희망마저 다 날려보냈다.

8

에이미가 "린"이라고 이름 붙여준 아이 얼굴의 모형을 마무리하는 마지막 요소는 외이外耳, 즉 귓바퀴 부분이었다.

입을 구현하는 데 가장 오랜 시간이 걸렸다. 보통 정상인의 경우, 구강 양쪽 부분에서 송곳니와 제1소구치(첫 번째 작은어금니)가 만나는 부분이 입꼬리 모습을 결정한다. 윗입술과 아랫입술의 높이는 상하악 앞니 즉, 절치의 에나멜 높이와 같다.

하지만 린의 경우에는 구개 파열 정도가 너무 심했고, 이로 인해 위 턱뼈의 왜곡 정도도 너무 심해 에이미는 지금까지의 경험에 상상력을 더해 윗입술 모습을 구현해내야 했다.

한 시간이 넘게 작업에 몰두하여 완전히 빠져 있던 에이미는 모형을 좀 더 객관적으로 보기 위해 뒤로 물러나 보고 나서야 너무나 흉한 얼굴 모습에 큰 충격을 받았다. 끔찍한 기형이었다. 이전까지 아이에게 느끼던 감정이 일종의 감정이입이었다면 이제는 안타깝고 측은하게 느껴졌다.

그녀는 조심스럽게 연조직으로 완성한 귀를 갖다 붙였다. 두 개골에는 귀의 크기를 알려줄 만한 어떠한 단서도 없었다. 귀의 길이나 위치를 결정하는 데는 코가 일반적 기준점으로 작용할 수 있지만, 대략적인 참조 이상이 될 수는 없었다. 머리카락의 길이와 헤어스타일은 추측조차 할 수 없었다. 에이미는 린의 머리카락이 자신과 유사한 색상과 두께였을 것이라고 예상했지만 머리가 짧았을지 길었을지, 땋은 머리를 했을지 하나로 묶었을지는 알 수 없는 일이었다.

에이미는 언제나 긴 머리를 고수해왔다. 그녀의 새까만 머리카락은 항상 매끄럽게 빛났으며 에이미는 그런 머리카락이 자랑스러웠다. 그런데 의대를 다니던 시절 어느 날 파티에서 술에 취해 객기를 부리다가, 충동적으로 머리를 짧고 삐죽삐죽하게 잘라버리고 말았다. 다음 날, 정신이 깨어 거울을 보고 끔찍한 자기 모습에 경악을 금치 못했다. 숙취가 다 날아가는 듯했다. 그리고 거의 한 시간 동안 울다 고심 끝에 가발을 사러 나섰다. 하지만 구입한 가발은 잘 맞지 않았고, 결국에는 포기하고 머리카락이 자라기를 기다려야 했다.

에이미는 아직도 그 가발을 아래층 침실의 옷장 뒤편 어딘가에 보관하고 있었다. 그녀는 귀 모형 작업을 마친 후 계단 승강기를 타고 내려가 가발을 찾았다. 그리고 무릎 위에 가발을 올려놓고 돌아가던 중 계단 쪽에 서 있는 맥닐과 마주쳤다.

깜짝 놀란 것도 잠시 에이미는 최악의 사태가 발생했음을 직감했다.

"오 잭, 어쩌면 조……."

"더 이상 가까이 오지 마." 잭이 말했다. "혹시 바이러스가 묻어 있을지도 모르니까. 난 그저…… 전화로 말하고 싶진 않았어."

"무슨 말을 해야 할지…….." 그의 모습은 길을 잃은 어린아이처럼 느껴졌다. 슬픔으로 인해 그 커다란 덩치가 어디론가 연소되어 증발해버린 것 같았다.

"아무 말 안 해도 돼."

하려 해도 할 말을 찾을 수 있을까? 지금 그녀의 감정을 표현할 수 있는 단어는 없었다. 에이미는 자신의 감정을 보여주고 그를 안아주고 싶었다. 그것이 그녀가 할 수 있는 유일한 위로였지만 그의 몸짓은 그녀가 가까이 오는 것을 원치 않는다는 걸 너무 확실하게 보여주고 있었다.

"랭한테는 얘기했어?"

맥닐은 고개를 저었다. "세 시간 내내 음성메시지를 남겨놨더라고." 그는 시계를 보았다.

"나 이제 가야 해."

"다시 일하러 가는 건 아니지?" 에이미는 충격을 받았다.

"그거 말고 내가 할 수 있는 게 또 뭐가 있겠어? 나는 집중할 곳이 필요해, 에이미. 다른 생각을 안 하게 해줄 수 있는 것이 필요해. 내가 살아야 할 이유를 찾아야 해." 그는 계단 위를 흘깃 보았다. "작업은 아직 안 끝났어?"

"대략적인 건 끝났어. 지금 막 가발을 씌워보려고 하던 참이야." 그녀가 가발을 들어 올리며 말했다. "한번 볼래?"

그는 다락방 한구석에 서서 에이미가 구현한 얼굴에 가발 씌우는 것을 지켜봤다. 가발을 이리저리 조절하고 맞춰 어느 정도 만족한 모습으로 씌우는 동안 에이미에게 가려져 아이는 보이지 않았다. 이윽고 휠체어의 전동 모터가 위잉하더니 옆쪽으로 물러나 맥닐의 시야에 아이의 모습이 들어왔다.

순간적으로 맥닐은 생생하고 적나라한 아이의 기형적인 윗입술을 보고 충격을 받았지만 찬찬히 그 얼굴을 뜯어보기 시작했다. 어리고 천진난만한 순수한 아이의 모습이었다. 얼굴은 에이미보다 더 동그랬으며, 이마는 동양인이 으레 그러하듯 납작했다. 두개골에서 시작해 아이의 얼굴을 찾아가는 과정에서 에이미가 일종의 영혼을 포착해 생기를 불어넣어준 것 같았다. 런던의 공원에 버려진 가죽 가방에서 발견한 그 뼈들이 생명을 찾은 듯했다. 그 뼈를 처음 발견한 시점에는 션이 아직 살아 있었는데…… 이제 살아갈 이유는 여기 있었다. 그는 이 세상의 어느 누구보다도 이 어린 소녀의 살인자를 찾아내고 싶었다.

막 자리를 뜨려는데 휴대폰이 울렸다. 화면을 보니 현장 수사 담당관 필이었다. 아치비숍 공원의 건축 현장에서 지하철 티켓을 발견해 잭에게 보여줬던 그 사람이었다. 맥닐은 전화를 받았다.

"경찰서로 전화했는데, 서에 안 계셔서 휴대폰으로 전화를 했습니다."

"무슨 일인데요, 필?"

"현장에서 발견한 티켓의 마그네틱에서 날짜를 알아냈어요. 이게 얼마나 중요한 단서가 될지는 모르지만, 10월 15일이더군요. 비상사태가 시작되기 불과 이삼 주 전입니다."

맥닐에게는 날짜와 이 사건의 연결고리가 즉각적으로 떠오르지 않았다. 생각을 하며 위쪽을 흘긋 바라보자 에이미가 계단 위에서 그를 내려다보고 있었다. "그게 전부인가요?"

"아, 아니요. 앞면에서 지문 일부를 채취하는 데 성공했어요. 대조해보기에는 충분해요. 지금 지문 자동검색 시스템에서 대조할 지문을 조회하고 있는 중입니다." 건축 현장에서 발견된 3개월 전 지하철 티켓에서 찾아낸 지문이 사건에 어떤 단서가 되어줄지를 묻는 것은 아직 시기상조였다. 하지만 만약 지문의 주인이 데이터베이스에 있다면 자동검색 시스템을 통해 일치하는 사람을 찾아낼 수 있을 것이었다.

맥닐은 전화를 끊은 뒤 현관문을 열었다. "잭," 에이미가 부르는 소리에 맥닐이 돌아보았다. 그녀의 얼굴에는 걱정 근심이 가득했다. "지금 빨리 플루킬 먹어. 증상이 나타날 때까지 기다리지 말고."

"그럴게." 그는 고개를 끄덕이고서 다시 뒤돌았다.

"잭." 에이미의 목소리는 단호했다. 맥닐은 또다시 뒤를 돌아봤다.

"약속해. 바로 먹겠다고."

그는 깊은 한숨을 내쉬었다. 거짓말하기는 정말 싫은데.

"약속할게."

밖으로 나와보니 하늘이 회색과 보랏빛으로 멍들어 있었다. 그리고 마치 침이라도 뱉듯이 작은 빗방울들이 얼굴에 떨어지기 시작했다. 마사가 약을 변기에 쏟아버릴 때 아무것도 할 수 없이 서 있던 자신의 모습이 생각났다. 정부에서는 인구의 25퍼센트가 감염될 것이라 했고, 그중 70~80퍼센트는 사망할 것이라고 했다. 그는 바이러스에 직접 노출된 상황이었기에 걸릴 확률이 그만큼 더 높아졌을 것이었다.

***

에이미는 휠체어를 타고 다락층의 넓은 거실을 가로질러 갔다. 우울과 후회로 가득한 적막을 뚫고 휠체어 모터 소리가 웅웅거렸다. 그날따라 구름이 더 두껍게 깔렸고 덕분에 오후의 햇빛이 더 어둡게 느껴졌다. 하지만 환한 전기 조명보다는 어둠이 편했다.

창문으로 들어오는 빛으로 인해 린의 얼굴에 깊은 그림자가 드리워져 조명으로 환하게 비추었을 때보다도 오히려 더 살아있는 것처럼 느껴졌다. 그림자 안에서 아이의 두 눈이 에이미의 눈을 바라보고 있었다. 조금 멀리 떨어져서 보니 머리카락도 살아 있는 것처럼 느껴졌다. 접합제가 묻어 있는 점토만이 이 얼굴이 인위적인 재료로 만들어낸 것이라는 사실을 말해주는 유일한 증거였다. 에이미는 더 이상 작업을 할 힘이 남아 있지 않았다. 그녀는 아이에게 얼굴을 만들어줄 수는 있지만 정체성까지 부여해주지는 못한다는 사실에 무력감을 느꼈다. 누군가가 그 아이의 살인자를 쫓는 동안 그녀는 휠체어 속에 갇혀 있을 수밖에 없었다.

그녀는 앞으로 맥닐과 자신의 관계가 예전과 같을 수 있을지 생각해보았다. 큰 슬픔은 되돌릴 수 없는 상처를 남기고 그로 인해 사람이 변하기도 한다. 더욱이 아이의 죽음은 그 어떤 슬픔과도 비할 수가 없을 것이었다. 그리고 이제 두 사람 중 하나, 혹은 두 사람 모두 감염되었을 가능성도 있었다. 어찌 보면 바깥 세상에서는 수천수만 명이 죽어가고 있는 상황에서 몸이 멀쩡한 사람들이 살아가는 진짜 세계는 잊은 채 한때 계피와 정향으로 가득했던 이 상아색 창고에 갇혀 지내는 게 손쉬운 일일지도 몰랐다.

침묵을 깨고 현관의 초인종 소리가 울려 에이미는 소스라치게 놀랐다. 순간 맥닐이 다시 온 거란 생각이 들었다. 혹시 뭘 두고 간 걸까? 다음 순간, 맥닐에게는 열쇠가 있어서 굳이 초인종을 누를 필요가 없다는 사실이 떠올랐다. 그녀는 휠체어를 밀고 가서 인터폰 수화기를 들었다.

"네?"

"나 톰이야." 톰은 바깥쪽 입구 비밀번호는 알고 있었고, 현관 앞에 와 있었다.

"올라와."

에이미는 현관문을 열어주고 톰이 들어오기를 기다렸다. 계단에서 톰이 올라오는 소리가 들렸다. 계단을 지나 위층까지 올라온 톰은 창백하고 피곤해 보였다.

"무슨 일 있어?" 에이미가 걱정스레 물었다.

"뭐, 항상 그렇지 뭐."

"해리 때문에 그래?"

"내가 요즘 계속 밤 근무를 해서 그래. 집에 혼자 있는 걸 못 견뎌하는 것 같더라고. 예전에는 에이즈 걱정을 많이 했는데 이제는 밖으로 나돌다가 집에 뭘 묻혀 오는 건 아닌지 걱정이야."

"어디로 갔는데?"

"누가 알겠어. 어딜 쏘다니는지 나한테 절대 말 안 해. 네 전화 받고 크게 싸웠어. 오늘 잠자긴 다 그른 것 같아."

"정말 미안해." 에이미가 갑자기 죄책감을 느끼며 말했다. "내 잘못이야. 전화하는 게 아니었는데."

톰은 아니라는 뜻으로 손을 저으며 말했다. "며칠 동안 폭발 직전이었어. 폭발할 때가 돼서 터진 것일 뿐이야." 그러고는 주방으로 가로질러 갔다. "차 한잔 끓일게."

"응."

"너도 한잔 마실래?"

에이미는 고개를 저었다. "난 괜찮아." 그녀는 톰이 불편하고 음울한 정적 속에 차를 준비하는 것을 지켜보았다. 그는 차를 타서 머그잔에 들고 린의 머리를 보기 위해 창가 쪽으로 다가갔다. 이어 고개를 비스듬히 기울인 채 한동안 머리를 쳐다보았다.

그러고는 마침내, "와, 정말 못생겼다."라고 말했다.

에이미는 이유를 설명할 수는 없지만 아이의 편을 들어주고 싶었다. "아니야, 그렇지 않아. 이 아이에겐 아름다운 무언가가 있어. 고요하게 예쁜. 저 입술을 고쳐주거나, 최소한 더 낮게만 만들어줬어도 그게 보였을 텐데. 저 모습 너머를 봐야 해."

톰은 신기하다는 듯이 에이미를 쳐다보았다. "이건 그냥 점토 덩어리야." 톰이 말했다. "진짜 사람이 아니라고."

에이미는 톰의 목소리에서 묘한 적의를 감지했다. "한때는 사람이었어."

톰은 생각에 잠긴 듯 차를 홀짝이면서 에이미를 뚫어지게 바라보았고 에이미는 그 눈빛이 당혹스러워 어찌할 바를 몰랐다. 이윽고 톰이 입을 떼었다.

"그런데 그 사람은 여기서 뭐 하는 중이었어?"

"누구?"

"내가 누굴 말하는지는 뻔하잖아. 맥닐 말이야. 아까 나가는 거 봤어."

에이미는 갑자기 얼굴이 화끈거렸다. "완성된 얼굴을 보려고 왔었어."

"아 그렇구나? 그 사람도 이게 예쁘다고 생각한대?"

"이상한 소리 하지 마."

"그니까 내가 이상한 사람인 거야? 언제부터 경찰이 네가 작업하는 얼굴을 구경하러 집으로까지 찾아오셨대?"

에이미는 할 말이 없었다.

"오늘 아침, 맥닐이 별거 중인 것도 알고 있어서 이상한 생각이 들었어." 톰이 잠시 뜸을 들이다 말을 이었다. "뭐가 어떻게 되어가고 있는 거야, 에이미?"

에이미는 톰에게 거짓말을 하고 싶지 않았다. "네가 상관할 바 아니야, 톰."

"에이미, 그 사람은 인간이 덜됐어. 동성애자를 혐오하는 편견에 가득 찬 사람이라고. 네가 그 인간이랑 가까운 사이라는 게 믿을 수가 없어."

"왜?"

"음, 일단 첫째로, 나한테 한 번도 말해준 적이 없었잖아. 나는 내가 너한테 가장 좋은 친구라고 생각했는데."

"그건 맞아."

"더 이상은 아닌 것 같아, 지금으로 봐서는."

"말도 안 되는 소리 하지 마."

"내가?" 톰이 화가 나서 씩씩거렸다. "우리가 함께 잘 지낼 수 있다고 생각하는 거야, 에이미? 너랑 나랑 그 원시인 같은 인간이랑?"

"그 사람 네가 생각하는 것과는 달라. 그런 사람 아니야." 에이미는 대화가 걷잡을 수 없이 흘러가는 것을 느꼈다. 이제 본인이 할 수 있는 게 아무것도 없으리라는 직감이 들었다.

톰의 입술에서 웃기지도 않는다는 듯한 비웃음이 터져 나왔다. "물론, 그러시겠지!"

"그 사람은 동성애 혐오자도 아니고, 너를 싫어하지도 않아. 그냥 너를 이해하지 못하는 것뿐이야. 오히려 너를 내심 두려워하고 있을 수도 있어."

"아하, 날 보면 막 바들바들 떨린대?"

이제 에이미도 톰에게 화가 났다. "톰 너는 네 성 정체성에 대해서 너무 집착하잖아. 다른 사람들이 그 렌즈로만 너를 바라보게 만들고. 너는 동성애자인 거에 대해 자랑스러워하고 온 세상에 떠들고 다니지. 물론 숨기지 않는 건 좋아. 하지만 사람들 앞에서 그걸 지나치게 밀어붙이는데 그게 상대방 입장에서는 얼마나 당황스럽고 뻘쭘한지 모르는 것 같아. 특히 저기 스코틀랜드 고원 시골에서 온 장로교 남자 입장에서는."

톰이 분노에 차서 에이미를 뚫어져라 쳐다봤다. "지금까지 나를 속였어." 그는 화가 머리 꼭대기까지 나 있었다.

"속인 거 아냐! 말을 안 했을 뿐이야."

"말을 안 함으로써 속인 거지. 친구 사이에서는 서로 비밀이 없어야 하는 거 아냐?"

"말했으면 네가 우리 관계를 인정해줬을까?"

"물론 인정 안 했겠지."

"그 말은 그니까 나는 네 허락 없이는 누구랑 만나지도 못한다는 거네."

"그 사람은 인간이 덜되었다고. 맙소사. 대체 그 남자 어디가 좋은 거야? 그리고 더 확실히 짚어볼 문제는 그 인간은 대체 너의 뭐가 좋대?" 톰이 아차 한 순간 이미 말은 입 밖으로 나와버린 후였다.

순간 에이미의 얼굴이 백지장처럼 창백해졌다. 에이미는 너무나 큰 상처로 인해 말을 잇지 못했다. "네 말은 불구자가 뭐가 좋으냐는 말이지. 불구자의 뭐가 좋은 거냐고?" 목소리는 아주 작고, 조용했다.

톰의 얼굴이 벌게졌다. "아니." 톰이 서둘러 부정했다. "아니, 그런 말이 절대 아니야."

"이제 그만 나가줬으면 좋겠어."

"에이미……."

"제발 가줘, 톰. 더 이상 우리 두 사람 중 누구라도 더 큰 실수하기 전에."

톰은 이 상황을 되돌릴 수 있는 방법이 없다는 것을 깨달았다. 적어도 지금 당장은 아니었다. 두 사람 사이를 이어주던 다리가 완전히 끊어져버린 것이다. 톰은 찻잔을 탁자 위에 내려놓았다. "미안해, 에이미." 그리고 이어 말했다. "괜히 왔나 봐. 이런 식으로 왔다 가서 미안해."

두 사람의 역사가 시작된 그날 밤 벌어진 일들에 대해서 누구보다 놀란 사람은 바로 에이미였다. 에이미와 맥닐 그리고 톰은 실험실에서 몇 번 마주친 적이 있었고, 그때부터 에이미는 맥닐과 톰 사이에 일종의 적대감이 흐르고 있다는 것을 감지하고 있었지만, 그게 정확히 어떤 것인지는 설명할 수 없었다. 그 시기에 에이미는 막 과학수사대 자문 일을 시작했고, 맥닐은 일을 하면서 알게 된 여러 경찰관들 중 한 명이었다. 그날 직원들끼리 회식을 하던 날 밤 전까지만 해도 맥닐은 에이미를 없는 사람처럼 대하곤 했던, 키 크고 말수 적은 스코틀랜드 사람이었다.

그날은 다른 곳으로 떠나는 직원이 있어서 작별 인사를 하기 위해 소호에 있는 와인바를 예약해놓았는데, 그 자리에 같이 가자고 에이미를 설득한 것은 톰이었다. 톰은 술을 마실 수 있게 집에다 차를 두고 오라고도 했다. 요즘 런던 택시에는 대부분 휠체어를 위한 경사로가 준비되어 있기도 해서 에이미는 톰의 말을 따랐다.

에이미는 수줍음이 많고 낯을 가리는 편이었다. 당시 에이미는 램베스 과학수사대에서 일을 시작한 지도 몇 주밖에 되지 않았고, 아는 사람도 많지 않아 그날 저녁의 파티에서는 처음부터 대부분의 시간을 톰 옆에 붙어 있었다. 하지만, 언제나 그렇듯이 술에 진탕 취한 톰은 어떤 남자와 눈이 맞아 함께 사라져버렸고, 결국 에이미는 구석에 혼자 앉아서 빈 와인 잔을 만지작거리고 있었다. 아무도 에이미의 와인 잔을 채워주지 않았다. 얼마나 시간이 지났을까. 커다란 그림자가 탁자에 드리워져 위를 올려다보니 맥닐이 그녀를 내려다보고 있었다. "한 잔 더 하실래요?"

간절히 집에 가고 싶다는 생각을 하고 있던 참인데, 딱 마침 톰이 "원시인"이라 부르는 사람이 술 한잔을 제안하고 나온 것이었다. 그것도 아주 친절하게. 그렇게 친절한 제안을 어떻게 거절할 수가 있을까.

맥닐은 에이미를 위한 피노 그리지오 한 잔과 자신이 마실 위스키를 가지고 돌아와 그녀 옆에 앉았다. "이 자리, 별로 재밌어 하지 않는 것 같네요."

"그쪽은요?"

"전 재미없어요."

"그럼 왜 아직까지 남아 있어요?"

그는 으쓱했다. "뭐 사회적 의무라고 해둘까요."

에이미가 웃음을 터뜨렸다. "경찰이 그런 식으로 얘기하는 것 처음 봤어요."

그는 계면쩍게 웃었다. "뭐 요즘 이렇게 거창하게 말하는 게 유행인 것 같아요."

"'보안 공간 상황'이 뭔지 알아요?" 맥닐이 물었다.

에이미는 멍한 표정이 되어 쳐다보며 말했다. "모르겠는데요."

"정원을 뜻해요."

에이미가 또 웃음을 터뜨렸다. "말도 안 돼요."

맥닐은 자세를 고쳐 앉으며 심각한 표정이 되었다. 그리고 판사 앞에서 진술을 하는 것처럼 진지하게, "판사님, 남쪽 보도에서 서쪽 방향으로 가고 있었는데 그 피의자와 가해자들이 고속도로 정점 부근에 위치한 보안 공간 상황에서 뛰쳐나왔습니다."
라고 말하고는 표정을 풀고 히죽 미소를 띠었다. "그런 식으로
말하는 법을 가르치니 이건 완전 외국어 교육이에요."

"외국어 능숙하게 잘하시는데요."

"언어 하면 또 제가 자신이 있습니다. 촌뜨기 같은 사투리도
잘하고요."

"전 그쪽 억양이 듣기 좋던데요."

"그래요? 런던 사람들은 대부분 웃음거리로 삼던데. 같은 스
코틀랜드 사람들조차 저를 맹충이라고 부릅니다. 스코틀랜드 북
부 고지에서 온 어리숙한 애송이 같은 놈, 뭐 그런 뜻으로요."

"그래요? 그런데 그런가요?"

"뭐가요?"

"고지에서 온 어리숙한 애송이요."

"애송이는 맞죠. 어리숙한 거는 빼고."

에이미는 맥닐의 얼굴을 마치 처음 보는 양 쳐다보았다. 예상
치 못하게 마음이 열려 있는 남자구나 싶었다. 어떤 우월감이나
이중성도 찾아볼 수 없고 스스로 망가지는 데도 거리낌이 없었
다. 맥닐은 덩치도 크고 손도 큼지막해 마음만 먹으면 그걸 무기
처럼 사용할 수도 있을 외모였지만, 그의 매너에는 사람을 끄는
부드러움이 있었다. 에이미는 그렇게 맥닐의 손을 관찰하다 반
지를 보게 되었다.

"결혼한 지는 얼마나 되셨어요?"

"8년이요." 맥닐은 주저 없이 대답했다.

"아이도 있나요?"

맥닐이 미소를 지었고 에이미는 그 미소 속에서 애정을 느낄 수 있었다. "아직 아무것도 모르는 여덟 살 아들이요. 착한 애죠."

"이름이 뭐예요?"

"션이요. 제 이름을 따서 지었어요." 에이미가 무슨 말이냐는 표정을 짓자 그가 설명을 덧붙였다. "아일랜드에서는 존John을 션Sean이라고 발음해요. 그런데 저는 잭이라고 불러주는 것을 더 좋아했어요. 그래서 절 잭이라고 부르는 겁니다. 저희 아버지 이름도 션이고요. 아버지의 아버지도. 아버지의 아버지의 아버지도 션이에요. 가족 중에 션이 정말 많죠. 아일랜드 조상의 뿌리가 이렇게 거슬러 올라가요. 저는 그 전통을 깰 수가 없더라고요. 그래서 마사가 션은 어떻냐고 할 때 좋다고 했습니다."

"마사는 아내분 이름?"

"맞아요."

그렇게 파티가 끝나갈 무렵, 독극물 검사 부서에서 일하는 사람이 다가와 남은 사람들끼리 카레를 먹으러 가자고 했지만 에이미는 집에 가겠다고 답했다. 맥닐도 똑같은 답을 했다. 사람들은 썰물처럼 빠져나갔다. "괜찮으시면 제가 택시를 잡아드릴게요." 맥닐이 말했다.

"감사합니다."

에이미는 맥닐이 밀어주는 휠체어를 타고 거리로 나왔다. 거리는 술집과 바에서 쏟아져 나온 사람들로 가득했고, 따뜻한 여름 공기가 느껴졌다. 맥닐이 휠체어를 밀고 코너를 도는 순간 러시아어로 짐작되는 말로 떠들고 있는 한 패거리가 포스터 맥주 캔을 마시고 있었다. 그중 한 사람이 에이미를 보고는 뭐라 말했고, 그 말을 듣고 패거리들은 웃기 시작했다. 그걸 본 맥닐은 그의 멱살을 잡고 위로 들어 올렸는데, 발이 공중에 떠 흔들릴 정도였다. 남자가 마시던 캔은 손에서 떨어져 탈탈거리며 인도를 따라 굴러갔다. "할 말 있으면 내 면전에 하시지. 내가 알아들을 수 있는 언어로."옆에 있던 패거리는 놀라서 방어 자세를 취했고, 곧 패싸움이라도 벌어질 기세였다.

"그만해요, 잭. 제발." 에이미가 말했다. 그러자 잭은 마지못해 그 젊은이의 멱살을 풀어주며, 바로 뒤에 서 있는 친구들 사이로 던져버렸다.

"미안해요." 맥닐은 계면쩍은 얼굴로 말하며 휠체어를 밀고 새프츠베리 대로로 걸어갔다.

"왜 그랬어요?"

"무례하잖아요." 그는 시선을 정면으로 응시한 채 답했다.

"무슨 말을 했을 거라 생각했어요?"

"당신에 관해 뭔가 기분 나쁜 말을 했겠죠."

"그런 거에 익숙해요." 에이미가 말했다. "어렸을 때부터 사람들이 저를 칭크chink라고 불렀어요. '째진 눈'이라고 부르는 사람도 있었고. 그보다 더 심한 표현도 있었어요. 이제는 '째진 눈의 불구'가 되었네요." 농담 삼아 한 말이지만 에이미는 그 표현이 얼마나 씁쓸하게 들릴까 하는 생각이 들었다. 하지만 그런 씁쓸함을 계속 지니고 있고 싶지는 않았다. 그게 사람을 바꿔놓을 수 있다는 사실을 익히 경험했기 때문이었다.

맥닐은 새프츠베리 대로에서 택시를 잡는 데 성공했지만, 운전기사는 정중하게 경사로가 없어 미안하다고 사과했다.

"다음 거를 타면 돼요." 에이미가 말했다.

"그럴 필요 없어요." 맥닐이 말했다. 그러고는 커다랗고 힘센 팔로 에이미를 사뿐히 들어 택시 안에 앉혔다. 아이를 들어 올리듯이, 아니 무게가 아예 안 나가는 것처럼 쉽게. 이어 휠체어를 들어 차에 싣고서는, "내가 같이 갈게요. 집까지 안전하고 완벽하게."라고 했다.

차 안에서 에이미가 말했다. "정말 이렇게까지 하실 필요 없어요."

"달리 할 일도 없어요."

"아내랑 아이가 집에서 기다리고 있을 거 아니에요." 긴 침묵이 이어졌다. 그는 창문 밖으로 지나가는 불빛을 보면서 대답은 하지 않았다. "그렇지 않나요?"

그는 에이미를 향해 얼굴을 돌렸다. 스치듯 지나가는 가로등에 비친 그의 얼굴에서 에이미는 상처받은 동물 같은 눈빛을 보았다. 그는 에이미를 똑바로 쳐다보지 못했다.

"아니요, 안 기다려요."

얼마나 시간이 지났을까, 에이미는 용기를 내서 "왜요?"라는 질문을 던졌다.

"따로 살고 있어요." 그는 짧게 말했다. 그리고 다리에 얹은 자신의 손을 바라보면서 결혼반지를 돌리고 또 돌렸다. 에이미는 그가 이번에는 자세한 설명을 하지 않으리란 걸 알았다. 이유는 묻지 않는 편이 낫다는 것도 알았다.

타워 브리지를 지나 사우스뱅크로 가는 길, 은은한 조명을 받고 있는 런던 타워가 눈에 들어왔다. 그들은 게인스포드 거리와 샤드 템스 모퉁이에서 내렸다.

"현관까지 데려다줄게요." 맥닐이 에이미를 차에서 내려 휠체어에 앉혀주며 말했다.

"아녜요, 괜찮아요. 진짜로. 저도 다 큰 어른인데요. 어두울 때 자주 혼자서 집에 와요."

"에이, 그때는 제가 몰랐으니까 할 수 없고요. 지금은 제가 있으니까. 뭐 커피 한잔 달라고 하진 않을까 그런 걱정 안 해도 돼요. 전 커피 안 마십니다." 그는 운전기사에게 택시비를 주었다. 에이미가 출입구 비밀번호를 입력하자 그가 문을 열어주었다. 뜰을 지나 현관으로 이어지는 경사를 타고 올라가면서 에이미가 얼굴을 찌푸렸다.

"이상하네요."

"뭐가요?"

"문 위에 불이 꺼져 있네요. 외출할 때 항상 켜두고 나오는데."

"강도한테 우리 집 비었다고 광고라도 하려고요?"

에이미가 맥닐을 올려다보았다. "안으로 들어가려면 여기가 환해야 보이거든요." 그녀는 계단으로 이어지는 문의 비밀번호를 눌렀다. 아파트 전체에 어둠이 깔려 있었다. 휠체어로 닿을 수 있는 거리에 스위치가 있었지만, 스위치를 켜도 불은 들어오지 않았다.

"두꺼비집은 어디 있나요?" 맥닐이 물었다.

"꼭대기 층에요."

맥닐은 계단 밑에 놓여 있는 휠체어 리프트를 쳐다보았다. "전기가 나가면 어떻게 올라가요?"

"한 번도 정전이 된 적이 없었어요."

그는 문을 닫고 에이미를 다시 휠체어에서 들어 올렸다. 에이미는 맥닐의 목덜미에 팔을 두르고 안긴 채, 어릴 때 아빠가 이렇게 안고 계단을 오르며 매일 밤 노래를 불러주었던 시절 그때가 얼마나 편하고 행복했었는지가 떠올랐다.

"어딘지 알려줘요." 에이미를 안고 어둠 속에서 계단을 두 칸씩 올라 꼭대기 층으로 올라가며 그가 말했다. 다락방에 오르니 창문으로 거리의 불빛들이 들어와 방을 은은한 노란색으로 감싸고 있었다. 그는 에이미를 조심스럽게 꼭대기 층의 휠체어에 앉힌 뒤 두꺼비집을 열었다. 스위치를 조금 만지작거리자 조명이 환하게 들어왔다. 그가 고개를 저으며 말했다. "과전류였나 봐요. 퓨즈가 나갔어요. 집 안에 갇히고 싶지 않으면 계단 승강기 쪽에 백업 배터리를 놓거나 하는 게 좋을 것 같아요."

"그런 일 생기면 전화드리는 편이 빠를 것 같은데요."

"번개같이 올게요."

맥닐의 말을 듣고 에이미는 저도 모르게 심장 박동이 멈춰진 듯했다. 그리고 잠시 뒤 심장이 미친 듯이 다시 뛰기 시작했다. 맥닐 또한 자기도 모르게 내뱉은 말의 의미를 의식한 듯 갑자기 어색해했다. 에이미는 입이 바짝 타오르는 것같이 느껴졌고, 맥닐이 자신에게 관심이 있을 수도 있다는 사실이 믿기지 않았다.

나중에 맥닐은 당시를 회상하며, 그때 망설였던 이유가 휠체어에 앉아 있는 사람에게 어떻게 키스해야 하는지를 몰라서였다고 했다. 맥닐은 에이미 쪽으로 몇 발자국 다가와 멈춘 뒤, 어색하게 무릎을 꿇은 채 에이미의 얼굴을 그 큰 손으로 조심스레 잡

고 키스했는데 그 모습이 그의 이러한 마음을 모두 설명해주고
도 남았다.

그것은 에이미가 죽을 때까지 잊지 못할 순간이었다. 마치 신
이 그녀에게 다시 인생을 되찾아준 것처럼 느껴지는 순간이었다.

9

　맥닐은 경찰서 바깥쪽 케닝턴 로드와 미드 로우 사이의 코너, 스코틀랜드인이라면 '구석탱이'라는 의미로 쓰는 거셰트gushet 라 부를 만한 곳에 차를 주차했다. 맥닐은 런던에 도착해서 초기 그 단어를 몇 번 사용했지만 아무도 알아듣지 못하는 듯했다. 사 전을 찾아보아도 나오지 않았다. 그에 가장 근접한 단어는 거싯 gusset이었는데 이 단어는 옷 등의 품을 넓히거나 튼튼하게 하기 위해 덧대는 삼각형 모양의 천을 의미했다. 맥닐은 그 단어가 들 어맞는다고 생각했다. 두 거리가 예각으로 만나는 삼각형 지점에 위치한 경찰서를 아주 정확하게 묘사하는 단어였기 때문이다.

　이즐링턴에 있는 월셋집에 돌아가 샤워를 하고 옷을 갈아입고 나니 조금은 깨끗해진 기분이 들었다. 동료들이 쓰는 표현을 빌 리자면, 덜 찝찝한 기분이었다. 그것 또한 스코틀랜드에서 쓰는 표현인데 알 수 없는 과정을 거쳐 요즘 런던에서 유행어처럼 쓰 이고 있었다.

　랭 경감은 항상 스코틀랜드 글래스고의 옛날 사람처럼 말했 다. "어디서 뭐 하다가 이제 기어들어오는 거야?" 랭 경감이 형사실로 들어오는 맥닐을 향해 고함쳤다. "이리 들어와." 이렇게 말하며 손가락으로 자기가 앉아 있는 경감 사무실 쪽을 고압적으로 가리켰다. 이제는 다들 랭 경감의 스타일에 익숙해져 아무도 크게 신경을 쓰지 않았다.

맥닐은 경감의 책상 앞에 섰다. "개인적으로 처리해야 할 일이 조금 있었습니다, 경감님."

"형사질하면서 사적인 일을 들먹여? 우리한테 개인 생활이란 게 가당키나 해? 그 정도는 알 때가 지났을 텐데?"

"솔직하게 말씀드리면, 경감님이 어떻게 생각하시건 전 상관없습니다. 그게 거슬린다면 언제든 저를 해고하십시오." 경찰서에 들어올 때는 경감에게 선에 관한 일을 말하려고 했지만, 그 순간을 놓쳐버린 느낌이 들었다.

랭은 이글거리는 눈빛으로 맥닐을 노려보았다. "내가 자네 연금 가지고 장난치는 게 싫으면, 맥닐, 입조심해야 할 거야. 딱히 비꼬기 위해서 하는 말만은 아닌 듯했다. 맥닐은 받아치고 싶은 마음이 굴뚝같았지만 꾹 참았다. "오늘 아침 아치비숍 공원에서 경찰 때문에 공사가 지연되었다고 부총리실에서 나온 사람이 사유서를 제출하라고 계속 쪼아대더군. 그런데 보고서가 있어야 낼 거 아냐."

"낼 아침까지 경감님 책상에 제출하겠습니다."

"오늘 밤 내가 퇴근하기 전까지 해야 할 거야."

맥닐은 책상에 층층이 쌓여 있는 서류들을 살펴보았다. 보고서와 소환장들로 가득 찬 책상 위 컴퓨터 옆에는 스탠드 조명을 따라 포스트잇이 백 개 정도 붙어 있었고, 기결 서류함에는 조사

보고서들로 거의 탑이 쌓여 있을 정도였다. 형사실에 사람들이 붐빌 시간대인데 오늘은 대여섯 명 정도 되는 경찰과 직원들만 책상 앞에 앉아 있었다. 전화 받을 사람이 달려 전화벨은 끊임없이 계속 울리고 있었다.

루퍼스 도슨 경사가 맥닐 앞의 화면에 포스트잇 한 장을 철썩 붙였다. 덩치가 크고 머리카락이 붉은 아일랜드 남자였는데, 그의 억양에서는 아일랜드 사람 특징과 뉴질랜드에서 자라온 어린 시절 억양이 혼재되어 묻어났다. 고질적으로 농담을 좋아하고 언제나 짤막한 농담을 던질 준비가 되어 있는 루퍼스의 웃음은 곧잘 다른 사람들에게 전염되곤 했다. 그런데 근래 몇 주 동안은 그답지 않게 가라앉은 모습이었다. 요즘은 농담거리 삼아 같이 웃을 만한 일을 찾기가 어려워진 것이었다. "필한테 전화 왔어. 지하철 티켓에서 찾은 지문과 일치하는 사람을 찾았대. 그 이름과 주소야. 팩스로 세부 정보를 보내주겠다고 했어." 루퍼스가 말한 뒤 바로 돌아가려다 맥닐이 어딘가 평소와 다르다는 것을 감지하고는 그를 뚫어지게 쳐다보았다. "자네 괜찮아?"

"어, 괜찮아, 루퍼스. 고마워."

맥닐은 컴퓨터에서 포스트잇을 떼어 루퍼스가 갈겨 써놓은 글자를 읽어보았다. "로널드 카진스키." 이름 아래에는 사우스 램베스 지역 주소가 적혀 있었다. 맥닐은 자리에서 일어나 필이 보낸 팩스가 도착했는지 확인했다. 서류함에 팩스가 도착해 있었다.

카진스키, 31세. 얼룩진 피의자 기록 사진 속의 카진스키는 듬성듬성 빠지기 시작한 갈색 머리에 광대뼈가 튀어나오고 미간이 넓었다. 2년 반 동안 남쪽 화장터에서 장의사를 돕는 일을 했었고 비상사태가 시작된 후에는 배터시 발전소 쪽 버려진 땅에서 정부가 공식적으로 운영하는 화장터에 소집되어 일하고 있었다. 지문 자동검색 시스템에 그의 지문이 등록되어 있었던 것은 전과기록이 있었기 때문이다. 이제 그는 장물을 취급하는 대신, 시체를 처리하고 있었다. 맥닐은 혹시 그가 아치비숍 공원에서 발견된 그 어린 중국인 여자아이의 뼈를 버리고 가는 임무를 맡은 것은 아닐까 하는 생각을 했다. 그의 지문이 뼈가 버려진 곳에서 발견된 지하철 티켓에 남아 있는 것은 기묘한 우연이었을까? 맥닐은 우연 같은 것을 그다지 믿지 않는 편이었다.

맥닐은 코트를 걸쳐 입고 루퍼스 도슨에게 말했다. "혹시 랭 경감님이 찾으면, 카진스키를 만나러 갔다고 전해줘."

***

배터시 발전소가 있던 곳은 중세 시대에 배터시 필드라고 불렸으며 부랑자와 환영받지 못하는 사람들이 자주 출몰하는 곳이었다고 한다. 그리고 1800년대에 와서는 비둘기 사냥과 국가행사를 위해서 사용되었다. 그곳은 웰링턴 공작과 윈첼시 경이 결투를 벌였던 곳이기도 한데 결국 두 사람 다 살아서 돌아갔다고 한다. 네 개의 굴뚝이 이 발전소의 상징탑 역할을 하고 있었다. 1930년대에 건설되어 1980년대 문을 닫을 때까지 배터시 발전소는 약 반세기 동안 도시의 하늘에 두껍고 검은 연기를 뿜어냈다. 발전소의 거대한 터빈을 해체하기 위해서 지붕을 걷어내었는데 그 후 거의 30년 동안 그렇게 뚜껑이 노출된 채로 방치되어 있었다. 한 야심 찬 민간 컨소시엄에서 그 현장을 발전소의 외관을 그대로 살려둔 채 레저, 상업, 호텔 공간이 융합된 복합 공간으로 조성해보려는 계획을 추진했지만 정부에 의해 보류되었다. 결국 임시변통으로 만든 지붕으로 위를 덮은 후, 네 개의 굴뚝에서는 또다시 런던의 하늘 위로 연기를 뿜어내기 시작했다. 하지만 이번에 발전소 안에서 타고 있는 것은 강 위의 바지선들을 통해 열심히 운반해 온 석탄이 아니라 사람들의 시체였다. 팬데믹으로 희생된 사람들을 태우고 나온 시커먼 연기는 강 남쪽을 짙은 먹구름으로 물들이고 있었다.

맥닐은 발전소 주변에 쳐놓은 차단막을 따라 차를 몰았다. 좋았던 시절 큰 꿈을 안고 시공업체들이 쳐놓았던 차단막에는 맑은 하늘 아래 파란 들이 그려져 있었다. 차단막 위로는 발전소의 빨간 벽돌로 된 탑이 어둡고 화난 표정을 한 채 하늘로 치솟아 있었으며, 그 위로 솟아 나온 하얀색 굴뚝에서는 바로 밑 화로의 시체 태운 연기가 솟구쳐 나오고 있었다. 남서쪽으로는 거대한 기중기가 짓다 만 아파트 건물 위에 덩그러니 서 있었다. 북동쪽 방향에서는 런던의 식품 저장고라고 광고하던 코벤트 가든 시장이 텅 빈 모습으로 자리하고 있었고, 첼시 파크 거리를 쭉 따라 붙여진 거대한 포스터에는 텅 빈 거리를 향해 여러 가지 슬로건이 난무하고 있었다. *산업혁명은 끝났다, 정보화 시대도 이제 끝났다. 나는 생각한다, 고로 나는 할 수 있다. 아이디어의 시대에 도착하신 여러분 환영합니다.* 맥닐은 머리 위에 떠다니는 연기를 흘깃 보다가 '지옥에 오신 것을 환영합니다.'라는 말이 더 어울리겠다는 생각을 했다.

그는 커틀링 거리 쪽으로 돌아 정문 관리실의 파란색으로 페인트칠이 된 철문 입구 바깥쪽에 정차했다. 입구 반대편으로는 차 뒤편에 기관총을 싣고 있는 군용 지프차가 보였다. 군인 두 명이 면 마스크를 쓰고 담배를 피우고 있었다. 철문 입구 안쪽에서 초록색 유니폼을 입은 보안요원이 나타났다. 그 또한 하얀색 면 마스크를 쓰고 있었으며 거리를 유지하느라 가까이 다가오진 않았다. 맥닐은 차에서 내려 철문의 철창들 사이로 그 남자를 쳐다보았다. "신분증 있나요?" 남자가 소리쳤다.

맥닐은 신분증을 보여주며 "경찰입니다."라고 말했다. "여기 직원 중 로널드 카진스키란 사람과 얘기 좀 하고 싶은데요."

"기다리세요." 보안 요원은 그렇게 말하고 관리실 안으로 들어갔다. 입구 안쪽에 하얀색 플라스틱과 유리로 만든 작은 모형 건축물이 보였다. 시공업체는 이런 상황이 닥칠 것이라고는 꿈에도 모르고 이곳에 복합공간을 추진하기 위해 모형으로 만들어 놓은 것이었다. 그 옆으로 잔디에는 큰 동상이 보였는데, 남자와 여자가 아기를 높이 쳐들고 경배하는 자세를 취하고 있었다. 저건 도대체 누구에게 하는 경배일까? 맥닐은 새 생명에 대해서 하는 거라고 생각했다. 그렇다면 정말 이런 아이러니가 있을 수 있나 싶었다. 하지만 이 동상은 아까 지나쳐 온 포스터의 글귀들과 무언가 일맥상통하는 면이 있는 것처럼 느껴졌다. 마치 스탈린 시대의 유산과 같이 느껴지는 싸한 점이 있었다.

전자 잠금장치가 해제되고 문이 천천히 열렸다. 보안요원이 관리실 안에서 소리쳤다. "쭈욱 직진해 행정 관리실에 가서 하트슨 씨한테 문의해보세요. 그 사람이 책임자예요."

정중히 경배하고 있는 동상들을 지나가니 또 다른 문이 나타났다. 맥닐은 그 문을 지나 발전소의 외벽 절반 높이 정도의 벽돌로 지어진 사무실 건물 구역으로 들어갔다. 근처 공지는 바스러지고 있는 아스팔트 황무지 위로 굴착기와 크레인이 우뚝 서 있었는데 그 모습이 마치 얼어붙은 공룡 같았다. 아무런 표시가 없는 검정 밴 차량들이 메인 홀의 커다란 입구 옆에 줄지어 서서 섬뜩한 수화물들을 내리기 위해 대기하고 있었다. 그 차량들은 이곳에서의 하역작업이 끝나고 나면 도시의 병원들을 돌아다니며 다시 시체를 싣고 돌아올 것이었다. 스틱스강을 타고 교역을 하기 위해 분주히 왔다 갔다 하던 도선업자들의 현대판 격이었다.

맥닐은 사무실 건물 바깥에 차를 대고 복도로 이어지는 이중 문을 열고 들어갔다. 책상에 앉아 있는 여자가 마스크를 쓰고 그를 올려다보았다. 그는 신분증을 흔들었다. "맥닐 형사입니다. 하트슨 씨를 보러 왔는데요. 제가 오는 것을 알고 있을 겁니다."

하트슨의 사무실은 건물 꼭대기 층에 있었다. 한쪽에 있는 거대한 유리창을 통해 발전소 중앙 홀이 내려다보였다. 맥닐은 유리 쪽으로 뭐에 홀린 듯이 다가갔다. 그 아래에는 상상하지 못한 장면이 펼쳐져 있었다. 시야가 닿지 않은 곳까지 길게 뻗은 목재 운반대 위에 수천 구의 벌거벗은 시체들이 3중으로 중첩되어 놓여 있는 모습은 마치 인형공장에 쌓여 있는 마네킹 더미 같았다. 팔다리가 뒤엉켜 있고 이상하게 번쩍이는 살은 인간 같지 않았다. 마치 템스강의 가을 아침에 깔린 안개처럼 뿜어 나오는 소독용 가스 때문에 시야는 흐릿했다. 푸른색 생화학 작업복을 입고 플라스틱 색안경을 써 얼굴을 알아볼 수 없는 사람들이 우주복 입은 우주인들처럼 느릿느릿 트럭에서 목재 운반대 쪽으로 시체를 옮기고 있었다. 네 개의 용광로 중 하나는 옷가지나 침구 소각용으로 지정되어 있는 듯했다. 움직임 없이 누워 있는 시체는 거대한 지게차로 옮겨져 나머지 세 개의 용광로로 미끄러져 들어갔다. 용광로의 철문이 열리는 순간 그 안의 불길이 오렌지색으로 뿜어져 나왔고, 그 문이 다시 쾅 닫힐 때 발생하는 진동은 마치 지진 파동처럼 건물 전체에 울려 퍼졌다.

맥닐은 발밑에 펼쳐진 섬뜩하고 서글픈 장면을 보며 저 아래 어딘가에 션이 있을지도 모른다는 생각을 했다. 다른 시체들과 함께 화장되기를 기다리는 내 아들. 그는 그런 생각을 더 이상 견딜 수 없어 사무실 안으로 들어갔다. 하트슨은 60세 정도 되어 보이는 사람으로 호리호리한 체형에 대머리였다. 그리고 어딘가 음울한 장의사 같은 분위기를 풍겼다.

"정신이 확 드는 모습이죠." 하트슨이 말했다. "하나님의 가호가 없었다면, 당신이나 나도 저기 있었겠죠." 그는 맥닐 곁을 지나 창가 쪽으로 걸어갔다. 그 순간 맥닐은 그의 마스크에 주황색 불빛이 스쳐 지나가는 것을 보았다. 시체를 들이기 위해 용광로 문이 열렸던 모양이다. "저는 독실한 신자였어요." 그가 말했다. "모범적인 가톨릭 신자였죠." 그러고는 맥닐 쪽으로 돌아섰다. "근데 궁금하네요."라고 하며 그는 온전히 현실로 돌아온 듯 질문을 던졌다. "카진스키는 왜 찾나요?"

"그냥 뭐 한 가지 물어보려고요. 카진스키와는 잘 아십니까?"

"여기에 있는 모든 사람들을 다 알죠. 죽음은 살아 있는 사람들을 뭉치게 하는 법이니까. 저희 직원들은 모두 서로 가까운 사이입니다."

"그러면 카진스키가 전과기록이 있다는 것도 알고 있었습니까?"

"아, 그럼요. 여기 시설 운영에 필요한 직원들 뽑을 때 인적사
항들을 다 볼 수 있어요. 하지만 그건 그냥 과거일 뿐입니다. 죽
음을 접해본 사람이었다는 게 우선순위에서 고려할 점이었죠.
붙임성 있는 사람이에요. 성실하고, 양심도 있고."

"한 30분 정도 그 사람하고 얘기 좀 할 수 있을까요?"

"당연히 괜찮고말고요, 형사님. 그런데 자정까지 기다리셔야
하는데……." 하트슨의 엷은 미소에서 나쁜 소식을 많이 전해본
사람 특유의 진중함이 묻어나왔다.

"여기는 24시간 일을 해요. 미국인 친구들의 표현을 빌리자
면, 일주일에 7일, 하루 24시간 내내 돌아갑니다."

맥닐은 고개를 돌려 발아래 펼쳐진 죽은 자들의 세계를 다시
쳐다보았다. 그 순간 션의 작은 몸뚱어리를 본 것 같다는 생각이
들었다. 작고 뒤틀린 몸이 거대하고 뚱뚱한 여자와 늙은 남자들
사이에 끼어 있었다. 하지만 그 이미지는 하얀색 연기 소용돌이
속에서 순식간에, 영원히 사라지고 말았다.

***

카진스키는 1960년대 램베스의 남쪽 끝자락에 건설된 공영주
택단지에서 모친과 함께 살고 있었다. 19세기 산업화가 진행되
고 있던 시절, 런던의 슬럼가에 살던 사람들을 수용하기 위해 건
축된 높고 낮은 건물들은 이들이 새로운 보금자리에서 멋진 신

세계를 시작해보라는 취지에서 건설되었다. 하지만 그 건물을 설계한 건축가들은 악마가 보낸 사절인 게 틀림없었다. 가난한 노동자 계층의 삶의 터전을 없애버리고 이곳으로 내몰았는데 이곳은 원래의 취지를 실현하기는커녕, 지옥보다 더 끔찍한 곳이 되어버렸다.

아파트의 최소한 절반 이상은 판자로 덧대거나, 창문은 부서져 있었다. 어떤 곳은 아예 불타 소진되어버린 상태였다. 갈라져 무너져 내리는 콘크리트에는 화재가 지나간 흔적만이 남아 있었는데 화재 보험이 이들에게 유일하게 남은 탈출구였다. 포장도로 위에는 부서진 유리 조각들과 빈 맥주캔이 널려 있었고, 마치 떼죽음을 당한 동물들의 시체처럼 중간중간 타고 남은 차량들의 잔해가 눈에 띄었다. 오래된 매트리스, 찢어진 옷들, 부서진 가구와 같은 버려진 집안 용품들이 경사로와 도보에 늘어져 있는 모습은 마치 폭풍이 휩쓸고 지나간 해변에 널린 해초들 같았다. 거리의 가로등은 고장나거나 부서져 있었다. 해 진 후에는 절대 밖에 나가면 안 될 것 같은 어둡고 위험한 장소였다. 이것이 바로 그 멋진 신세계였던 것이다.

맥닐은 거리에 차를 세우고 건물 입구를 쳐다보았다. 이런 곳에 아직도 사람이 살고 있다는 사실이 믿기지 않았다. 하지만 그 와중에도 각 층의 복도를 따라, 깨끗하게 페인트칠을 한 문과 멀쩡한 창문, 하얀색 커튼이 쳐져 있는 집이 군데군데 눈에 띄었다. 마치 대부분이 충치로 썩어버린 사람의 입 안에 어쩌다 멀쩡한 치아도 섞여 있는 모습이었다. 길 건너편에는 버려진 다층건물이 있었는데, 모든 창문들이 판자로 막혀 있었고, 주변으로는 철조망이 쳐져 있었다.

아이들 놀이터로 보이는 공터를 지나가는 길에 맥닐의 발에 깨진 유리들이 밟혀 으스러졌다. 자신감에 차 있던 건축가들은 다양한 문화권의 아이들이 여기서 모여 함께 공을 차고 노는 그림을 상상했을 것이다. 그 상상이 정말 실현되었던 적이 있었더라도, 이제는 먼 과거의 일이 되어버렸다.

카진스키의 주소로 되어 있는 구역에 접어들자 이상하게 불길한 기운이 느껴졌다. 그 구역에서는 사람 사는 흔적을 전혀 발견할 수 없었다. 그곳은 마치 선장의 명령으로 완전히 버려진 배 같았다. 맥닐은 선장의 명령을 전달받지 못해 미처 탈출하지 못하고 홀로 남아 있는 선원이 되어버린 느낌이었다.

계단으로 올라가는 길에는 오줌 냄새와 김빠진 맥주, 그리고 그 외 정체를 알 수 없는 냄새가 뒤섞여 진동했다. 벽은 온통 낙서로 뒤덮여 있었다. 그는 걸음을 뗄 때마다 자기 발소리가 메아리가 되어 울리는 소리를 들으며 6층까지 올라가 집이 줄지어 서 있는 복도로 들어섰다. 문은 하나 건너 하나씩은 판자로 막혀 있거나 빨간색 페인트로 X자 표시가 되어 있었는데 이는 바이러스에 감염되었다는 경고 표시였다. 마치 흑사병이 창궐하던 그 시절로 돌아간 기분이었다.

카진스키의 아파트는 23호였다. 23호의 문은 우체통과 같은 선홍색으로 칠해져 있었다. 바이러스 표시를 지우기 위해서였을까? 혹은 일종의 부적 같은 의미로 칠한 것일까? 맥닐로서는 알 수 없었다. 머리 높이쯤에 놋쇠로 된 문고리가 걸려 있었다. 맥닐은 그 문고리를 세 번 두드렸다. 잠시 후, 왼쪽 창문에 쳐진 레이스 커튼이 들썩였다.

"무슨 일입니까?" 유리창 뒤에서 한 여자의 목소리가 웅웅거리며 들렸다.

"경찰입니다. 카진스키 부인. 아드님을 만나러 왔습니다."

"신분증 좀 보여주쇼." 경찰 방문을 한두 번 받아본 게 아닌 태도였다.

맥닐은 신분증을 꺼내서 창문으로 들이밀었다. 커튼이 한쪽으로 젖혀졌고, 햇빛에 드러난 사람은 창백한 밀가루 반죽이 연상되는 50대 여성이었다. 대대로 물려받은 가난의 흔적이 묻어 있는 쪼들리고 초췌한 모습이었다. 커튼이 다시 드리워졌다.

"집에 없어요."

"거짓말하시면 안 됩니다. 카진스키 부인." 맥닐은 그녀가 문을 열어주지는 않으리라 생각했다. 그렇다고 영장을 받아서 강제로 들어가기에는 시간이 걸릴 것이었다.

"오늘 아침에 일하러 나갔어요."

"일은 자정부터 할 텐데요."

"아뇨. 낮에 일해요. 그렇게 말했어요."

"그렇다면 부인한테 거짓말을 했네요. 배터시에 들렀다 오는 길입니다."

"그럴 리가 없어요. 우리 로널드는 착한 애예요."

"어젯밤에는 카진스키가 집에 있었나요? 아니면 일하러 갔나요?"

그녀가 망설였다. 어떤 대답을 하는 것이 아들에게 좋을지 갈피를 못 잡는 눈치였다.

"오늘 아침에는 퇴근하고 몇 시에 돌아왔나요?"

"몰라요, 늦게 왔어요. 그니까 제 말은 새벽 일찍이요. 아마도 5시나 6시 정도. 저는 자고 있었어요. 어제 오후 5시부터 근무를 했어요. 12시간씩 교대로 일해요."

"어제는 아드님이 쉬는 날이었어요. 발전소에서 그러던데요."

"아니요!" 그녀의 목소리가 흔들렸다. 아들의 거짓말을 알게 되어 상처를 받은 듯했다. 왜 거짓말을 했을까? 맥닐은 이제야 아들이 집에 없다는 그녀의 말을 믿을 수 있었다. 카진스키는 진짜 집에 없고, 그녀는 아들이 어디로 갔는지 정말 모르는 눈치였다. "그 애가 무슨 일을 저질렀나요?"

"무슨 일을 저질렀는지는 확실하지 않습니다. 그냥 얘기 좀 나누고 싶어서 왔습니다."

"당신 같은 사람들은 절대로 그냥 얘기만 하고 싶은 게 아니잖아요." 그녀는 아들의 거짓말로 인해 받은 상처와 분노를 맥닐에게 쏟아붓고 있었다. 맥닐은 이런 상황에 익숙했다. 사랑하는 사람에게 문제가 생기면 그것은 항상 경찰 탓이었다.

"제가 찾고 있다고 전해주세요." 맥닐은 신분증을 주머니 속으로 집어넣었다. "그리고 어제 일하러 간다 해놓고 어디서 뭘 했는지도 물어봐주시면 좋겠네요." 그는 주머니에 손을 찔러 넣고는 다시 계단 쪽으로 향했다. 걸어가는 동안 등 뒤에서 카진스키 부인의 욕설이 들려왔다. 여전히 그녀는 어떤 일이 있어도 문을 열어줄 생각은 없어 보였다. 대신 그의 뒤에 대고 저주를 퍼부었다.

계단 저만치 보이는 곳에서, 신발이 끼긱 하는 소리가 들렸고 어둠 속에서 누군가 속삭이는 목소리가 들렸다. 맥닐은 발걸음을 멈추었다. "거기 누굽니까?"

깡마른 젊은이 하나가 복도로 나와 모습을 드러냈다. 헤어젤을 듬뿍 발라서 머리카락은 삐죽삐죽했고, 코와 입에는 빨간색과 파란색 삼각형 모양의 천을 두르고 있었다. 이마는 여드름으로 뒤덮여 있었고, 본인의 몸보다 두 사이즈는 더 커 보이는 후드티를 걸치고, 바짓가랑이가 거의 무릎까지 내려오는 카키색 카고 바지를 입고 있었다. 조악한 글자 문신이 손가락 관절마다 새겨져 있었고 그의 발치에서 야구 방망이가 덜컹거리며 따라왔다. 패거리는 세 명이 더 있었는데 그중 한 명은 흑인이었고, 맨처음 모습을 드러낸 놈의 뒤에서 세 명이 동시에 나타났다. 모두 반다나 천 조각을 얼굴에 두른 채로 야구 방망이와 쇠 지렛대를 들고 있었다.

그때 등 뒤로 인기척이 들려 뒤를 돌아보자 빨간색 페인트 낙서가 되어 있던 문 뒤에서 또 다른 젊은 애들 두 명이 등장했다. 맥닐은 자기를 향해 고정된 눈동자에 담긴 적대감을 느끼고는 위험을 직감했다. 복도 난간을 뛰어넘어 탈출하는 건 어떨지 높이를 가늠해보았다. 뛰어내려서 살아남는다고 해도 최소한 양다리가 다 부러질 만한 높이였다.

"로널드한테 무슨 볼일이 있으신가?" 여드름쟁이가 말했다.

"우리가 같이 해결해야 할 일이 있어서 말야." 맥닐은 만약 이들이 로널드와 친분이 있다면 자신이 그 전과자의 친구라고 생각하고 꺼져주기를 바라면서 말했다.

"아하 그렇구먼," 여드름쟁이가 말했다. "그쪽이 그 경찰 나부랭이구나, 맞지? 건방진 경찰 새끼." 맥닐은 아무 말도 하지 않앉다. 여드름쟁이는 맥닐의 코트 주머니를 향해 고개를 까딱이며 물었다. "거기 들었지? 그거?"

"뭐가 있다는 거야?"

"그 망할 약 말이야. 알면서 왜 이래."

"약 같은 거 없어."

"없긴 뭐가 없어. 지급해준다던데. 모든 경찰한테 준다던데? 그 망할 플루킬."

"그건 그렇지."

"그럼 내놔." 그가 손을 내밀었다.

"나한테 정보를 좀 주면 플루킬을 넘겨주지. 어때 공평한 거래지?" 맥닐은 거짓말을 하며 혹시라도 목소리가 떨리는 건 아닌지 조마조마했다.

여드름쟁이가 인상을 찌푸렸다. "무슨 정보가 필요한데, 짭새 양반?"

"로널드가 일 안 할 때 가는 곳이 어디지?"

여드름쟁이가 마치 미친 사람이라도 보듯이 그를 바라봤다. "뭐라고?"

"어디서 노느냐고."

"싸 블랙아이스 클럽, 아닌가?" 흑인 애가 말했다.

"입 닥쳐." 여드름쟁이가 소리 질렀다.

잠시 동안 맥닐은 자신이 처한 곤경을 잊고 "소호에 있는 거? 몇 주 전부터 그곳 클럽들은 전부 문을 닫았는데."라고 되물었다.

"그건 당신 생각이고." 여드름쟁이의 눈에서 차가운 미소가 스쳐 갔다. "뭐 그게 중요한 건 아니지?" 그는 손을 다시 내밀었다. "어서 뱉어내봐." 그러고는 뱉어내라는 본인의 농담이 꽤 재밌다고 생각했는지 웃기 시작했다. "재밌지?"

"미안하다." 맥닐이 말했다. "내가 거짓말을 했어."

"뭐라고?" 여드름쟁이가 황당해했다.

"나한테는 플루킬이 없어." 맥닐은 이렇게 말하며 왼쪽 주먹에 온 힘을 실어 놈의 얼굴에 직격탄을 날렸다. 그는 이 상황을 타개하려면 상대방이 방심한 틈을 노려 먼저 공격해야 한다는 것을 잘 알고 있었다. 맥닐은 자신이 날린 주먹에 맞은 놈의 치아가 부서지는 것을 느끼며 바로 허리를 굽혀 여드름쟁이의 손에서 떨어진 야구 방망이를 주워들었다. 그는 두 손으로 방망이를 잡고 휘둘렀다. 그렇게 휘두르던 방망이에 뒤편에 서 있던 놈의 머리가 맞아 마치 석탄 자루처럼 쓰러지고 말았다. 맥닐은 오른쪽에 있는, 합판이 덧대어져 있는 문을 젖 먹던 힘을 다해 걷어찼고, 그의 발길질에 합판은 엄청난 먼지를 날리며 쪼개졌다. 맥닐은 안쪽으로 뛰어들었다. 뒤에서 고통과 분노에 찬 괴성이 들려왔다.

그는 바닥이 오래전에 뜯겨 나가버린 긴 복도의 끝에 다다랐다. 이쪽 서까래에서 저쪽 서까래로 달리자 또 다른 문이 등장했다. 여기서는 혼자 방어하는 것이 가능해 보였다. 정면에서 한 명씩 상대해 해치우면 될 것이었다. 곧바로 미친놈처럼 소리를 지르며 한 놈이 들어섰다. 쇠 지렛대가 날아와 맥닐 머리 바로 옆의 벽에 들어박혔다. 쇠 지렛대가 날아오는 것을 보지도 못했다. 맥닐은 야구 방망이를 휘둘러 그놈의 입을 쳤고, 그 바람에 뒤로 넘어지던 놈은 입이 찢어지며 피를 뿜어냈다. 맥닐은 문설주에 기대서서 대비하며 다음 놈이 나타나기를 기다렸다. 하지만 다음 놈은 들어오지 않았다. 쓰러진 놈은 낑낑 소리를 내고 절뚝거리며 뒤로 후퇴했다. 웅엉거리는 목소리가 들려왔다. 누군가가 크게 욕을 하는 소리, 그리고 바로 정적이 이어졌다.

이제 맥닐의 귀에 들리는 것은 어둠 속에서 헉헉대는 자신의 숨소리뿐이었다. 눈이 어둠에 익숙해지자 그는 뒤쪽을 둘러보았다. 여기도 마찬가지로 바닥이 뜯어져 나가 있었다. 찢어진 매트리스가 한구석에 밀쳐져 있었고, 녹슨 침대 틀의 일부 뼈대가 남아 있었다. 통로로 이어지는 문은 판자로 막혀 있었다. 맥닐은 옷 사이를 더듬거려서 핸드폰을 찾았다. 전화해서 구조요청을 할 수 있지만 구조대가 올 때까지는 시간이 걸릴 것이었고, 그때까지 이놈들을 상대할 수 있을지 가늠이 되지 않았다. 하지만 전화를 걸 시도조차 할 수 없었다. 깜빡거리는 하얀색 빛과 함께 복도에서 쉭 하는 소리가 났다. 휘발유를 적신 걸레 뭉치에서 불길이 타오르고 있었다. 연기 냄새가 났다. 검은 연기 때문에 맥닐은 방 안쪽으로 뒷걸음질 치기 시작했다. 미친 짓이었다. 이러다 잘못하면 건물 전체가 화염에 휩싸일 텐데. 저놈들은 아마 상관하지 않을 것이었다.

맥닐은 본능적으로 창문을 향해 몸을 던졌다. 창문에 덧대어져 있던 널빤지를 고정하는 못이 뽑혀 나가며 맥닐의 몸이 창틀과 함께 허공으로 날아갔다. 그는 무릎을 가슴까지 올리고 어깨와 머리를 최대한 감싸며 몸을 날렸다. 맥닐은 폭력배들 중 한 명 위로 떨어졌다. 맥닐과 폭력배 사이에는 널빤지 하나가 전부였다. 고통스러운 숨소리가 들렸다. 맥닐은 숨소리의 주인을 확인할 겨를도 없이 재빨리 일어서서 계단으로 내달렸다. 다리가 거의 꺾여버릴 것만 같았다. 공황 상태에서 야구 방망이를 놓쳤지만 그건 중요하지 않았다. 그는 이제 계단을 한 번에 세 계단, 다섯 계단씩 내려가고 있었다. 그의 뒤에서 휙 하는 소리와 악을 쓰는 소리가 들렸다. 피를 보러, 복수를 하러 따라오고 있었다. 저들에게 잡힌다면 맥닐은 죽은 목숨이었다.

계단 밑의 입구에 햇빛이 쏟아져 들어오는 것이 보였다. 날듯이 계단을 뛰어 내려와 차를 향해 내달려야 했다.

그는 중앙홀의 문을 나오면서 차갑고 신선한 공기를 한 번에 들이켰다. 그 순간 야구 방망이가 그의 가슴을 강타했다. 뛰어오던 반사력으로 몇 걸음을 더 가 부서진 유리 조각 사이로 쓰러졌다. 쓰러지면서 손바닥과 볼이 유리 조각에 찢기고 말았다. 올려다보니 청바지를 입고 있는 키 크고 깡마른 흑인이 썩소를 지으며 그를 내려다보고 있었다. 그의 반다나는 목까지 내려와 있었다. 다른 세 놈이 뒤쪽 계단에서 허겁지겁 뛰어 내려오다 맥닐이 쓰러져 있는 것을 보고는 여유 있는 걸음걸이로 다가오기 시작했다. 여드름쟁이는 마스크를 벗어버려 코와 입에서 흐르던 피가 찐득하게 들러붙은 게 보였다. 손에는 쇠 지렛대를 쥐고, 눈은 분노와 증오로 이글거리고 있었다.

맥닐은 한쪽 팔 팔꿈치에 몸을 지탱하고 도로에 누워 있었다. 아직도 숨이 가빴다. 이제 더 이상 이들을 따돌리고 차에 탈 수 있는 방법이 없다는 것을 알았다. 이 아이들은 마치 야생의, 상처받은 동물들 같았다. 무장을 하고 있었고, 맥닐을 죽여버릴 생각이었다.

여드름쟁이가 맥닐의 그러한 생각을 몸소 확인시켜주었다.

"당신은 이제 죽은 목숨이야, 이 짭새야."그는 쇠 지렛대를 들어 올려 손에 꽉 쥐고는 맥닐 쪽으로 한 발짝 옮겼다. 그 순간 놈의 가슴에서 선홍색 피가 뿜어져 나왔다. 놈은 미처 놀랄 겨를도 없이, 아무 소리도 내지 못하고 고꾸라지며 얼굴을 땅으로 처박았다. 손에 들고 있던 무기도 덜그렁하며 바닥에 떨어졌다.

맥닐은 놀라서 쳐다보았다. 대체 무슨 일이 일어난 것인지 가늠이 되지 않았다. 다른 놈들도 어안이 벙벙한 모습으로 얼어붙어 있었다.

"이게 무슨……?" 맥닐의 가슴을 야구 방망이로 팼던 흑인 녀석이 쓰러진 친구의 옆으로 다가갔는데 그 순간 그의 오른쪽 머리가 날아갔다. 그는 휘청하더니 뒤로 쓰러졌고 남아 있던 한쪽 눈은 초점 없이 하늘의 구름을 쳐다보고 있었다.

"씨발! 총에 맞았어!" 나머지 두 명 중 한 아이가 소리치는 것이 들렸다. "누가 총을 쐈어!" 그 두 놈은 서로 다른 방향으로 튀기 시작했다. 사냥꾼의 총소리를 듣고 흩어지는 동물들처럼. 순식간에 그들은 사라졌고 맥닐은 발밑에 죽어 나자빠진 두 아이와 남게 되었다. 그는 재빨리 무릎을 꿇고 앉아, 움츠린 자세로 주변 아파트의 테두리 선을 따라 돌아보며 저격수가 있는 곳을 찾아보았다. 혹시 다음 타깃이 자신일까 싶어 두려워하며. 하지만 아무도 보이지 않았고 세 번째 총알도 날아오지 않았다. 그는 후들거리는 다리를 짚고 일어서서 천천히 피 웅덩이에 널브러진 두 아이를 쳐다보다 갑자기 가슴에 통증이 밀려와 움찔하며 거친 숨을 몰아쉬었다. 가슴에 손을 대고 가볍게 눌러보았다. 갈비뼈가 부러진 것 같지는 않았지만 여기저기 멍이 든 것 같았다.

맥닐은 차로 걸어가면서 주변을 다시 둘러보았다. 반쯤은 버려진 이 아파트 건물 어딘가에서 누군가가 그의 목숨을 구해주었다. 맥닐은 도대체 그 이유를 알 수가 없었다. 그리고 나중에서야 총소리가 나지 않았던 점이 이상하게 생각되었다.

그는 운전석에 쓰러지듯이 앉아서 휴대폰을 꺼냈다.

10

핑키는 나무판자 뒤편에서 맥닐이 운전석에 앉는 것을 지켜보았다. 전화 통화를 하는 그의 입이 움직이는 것이 보였다. 그 경찰이 무슨 말을 하고 있을지 핑키는 상상해보았다. 어쩌면 심지어 입술 모양을 읽을 수 있을 것도 같았다.

그는 총을 창틀에 내려놓고 턱을 나무판자 사이에 살짝 얹은 자세로 눈앞에 펼쳐지는 장면을 지켜보았다. 조준선을 맥닐의 입에 겨눠보았지만 빛이 반사되어 얼굴이 가려졌다. 핑키는 손가락으로 방아쇠를 쓰다듬으며 생각했다. 그저 아주 살짝, 이 방아쇠를 당기기만 하면 저 얼굴이 눈앞에서 사라질 텐데. 길가에 널브러진 저 멍청한 애들처럼.

하지만 스미스 씨는 수사관들에게 무슨 일이라도 생기면 불필요한 관심을 끌게 될 뿐이라고 그에게 당부했다. 그리고 그런 것을 다 떠나서, 패거리들이 집단으로 한 사람을 공격하는 게 부당하게 느껴졌다. 6대 1이라니. 불공평하지 않은가? 핑키는 항상 언더독들의 편이었다. 열세에 처한 약자들이 경쟁에서 이기는 걸 좋아했다. 그는 건물 안쪽에서 벌어지는 상황을 지켜보며, 총탄을 날릴까 고민했지만 쉽지가 않았다. 하지만 맥닐이 계단에서 잘 탈출해 내려와 그 패거리들도 열린 공간들로 나온 덕분에 작업이 수월해진 것이었다. 그들이 아연실색하는 모습을 보는 것이 특히나 재밌었다. 그러고 나서 공포에 질린 모습도. 맥닐? 그의 반응을 지켜보는 것도 즐거웠다. 누군가에게 목숨을 돌려주는 건 그것을 빼앗는 것만큼이나 재미난 일이었다. 그중 클라이맥스는 무엇보다도 맥닐의 당황하는 모습이었다. 그는 대체 왜 이런 일이 벌어지고 있는지 전혀 갈피를 잡지 못하고 있었다. 자기가 어떻게 그리고 왜 아직 살아 있는지 알지 못했다. 그리고 앞으로도 알 수 없을 것이었다.

핑키는 총을 회수해서 천천히, 꼼꼼하게 해체하고는 구석구석을 기름천으로 정성스럽게 닦아 보관용 천 가방에 집어넣었다. 소리를 내지 않기 위해 소음기를 사용하면 정확도가 떨어진다는 이야기가 있었지만 핑키는 전혀 그렇게 느끼지 않았다. 빗나갈 것 같은 느낌이 들면 절대 총을 쏘지 않았다. 그리고 실제 단 한 번도 빗나간 적이 없었다. 이왕 하려면 완벽하게 해야 한다.

그는 엄마가 가르쳐준 그러한 사소한 것들에 대해 감사하게 생각했다. 엄마는 엄마 나이대 사람답지 않게 지혜로운 분이었다. 엄마의 유일한 실수는 곁에 두는 사람들에 있었다. 엄마가 집으로 데려온 남자들은 엄마를 잘 대해주지 않았다. 그는 그날 밤, 그 일이 일어났을 때 엄마의 비명 소리를 들었다. 엄마는 사람을 제대로 볼 줄 몰랐다. 하지만 핑키는 그저 엄마가 사람을 너무 쉽게 믿는 탓에 일이 그렇게 된 것이라고 생각하고 싶었다. 엄마는 항상 사람들의 좋은 면만을 보았다. 특히나 당신의 소중

한 아들에게서는 더더욱.

핑키는 지금 자기가 있는 10층 아파트의 거실을 둘러보았다. 희미해져가는 햇빛이 어질러진 바닥에 그늘을 만들어주었다. 찌그러진 캔과 담배꽁초, 저 멀리 구석에 버려진 구역질 나는 옷가지들과 매트리스는 노숙자, 혹은 마약쟁이들이 왔다 갔다는 증거였다. 이 그림자 같은 사람들이 날이 어두워지면 다시 이곳으로 돌아올 수도 있는 일이었다. 그들과 함께 같은 공간에 있는 건 상상하기도 싫었다. 그 사람들이 어떤 오염 물질을 묻혀 올지 알 수 없었다. 핑키는 깔끔이란 면에서 둘째가라면 서러운 사람이었다. 그리고 어떤 형태로든 다른 사람과 접촉하는 것이 싫었다. 단지 이런 곳에 있는 것만으로도 기분이 더럽기 짝이 없었다. 상황이 해결되면 가장 먼저 샤워하고 옷을 갈아입을 생각이었다.

그러나 맥닐이 현장을 떠나지 않는 한 그는 이곳에서 나갈 수가 없었다. 일단 무기를 넣은 케이스를 닫고 기다리기로 했다.

거의 20분쯤 뒤에야 제복을 입은 사람들, 구급차와 아무런 표식이 없는 차량 그리고 그 안에 탑승한 이상한 광이 나는 보호 슈트를 입은 두 남자와 여자 하나가 그곳에 도착했다. 핑키는 맥닐이 그들에게 무엇인가 말하는 것을 지켜보았다. 그들은 죽은 두 젊은이의 시체 주변으로 모여들었다. 그리고 맥닐이 손가락으로 가리키는 쪽을 일제히 바라보았다. 핑키는 순간적으로 들킨 것 같은 기분이 들었다. 마치 그들이 자기를 보고 있는 것 같은 기분이 들어 창가의 판자 뒤로 몸을 숨겼다. 순간적인 반사 반응이었다. 하지만 당연히 그들은 아무것도 보지 못했다.

가로등이 들어오고, 땅거미가 빠르게 지고 있었다. 사람들이 거주하는 몇 남지 않은 집에서 불이 켜졌고, 겁먹은 주민들은 창을 통해 모여 있는 사람들을 훔쳐보고는 커튼을 치고 텔레비전을 켜서 현실 세계를 차단해버렸다.

핑키가 다시 아래를 내려다봤을 때, 맥닐은 자기 차로 돌아가고 있는 중이었다. 지금이라고 그는 생각했다. 그는 물건들을 챙겨서 텅 빈 계단을 서둘러 내려갔다. 아파트 뒤쪽에 있는 구역, 한때 주민들을 위한 주차장으로 사용하던 곳에 도착할 무렵, 맥닐의 차는 길 끝 쪽에서 코너를 돌아가고 있었다. 차가운 땅거미에 브레이크 라이트의 빛이 번져 보였다.

핑키는 트렁크에 총기 케이스를 넣고 스미스 씨의 BMW에 시동을 걸었다. 차가 부드럽게 엔진 소리를 냈고, 가죽 커버에는 살짝 주름이 졌다. 그는 과속방지턱을 유연하게 지나 아파트 뒤로 이어지는 차선을 탔다. 왼쪽으로 돌고, 또 왼쪽으로 돌다가 마침내 앞에 맥닐의 차량이 보이자 안도의 한숨을 내쉬었다. 운이 좋으면 이 경찰이 카진스키가 있는 곳까지 직방으로 안내해주겠지. 그렇다면 쓸모없이 죽어간 두 아이의 죽음에 모종의 의미라도 부여할 수 있을 것이었다.

11

케닝턴 로드는 어두웠다. 경찰서에서 흘러나오는 빛만이 텅 빈 거리를 비추고 있었으며, 그 빛은 반대편에 있는 상점과 레스토랑의 어두운 창들에 반사되고 있었다.

랭은 맥닐에게 자리에 앉으라는 손짓을 한 뒤 문을 닫았다. 형사실에는 아까보다는 사람들이 많았다. 교대근무로 교체된 사람들까지 포함해서 총 일곱 명. 다음 근무조에 교대를 하며 형사와 기타 직원들이 잠깐 모이게 되는 시간대였다. 그리고 몇 분만 지나면 도시 전체에 통행금지가 시작될 것이었다. 그건 대부분의 사람들은 아침이 될 때까지 밤새 집에 머물러야 한다는 뜻이었다. 또 어떤 사람들에게는 어둠 속에서 출현하여 물건들을 훔치고 기물을 파손할 시간이 되었다는 신호이기도 했다. 누가 되었든 거리를 쏘다니기에 좋은 시간대는 아니었다.

맥닐이 아치비숍 공원에서 발견된 인골과 사우스 램베스의 거주 구역에서 총에 맞아 죽은 두 젊은이에 대한 보고서를 작성하는 데는 꼬박 두 시간이 걸렸다. 방금 보고서를 다 읽어본 랭 경감은 반달 모양의 돋보기안경을 코끝에 살짝 걸친 상태에서 고개를 저으며 말했다. "이상해…… 아무리 생각해도 정말 이상해."

"뭐가요?"

"총 맞은 애들 말이야. 어떤 미친놈이 쏜 게 아니야. 완전히 전문가야. 전문가가 전문가용 총을 가지고 쏜 거라고." 그는 맥닐을 관찰하듯이 쳐다봤다. "뭔가 연관이 있다는 생각이 안 드나?"

"카진스키랑요?" 랭이 끄덕이자 맥닐은 고개를 저었다. "연관성을 찾기가 어려워요. 아무도 제가 카진스키를 만나러 간다는 사실을 몰랐고, 또 왜 가는지도 모르잖아요." 맥닐 역시 몇 시간 동안 그 생각을 하고 있었는데 생각하면 할수록 소름이 돋았다. 누군가가 자신의 목숨을 구해주었는데 그 정체를 알 수가 없었다. 쇠 지렛대와 야구 방망이로 얻어맞고 죽을 뻔한 그를 정체불명의 누군가가 살려준 것이다. 그 사람이 없었다면, 지금 톰 베넷의 부검 탁자 위에 누워 있는 사람은 그 패거리 남자애들이 아니라 자기였을 것이다. 만약 자기를 부검 탁자 위에서 만나게 되었다면 톰이 얼마나 뿌듯해했을지 궁금했다.

"그니까 자네를 지켜주는 수호천사가 있었던 거지?" 랭이 말했다.

맥닐은 그저 어깨를 으쓱할 뿐이었다. 그 저격수가 마음만 먹었다면 자신도 얼마든지 끝장낼 수 있었을 텐데. 어쩌면 맥닐이 그곳에 도착하기 전부터 버려진 아파트 건물의 어딘가에서 지켜보고 있었던 것인지도 몰랐다. 그래서 맥닐을 보게 된 것인지도…… 그런데 대체 무엇을 지켜보고 있었던 것일까? 거기서 대체 무슨 일을 하고 있었던 것일까?

정상적인 시국이었다면 사건 발생 이후 바로 아파트를 봉쇄하고 경찰들이 아파트를 한 집씩 모두 돌아다니면서 총을 쏜 위치를 찾아냈을 것이다. 그리고 과학수사팀이 파견되어 현장에 남아 있는 아주 작은 증거물이라도 찾기 위해 구석구석을 빗질하듯이 탐색했을 것이었다. 하지만 지금은 그럴 만한 인력도 없었고, 날이 어두워지고 통행금지가 시작되면 일이 더욱 복잡해질 것이었다. 어쩌면 아침에 랭이 수색 명령을 내릴지도 몰랐다. 어찌 됐든, 상황이 어떻게 돌아가든, 이제 맥닐과는 상관없는 일이었다. 열두 시간 후, 그는 더 이상 형사 신분이 아니니까. 그는 이제 형사였던, 남편이었던 그리고 아버지였던 어떤 사람이 될 것이었다. 지금까지 있었던 모든 일이 뒤꼍으로 사라지고, 불확실한 미래만이 그의 앞에 남게 될 것이었다.

랭이 손을 내밀었다. "이제 약 반납해야지. 잭."

맥닐이 다시 현실 세계로 돌아와서 랭이 무슨 말을 하고 있는지 깨닫기까지는 시간이 조금 걸렸다. 그는 고개를 저으며 말했다. "죄송합니다. 없습니다."

랭이 그를 빤히 쳐다봤다. "복용했어?"

"아니요, 잃어버렸습니다."

랭이 못 믿겠다는 눈빛으로 그를 뚫어져라 보았다. "그럼 어떻게 해서든 찾아내야 할 거야. 지금은 그게 금싸라기 같은 거니까. 내일 아침까지 내 책상 위에 올려져 있지 않으면, 경을 칠 줄 알아."

맥닐은 그저 고개를 끄덕였다. 경을 친다니…… 어떻게 하려는 생각일까? 총이라도 쏘겠다는 뜻인가? "소호에 가려면 통행 허가를 내주셔야 합니다. 랭 경감님. 컴퓨터에 입력 좀 해주십시오."

"뭣 때문에?"

"블랙아이스 클럽 좀 확인해보려고요."

랭이 맥닐을 마치 머리가 두 개 달린 동물을 보듯이 쳐다보았다. "그니까 너는 그 새끼들이 한 말을 믿는 거야?"

"거짓말인 것 같진 않습니다. 그냥 그 흑인 애가 무심결에 뱉은 느낌이었어요."

"만약에 지금 진짜 영업 중이라면, 불법 영업인데."

"영업 중이라고 광고하고 다니지는 않겠죠."

"그 구역 관할 경찰서에 예의상 전화 돌려놔. 자네가 거기 간다고 미리 알려줘."

"알겠습니다." 맥닐은 일어서서 문 쪽으로 돌아섰다.

"맥닐 형사." 맥닐이 돌아보자 랭이 자리에서 일어나 그를 향해 손을 뻗으려다 마치 전기라도 감전된 듯 재빨리 손을 거두었다. "미안해. 잠깐 잊었네. 악수하면 안 되지. 균을 퍼프리면 안 되니까." 랭은 어색하게 미소를 지었다. "그냥 행운을 빈다고 말하고 싶었어. 짜증나는 놈이긴 하지만 맥닐, 그래도 자네가 어디 다치지 않고 무사하길 바라네."

맥닐은 가까스로 희미한 미소를 지어 보였다. "감사합니다. 경감님이 마지막으로 해주신 따뜻한 말씀 항상 기억하겠습니다."

랭이 씨익 웃었다. "알았으면 꺼져."

경감실을 나와 형사실을 반쯤 가로질러 걸어가고 나서야 맥닐은 형사실이 평소와 다르다는 것을 알아차렸다. 색색의 끈이 달린 풍선들이 그의 책상 위에서 넘실거리고 있었고, 동료들이 그의 책상을 에워싼 채 모여 있었다. 몇몇은 오렌지주스가 담긴 플라스틱 컵을 쟁반에 들고 있었고, 하나씩 컵을 들어 올리고는 「유쾌한 좋은 친구He's a Jolly Good Fellow」라는 노래의 후렴구를 부르기 시작했다.

동료들이 미숙하고 거칠지만 따뜻하게 노래를 부르는 동안 맥닐은 수줍어 어쩔 줄 몰라 얼어붙은 듯 그 자리에 서 있었다. 자다 같이 외쳐. 누군가가 소리쳤다. 좋다 좋아! 그러고는 다들 잔을 맞대고는 오렌지주스를 들이켰다. 루퍼스는 오렌지주스 한 컵을 맥닐의 손에 쥐여주었다. "더 진한 걸로 못 해줘서 미안하네, 이 친구야."

"우리가 다 너를 얼마나 부러워하는지 모를 거야." 누군가가 소리쳤다.

"부러운 놈." 또 다른 누군가가 외쳤고, 모두들 동의했다.

뒤를 돌아보았더니 열린 사무실 문 앞에 랭이 바보 같은 미소를 짓고 서 있었다.

조지 머레이 경사가 책상 뒤로 몸을 굽혀 밝은 색상의 만화 캐릭터 포장지로 싼 상자를 꺼냈다.

"우리끼리 회의를 해봤는데," 그가 말했다. "이미 다 가진 사람한테 뭘 해줘야 좋을지 모르겠더라고." 시끄러운 웃음이 터져나왔다. "그래서 대신에 아들 거를 사봤어. 〈반지의 제왕〉 시리즈 DVD 세트야."

"아직 DVD 플레이어가 없으면 하나 좀 사주시고, 이 스코틀랜드 양반." 루퍼스가 말했다.

맥닐은 동료들이 난리를 치며 구입하고 포장했을 상자를 바라보았다. 이들은 알 리가 없으니까. 정말 모르고 한 짓이지만 너무나 잔인하게 느껴졌다. 마치 쓰러져 있는 사람을 발로 차는 격이었다. 오늘 오후에 잠시 잠깐은, 너무 많은 복잡한 상황들과 생각들 덕분에 잠시나마 아들 생각을 잊을 수 있었는데…… 그런 생각을 하니 죄책감이 몰려왔다. 그리고 동료들의 축하는 그 무엇보다 잔인하게 현실을 상기시켜주었다.

그의 앞에는, 동료의 얼굴에 익숙한 미소가 떠오르는 것을 보기 위해 미소 지은 채 기다리는 얼굴들이 모여 있었다. 그 순간 맥닐의 귀에 들리는 것은 션의 목소리였다. *계속 밀어줘, 아빠, 계속!*

겨울의 찬바람이 때리는 듯 메스꺼움이 확 올라왔다. 맥닐의 눈동자에 비친 형사실의 모습은 불타고 있었다. 그의 손에 들려 있던 오렌지주스 컵이 미끄러졌다. 갑자기 눈이 타는 것 같았고 황급히 방향을 틀어 형사실을 빠져나갔다. 다 큰 남자는 울면 안 된다. 특히나 동료들 앞에서는.

그는 계단을 뛰어 내려갔다. 뒤에서는 모두들 깜짝 놀라 외치는 소리가 들렸다. "잭, 괜찮아……?"

그는 접수 데스크를 지나 문으로 내달려서 계단을 내려갔다. 기둥 사이를 지나면서 난간을 붙잡았다. 몇 번 헛구역질을 했지만 아무것도 올라오지 않았다. 볼에는 눈물이 쏟아져 내렸고 가로등이 희미하게 보였다. 그는 위쪽 계단에 쓰러지듯이 털썩 주저앉아서 손바닥에 얼굴을 파묻었다.

뒤에서 문이 휙 열리는 소리가 들리고, 랭의 화난 목소리가 들려왔다. "지금 이게 무슨 짓이야, 맥닐? 애들이 오늘을 위해 얼마나 열심히 준비했는지 아나? 어떤 애들은 오늘 여기 참석하는 것 자체가 큰일······" 맥닐이 계단에 웅크리고 있는 것을 본 랭의 목소리가 점점 수그러들었다. "세상에, 대체 무슨 일이야, 응?" 그의 목소리에서 분노가 스르륵 빠져나갔다. 이제는 너무 놀라 할 말을 찾지 못하는 것처럼 들렸다.

맥닐은 허리를 펴고 재빨리 눈물을 닦았다. 그는 랭의 동정을 받고 싶지 않았다. 그건 참을 수가 없었다. 하지만 이야기를 안 할 수는 없었다. 맥닐은 계단에 앉은 상태로, 거리에 내다보이는 쓰리 스택 술집을 바라보았다. 집에 가기 싫어 시간을 때우곤 하던 장소였다. 술집 너머로는 공원과 맨체스터 전쟁 박물관이 어둠 속에 잠겨 있었다. 길 건너편에 있는 데이트 호텔은 텅 비어 있었다. 몇 주 전 그곳 직원들 모두 일자리를 잃었다.

"션이 죽었어요." 그가 말했다. "오늘 오후에요."

그는 랭 쪽으로 고개를 돌리지 않았고, 랭은 아무런 반응이 없었다. 정적만이 흘렀다. 아주 오랫동안의 침묵이 흐른 뒤 랭이 천천히 맥닐의 옆에 앉았고, 둘 다 남쪽 케닝턴 로드를 바라볼 뿐이었다.

"우리는 애를 가질 수가 없었어." 랭이 드디어 입을 열었다. "엘리자베스는 정말 간절히 애들을 원했지. 그게 엘리자베스한 테는 삶의 이유였어. 밝고 똑똑하고 커리어도 탄탄한 엘리자베스가 가장 원했던 건 애를 낳고 집에서 애들을 키우는 거였어."

맥닐은 상사가 자신을 잠깐 바라보고는 다시 시선을 거두어가는 것을 느꼈다. "나는 별로 관심이 없었어. 그게 불가능하다는 걸 알게 될 때까지는 신경 자체를 안 썼어. 하지만 불임이라는 걸 알고 나서는 이 세상에서 그것보다 더 바라는 게 없게 됐지.

웃기지 않나? 뭔가를 갖지 못한다는 걸 알게 된 다음에야 그걸 원하게 된다는 게." 랭은 머리를 긁적였다. "그리고 주변을 둘러보면…… 우리가 집어넣은 그 범죄자 놈들한테 대부분 다 애들이 있더라고. 정말 인생에 그것보다 쉬운 게 없어 보이는데. 그래서 사람들은 아이가 생기는 걸 아주 당연하게 생각하지." 그러고는 잠시 멈추었다. "내 인생에서 정말 안타까운 게 애를 갖지 못한 거였어. 그래서 자식을 얻었다가 잃는 게 어떤 기분일지 나는 상상도 못 해."

그는 맥닐의 어깨에 잠시 손을 올리고는 일어섰다. 맥닐은 그가 느낀 것이 동정심이 아니라는 것에 대해 감사하게 생각했다. 그것은 연민 혹은 공감이었다. 랭에게 그런 점이 있을 거라고는 생각지도 못했던 모습이었다.

"집에 가봐." 랭이 말했다. "여기서 할 일은 이제 다 끝났어."

맥닐은 고개를 저었다. 그는 집이라고 부를 수 있는, 돌아갈 수 있는 곳이 아무 데도 없었다. 그에게는 집중할 것이 필요했다. 이 밤을 지새울 무언가가 필요했다. "누군가 그 어린 여자애를 죽였어요." 맥닐이 말했다. "그게 누군지 찾을 때까지는 못 끝냅니다."

12

무채색 가로등과 거리를 지켜보는 CCTV 카메라의 감시 아래 펼쳐져 있는 웨스트엔드는 음산하고 소름 끼치게 조용했다. 얼마 전 맥닐은 관제실에서 CCTV 카메라 화면들을 지켜본 적이 있었다. 관제실 카메라에 비치는 것은 군인들을 제외하고는 수천 마리의 쥐밖에 없었다. 사람에게 버려진 도시를 물려받은 쥐들은 어두운 하수관을 벗어나 조심스럽게 도시 곳곳을 탐험하기 시작했다. 처음에는 쥐들도 대체 무슨 일인지 궁금했겠지만 그것도 잠시, 곧 과감해져서 밤마다 출몰하는 약탈꾼들의 대열에 합류하여 도시 구석구석을 활보하고 다니며 닥치는 대로 먹어 치우기 시작했다.

맥닐의 차는 헤이 마켓으로 가고 있었다. 사람의 흔적이 없는 텅 빈 거리의 모습은 영원히 적응되지 않을 것 같았다. 비상사태가 시작되기 전에는, 아무리 이른 아침 시간대라도 거리에 항상 택시와 차들이 넘쳤고, 클럽과 술집에서 쏟아져 나오는 사람들을 볼 수 있었다. 하지만 통행금지가 시작된 이래로 밤에는 거리에서 사람을 찾아볼 수 없었다. 그리고 만약 거리에 모습을 나타내는 사람이 있다면 무사하기 힘들 것이었다.

피카딜리 서커스의 에로스 조각상과 분수에는 아직도 장막이 쳐 있었다. GAP 광고판 위쪽으로 건물에 옷을 입힌 듯이 붙어 있던 커다란 산요와 TDK 네온 광고판이 떨어져 나간 모습은 마치 블랙홀처럼 보였다. 한때 도시의 가장 생동감 넘치는 구역이었던 이곳은 이제 모든 색깔과 움직이는 것들이 다 빠져나가버린 모습이었다. 구석의 초록색 가판대는 버려진 채 열쇠가 채워져 있었다. 더 이상 버스 관광 티켓을 사는 사람도 없었다. 모퉁이에 있는 메가 스토어 상점 앞 가게를 막아놓은 합판이 검게 그을린 모습이었다. 밤에 출몰하는 약탈자들은 상점을 털기 위해 합판을 부수려다 실패하면 불을 질러버렸다. 그리고 군인들이 도착할 때쯤 그들은 대부분 사라지고 없었다.

멀리 어딘가에서 소방차 사이렌 소리가 들려왔다. 희미한 주황색 빛깔 불빛이 런던 하늘 위로 낮게 깔린 구름 속에 살짝 반사되고 있었다. 맥닐은 왼쪽으로 회전하는 대신 오른쪽으로 돌아 교차로를 타고 새프츠베리 대로로 향했다. 통행금지의 유일한 장점이 있다면 지켜야 할 신호등이 없다는 것이었다. 또한 일방통행로 표시와 교차로도 무시하고 달릴 수 있었다. 런던 시장은 도심 교통량을 줄이기 위해서 갖은 노력을 다했는데, 이 방법을 떠올렸다면 얼마나 좋았을까? 교통 혼잡 부담금을 부과하는 것보다 이 방식이 훨씬 효율적이었다.

눈앞 전방에 트럭 두 대와 무장한 병력수송차 한 대가 도로를 막고 있는 모습이 보였다. 열댓 명 정도 되는 군인들이 두세 명씩 무리 지어 마스크를 벗고 담배를 피우고 있었다. 그러나 맥닐의 차를 보자마자 마스크를 쓰고는 대열에 합류했다. 맥닐이 피카딜리에서 회전하자 이들은 바로 경계 상태에 들어갔다. SA80 소총이 맥닐을 향했고, 방아쇠에 손가락들을 올리고 까딱거리기 시작했다. 군인 하나가 앞으로 다가와 손을 들었다. 맥닐은 브레이크를 밟고 바로 앞에 차를 세웠다. 군인들이 총을 겨냥하고 있어 긴장했지만, 컴퓨터에서 등록 번호만 확인하면 무사히 통과할 수 있을 거라고 확신했다. 하지만 그런 그의 생각은 빗나가고 말았다.

앞으로 나온 군인이 트럭에 있는 누군가가 외치는 소리를 듣고 뒤돌아보는 순간 다섯 명의 군인이 튀어나와 맥닐 차량 앞을 막고 포위했다. 뭔가 살짝만 잘못해도 손을 봐줄 의사가 분명해 보였다.

"손 위로 들고 차 밖으로 나와." 대장으로 보이는 군인이 소리쳤다. "지금 당장!"

맥닐은 그들과 싸울 생각이 없었다. 그는 문을 열고 손을 머리 위로 똑바로 든 상태에서 천천히 도로로 나왔다. 고글과 마스크로 가려진 군인들의 얼굴을 확인할 수 없다는 점이 찜찜했다. 얼굴을 볼 수 없으니 뭔가 덜 인간답게 느껴졌다. 얼굴도 보지 못하는 인간들과 협상을 시도하는 것 자체가 상상하기 어려웠다. "전 경찰입니다." 맥닐이 말했다. "통행 허가를 받았습니다."

"컴퓨터에 안 뜨는데."

맥닐은 혼잣말처럼 욕을 했다. 랭이 입력하는 것을 까먹었거나 중간에 오류가 생긴 것이었다. 군인들이 점점 맥닐의 포위망을 좁혀왔고 이제 맥닐의 얼굴 바로 앞에 총구가 있었다. "신분증이 있습니다. 보여줄게요." 신분증을 꺼내기 위해 주머니 안쪽으로 손을 가져간 순간 군인 하나가 총신으로 그의 머리를 쳤고 순간 눈에 섬광이 비치며 고꾸라져 무릎을 꿇고 말았다. "제기랄." 그는 들리지 않게 욕을 한 후 "난 경찰이라고." 하고 외쳤다.

군인들의 손이 거칠게 그를 일으켜 세우고는 차 옆면에 밀어 붙였다. 누군가 맥닐의 얼굴을 차 위로 눌러버리고 손을 들게 한 자세로 목을 조이며 다리를 쳐서 두 다리를 벌리고 서 있는 자세를 취하게 했다. "움직이면 넌 죽은 목숨이다." 누군가 그의 귀에 대고 저주하듯 내뱉었다. 머릿속이 쿵쿵거렸다. 주머니를 뒤지고 몸수색을 하는 손들이 느껴졌다. 그리고 누군가 신분증을 그의 얼굴 바로 옆 차 위로 내려쳤다. 가로등 불빛에 왕관과 왕실의 훈장으로 장식된 배지가 반사되었다.

"어디서 훔쳤어?"

"훔친 거 아닙니다. 사진 똑바로 좀 봅시다!"

그의 시야에서 신분증이 사라졌고 그들은 사진과 그를 대조해 보았다. "하나도 안 닮았는데." 군인 중 하나가 이렇게 말하는 소리가 들렸다. 맥닐은 머리를 짧게 잘라버린 그날을 저주했다. "트럭에 집어넣어."

그들은 이제 그를 끌고 가기 시작했다.

"제기랄, 우리 보스한테 한번 전화해봐요. 그래줄 수 있죠? 케닝턴 로드 경찰서의 랭 경감. 경감이 내 인증번호를 컴퓨터에 입력해주기로 했었다고."

그는 군인들의 손에 질질 끌려 트럭 뒤로 가 징이 박힌 금속으로 된 트럭 바닥 위로 던져졌다. 그리고 누군가가 그의 뺨을 철썩 때렸다. 이윽고 트럭 구석으로 밀쳐졌고, 신분증도 바닥에 내던져졌다.

"움직이지 마!"

뒤에서 노트북과 단파 수신 라디오를 보고 있는 젊은 군인이 희미하게 보였다. 열심히 타자를 두드리는 동안 화면에서 나오는 빛이 얼굴에 반사되어 비쳤다. 하지만 맥닐은 이 사태를 어떻게 수습할지 고민해볼 시간도 없었다. 어디선가 폭발 소리가 들리고 그 바람에 트럭 바퀴가 흔들렸다. 그리고 트럭을 덮고 있던 캔버스 뚜껑의 입구가 안으로 덮쳐 강타하더니 원상태로 되돌아갔다. 산산조각이 난 유리들이 주변 거리로 폭포처럼 쏟아져 내렸고 타는 듯한 하얀 불빛이 밤하늘을 낮처럼 환하게 밝혀주었다가 사라졌다.

트럭 밖에서 공포에 질려 당황한 목소리가 들렸다. 누군가가 차이나타운에 있는 은행이라고 소리치는 것이 들렸다. "은행을 날려버렸어!?"

맥닐이 앉아 있는 곳에서, 조금 전 자기를 트럭으로 밀어 넣은 군인들이 차이나타운으로 가고 있는 것이 보였다. 이제 아무도 그에 대해 신경을 쓰지 않았다. 뒤에서 노트북을 보고 있던 젊은 군인은 무전기에 대고 소리를 지르면서 지원 병력을 요청하고 있었다. 맥닐은 생각해볼 겨를도 없이 순간적인 결정을 내렸다. 그는 몸을 앞으로 기대 군인 옆에 뉘어져 있던 총을 낚아챘다. 그 군인은 무선기에서 몸을 돌려 총을 붙잡아보려 했지만, 한 박자 늦은 후였다. 그는 총이 원래 있어야 할 위치의 반대 방향에서 자신의 얼굴을 겨누고 있는 것을 보았고, 총구 뒤에는 맥닐의 어둡고 단호한 표정이 있었다.

"난 경찰이라고. 컴퓨터로 확인해볼까."

맥닐은 신중하게 몸을 굽혀 신분증을 주워들었다.

두려움과 당혹감으로 얼어붙은 군인은 고개를 저었다.

맥닐은 총의 탄창을 꺼내서 거리로 던진 후에 총도 던졌다.
"난 간다." 맥닐이 말했다. "따라오지 마." 그러면서 몸을 돌리는
순간, 이 젊은 군인도 움직이기 시작했다. 그는 동료 군인들에게
총과 죄수를 어떻게 놓친 것인지 경위를 설명해야 할 상황이 되
는 게 싫었다. 하지만 이 젊은 군인은 체구로 보나 힘으로 보나
거구의 스코틀랜드 아저씨의 상대가 될 수는 없었다. 맥닐은 그
의 재킷을 움켜쥐고 마스크를 벗겨버렸다. "꿈도 꾸지 마. 이 애
송이 군인. 가만히 안 있으면, 숨통을 끊어놓을 테니."

물리적인 폭력보다 협박이 더 효과적이었다. 그 어린 군인은
맥닐의 협박에 잔뜩 몸을 움츠렸고, 맥닐은 그를 트럭 뒤쪽으로
밀어 넣은 뒤 트럭에서 뛰어내려 자기 차로 뛰어갔다. 차 열쇠는
그대로 꽂혀 있었고, 시동을 걸자 곧 차가 움직였다. 맥닐은 전
속력으로 다시 피카딜리 서커스 쪽으로 역주행을 한 뒤 리전트
가를 지나 에어 가로 갔고, 이어 브루어 가에서는 더욱 속력을
내어 로어존 가를 통과해 쥐새끼 한 마리도 없는 골든 스퀘어에
차를 세웠다. 이런 곳에다가 차를 두고 가는 것은 위험했지만,
발로 뛰어다니는 편이 훨씬 자유로울 터였다.

광장의 가장 안쪽 가로등은 불이 하나도 들어오지 않아 깊은
어둠의 동굴처럼 보여 맥닐은 그곳에 차를 세웠다. 차에서 내린
후에는 한동안 그대로 서서 자동차 엔진이 완전히 꺼지는 것을

확인하며 주변에 혹시 어떤 움직임은 없는지 집중해 귀를 기울여보았다. 차이나타운 은행에서 일어난 폭발이 큰 화재로 번진 듯 근처 빌딩과 밤하늘이 화염으로 밝게 빛났다. 사이렌 소리와 총소리 그리고 상기된 목소리가 텅 빈 거리에 울려 퍼졌고, 맥닐은 지금이 바로 움직이기에 적시라고 판단했다.

맥닐은 소호 전역에 걸쳐 거미줄처럼 나 있는 좁은 골목들에 몸을 숨기고 새프스베리 대로로 간 다음 브리들 레인, 그레이트 펄트니 가, 그리고 피터 스트리트로 갔다. 이 지역은 다른 어떤 구역보다 훨씬 더 심하게 파괴되어 있었다. 절도 차량들이 찌그러지고 불탄 모습으로 버려져 있었고, 거의 모든 빌딩의 상점과 사무실은 약탈꾼들 손에 파괴되어 있었다. 슬링키, *자유를 찾은 자와 노예가 된 자, 코르셋, 러버, 레더(가죽)* 같은, 소호의 골목길에서 포르노그래피 등을 취급하는 상점들도 완전히 사라졌다. 선정적인 랩 댄스를 가르치는 교습소와 문신소, 극장들은 발가벗겨져 만신창이였다. 부서진 유리창과 파괴된 상품들이 길거리에 나뒹굴었고, 문은 휘어진 경첩에 겨우 달랑달랑 매달려 있었으며, 창문은 검은 구멍으로 남아 있었다. 소호 스파이스, 더 블루 포스트 등 그가 즐겨 찾던 술집과 레스토랑들은 거의 알아볼 수 없는 상태였다.

딘 스트리트는 어둠에 휩싸여 있었다. 저쪽 은행에서 일어난 폭발이 전기 공급에 영향을 미친 듯했다. 가로등이 하나도 들어오지 않았다. 하지만 차이나타운 쪽 화재로 인해 생긴 불빛이 텅 빈 클럽과 레스토랑에 희미하게 비쳐 음산했고, 도보에 널린 유리 조각들이 성에처럼 반짝였다. 차가운 바람에 연기와 고무 타는 냄새가 실려왔다. 코너에 있는 피아노 바의 크림색으로 칠해진 벽은 불에 타 그을린 검은색 줄 모양이 되어 있었다.

맥닐은 어둠 속을 빠른 걸음으로 통과해 딘 스트리트 동쪽으로 가서 북쪽으로 방향을 틀었다. 50미터 정도 더 가니 블랙아이스 클럽의 철문이 나타났다. 누군가 예전에 입구를 강제로 열고 들어가려는 시도를 했던 흔적이 있었지만, 탄탄한 창살이 버티고 있어 약탈자들이 진입하지는 못한 것으로 보였다. 맥닐은 그 안에서 무슨 일이 벌어지고 있는지 상상이 되지 않았다. 혹여 클럽이 아직 영업 중이라 해도 영업 중임을 광고하고 다니지는 않을 터였다. 그는 아무런 미동도 없이 가만히 서서 소리를 들어보았다. 아주 희미하게 쿵쿵거리는 소리를 느낄 수 있었다. 요즘 애들의 취향이 잘 드러나는 단조롭고 끊임없이 반복되는 댄스 음악이었다. 하지만 맥닐이 어렸을 때도 댄스 음악은 그리 다르지 않았다. 문제는 어떤 걸 보고 듣고 자라느냐, 그리고 그 틀을 벗어나 얼마나 성장하는가였다.

맥닐은 그 음악이 블랙아이스 클럽 내부로부터 나온다고 단언할 수는 없었지만, 필요하다면 그렇다는 쪽에 돈을 걸 수는 있었다. 출입구가 분명히 또 있을 텐데. 건물 끝자락, 중국 통신사인 웬타이선 맞은편으로 높은 사무실 건물을 관통하는 좁다란 차선이 나 있었는데, 그 길을 따라 자갈이 깔린 안마당이 나오고 거기에는 몇 달 동안 비우지 않은 바퀴 달린 쓰레기통들이 늘어져 있었다. 맥닐이 어두운 골목을 지나 이어지는 안마당을 향해 조심스럽게 발길을 옮기자 화들짝 놀란 생쥐들이 종종걸음을 하며 도망치느라 부산했다. 그곳에는 검은색으로 페인트칠을 한 철책 울타리와 창살이 덧대어진 창문이 있었고 벽돌로 된 사무실 건물의 측면에는 화재 대피용 비상계단이 지그재그 모양으로 붙어 있었다. 두꺼운 철문의 모서리를 따라 연필 두께 정도 되는 공간으로 빛이 새어 나오고 있었다. 문에 가까이 다가가자 음악의 진동이 점점 커지는 것을 느낄 수 있었다. 그리고 드디어 음악 소리가 들리기 시작했다.

통행금지 시간을 지나 돌아다니는 게 불법이라는 건 차치하고라도 무법지대가 된 길거리의 위험을 감수해가면서까지 이렇게 감염의 위험이 있는 상황에서 밖에 나와 파티를 하고 싶어한다는 자체가 그로서는 이해가 되지 않았다. 그러다 문득 돈과 에너지가 넘쳐나는 불안한 젊은 세대들이 집에서 부모와 텔레비전만 보고 지내기는 힘들겠다는 생각이 들었다. 그들은 아마 이렇게 아슬아슬한 순간을 살면서 쾌감을 느끼는 것일지도 몰랐다. 최소한 마약보다는 나았다. 그래도 이곳은 화장터에서 일하는 사우스 램베스 슬럼가의 노동자가 자주 찾을 만한 곳은 아니었다. 철문의 저쪽 편에 존재하는 이 블랙아이스 클럽을 찾는 고객들은 첼시와 사우스 켄에 사는 돈 많은 애들일 거라는 쪽에 내기를 걸 수도 있었다. 주머니에 부모의 돈을 채우고 특권을 누리며 자란 아이들.

맥닐은 철문을 쾅쾅 두드린 후 한 발 뒤로 물러서서 기다렸다. 아무도 답을 하지 않았다. 그는 다시 한번 더 있는 힘껏 문을 쾅쾅 두드리고 기다렸다. 이번에는 금속 잠금고리가 미끄러지는 소리가 들리며 문이 빼꼼히 열렸다. 조명과 음악이 어두운 뜰 안으로 쏟아져 나왔고, 문틈으로 내민 얼굴이 맥닐의 얼굴을 의심스럽게 쳐다보며 물었다. "무슨 일이죠?"

"술 한잔합시다."

"여기 손님이 아닌데."

"로니 친구요. 로널드 카진스키. 로널드가 목마른 사람은 언제든지 여기 와서 술 한잔할 수 있다고 하던데. 목이 말라 죽을 지경이오."

"어떻게 통행금지를 뚫고 왔죠?"

"다른 사람들은 어떻게 뚫었을까?"

"대부분 통행금지 시작 전에 와서 해제될 때 가죠."

맥닐이 어깨를 으쓱했다. "난 운이 좋았던 모양이네."

문지기는 한참 그를 빤히 쳐다보다가 마침내 출입문을 살짝 닫았다. 잠시 동안 맥닐은 그가 문을 다시 열어주지 않을지도 모른다고 생각했다. 그러나 곧 철제 빗장을 푸는 소리가 들렸고 문이 안쪽으로 휙 열렸다. 문지기는 덩치가 큰 남자였지만 맥닐보다는 한 수 아래였다. 그는 삭발한 머리에, 맨 가슴이 드러나는 가죽조끼를 입고 있었으며 헐렁한 배기바지 위로는 술배가 나와 있었다. 지저분해 보이는 하얀색 수술용 마스크가 얼굴 하부를 가리고 있었다. 그는 맥닐을 경계하듯이 응시하다가 들어오라고 까딱하며 고갯짓을 했다.

"수고해요, 친구." 맥닐이 말했다. "바는 어디에 있나?"

"아래층에."

***

계단을 따라 내려가자 그를 환영이라도 하듯 음악 소리가 점점 커졌다. 머릿속이 멍해지는 수준의 데시벨로 사람을 후려쳤다. 색색깔의 조명 불빛들이 검은색 벽에 흡수되고 있었다. 댄스홀에 다다르자 200명 정도 되는 인간들이 땀 범벅이 돼서 파도를 만들어 몸을 움직이고 있었는데, 그 모습이 마치 세련된 현대 사회보다는 머나먼 원시 부족들이 음악에 몸을 맡긴 채 일종의 무아지경에 빠져 있는 듯이 보였다. 모두 흰색 수술용 마스크를 마치 유니폼처럼 쓰고 있었는데 여러 빛깔 조명 아래 비친 마스크의 물결은 마치 어둠 속에서 이상하게 발광하며 바다에 떠다니는 갈매기들처럼 보였다.

댄스 플로어의 한편에는 작은 무대가 있었다. 무대 위에는 옷을 입었다고 하기 힘든 여자 두 명이 눈에만 구멍을 뚫어놓은 뾰족한 하얀색 고깔을 쓰고 최면에 걸린 듯이 엉덩이를 천천히 원 모양으로 흔들어대고 있었다. 오른쪽으로 이어진 벽에는 술을 서빙하는 바텐더가 자리하고 있었다. 화생방 방독면처럼 생긴 마스크를 쓰고 있는 젊은 남자 바텐더 두 명이 세 줄로 서서 차례를 기다리는 고객들에게 서빙을 하느라 분주했다. 사람들은 술을 마실 때는 마스크를 잠시 내렸다가 다시 고쳐 썼다. 사용하고 난 빈 잔은 원 모양 틀에 놓으면 되고, 이 틀은 거대한 식기세척기로 들어가 소독을 마친 후 다시 무대로 나올 것이었다. 이미 사람들의 열기와 땀으로 끈끈해진 공기를 바 뒤쪽에서 생긴 증기구름까지 합류하여 보태주고 있었다. 감염병이 퍼지기에 더할 나위 없이 완벽한 인큐베이터였다.

맥닐은 술 마시는 사람들 사이를 비집고 바 쪽을 향해 갔다. 길

목에 걸리는 사람은 누구라도 팔꿈치로 얼굴을 갈겨버렸다. 사람들이 항의하는 소리는 음악에 잠겨버렸다. 검은색 뿌리가 자라나 금발로 염색을 한 것이 티가 나는 한 바텐더가 경계하는 눈초리로 맥닐을 쳐다보았다. 맥닐은 그들의 주 고객들보다 약간 나이가 있었고, 훨씬 보수적인 모습이었으며, 클럽 내부의 열기에도 불구하고 여전히 코트를 입고 있었다. 또 얼굴에는 멍이 들어있었으며, 한쪽 볼에는 사우스 램베스 아파트 단지 앞마당에서 유리에 긁혀 찢어진 상처들이 있었다. "위스키!" 맥닐이 소리쳤다. "싱글몰트, 가능하면 글렌리벳으로. 그리고 물도." 이렇게 술을 주문해본 게 아득하게만 느껴졌다. 주문을 하고 나니 이제 곧한잔하게 될 거라는 기대감으로 가슴이 벅찰 지경이었다. 하지만딱 한 잔만 마시겠다고 결심했다. 그 이상을 마시면 결심이고 뭐고 슬픔의 늪으로 침잠해버릴 것이 분명했기 때문이었다.

2센티 정도 되는 호박색 위스키가 담긴 술잔과 물이 담긴 컵이 그 앞에 탕하고 놓였다. 그는 5파운드를 건네고 잔돈은 받지않았다. 그리고 위스키와 물을 1:1 비율로 섞어 희석해 한 모금삼키고는 바텐더를 향해 말했다. "이건 글렌리벳이 아니잖아!"

"'가능하면'이라고 했잖아요. 글렌리벳 없습니다." 미안하다는말은 없었다.

맥닐은 또 한 모금을 삼켰다. 정체를 알 수 없는 블렌드였다. 술맛에는 실망했지만 술이 배 속까지 내려오며 느껴지는 온기는충분히 행복했다. 잔을 기울이자 순식간에 위스키 한 잔이 모두사라지고 없었다. 집에 갈 시간을, 마사에게 갈 시간을 늦춰보려고 한 잔씩 더 마시곤 했던 옛날이 떠올랐다. 집에 돌아가면 잠들어 있던 션의 얼굴도 떠올랐다. 소중한 순간들을 그렇게 놓쳐 버린 것이다. 그렇게 낭비해버리다니. 그는 고개를 돌려 바텐더 에게 한 잔 더 달라고 소리쳤다.

다시 술이 나오자 그는 바텐더의 손목을 붙잡고 바의 안쪽으 로 몸을 기울이며 "로니는 오늘 밤에 안 왔나? 로널드 카진스 키?"라고 물었다.

그때 클럽에 울려 퍼지는 드럼 소리 한 번에 음악이 멈췄고 동 시에 바텐더는 손가락을 입에 갖다 대며 조용히 하라는 표시를 했다. 마스크 무리는 더 이상 춤을 추지 않았고 춤추던 사람, 술 을 마시던 사람들 모두 일제히 무언가를 기대하듯이 무대 쪽으 로 몸을 돌렸으며, 간헐적인 박수 소리가 들렸다. 곧 무대 뒤쪽 어딘가의 문에서 예술적으로 묶은 하얀색 천 꾸러미를 건 막대 기를 어깨에 매달고 30대 정도로 보이는 젊은 남자가 등장했다. 황새가 아이를 배달하는 모습처럼 보였다. 그 순간 맥닐의 머릿 속에는 랭이 스쳐 지나갔다(한국에서 어른들이 둘러댈 때 아기를 다리 밑에서 주워왔다고 표현하듯 서양권에서는 아기를 황새가 데려 다주었다고 함-역주).

하얀 고깔을 쓰고 춤을 추던 댄서들은 어디론가 사라지고 그 자리에는 작은 접이식 탁자가 놓여 있었다. 남자가 탁자에 꾸러 미를 내려놓는 동안 사람들은 탄성을 지르거나 환성을 질렀다. 그는 머리부터 발끝까지 검은색으로 차려입고 있었다. 심지어 마스크도 검은색이어서 마치 뒤편의 검은색 벽에 빨려 들어갈 것만 같은 모습이었다. 피부가 드러난 얼굴의 상안부는 여러 빛 깔 무대 조명을 받아 반짝거리며 춤을 추는 듯했고, 탁자에 놓인 꾸러미 위에 얼굴만 따로 떠 있는 듯했다. 그는 듬성듬성 난 가는 머리카락을 뒤로 빗어 넘겨 고정한 헤어스타일을 하고서 막대기에 기댄 채 마이크에 대고 말을 하기 시작했다. 죽은 사람 입에서 나오는 것과 같은 목소리가 그를 향해 서 있는 사람들 머리 위로 울려 퍼졌다.

"예술," 그가 말했다. "벼랑 끝에 있는 삶에 관한 것이어야 진정한 예술이라 할 수 있습니다. 진정한 예술은 할 수 있는 한 그 경계를 계속, 멀리 확장해나가야 합니다. 다른 사람들이 정한 경계 안에서 살아가는 인생이 무슨 의미가 있을까요? 우리는 스스로 경계를 설정하고 확장해나가야 하며, 다른 사람들도 우리와 함께 가도록 격려해야 합니다. 우리는 우리의 부모가 아닙니다. 부모의 부모도 아니고 우리는 우리 자신입니다. 우리는 지금 여기 있습니다. 미래는 우리의 것이고, 오직 우리가 만드는 것입니다. 삶과 죽음, 좋은 취향과 나쁜 취향, 수용되는 것과 아닌 것, 그 사이의 첨예한 경계를 넘어야만 우리 인생의 진정한 의미를 찾을 수 있습니다."

그는 숨소리 하나 들리지 않는 적막 속에서 자기를 올려다보고 있는 얼굴들을 찬찬히 둘러보았다. 사람들은 그가 무엇인가 끔찍한 짓을 할 것이라 기대했다. 그것이 그들 대부분이 이곳에 온 이유였다. 그게 바로 언더그라운드 예술이니까. 바이러스가 시작되기 전 이 클럽이 컬트적인 곳으로 유명해진 이유이기도 했다. 맥닐은 매료된 듯이 무대를 올려다보며 자신도 미처 생각하지 못하게 남자가 공연 속에서 거는 최면에 빠져들고 있었다. 앞으로 어떤 일이 펼쳐질지 꿈에도 모른 채.

검은 옷의 남자가 탁자 쪽으로 몸을 기대어 과장된 몸짓으로 꾸러미 한쪽의 매듭을 풀자, 꾸러미가 열리며 아주 이상하고 형체가 불분명한 핏덩이 같은 것이 나타났다. 사람들이 동시에 "헉!" 하는 소리가 들렸다. 남자의 눈은 하얀색 원 안에 담긴 석탄 또는 검은 불빛처럼 빛났다. 그는 마스크를 한쪽으로 홱 벗어 젖히더니 양손에 그 덩어리를 가득 쥐고 머리 위로 높이 들어 올렸다. 덩어리에서 액체가 뚝뚝 떨어졌다.

그의 목소리도 함께 고조되었다. "이것이 삶입니다." 그가 말했다. "그리고 죽음입니다." 클럽 안은 고요한 적막에 잠겨 음향 장치에서 웅웅거리는 소리만이 들릴 뿐이었다. "불과 두 시간 전까지만 하더라도 이 아이의 심장은 엄마의 자궁 안에서 뛰고 있었죠. 불과 두 시간 전 이 생명은 탯줄에서 분리되어 시간을 등지고 미래를 기대할 수 없게 되어버렸습니다. 낙태. 생명에 대한 거부. 우리 시대의 저주죠."

맥닐은 공포감으로 얼어붙은 채, 눈앞에 펼쳐지는 믿을 수 없는 광경을 뚫어지듯 바라보았다. 누군가 속삭이듯이 말하는 것이 들렸다. "세상에!"

"우리는 오직 생명으로부터 죽음을 발견할 수 있습니다. 그리고 오직 죽음에서 삶을 발견할 수 있습니다." 검은 옷의 남자가 갑자기 손을 얼굴 높이로 내렸다. 그리고 잠시 멈춰 섰다가 자신의 손에 들려 있는 핏덩이를 입으로 게걸스럽게 흡입하기 시작했다. 그 핏덩이를 먹어 치우기 시작한 것이었다.

누군가 구토를 하기 시작했다. 역겨움에 비명을 지르는 사람들이 두어 명 있었다. 그러고는 무대 위의 남자가 손에 쥔 덩어리를 게걸스럽게 먹어 치우는 소리만이 들려왔다. 갑작스러웠던 시작만큼이나 신속하게 그것을 먹어 치우는 동안 탁자 위 꾸러미에 잔여물이 뚝뚝 흘러 떨어졌다. 그의 입가 주변은 빨간색으로 물들어 있었다.

"감사합니다. 감사합니다." 그는 이렇게 외치며 준비물들을 챙겨 등장했던 문으로 순식간에 사라졌다.

곧이어 조명이 낮게 깔리고, 조금 전 음악이 끊겼던 부분부터 다시 재생되기 시작했다. 온몸의 모든 감각을 때려 박는 듯한 굉음이었다. 마스크 떼가 다시 미친 듯이 춤을 추며 출렁이기 시작했다.

맥닐은 너무 놀라 몸을 떨고 있었다. 토하고 싶은 심정이었다. 그는 그를 기다리고 있는 위스키 쪽으로 몸을 돌렸다. 바텐더가 마스크 뒤로 씨익 미소를 짓고 있었다.

"꽤나 볼 만하죠?" 그가 외쳤다. 그는 맥닐의 얼굴에 여실히 드러난 혐오감을 즐기고 있었다. "누구를 찾으러 왔다고 했죠?"

맥닐은 위스키를 단숨에 털어 넣은 뒤 숨을 몰아쉬고 술잔을 카운터에 내리꽂으며 소리쳤다. "로니 카진스키."

바텐더의 얼굴이 순간 구겨졌다가 생각이 난 듯 바로 낯빛이 밝아졌다. "아아, 그 장터 놈?"

장터가 화장터의 준말일 것이라고 유추하는 데 약간의 시간이 걸렸다. "맞아."

"방금 공연한 그 남자한테 물어보지 그래요?" 그가 손가락을 무대 쪽으로 까딱거리며 소리쳤다. "둘이 친해요."

***

무대 뒤에 이어져 있는 복도 끝으로 가면 화장실이 있었다. 무대 쪽 문이 닫히는 순간 찌든 오줌 냄새가 확 올라왔다. 하지만 무대 쪽 문이 닫히면서 고막을 때리는 음악 소리가 같이 차단된 것에 감사하기로 했다. 바닥에 깔린 흐릿한 리놀륨에 요란한 노란색 무대 조명이 반사되고 있었다. 벽에는 이 클럽의 명성에 보탬이 되었을 것으로 보이는 유명한 흑백 공연 사진들이 액자에 걸려 있었다. 분장실은 왼쪽에 있는 가장 끝 방이었다. 문에는 〈관계자 외 출입금지〉라는 팻말이 붙어 있었다. 맥닐이 문을 열자 태아를 가지고 장난치던 그 남자가 탈의실 탁자 위에 있는 벽 거울을 보고 있다가 뒤를 돌아보았다. 그는 더러워진 손과 얼굴을 뜨거운 수건으로 닦고 있던 중이었다.

"글씨 읽을 줄 몰라요?"

맥닐은 두 발자국 만에 방을 가로질러서 그의 옷깃을 붙잡고는 숨을 쉬지 못하게 벽 위로 쾅 하고 밀어붙였다. "응, 읽을 줄 알아. 그리고 이제부터는 네가 행사할 수 있는 권리에 대해서 알려줄게, 이 구역질 나는 새끼야." 그는 한 손으로는 벽에다가 그를 고정한 채 다른 한 손으로는 자신의 신분증을 보여주었다. "혐의에 대해서는 나중에 더 확실히 하도록 하지. 시체 절도, 태아 절도, 그리고 살인도 있겠지? 너 같은 또라이 새끼는 꽤 오랫동안 빵에서 살아야 할 거야."

"저기," 태아 절도범이 몸부림치며 말했다. 그러고는 소리 내어 웃기 시작했다. "저기, 한번 잘 생각해봐요. 아까 그게 진짜라고 생각한 건 아니겠죠. 믿었어요? 잠깐만요. 내 관절 다 나가겠네." 그는 아직도 탁자 위에 놓여 있는 핏덩이를 향해 고갯짓을 했다. "저건 그냥 잼이랑 빵 반죽으로 만든 거예요. 여기 음식이 하도 입에 안 맞아서, 점심 겸해 싸온 거예요."

맥닐의 움켜쥔 손에서 힘이 풀리며 그가 빠져나왔다.

"그냥 퍼포먼스였어요. 사람들은 자극적인 것을 좋아하니까. 진짜일 거라고 믿는 거죠. 하지만 무의식 깊은 곳에서는 그냥 재미로 하는 거라는 걸 그 사람들도 다 알아요."

"그런 걸 재미로 하나?"

"공연을 통해 경계를 확장하는 거죠. 사람들의 감정 반응을 일으키면서 관객을 참여시키는 거예요. 그리고 그걸 보러 오는 사람들은 공연을 보며 떠오르는 질문들에 대해 생각해보고, 그러면서 생각의 반경을 넓히는 거죠."

그는 자리에 앉더니 다시 얼굴을 닦기 시작했다. 맥닐은 거울에 비치는 그 모습을 경계하는 눈빛으로 주시했다.

"또 대체 어디서 태아를 구하겠어요? 언젠가 본 다큐멘터리에 나왔던 중국인은 실제로 그걸 했어요. 거기서 아이디어를 얻었죠. 그건 진짜였는데 진짜 역겨웠어요. 하지만 나는 그냥 샌드위치 하나를 맛있게 먹은 거나 마찬가지예요." 그는 손을 다 닦은 듯 자리에서 일어섰다. "그거 말고 여기 볼일이 남아 있나요?"

맥닐은 그의 퍼포먼스가 불러왔던 역겨운 감정들이 아직 가시지 않은 상태에서, 분노와 경멸이 가득 찬 눈으로 그자를 쳐다봤다. 맥닐은 자신이 애초에 이곳을 찾아온 목적에 집중하려 애쓰며 말했다. "로널드 카진스키를 보러 왔어."

태아 절도범이 으쓱했다. "로널드 뭐시기요?"

그때 분장실 문이 열리고 젊은 남자가 들어섰다. 맥닐의 시선이 거울 속 태아 절도범 뒤로 보이는 청바지와 가죽 재킷을 걸친 젊은 남자에게로 향했다. 키가 크지는 않았고, 가는 검은색 머리카락에 젤을 발라 머리통에 붙여놓는 바람에 안 그래도 작은 머리통이 더 작아 보였다.

순간 맥닐은 어디선가 그를 본 적이 있다는 생각이 들었다. 높이 솟은 광대뼈와 넓은 미간이 어딘가 익숙했다. 그는 안색이 좋지 않은데 마치 몇 달 동안 햇빛을 보지 못한 사람처럼 하얗고 창백했다. 맥닐의 머릿속에 문득 그물 커튼 뒤에 보였던 여자의 얼굴이 떠올랐다. 대물림되는 가난으로 인해 찌든 흔적. 그리고 팩스에서 나온 인쇄물의 번진 사진에 있던 그 얼굴이 떠올랐다. 로널드 카진스키였다.

카진스키는 문 앞에 멈추어 서서 거울 속에 비친 맥닐의 얼굴을 바라보았다. 그리고 태아 절도범의 눈과 반짝 마주친 순간 즉각적으로 문제가 생겼다는 것을 알아차렸다.

카진스키는 그대로 뒤돌아서 미친 듯이 전력 질주를 하기 시작했다. 리놀륨 바닥을 밟고 운동화가 마찰하며 끼긱 소리를 냈다. 맥닐은 그를 뒤쫓으며 커다란 덩치로 복도 끝에 있는 문을 쾅 치고 통과했다. 문 안에서는 반짝거리는 마스크들이 요란한 음악에 맞춰 춤을 추고 있었다. 카진스키는 미친 듯이 클럽 끝 쪽의 계단을 향해 달려갔고, 맥닐은 그 뒤를 쫓았다. 어깨로 걸리적거리는 사람들을 밀치면서 추격하기 시작하자, 놀란 마스크 무리들이 저절로 길을 틔워주었다.

맥닐은 계단을 두 칸씩 뛰어 올라갔다. 맨 위에 도착했을 때 눈앞에서 무거운 쇠문이 쾅 하고 닫혔다. 대머리에 허리까지 오는 가죽 재킷을 입은 가드가 길을 가로막고는 손으로 그를 저지했다. "어디 가시나?"

맥닐은 거의 키스를 할 것 같은 기세로 얼굴을 들이밀어 한순간에 목을 젖히며 박치기를 했다. 이마에 부딪힌 가드의 콧등이 부서지는 것이 느껴졌다. 가드는 머리를 뒤로 젖힌 채 경악한 얼굴로 맥닐을 쳐다보았다. 맥닐은 그의 뒤통수를 벽에다가 박아버렸다. 하얀 마스크에 피가 스며들면서 붉게 변하기 시작했다. 맥닐은 문을 열어젖히고 어두운 밤거리로 나왔다. 뒤집힌 쓰레기통이 덜컹거리는 소리가 들렸고, 얼음장 같은 바람 속에는 쓰레기 냄새가 묻어 있었다. 문이 열릴 때 따라 나온 조명 빛이 뜰 안을 비춰주어 골목으로 뛰어가는 카진스키의 그림자가 보였다. 그를 뒤쫓아 뛰어가는 맥닐의 발바닥 아래로 놀란 쥐들이 허둥지둥 도망을 치며 비명을 질러댔다.

맥닐이 골목길에서 나와 대로로 들어섰을 때, 질주하던 카진스키는 점차 어둠 속으로 사라지고 있었다. 마치 맥닐이라고 하는 불도그에게 쫓기는 토끼 같았다. 카진스키는 이제 세인트 앤스 코트 쪽으로 달려가고 있었다. 높은 벽돌집들 사이에 좁은 인도가 얽혀 있는 구역. 잘못하면 놈을 놓칠 수도 있었다. 하지만 그가 코너에 다다랐을 때쯤, 길 끝 쪽에서 불빛이 번쩍거리고 튀며 무언가 갈라지는 소리가 들렸다. 깔깔 웃고 미친 듯이 떠들며 조롱하는 소리도 들렸다. 약탈꾼들이었다. 카진스키는 멈칫하고 뒤돌아보았다. 앞에는 악마 뒤에는 추격자. 진퇴양난의 상황이 되어버린 것이었다. 카진스키가 두 가지 선택지 중 어떤 것이 차악일까 생각하며 머리를 굴리는 소리가 맥닐에게까지 들리는 듯했다. 하지만 카진스키는 아예 제3안을 택했다. 세인트 앤스 코트에서 수직 방향, 즉 남쪽으로 이어지는 비좁은 골목으로 튀기 시작한 것이었다. 한때 케이크 가게였던 상점의 반대쪽 골목의 폭은 1미터도 되지 않았다. 그는 그곳을 20미터 정도 내달렸다. 그 골목 끝에 플랙스만 코트로 연결되는 입구가 뒤집힌 쓰레기통과 약탈당한 사무실에서 부서져 나온 창문 잔해들로 막혀 있는 것을 알지 못했다. 맥닐은 어둠 속에서 그가 욕을 내뱉는 소리를 듣고는 숨을 고르기 위해 속도를 줄여 걷기 시작했다. 카진스키가 빠져나갈 구멍은 없었다. 이제 그는 막다른 골목에 갇혀서 옴짝달싹 못 하는 신세가 된 것이다.

맥닐이 점점 다가오자, 카진스키는 더 이상 뒤로 갈 수 없을 때까지 뒷걸음질 쳤다. "너희 엄마는 지금 네가 일하러 간 줄 알고 계시던데." 맥닐이 말했다.

"원하는 게 뭐야?"

"왜 도망갔어?"

"경찰 냄새가 났으니까."

"그래. 너 같은 놈들이 오줌을 지리면 멀리까지 냄새가 나지."

"나한테는 권리가 있어."

"맞아, 있어. 조용히 피를 흘릴 권리가 있지. 요즘 같은 때에는 불가능하겠지만 괜찮은 장례식을 치를 권리도 있어. 뭐 너도 이미 다 알고 있는 얘기겠지만."

카진스키는 맥닐 쪽으로 진격해 맥닐의 오른쪽 빈 공간과 벽

사이를 뚫고 지나가려 했다. 하지만 맥닐의 덩치는 거의 골목을 다 차지할 만큼 컸다. 맥닐은 오른쪽으로 몸을 기대어 카진스키를 벽에다가 찍어 눌렀다. 그러고는 그의 옷깃을 잡아 들어 올린 뒤 길 끝에 쌓여 있는 쓰레기 장벽 쪽으로 던져버렸다. 카진스키는 엉덩방아를 찧으며 떨어졌고, 쓰레기와 잡동사니들이 그를 덮쳤다.

"그 뼈에 대해서 말해봐." 맥닐이 말했다.

"무슨 뼈?"

맥닐은 한숨을 쉬었다. "네가 뼈를 갖다 버린 곳에서 발견된 지하철 티켓에서 네 지문이 나왔어. 너는 이제 살인범 신분이 될 수도 있어."

"나는 절대 그 여자애를 죽이지 않았어!" 카진스키의 목소리에는 극심한 공포가 깃들어 있었다. "정말로, 나는 그냥 그 뼈를 처리하려고 한 것뿐이야."

"그러면 깔끔하게 했어야지."

"원래는 배터시에 몰래 들어가서 시체를 용광로에 넣기로 되어 있었어. 그런데 보안을 뚫고 시체를 들여갈 수 있는 방법이 없었어. 그래서 뼈로 만들어주면 처리하겠다고 말했어. 그 사람들은 흔적이 남는 것을 원하지 않았으니까. 원래는 아예 없애버렸어야 했는데."

"왜?"

"나도 몰라. 나는 정말 아무 관련 없어, 정말로."

"그러면 왜 태워버리지 않았지?"

"왜냐면 그 구덩이는 어차피 바로 콘크리트로 메워질 거였으니까. 굳이 위험을 감수하고 싶지 않았어. 그 사람들도 다른 방도가 없었으니까."

"그 사람들이 누구야?"

"몰라."

"이렇게 나올래?"

"진짜야. 나한테 돈을 줄 테니 뼈를 없애달라고 했어."

맥닐은 몸을 앞으로 기댔다. "로니, 그 사람들이 누군지 말 안 해주면 네가 다 뒤집어쓰는 거야."

"젠장, 나는 그 사람들 이름도 몰라. 그 남자가 찾아와서 거절할 수 없는 제안을 했다고."

맥닐은 고개를 저었다. "그럼 이것부터 묻자. 어디서 뼈를 받았어?" 그는 카진스키가 어둠 속에서 깊게 한숨을 쉬는 것을 들었다.

"주소는 몰라. 엄청 큰 집이었어. 늙은 부자가 사는 것 같은."

"어디쯤?"

"원즈워스 커먼 근처 어딘가인 거 같은데. 루트 거리 혹은 루스 거리. 어두워서 잘 안 보였어. 나를 차에 태우고 갔다가 다시 태워다줘서 알 수가 없었어."

"통행금지 시간에?"

"통행금지가 문제되어 보이지 않았어. 아무도 우리 차를 제지하지 않았거든."

맥닐은 일어서서 그를 한참 동안 쳐다보았다. 이것보다 더 많은 정보가 필요했다. 또 그는 카진스키가 알고 있는 것이 더 있을 거라고 확신했다. "자, 일어나봐." 맥닐이 말했다.

카진스키는 움직이지 않았다. "무슨 짓을 하려고?"

"이제 너를 체포할 거야. 살인 용의자로."

그때 어둠 속에서 날아오는 막대기를 맥닐은 보지 못했다. 막대기가 맥닐의 두개골에 부딪치며 쨍그랑하는 소리가 들렸고 맥닐은 털썩 주저앉고 말았다. 카진스키는 잡동사니 더미에서 찾아내어 방금 무기로 쓴 건축용 봉을 던져버리고 바닥에 고꾸라져 있는 경찰관을 훌쩍 뛰어넘어 방금 왔던 길로 다시 내달려 도망치기 시작했다.

맥닐은 몸을 펴지도 못하고 숨만 헉헉거렸다. 그의 눈에 조명이 반사되어 스쳤다. 이렇게 말도 안 되게 당하다니. 그는 욕을 하면서 목에 걸린 액체를 땅에다가 뱉어버렸다. 입안에서는 피맛이 났다. 휘청거리며 한쪽 손을 벽에 대고 일어서기까지 족히 1분은 걸린 듯했다. 그리고 몇 분 후에야 벽에 짚었던 손을 떼고 혼자 설 수 있었다. 머릿속은 아직도 종을 치는 것처럼 울리고 있었다. 이제 서둘러 봐야 의미가 없었다. 카진스키는 이미 멀리 도망가버린 후였으니까.

한참 후 맥닐이 휘청거리며 세인트 앤스 코트로 걸어 나오는데 골목 끝에서 몇 미터 떨어진 곳 바닥에 있는 검은색 형체가 눈에 들어왔다. 여전히 머리가 멍한 상태였던 맥닐은 조금 전까지만 해도 아무것도 없었는데, 저게 뭘까 의아했다. 다가가 보니 어떤 남자가 검은색 웅덩이에 얼굴을 처박고 쓰러져 있었다. 끈적끈적한 피가 차가운 바람에 응고되어가고 있었다. 무릎을 꿇고 남자의 몸을 만져보니 아직 온기가 남아 있었다. 맥닐은 엎어져 있는 남자의 몸을 잡고 뒤집어보았다.

카진스키였다. 아까 도망친 그가 시체가 되어 눈을 부릅뜨고 맥닐을 노려보았다. 하얀 셔츠는 피로 흠뻑 젖어버린 후였지만 세 탄의 총알 자국은 선명히 남아 있었다. 세 발 모두 심장 근처를 관통하고 있었다.

13

맥닐은 땅바닥에 털썩 주저앉고 말았다. 세인트 앤스 코트 서쪽 끝 너머 어딘가에서는 아직도 불이 타오르고 있었다. 타닥타닥 타오르는 소리만이 들려왔다. 약탈자들은 다른 곳으로 이동한 모양이었다.

카진스키는 가슴에 세 발의 총을 맞았다. 여기서 누군가가 그를 기다리고 있었던 것이다. 하지만 맥닐은 총소리를 듣지 못했다. 아무리 얻어맞은 충격에 머리가 울리고 있었다고 해도 총소리를 못 들었을 리 없었다. 사우스 램베스에서 젊은 패거리들을 죽인 저격수에 대해 랭이 했던 말이 떠올랐다. "완전히 전문가야. 전문가가 전문가용 총기를 가지고 쏜 거."라고 그는 말했었다. 이 또한 영락없는 전문가의 솜씨였다. 깔끔하고 군더더기 없는 처형이었다. 소음기를 장착한 총으로 쏜 것이 분명했다. 누군가가, 카진스키가 맥닐 혹은 그 밖의 다른 사람들과 대화하는 것을 원하지 않았던 것이다. 맥닐은 이번에도 같은 사람이 한 짓이라는 생각이 들었다. 아마도 그날 오후 맥닐을 구해준 그 명사수가 그날 거기서 카진스키를 기다리고 있었던 것이리라. 그리고 방금 카진스키를 처리한 것이다.

맥닐은 골목 벽돌에 머리를 기댄 채 깊은숨을 몰아쉬었다. 히스테리 같은 알 수 없는 느낌이 그를 천천히 압박해오는 듯했다. 모든 것이 어딘가 어긋나고 있는데 아무것도 할 수 없는 무기력감이 그를 압도했다. 그의 인생, 이 도시, 일, 그리고 이 사건까지. 마치 자신이 아무것도 바꿀 수 없는 사건의 조류에 맥없이 휩쓸려가는 기분이었다. 맥닐은 지쳐가고 있었다. 어젯밤 거의 한숨도 못 잔 상태에서 15시간 동안 연속근무를 하고 있었다. 눈만 감으면 발밑에 죽은 남자의 시체를 두고 이 길거리에서 바로 잠에 빠져들 수도 있을 것 같았다.

하지만 그의 안에서 분노의 소리가 들려왔다. 맥닐은 작지만 강렬한 그 목소리 때문에 결코 잠들 수 없을 것 같았다. 저 멀리 어딘가에서 총소리와 함께 화를 내며 소리치는 사람들의 목소리가 메아리처럼 울려왔다. 그 소리가 마치 자기 머리에서 울리는 분노의 메아리처럼 느껴졌다. 그는 무릎으로 기어 카진스키의 옆으로 가서 라텍스 장갑을 끼고 주머니를 뒤지기 시작했다. 주머니에서는 신분증과 지폐 몇 장이 들어 있는 지갑과 동전 주머니가 나왔다. 바지에는 열쇠 꾸러미가 들어 있었고, 재킷에는 담배와 라이터가 있었다. 수사에 크게 도움이 될 만한 건 없어 보였다.

맥닐은 다시 지갑을 살펴봤다. 지갑 뒤에 작은 지퍼가 있었다. 그는 둔한 손가락으로 더듬거리며 지퍼를 열었다. 비상사태가 시작되기 전 자유롭게 돌아다니던 시절 발행된 영수증이 몇 장 들어 있었다. 레스토랑 영수증 두 개, 바에서 받은 영수증 하나,

그리고 귀퉁이가 접힌 명함이 있었다. 맥닐은 명함을 가로등 불빛 쪽으로 기울여보고, 양각으로 새겨진 글씨를 더듬어보았다. 소용돌이 서체로 조너선 플라이트, 조각예술가라고 찍혀 있었다. 밑에는 사우스 켄싱턴에 있는 갤러리 주소도 있었다.

조너선 플라이트. 맥닐도 들어본 이름이었다. 작년에 신문의 예술 칼럼은 그의 이름으로 도배가 되다시피 했으니까. 그의 작업물들은 논란의 여지가 많았기에 타블로이드 신문에 자주 오르내리기도 했다. 맥닐도 신문에서 그에 대한 기사를 읽은 적이 있었다. 그는 기괴하고 때로는 지나치게 선정적인 신체 조각상을 전문으로 하는 조각가였다. 머리가 없는 남자의 발기된 음경이 여자의 항문에 일부 삽입된 모습이라든지, 팔이 하나 없는 여자가 남은 팔 하나로 잘려 나간 자신의 가슴을 들고 있는 모습이라든지. 웃고 있는 조각상 얼굴에 피부와 살점이 다 벗겨져서 치아와 턱이 드러난 모습이라든지. 그런 종류의 조각이었다. 맥닐은 대체 누가 그런 걸 구입하고 싶어하는지 또 집에 두고 싶어할지 이해가 되지 않았다. 하지만 그의 전시회는 수많은 사람들을 끌어들였고, 그의 작품은 수만 파운드를 호가했다.

조너선 플라이트 같은 사람의 명함이 왜 카진스키의 지갑에 들어 있는 것인지 의아했다. 조너선이 블랙아이스 클럽과 연관이 있는 것일까? 그 둘을 이어주는 유일한 연결고리는 극단적인 예술이었다. 그런데 카진스키는 예술 쪽 전문가라든지 수집가와는 거리가 멀어 보였다. 그는 주머니 안쪽에 명함을 집어넣고, 지갑의 지퍼를 다시 닫아 카진스키 재킷 안 제자리로 넣어주었다. 그리고 다시 벽에 기대어 앉아서 라텍스 장갑을 벗었다. 머리 통증은 이제 많이 가라앉았지만 얼굴 옆쪽을 더듬어보니 볼이 심하게 부어오른 것을 느낄 수 있었다. 내일 아침이면 멍 자국이 올라올 게 분명했다.

맥닐은 골똘히 생각에 잠겼다가 카진스키를 그냥 도로 위에 그대로 두고 가기로 했다. 보통 때라면 꿈도 꾸지 못했을 결정이지만 이미 죽은 그를 위해 맥닐이 할 수 있는 것은 아무것도 없는 마당에 지금 경찰을 부른다면, 얼마 남지 않은 근무시간을 관료주의 절차를 충족하는 데 다 써버릴 것이 뻔했다. 여덟 시간 후면 경찰 신분에서 벗어나 켄싱턴 경찰서의 문을 나설 텐데. 그 말은 그때까지 여자아이를 죽인 놈을 찾지 못한다면, 그것으로 끝이란 의미였다. 몇 시간밖에 남지 않은 귀중한 시간을 그렇게 허비할 수는 없었다. 이 사건에 대해 맥닐은 알 수 없는 책임감을 느꼈다. 그리고 이제 그는 가보지 않은 영역으로 막 발을 내디딜 참이었다. 그에게 익숙하지 않은 세상, 법의 테두리를 넘어선 세상, 그가 혼자 움직여야 하는 그 세상으로 가려 하는 것이었다. 마음속에서 울리는 분노의 목소리만이 유일하게 그와 함께할 것이었다.

14

핑키는 피카딜리에서 서쪽으로 방향을 틀어 하이드파크를 향해 미끄러져 가고 있었다. 그는 도로 끝 쪽 앞서가는 차량의 빨간색 미등에서 나오는 빛을 계속 주시하며 쫓아갔다. 어둠 속에서 앞쪽으로 보이는 불빛은 핑키가 쫓아가는 차량 미등에서 내보내는 미미한 빛이 전부였다. 핑키는 차량의 헤드라이트를 꺼둔 상태로 운전했지만 가로등만으로도 충분히 시야 확보가 가능했다. 만약 군인들의 검문에 걸린다면, 눈에 띄는 것이 싫어서 헤드라이트를 켜지 않았다고 적당히 둘러댈 계획이었다. 밤에 돌아다니는 일반 차량들은 강도들의 공격 목표물이 되기 십상이니까.

핑키는 일이 점점 꼬이고 있다는 생각이 들었다. 맥닐이 어디로 가고 있는지도 알 것 같았다. 어떻게 그가 연결점을 찾아냈는지는 미스터리이지만 거길 가고 있는 것 같았다. 그렇다고 카진스키가 맥닐에게 그 말을 했을 거라고 생각하지는 않았다.

불쌍한 카진스키. 원래 계획대로 뼈만 제대로 태워 없애버렸다면, 일이 이렇게 되지는 않았을 텐데. 일이 꼬이지 않았다면 핑키 또한 마찬가지로 현실 세계로 돌아가 집에서 엄마가 차려 주는 저녁밥을 기다리고 있었을 것이다. 카진스키도 아직 살아 있을 것이었다. 사우스 램베스의 그 애들도. 그리고 아일 오브 독스의 할머니도 살아 있었을 텐데. 모든 것이 약속한 일을 제대로 못 해낸 그놈 때문에 벌어진 일이었다.

핑키는 고개를 저었다. 세상일이라니…… 하나의 작은 실수, 계획에 없던 실수 하나 때문에 온갖 난리법석이 벌어지고 상황이 눈덩이처럼 커지고 있었다. 일을 끝까지 제대로 처리하지 못하면 이렇게 되는 것이다. 이제 이 일은 결국 어떻게 종결될까?

조수석에 올려둔 휴대폰이 울리기 시작했다. 핑키는 손을 뻗어서 초록색 전화 버튼을 누르고 휴대폰을 귀에 갖다 댔다. "여보세요?"

"그래, 핑키. 일은 어떻게 되어가고 있지?" 스미스 씨의 목소리는 언제나 여유 있고 나긋나긋했다. 핑키는 하루 종일이라도 그 목소리를 듣고 있을 수 있을 것 같았다. 비록 그 잔잔한 목소리는 그 아래 깔려 있는 불안을 감추고 있을 뿐이라는 것을 알고 있었지만 말이다.

"카진스키는 사망했습니다, 스미스 씨."

"잘했어, 핑키. 그럼 이제 다 끝났네." 스미스 씨는 기분이 좋아진 듯했다.

"그러길 바랍니다." 핑키는 대답했다.

스미스 씨는 핑키의 대답에서 미심쩍은 부분을 감지했다.

"왜 그렇게 말하는 거지, 핑키?"

"그 경찰이 카진스키를 먼저 만났습니다. 둘이서 1대1 면담을 한 것 같습니다." 핑키는 어려운 표현을 사용하면서, 스미스 씨가 자기의 유식함을 알아주길 바랐다. "카진스키가 어떤 얘기를 했는지는 모르지만, 뭔가를 흘렸을 수 있습니다."

오랫동안 침묵이 흘렀다.

"여보세요? 스미스 씨? 듣고 계신가요?"

"듣고 있어, 핑키. 이제부터 어떻게 할 거지?"

"경찰을 따라가고 있습니다. 사우스 켄 쪽으로 가고 있는 것 같아요."

또다시 침묵이 이어졌다. "그 사람이 눈치를 챈 것 같나?"

"전혀 모르겠습니다." 핑키는 말을 잠시 멈추었다. "그런데 조금 이상한 점이 있어요."

"어떤 점이?"

"신고를 하지 않았어요. 카진스키가 죽었는데. 그냥 바닥에 그렇게 내버려 두었습니다."

"아무래도 우리 맥닐 형사가 지금 자제력을 잃은 것 같네, 핑키. 그러면 위험할 텐데 말이야."

"자제력을 잃었다는 게 무슨 말씀입니까? 왜요?"

"오늘이 그 사람 마지막 근무야. 이 근무가 끝나면 경찰을 떠날 거야. 또 오늘은 정신적으로 힘든 날이었네. 아들을 잃었거든."

핑키가 얼굴을 찡그렸다. "아들을 잃었다고요?"

"바이러스에 감염되어서 아들이 죽었어. 경찰 아들이라고 바이러스가 피해 다니는 건 아니니까. 그 병에 걸렸다고 해서 이상할 건 없지."

"아, 이런." 핑키는 멀리서 나오는 희미한 빨간 불빛에 집중했다. 빨간 미등 불빛이 슬픈 신호를 보내는 것 같았다. "그거참 안타까운 일이네요, 스미스 씨." 그는 진심이었다. "제가 어떻게 하길 원하시나요?"

"계속 따라가, 핑키. 그리고 네가 해야 될 것 같은 대로 진행해. 계속 나한테 보고하고."

전화를 끊자, 핑키는 설명할 수 없는 슬픔을 느꼈다. 만약 자기가 어렸을 때 전염병으로 죽었다면 아빠가 어떤 기분이었을지 상상해보았다. 자신이 세상에 존재하는 것을 아빠가 알고 있었더라면 어땠을까? 그리고 아빠가 누군지 알았더라면 어땠을까? 지금 핑키가 알 수 있는 것은, 혼자 남겨진 핑키의 엄마는 극심한 슬픔에 빠졌을 거라는 사실이었다.

아이들은 어떤 이유로든 죽어서는 안 되는 거였다. 아이들은 죽을 만큼 나쁜 짓을 충분히 하지 않았으니까. 그 불쌍하고 작은 여자아이가 어느 누구에게 해를 끼칠 수 있었을까? 그 아이 잘못은 하나도 없었다. 하지만, 스미스 씨는 그 아이를 탓했다. 그 아이는 스미스 씨의 노여움을 샀다. 그리고 스미스 씨의 미움을 받는다는 것은 굉장히 좋지 않은 일이었다.

15

에이미는 아파트 뒤쪽 텅 빈 광장이 내려다보이는 발코니에
앉아 있었다. 날씨가 추워서 어깨에 담요를 둘러야 했지만 상쾌
한 공기가 좋았기에 통창을 열어 다락층에 공기가 다 통하도록
놔두었다. 두개골에서는 아직도 냄새가 새어 나왔다. 비닐봉지
로 몇 번을 감싼 뒤 아래층에 가져다 놨는데도 기분 좋지 않은
냄새가 공기중에 감돌았다.

에이미는 여름이면 오늘처럼 저녁때 발코니에 앉아서 집을 감
싸고 있는 등나무에 둘러싸여 이웃들의 눈길이 닿지 않는 곳에
여유롭게 앉아 있는 시간을 즐기곤 했다. 등나무는 낮이 길고 나
른한 오후에는 햇빛을 가려주는 차양이 되어주었고, 저녁에는
공기를 시원하게 움직여주는 선풍기가 되어주었다. 그곳은 일상
에서 물러서 쉴 수 있는 곳이자, 잊고 싶은 것을 잊을 수 있는 곳
이었다.

이제 등나무는 잎이 다 떨어지고 쭈글쭈글해져서 어떠한 차
양 역할도 해주지 못하고 있었다. 황량한 나무의 모습을 바라보
고 있으면 봄에 새싹이 돋아나고, 사랑스러운 보라색 꽃이 폭포

처럼 피어나 꿀을 찾는 꿀벌들을 불러 모으게 될 것이라고 믿기 어려웠다. 이번 겨울은 사고가 일어나고 두 번째로 맞는 겨울이었다. 사고 이후 첫해, 11월에서 3월까지의 날들이 에이미에게는 가장 고통스러운 시간이었다. 추운 날 밖에 나가 걷고 싶고, 얼굴에 차가운 바람을 맞고 싶었다. 밖에서 돌아다니다 차가운 빗방울을 묻히고 집으로 허둥지둥 돌아와 커튼을 내리고 따뜻한 수프를 먹은 다음 긴 소파에 웅크리고 앉아 부드러운 레드와인 한잔 마시며 책을 읽고 싶었다.

지금 에이미는 춥고 우울한 기분으로 휠체어에 멍하게 앉은 채 어두운 생각들이 구름처럼 몰려오게 내버려 두고 있었다. 맥닐을 생각하면 마음이 찢어졌다. 또 30개월 전 그 끔찍한 사고가 벌어진 날, 젊은 나이에 차 바퀴에 치여 죽은 그 남자를 생각하며 흐느꼈다. 에이미와 결혼을 약속한 사람, 그리고 그때 에이미는 그 사람의 아이를 임신한 상태였다.

임신 검사 결과 양성이 나온 지 꼭 일주일째 되던 날이었다. 그들은 이미 결혼하기로 약속한 상태였기에, 또 하나의 축복할 일이 생긴 것이었다. 그보다 더 행복할 수가 없었다. 아마도 운명이 그들에게 그처럼 잔혹한 일격을 가한 것은 그 때문일지도 몰랐다. 그들은 감히 너무나 행복했던 것이다. 그 어느 누구보다도 행복했다. 구석구석 어느 곳에서나 행복이 넘쳐흘렀다. 그녀는 너무나 행복해서 빛이 날 정도였다. 입가에는 미소가 떠나질 않았다. 이보다 더 행복한 사람이 있을까?

그날 데이비드는 생수만 마셨다. 자기는 운전을 해야 하고, 그리고 이제 아빠가 되려면 책임을 져야 한다면서. 임신 중인 에이미 역시 아기가 태어날 때까지 술을 마실 수 없었다. 아기가 세상에 나오면, 아이의 머리를 샴페인으로 적시며 축하할 때까지 술은 안 마시기로 했다.

그날 음주 운전자가 교차로에서 두 사람이 타고 가던 차를 박았다는 것은 얼마나 역설적인지. 그 차는 빨간 신호등을 무시하고 질주했다. 전문가들이 법정에서 증언하기를, 그때 음주 운전자가 몰던 차는 시속 95킬로 이상으로 달리고 있었다고 했다. 그보다 더 말도 안 되는 것은 정작 사고를 낸 장본인은 조금의 상처도 입지 않고 멀쩡했다는 사실이었다. 3년 후 그는 복역을 마치고 교도소에서 걸어 나와 멀쩡한 몸으로 남은 인생을 살아갈 것이었다. 또 그의 아버지 회사에서 그를 위해 마련한 자리도 기다리고 있었다.

에이미는 그를 용서할 수 없었지만 그 사건으로 인해 냉소적인 사람이 되지는 않으려고 경계했다. 그녀는 이미 너무 많은 것들을 잃었지만, 햇살같이 밝은 성격마저 잃는다면 진짜 어두운 세계에 빠져 우울증과 패배감을 되씹는 사람이 되어, 살면서 닥칠 어려움을 헤쳐 나가지 못할 것이었다. 도전을 극복하고 살아가기 위해서는 용기와 의지, 낙관적인 마음이 필요했다.

하지만 오늘 밤은 가지고 있던 모든 용기와 의지, 낙관적인 마음을 다 동원해도 모자랐다. 그녀는 창문을 닫고 커튼을 친 후 휠체어 팔걸이에 있는 컨트롤러를 조절해서 다락층으로 올라갔다. 레드와인이나 한잔 마시고 기분 전환을 할 생각이었다. 주방으로 가서 와인을 따랐다. 긴 소파 위에 누워서 좋아하는 책을 읽을 수만 있다면.

에이미는 마루를 가로질러 가서 재건한 아이의 얼굴을 다시 살펴보았다. 몇 번째 보는 것인지 이제는 셀 수도 없었다. 그 아이의 머리카락은 어떻게 생겼을까? 맥닐이 수사할 때 가장 싫어하는 직감에 의존하면 린은 짧은 머리였을 확률이 커 보였다. 보브컷처럼 단정한 스타일보다는 더 원시적인 스타일로 울퉁불퉁하고 삐죽삐죽 나와 있는 머리가 상상되었다. 가난한 나라에서 온 아이들은 미용실에 갈 기회가 적으니까. 하지만 이상한 점은 이 아이가 런던에서 발견되었다는 사실이었다. 어쩌면 런던에서 살고 있었던 것인지도 몰랐다. 하지만 식단의 변화로 치아가 영향을 받을 만큼 오랜 세월 동안 산 것은 아니었을 것이다. 또 아이의 구순열을 고쳐주기 위해 수술을 한 흔적도 없었다.

이 아이는 입양된 걸까? 만약 그렇다면, 아이를 입양한 부모는 누구일까? 아이가 없어졌다고 실종 신고를 했을까? 물음표, 물음표, 물음표. 물음표들이 떠다녔다. 이러한 의문들이 저녁 내내 머리에서 떠나질 않았다. 이러한 생각이라도 하지 않으면 다른 생각을 할 테니까…… 하지만 질문에 대한 답은 찾을 수 없었다. 상상이나 추측 또는 추정만 할 뿐이었다. 결국 아침에 파악한 사실에 추가해 새롭게 알아낸 것은 하나도 없었다.

그때 전화벨이 울렸고, 에이미는 방을 가로질러 가서 수화기를 들었다.

"에이미, 저 조이예요."

"어어, 조이구나." 에이미는 시계를 쳐다보았다. 11시가 지난 시간이었다. "아직 실험실에 있는 건 아니지?"

"맞아요."

"통행금지 전에 집으로 돌아갔어야지."

"네, 뭐 그렇게 됐어요. 이제 여기 갇힌 신세가 됐네요. 다 언니 때문이에요."

에이미는 어이가 없어서 짜증이 났다. "나 때문이라고? 왜?"

"베넷 박사님이 추출한 골수 가지고 균 검사를 해보라고 하셨잖아요."

"벌써 PCR 검사를 마친 거야?"

"그보다 더 많은 걸 했어요." 조이는 뭔가 흡족한 목소리였다.

"바이러스만 발견한 게 아니고, RNA 코드도 찾아냈어요."

에이미는 순간적으로 혼란스러웠다. "뭐라고? 그니까 그 애가 독감에 감염된 상태였다는 얘기야?"

"확실해요. 복원한 바이러스는 확실히 전염성을 가지고 있었어요. 그니까 순수한 RNA 그 자체만으로도 전염성이 있는데 RNA와 단백질이 합쳐지니까 완전히 폭탄인 셈이죠."

"세상에, 조이." 에이미가 놀라서 말했다. "그렇게 전염성 강한 건 3급 실험실에서 해야 하는데."

"네, 그럴 수도요." 전화기 너머로 하품하는 듯한 소리가 났다.

"거기는 3급 시설이 없잖아."

"맞아요."

"그래도 3급 주의사항은 준수했지?"

"꼭 그렇지는 않아요."

"조이!" 에이미는 충격을 받았다. "너 진짜 미쳤구나!"

"워워, 진정해요. 괜찮아요. 진짜로요. 제가 확실히 관리 다 잘 했어요. 아마 저희 집 주방에서 했어도 괜찮았을 거예요."

에이미는 화가 치밀었다. "베넷 박사는 거기 있어?"

"박사님은 지금 부검하고 있어요."

"시간 되는 대로 바로 나한테 전화 달라고 전해."

"아 제발요. 저 큰일 난단 말이에요."

"이미 큰일이 난 거일 수도 있어, 조이. 네가 감염될 수도 있어. 그리고 건물 안의 다른 사람들한테까지 다 옮길 수도 있다고."

"다 철저하게 해서 정말 안전해요, 진짜로." 조이는 잠시 말을 멈추고서 에이미의 분노가 가라앉기를 기다렸다. "제가 알아낸 게 더 있는데, 그거는 알고 싶지 않으세요?"

"무슨 소리야?"

"하, 이제 좀 관심을 가져주시네요. 그쵸?"

"조이……." 에이미의 목소리에는 경고가 담겨 있었다.

"이건 진짜가 아니에요……."

에이미는 그 말이 무슨 뜻인지 이해할 수가 없었다.

"진짜가 아니라니, 그게 무슨 말이야?"

"바이러스 말이에요. 지금 사람들이 걸려서 죽어 나가고 있는 H5N1 변이가 아니에요. 유전자가 변형되었어요."

에이미는 조이가 하는 말을 바로 이해하기 힘들었다. "그걸 어떻게 알았어?"

"바이러스는 그냥 코드니까요. 아시죠? 기본적으로 바이러스는 일련의 문자로 된 코드잖아요. 그런데 아이한테서 발견된 바이러스에는 원래 그 바이러스에 없는 문자가 들어 있었어요. 예를 들면 소아마비에서 합성 소아마비의 경우에는 Stu I AGGCCT 그리고 Sma CCCGGG 같은 단어가 들어 있어요. 그러면 제한 사이트라고 하는 위치가 생기고, 바이러스 RNA의 DNA 카피를 제한 효소로 처리하면 쉽게 인식을 하죠."

"세상에, 잠깐. 좀 알아들을 수 있게 설명해봐."

"쉽게 하고 있는데."

"바보한테 분자 유전학을 설명한다고 생각하고 해줘."

수화기 너머로 조이의 한숨 소리가 들렸다.

"독감 바이러스 연구를 위해서 몇 년 동안 염기서열을 수집해 왔잖아요. 그걸 파일로 정리해놓은 것이 있어요. 덕분에 검출한 바이러스의 RNA를 하드 드라이브에 들어 있는 표본과 비교해 보는 데 몇 분밖에 안 걸렸어요. 근데 인위적으로 넣은 제한 사이트가 떡하니 눈에 띄는 거예요. 제가 장담할게요. 그 아이의 바이러스는 일반적인 평범한 종류가 아니에요. 아이에게서 검출된 바이러스는 유전적으로 변형된 24캐럿짜리예요. 아주 이례적인 바이러스란 거죠."

에이미는 잠시 동안 앉아서 방금 조이가 한 말을 다시 되새겨 보았다. 아무것도 말이 되지 않았다. "그럼 그 아이는 바이러스로 인해 죽은 거야?" 에이미가 물었다. "사람이 만든 바이러스 때문에?"

조이가 휘파람을 부는 소리가 들렸다.

"글쎄요. 거기까지는 모르죠."

16

　맥닐은 텅 빈 사우스 켄싱턴 지하철역을 지나 올드 브롬톤 거리로 들어섰다. 람보르기니 런던 지사는 오래전에 다 털린 후였다. 쇼룸 창문은 박살이 나 있었고, 창문 속 한때 세상에서 가장 비싼 차로 꼽히는 람보르기니 차량이 진열되어 있던 바닥은 텅 빈 채, 무방비 상태로 널려져 있었다. 그 옆에 위치한 스코틀랜드 왕립은행은 온통 널빤지로 덮여 있었다. 은행 금고는 이미 안전한 곳으로 이동을 마친 상태로 내부는 텅 비어 있었다. 강도들이 침입해 들어가봤자 헛수고. 그들은 대신에 현란한 색색깔의 낙서들과 낙서보다 더 현란한 문구로 실망감을 표출해놓았다.

　예전에는 교차로 정원 작은 구석의 벤치에 술 취한 사람들이 모여 인생을 한탄했고, 이들이 내뿜는 담배 연기와 공허한 웃음소리가 주변의 공기를 채우곤 했었다. 이곳을 지날 때 항상 무리 중에 스코틀랜드 억양의 목소리가 섞여 있어 맥닐은 안타까워하곤 했는데. 하지만 이제는 다 지나간 옛날 일이었다. 무료 급식소는 운영을 중단했고, 길에서 술과 함께 세월을 보내던 사람들은 H5N1의 좋은 먹잇감이 되어버렸다.

이곳은 도시 중심부보다 피해가 덜 심각해 보였다. 강도들의 약탈 흔적이 덜했다. 올드 브롬톤 거리는 주거지역으로 1층만 피자 오가닉, 메일 박스, 워터 스톤과 같은 작은 상점들이 차지하고 있었다. 도심의 큰 상점에 비해 털 것도 없었으며, 일말의 자존감이 있는 약탈군이라면 서점을 털다가 죽고 싶지는 않았을 것이다. 하지만 여전히 대부분의 상점에는 널빤지가 쳐 있었고, 위층 주거지와 사무소에는 불이 켜져 있는 곳이 거의 없었다.

맥닐은 2단으로 기어를 내리고 천천히 길을 따라가며 번지수를 확인했다. 크랜리 플레이스 코너를 돌자 쇠문으로 굳게 닫힌 카페 라지즈 옆에 위치한 플라이트의 갤러리를 어렵지 않게 찾을 수 있었다. 갤러리의 창문은 모두 널빤지로 막혀 있었는데, 그 위에는 어딘가 이름도 모를 곳에서 열리는 공연들의 홍보 포스터와 예술품 우편 주문 등 갖가지 포스터들이 겹겹이 붙어 있었다. 코너에 위치한 문 그리고 크랜리 플레이스의 입구로 갤러리 위층 아파트로 연결되는 문 위에는 일종의 문장紋章 같은 것이 있었다.

맥닐은 크랜리 플레이스로 돌아 들어가 주차할 곳을 찾았다. 하얀색으로 칠해진 테라스가 있는 고급스러운 타운하우스가 밤하늘을 향해 뻗어 있었다. 흑색 연철 발코니 아래에는 기둥으로 받친 출입구가 있었다. 이 중에는 호텔과 게스트하우스가 몇몇 있었지만 지금은 모두 공실인 상태였다. 대부분의 집은 개인 소유로 저택 같은 고급 아파트였다. 이곳 부동산은 맥닐이 포레스트 힐에서 살던 방 두 개짜리 지저분한 테라스 주택과는 비교할 수가 없었다. 거리 끝 쪽에, 나이츠브리지 피아노의 덧문이 내려진 창문 위 간판에는 '빌 포스터는 기소될 것이다(광고 포스터를 붙이면 벌금을 물린다는 경고 문구—역주)'라고 적혀 있었고, 바로 아래 창문에 재치 있는 그라피티 예술가들이 "빌 포스터는 무죄다!"라고 스프레이로 적어놓았다.

붉은색과 초록색으로 된 장식용 상인방 아래 쇠로 된 창살이 현관문에 달린 유리를 보호해주고 있었다. 문 옆에는 전자 출입 장치가 있었고, 초인종 버튼이 두 개 달려 있었다. 하나는 '스튜디오'라고 적혀 있었고 다른 하나는 '플라이트'라고 적혀 있었다. 한 발 뒤로 물러서서 둘러보니 1층 스튜디오에는 불이 켜져 있었지만 그 위 아파트는 어둠에 싸여 있었다. 맥닐은 초인종으로 다가가 스튜디오 버튼을 눌렀다. 잠시 후 지직거리는 전자음과 함께 스피커에서 남자 목소리가 벽을 타고 흘러나왔다.

"누구십니까?"

"플라이트 씨?"

잠시 침묵이 이어지다 경계하는 목소리가 흘러나왔다.

"용건이 뭐죠?"

"플라이트 씨. 저는 잭 맥닐 형사라고 합니다. 오늘 밤 소호에서 일어난 살인 사건을 조사 중입니다."

"저는 오늘 저녁 내내 이곳에 있었습니다." 플라이트의 빠른 답변이 돌아왔다.

"네, 압니다. 플라이트 씨가 살인범이 아니란 것도 알고 있습니다. 하지만 희생자가 아시는 분일 수도 있을 듯해서요. 실례지만 잠시 들어가도 될까요?"

"희생자 이름이 어떻게 되는데요?"

"카진스키입니다." 맥닐이 말했다. "로널드 카진스키."

또다시 긴 침묵이 이어졌고, 맥닐이 먼저 그 침묵을 깼다.

"들어가도 될까요? 선생님?"

"바이러스 문제는 없으시죠?"

"네, 깨끗합니다." 맥닐은 거짓말을 했다.

"마스크 쓰고 들어오세요. 없으면 하나 드릴게요. 그리고 장갑 착용도 부탁드립니다. 제 스튜디오에 있는 어떤 물건도 만지지 마세요."

"네, 알겠습니다."

버저 소리가 울리자 맥닐은 문을 밀고 들어갔다. 위층으로 올라가는 계단 앞까지 카펫이 깔려 있었고, 1층 현관 바로 옆에는 '스튜디오'라고 표시되어 있는 현관문이 있었는데 문 위쪽에 투명한 창이 달려 있었다. 창문 뒤로 플라이트가 나타났다. 마스크를 이중으로 써서 얼굴은 거의 가려져 있었고 문을 사이에 두고 보아도 큰 키가 눈에 띄었다. 마치 시체처럼 보이는 인상에다 짧은 회색 턱수염이 있었다. 그는 창문을 통해 맥닐을 의심스럽게 바라보며 파란 눈을 깜빡였다. "손을 좀 보여주세요." 플라이트가 말했다. 맥닐은 라텍스 장갑을 낀 손을 들어 올려 보여주었다. "신분증도 봅시다." 맥닐은 신분증을 꺼내 상대가 잘 볼 수 있도록 창에 대주었다. 플라이트는 깐깐하게 신분증을 살피고는 문을 열고 뒤로 살짝 물러서주었다. "요즘 같은 때 조심해서 나쁠 건 없으니까요." 그가 말했다. "그리고 거리 유지 부탁합니다."

맥닐은 플라이트의 스튜디오 안으로 들어갔다. 한때는 반질반질했을 나무 바닥은 군데군데 얼룩져 있었고, 이런저런 잡동사니가 사방에 흩어져 있었다. 정리 정돈엔 젬병인 예술가의 기질이 한눈에 드러났다. 조명이 환하게 밝혀져 있는 공간이 꽤 넓은 것이 아마 아래층에 있는 갤러리와 동일한 면적인 듯했다. 단계가 다 각각으로 보이는 작품들이 바닥이나 작업용 탁자 위에 열 몇 점 정도 놓여 있었다. 징그러운 기형의 머리, 서로 꼬인 팔, 가슴과 음경이 짓이겨진 기형의 상반신 조각상. 벽에는 스케치가 다닥다닥 붙어 있었다. 도자기를 만들 때 쓰는 돌림판이 있었고, 키 높이 서랍장의 반쯤 열린 서랍에는 페인트, 잉크, 염료, 조각칼, 등사지(투사지, 트레이싱 페이퍼) 등과 같은 미술 도구들이 가득했다. 스튜디오 한가운데에는 조각 작업 탁자가 있었는데, 현재 조각 중인 작품이 올려져 있었다. 손가락으로 지탱하고 서 있는 팔에는 부분적으로는 살이 붙어 있고, 또 부분적으로는 힘줄과 뼈가 드러나 보이는 조각이었다. 겨드랑이에서는 머리 반쪽이 자라나고 있는 모습이었는데 가운데 부분은 뇌의 단면도가 보였다. 뇌의 절개된 부분에서 여러 겹으로 구성된 뇌의 단면과 색깔 그리고 질감이 느껴졌다. 맥닐은 어떻게 저런 모습의 조각상이 쓰러지지 않고 서 있을 수 있는지 신기해서 쳐다보다가 상완에 지지대가 박혀 있는 것을 발견했다. 플라이트의 다른 작품들이 모두 그렇듯이 비정상적으로 왜곡된 모습이었지만 이상하게도 어딘가 살아 있는 것 같은 섬뜩한 느낌이 들었다.

맥닐이 느끼는 불쾌감이 플라이트의 눈에 뻔히 보이는 듯했다. 그는 눈으로 웃고 있었는데, 거만하고 남을 얕잡아 보는 웃음이었다. "제 작품이 마음에 안 드시나요, 형사님?"

"저는 방에 걸어놓을 수 있는 좋은 그림을 선호합니다."

"예를 들어?"

맥닐이 으쓱했다. "베트리아노(스코틀랜드의 화가–역주) 그림 같은."

"아하," 플라이트가 말했다. "노래하는 버틀러. 누가 그런 작품을 사가나 궁금했는데." 그는 작업 중인 조각상 쪽으로 몸을 돌렸다. "우리의 뇌는 정말 매력적인 주제인 것 같아요. 그렇지 않나요? 우리 모두 어느 정도는 뇌에 대해서 공부해야 한다고 생각합니다. 이 부분은 소뇌각小腦脚, 이 부분은 상구上丘라고 하죠."그는 조각된 뇌를 가리키며 설명했다. "정말 놀라운 능력의 집합체이죠. 누구나 다 이런 뇌를 가지고 있다는 사실은 새삼 놀랍지 않습니까? 물론, 종류는 가지각색이지만요. 마치 자동차처럼 롤스로이스부터 소형차까지 다양합니다."

"플라이트 씨는 어떤 종류죠?"

"음, 저는 BMW 라인 정도로 생각하고 싶네요. 형사님은요?"

"아마 포드 그라나다 정도일 것 같네요." 맥닐이 답했다. "튼튼하고 안전하고 별다른 정비가 크게 필요하지 않고 수명을 다할 때까지 잘 굴러가니까요. 자 그럼, 로널드 카진스키에 대해서 얘기해주실까요?"

"유감스럽게도 얘기해드릴 수 있는 게 없을 것 같네요." 플라이트는 조각 주위를 동그랗게 맴돌면서 조각의 곡선과 단면들을 유심히 살폈다. 맥닐은 새삼 그가 얼마나 장신인지 실감할 수 있었다. 거의 2미터에 육박해 보였다. 그는 아파 보일 정도로 말랐고, 손가락은 길고 여성스러웠다. 그리고 외과 의사들이 두르는 것과 같은 긴 하얀색 앞치마를 두르고 있었다. 그 앞치마가 피가 아니라 점토와 페인트로 물들어 있다는 점은 달랐지만. "그런 이름 한 번도 들어본 적 없습니다."

"그 사람은 당신을 알고 있던데요."

플라이트는 맥닐을 쳐다보았다. "그래요? 그 사람이 그러던가요?"

"아뇨. 죽은 후에 알았습니다. 어떻게 죽었는지 알려드릴까요?"

"제가 알 바 아닙니다."

"가슴에 총을 세 발 맞았습니다."

"정말 안됐네요."

"그리고 그 사람 지갑에서 당신 명함이 나왔습니다."

"그래요? 음, 글쎄요. 아마 이 세상에 제 명함을 갖고 있는 사람이 몇천 명은 되지 않을까 싶은데요."

"대부분 예술에 관심이 많은 사람들이겠죠."

"카진스키 씨는 관심이 없었나요?"

"그는 화장터에서 일하는 노동자였습니다. 템스강 남쪽 슬럼가에서 살고 있었고요."

"무슨 말씀을 하시는지 알겠네요."

맥닐은 외설적인 작품들이 줄줄이 있는 스튜디오를 둘러보며 말했다. "블랙아이스 클럽에서 명함을 주웠을 가능성도 있겠네요. 블랙아이스 클럽은 들어보셨나요?"

"당연히 들어본 적이 있습니다. 전위적인 공연예술로 유명하죠. 충격을 위한 충격을 추구하고요."

"익숙하신 분야이시겠네요." 그러자 플라이트가 맥닐을 노려보았다. 맥닐이 물었다. "한 번도 가보신 적은 없나요?"

"제발, 형사님. 제 취향을 무시하지 마세요."

"무시하긴요." 맥닐은 스튜디오를 둘러보며 말했다. "이렇게 확실한 취향을 어떻게 무시하겠어요."

플라이트는 점점 맥닐에 대한 참을성을 잃어가고 있었다. "다 됐으면 이제 그만, 작업 좀 계속하게 가주시죠." 그는 조각상 쪽으로 고갯짓을 하면서 말했다. "밤 시간에는 영감이 떠올라 작업이 잘되거든요."

"당연히 그러시겠죠." 맥닐이 말했다. 그 송장 같은 조각가에게 밤은 특별한 것으로 느껴졌다. 맥닐은 소름이 돋았다. "협조해주셔서 감사합니다."

**

핑키는 맥닐이 다시 차를 타고 올드 브롬톤 거리를 빠져나가 사우스 켄싱턴 지하철역으로 향하는 것을 지켜보았다. 그는 차량 미등이 사라질 때까지 기다렸다가 차에서 나와 플라이트가 사는 아파트 문 쪽으로 걸어갔다. 그러고는 멈추어 서서 주변을 살펴보았다. 크랜리 플레이스 한쪽 구석 온실에서 빛이 흘러나오고 있었다. 하지만 돌아다니는 사람은 발견할 수 없었다. 그 거리의 대부분 창문들은 블랙홀과 같았다. 무서운 바깥 세계로부터 보호하기 위한 커튼이 꼭꼭 쳐져 있는 검은 블랙홀. 핑키는 마스크를 써야 하는 이 비상 상황이 너무 싫었지만, 그래도 좋은 점이 있었다. 마스크를 쓰면 얼굴을 가릴 수 있었고, 그리고 마스크를 써도 사람들이 이상하게 생각하지 않는 게 좋았다. 경찰이 목격자 진술을 진행해봤자 확실하게 말할 수 있는 것은 한 가지밖에 없을 것이었다. 그 사람은 마스크를 쓰고 있었어요.

그는 스튜디오 초인종을 눌렀다. 잠시 후 플라이트의 화난 목소리가 스피커로 흘러나왔다.

"또 무슨 일이요?"

"핑키예요." 오랜 침묵 후에 버저가 울리고 전자 잠금장치가 풀리면서 문이 열렸다. 핑키는 안으로 들어서서 잠금장치의 걸쇠를 올려두는 방식으로 문이 잠기지 못하게 해놓았다. 그는 어딘가에 갇히는 것을 혐오했다. 어렸을 때 엄마는 집에 손님이 오면 그를 계단참 밑에 있는 찬장에 가두어 두곤 했다. 엄마는 집에 아이가 있는 것을 숨기고 싶어했다. 엄마는 핑키를 위해 찬장 안에 조명과 그림책 그리고 게임을 넣어주었다. 물론 잠을 잘 수 있도록 매트도 깔아주었다. 그곳은 비밀스럽고 안전한 은신처였다. 핑키는 그곳에 갇혀도 개의치 않았다. 그날 밤 엄마의 비명소리를 듣기 전까지는.

플라이트는 스튜디오 문에 달린 유리 창문을 통해 핑키를 확인했다. 핑키는 마스크 뒤로 웃음을 지어 보이며 장갑 낀 손을 허공에 흔들어 보여주었다. 플라이트가 문을 열었다. "무슨 일이지?" 그는 조심스럽게 둘 사이의 거리를 유지했다.

"방문객이 있으셨던데, 조너선 씨."

"굉장히 무례한 경찰이 왔다 갔지."

핑키는 책망하듯이 그에게 손가락질을 했다. "너무 사람을 나쁘게 보지 마요, 조너선. 불쌍한 맥닐 형사는 오늘 아들을 잃었답니다."

플라이트는 아무런 동요가 없었다. "그래서 그렇게 무례했던 건지도 모르겠군."

"그 사람이 여길 왜 온 거예요?"

"내가 로널드를 아는지 알고 싶어하더군."

"그래서 뭐라고 말했어요?"

"당연히 모르는 사람이라고 했지."

"그 사람은 그 말을 믿었고?"

"안 믿을 이유가 있나?"

"왜 당신과 로널드가 서로 면식이 있는 사이라고 생각하던가요?"

"로널드가 내 명함을 가지고 있었나 봐."

"아하⋯⋯." 그러면 설명이 되었다. 핑키는 스튜디오를 서성거리다가 공기중에 노출된 반쪽짜리 뇌를 손가락으로 보란 듯이 찔러보았다. "이거 진짜예요?"

"건드리지 마!" 플라이트가 호통을 쳤다. 그러고는 말했다. "네가 로널드를 죽였어?"

핑키는 미소를 지었다. "뭐라도 한잔 마시면서 얘기하죠."

"작업하는 중이야."

"뭐라도 한잔 마시면서 얘기하죠." 핑키는 마치 그 말을 지금 처음 하는 듯 다시 한번 반복했다.

효과가 있었다. 그는 긴장한 듯 "위층에 있어."라고 말했다.

플라이트의 아파트 거실은 올드 브롬톤 거리를 굽어보고 있었다. 그의 거실은 디자인 잡지에서 미니멀리스트의 집으로 소개해도 부족함이 없어 보였다. 카펫이라곤 찾아볼 수 없는 마룻바닥은 깔끔하고 광이 났다. 크림색 벽에는 아무것도 걸려 있지 않았다. 창 옆에는 유리 탁자와 가죽 의자가 놓여 있었다. 발 거치

대가 있는 빨간색 가죽 리클라이너 의자가 두 개 있었고 검은색의 긴 탁자, 그리고 아주 얇은 텔레비전 화면이 크롬 스탠드에 올려져 있었다. 거실에 있는 작품이라고는 플라이트 본인의 조각상 두세 점이 전부였는데 모두 높은 검정 부목 위에 올려져 있었다. 핑키는 혐오스러운 기분으로 쳐다봤다. "어떻게 이런 것들을 집에다 두고 살 수 있는지 신기하네요."

플라이트는 그 말에 딱히 답을 하지 않았다. "위스키?" 그는 벽 장식장에 있는 술잔을 하나만 꺼내며 물었다.

"코냑."

"아르마냐크밖에 없어." 플라이트는 짜증이 난 듯했다. "이거 굉장히 비싼 거야."

"그럼 그걸로 주세요."

플라이트는 브랜디 유리잔에 술을 조심스럽게 따랐다.

"저랑 같이 한잔하시죠, 왜?"

"일하는 중에는 절대 술 안 마셔."

"이번은 예외로 해봐요." 핑키는 창가로 가서 아래에 펼쳐진 거리를 내려다보았다. 플라이트가 한숨을 쉬면서 술잔을 하나 더 꺼내는 소리가 들렸다. 그때 익숙하지 않은 차 엔진 소리가 거리에서부터 올라오더니 차의 헤드라이트가 건물 반대편 문 닫은 상점들을 비추다가 갤러리 밖에서 멈추어 서는 것이 보였다. 핑키는 누구인지 보기 위해서 유리창에 얼굴을 대고 쳐다보다가 까무러치게 놀라 뒷걸음쳤다. 맥닐이 차에서 내리고 있었다. 그는 잽싸게 플라이트 쪽으로 몸을 돌렸다. 아르마냐크를 유리잔에 따르던 플라이트가 놀란 표정으로 쳐다보았다.

"왜 그래?"

핑키가 미소를 지었다. 그가 가장 좋아하는 순간이었다. "당신 스스로 당신이 그렇게나 좋아하는 조각상이 될 시간이 되었네요."

***

고개를 들어보니 이제는 스튜디오와 아파트의 불이 모두 켜져 있었다. 맥닐은 크랜리 플레이스를 돌아서 건물 앞에 도착해 스튜디오와 아파트의 초인종을 모두 눌렀다. 아무런 답이 없었다. 그는 30초 정도 기다린 뒤 다시 버저를 눌렀다. 여전히 묵묵부답. 인내력이 점점 바닥나고 있었다. 맥닐에게 그 생각이 불현듯 떠오른 것은 킹스 로드 부근까지 갔을 때였다. 상상만으로도 끔찍하고 그런 생각조차 하기 싫었다. 하지만 그 생각을 멈출 수가 없었고, 다시 가서 확인을 하지 않고서는 그 생각을 떨쳐버릴 수 없을 것 같았다. 그런데 플라이트는 지금 숨바꼭질이라도 하려는 건지 문을 열어주지 않았다. 맥닐은 문을 쾅쾅 두드리며 소리쳤다. "이봐요! 플라이트, 문 좀 열어봐요!"

텅 빈 거리에서 화난 목소리가 메아리처럼 울려 퍼졌다. 그리고 움켜쥔 주먹에 맞은 문이 스르르 뒤쪽으로 밀렸다. 맥닐은 문을 두드리던 그 자세 그대로 얼어붙고 말았다. 당혹감은 즉각 불안으로 변했다. 아까 떠날 때 분명히 문은 잠겼는데. 그건 너무나 확실했다. 맥닐이 스스로 문을 당겨서 닫았으니까. 머뭇거리면서 손가락으로 문을 밀자 문이 밀쳐지면서 완전히 열렸다. 그는 안으로 들어서며 잠금장치가 올려져 있는 것을 발견했다. 고개를 기울여서 계단 위쪽을 바라보는데 1층 현관 앞 조명이 아직도 켜져 있었다.

"계세요? 플라이트 씨?" 맥닐의 목소리가 카펫에 흡수되었다. 대답은 들리지 않았다. 그는 안으로 이어지는 계단을 천천히 올라갔다. 문 위쪽에 달린 유리창 사이로 빛이 환하게 들어오고 있었다. 안쪽을 들여다보았지만 플라이트는 안에 없는 것 같았다. 그는 문을 열고 안으로 들어갔다. 그사이 작업을 하지는 않은 듯 팔에서 머리가 자라나는 조각상은 15분 전 모습 그대로였다. 맥닐은 스튜디오에 있는 다른 작품들을 새로운 기분으로 둘러보았다. 뒤쪽에 문이 하나 있었는데, 또 다른 방으로 이어지는 것 같아 보였다. 스튜디오를 가로질러 가 그 문을 열어 확인해보니 안에는 창문이 없는 커다란 창고가 있었다. 창고에는 센티미터 표시가 된 때 묻은 나무 작업대가 있었고, 벽에 박힌 못에는 온갖 종류의 연장이 걸려 있었다. 나이프, 톱, 정육점에서 볼 수 있을 것 같은 여러 가지 크기의 칼들이었다. 작업대 위 트레이에는 다양한 사이즈의 메스(칼)가 있었다. 진동 톱과 표백제가 들어 있는 페트병 옆쪽에는 살균기가 있었고, 살균기는 뒷벽 콘센트에 연결되어 있었다. 창고는 냉골이었고, 공기중에는 코를 찌르는 소독제 냄새와 더불어 정체를 알 수 없는 냄새가 풍겼다.

선반 위에는 불투명한 용기들 몇 개가 나란히 늘어서 있었고, '스프레이 플라스틱'이라고 표기되어 있었다.

뭔가 분위기가 음산하고 불길했다. 마치 얼음장같이 차가운 누군가의 손가락이 내 목을 만지고 있는 것 같았다. 그는 전율을 느꼈다. 뭔가 굉장히 사악한 존재와 한 공간에 있는 것 같은 기분이 들었다. 갑자기 덜컹거리는 진동이 울리더니 전자음과 유리잔이 달그락거리는 소리가 방의 공기를 채우기 시작했다. 뒤를 돌아보니 문 뒤에 거의 천장까지 닿는 거대한 냉장고가 서 있었다. 냉장고는 상단과 하단 두 부분으로 나뉘어 있었는데 상단 부분의 문을 열자 불이 들어오면서 그 안에 있는, 뚜껑이 단단히 닫힌 유리병들이 모습을 드러냈다. 유리병은 각기 여러 가지 색으로 채워져 있었다. 묘하게 익숙한 불쾌한 냄새가 냉장고에서부터 퍼져 나왔다. 맥닐은 냉장고에 있는 병 하나를 돌려 라벨을 살펴보았다. 포르말린이라고 표기되어 있었다. 그러자 그 냄새가 왜 익숙하게 느껴졌는지 기억이 났다. 부검실에서 항상 나던 바로 그 냄새였던 것이다. 의학 실험실과 영안실에서 보존제로 쓰이는 포름알데하이드. 넓적한 유리틀에는 소시지 모양의 물체가 세 덩어리 올려져 있었다. 맥닐은 그중 하나를 들어 올리다가 그만 떨어뜨릴 뻔했다. "세상에!" 자기도 모르게 신음이 터져 나왔다. 작은 공간 안에서 그의 목소리가 굉장히 크게 울려 퍼졌다. 그 소시지같이 생긴 물체는 사람 손가락이었다. 맥닐은 냉장고 문을 닫았다. 몸이 떨렸다. 그는 잠시 마음을 진정시키고 숨을 고른 뒤 냉장고 하단을 열어보았다. 하단에는 서랍이 네 개 있었다. 그는 서랍을 열지 않아도 안에 들어 있는 것이 무엇인지 알 수 있을 것 같았다.

각오하고 첫 번째 서랍을 열었지만 그는 또다시 큰 충격으로 뒷걸음질 치고 말았다. 피부는 분필같이 하얗고 살짝 서리가 낀 남자의 머리가 눈을 커다랗게 뜨고 그를 쳐다보고 있었다. 맥닐은 나머지 서랍을 하나씩 억지로 열어보았다. 다리, 팔, 손,

발…… 맨 아래 칸에는 여자의 상반신 전체가 들어 있었다.

맥닐은 냉장고 문을 쾅 닫고 헉헉거리며 위산이 역류되어 올라오는 걸 억지로 참아야 했다. 이건 태아 절도범이 만들었던 잼 샌드위치보다 더 역겨웠다. 그리고 이번에는 실제였다. 그는 휘청거리듯 스튜디오로 나와서 플라이트가 '조각한' 인체 부위 조각품들을 쭉 돌아봤다. 그리고 작업 중인 조각상을 지지대 틀에서 떼어내어 머리 위까지 올려 들었다가 탁자 구석에 쾅 하고 내리쳐보았다. 반쪽짜리 머리가 팔에서 분리되어 스튜디오 바닥을 따라 굴러가더니 그 바람에 노출된 부분이 갈라지면서 쪼개졌다. 거기에는 총을 맞은 것으로 보이는 상처가 있었다. 맥닐은 두 동강이 난 팔뼈 단면을 자세히 살펴보았다. 그 뼈는 인골이었다. 플라이트는 조각가가 아니었다. 그는 사람의 몸을 빌려 도작을 하는 표절꾼이었다. 소독을 하고, 보존제 처리를 하고, 굳히고, 칠하고, 온갖 짓을 해서 인체 부위를 왜곡된 예술작품으로 조작해왔던 것이었다.

카진스키를 모른다고 했던 것도 거짓말임에 틀림없었다. 카진스키가 화장터에서 일을 시작한 이래 그들은 서로 협조하고 있었을 것이다. 카진스키는 유명한 조각가에게 인체를 공급하는 역할을 하고 있었다. 맥닐은 마치 뜨거운 물체에 닿기라도 한 듯 두 팔에 힘이 쫙 빠지는 것이 느껴졌다. 분노와 역겨움을 주체할 수가 없었다. 이곳에서 그 작은 소녀가 도살당한 것일까? 살이 뼈에서 해체되고 골격이 모두 분해되고. 그는 더러운 작업대와 절단 도구들이 늘어서 있는 창고를 다시 돌아보며 위장이 뒤틀리는 것을 느꼈다.

"플라이트! 플라이트 씨!" 다시 고함을 쳤지만, 아무런 소리도 들리지 않았다.

그는 스튜디오에서 뛰어나와 2층으로 이어지는 계단을 두 칸씩 올라갔다. 올라가며 플라이트의 이름을 다시 불렀지만, 아무런 대답도 돌아오지 않았다. 복도를 따라 문이 세 개가 있었고, 그는 그 문들을 하나씩 열어젖히기 시작했다. 첫 번째 문은 유리 샤워기가 딸린 파란색 세라믹으로 된 욕실이었다. 욕실에는 마호가니로 된 스탠드에 사발 모양의 세면대가 있었다. 맥닐은 한쪽 벽에 걸린 거울 속에서 짐승 같은 눈빛으로 쳐다보는 자신의 모습을 보았다. 얼굴은 붓고 멍들어 알아보기 힘들었다. 두 번째로 들어간 방은 침실이었다. 침실에는 검정 실크 이불과 크림색 카펫이 깔려 있었고 오드콜로뉴 향수 냄새가 희미하게 감돌았다. 세 번째 방은 스파르타 양식의 거실이었다. 그곳에서 플라이트는 한쪽 발은 거치대에 또 한쪽 팔은 의자 오른쪽 팔걸이에 얹은 자세로 빨간색 가죽 리클라이너에 앉아 있었다. 그는 여전히 외과 의사 같은 앞치마를 두르고 있었다. 아까와 달라진 점은 이제 그의 가슴 한쪽, 세 발의 총알이 관통한 자리에서 흘러나오는 피가 앞치마를 적시고 있다는 것이었다. 은빛으로 빛나는 그의 머리카락은 앞쪽으로 기울어져 있었다. 맥닐은 천천히 그를 향해 다가가 목의 맥박을 짚어보았다. 아무것도 느껴지지 않았다. 피부는 이미 차갑게 식어 있었다. 하지만 맥닐은 그가 죽은 지 그리 오래되지 않았음을 알고 있었다.

맥닐은 순간적으로 소름이 끼쳐 주변을 돌아보았지만 아무도 없었다. 집 안의 침묵을 깨는 아주 작은 소리 하나 들리지 않았다.

맥닐은 검은 탁자를 흘깃 보았다. 술병이 보관된 캐비닛의 문이 열려 있었는데, 아르마냐크 술병과 유리잔 두 개가 탁자에 놓여 있었다. 그중 한 잔은 짙은 호박색 술이 담겨 있었고 다른 한 잔은 비어 있었다.

맥닐은 빈 리클라이너 의자에 앉아서 두 손에 머리를 묻고, 짧게 자른 머리카락을 쓸어내렸다. 아까 집 안에는 아무도 없었다. 그건 확실했다. 하지만 그가 킹스 로드까지 갔다가 돌아오는 사이 누군가 이곳에 와서 플라이트를 죽였다. 탁자 위에 있는 술이 채워진 술잔과 빈 술잔도 그 사실을 말해주고 있었다. 마치 플라이트가 본인을 위한 술 한 잔과 그를 죽인 자를 위해 술을 따르는 도중에 방해라도 받은 것 같은 그림이었다.

그들을 방해한 것이 맥닐이었을까? 혹시 플라이트를 죽인 그 자는 맥닐이 집에 들어왔을 때 아직 집 안에 있었을까? 맥닐은 자기가 스튜디오에 있는 동안 살인범이 계단으로 빠져나가 탈출했을 수도 있다고 생각했다. 살금살금, 눈에 띄지 않게. 마치 유령처럼. 맥닐이 가는 곳마다 그가 만난 자들을 다 죽여버리고 있는 유령 같은 존재가 여기까지 오다니. 사우스 램베스의 불량배 아이들, 카진스키, 그리고 이제는 플라이트였다. 맥닐은 고개를 가슴에 축 늘어뜨리고 있는 조각가를 쳐다보며 그의 죽음으로 인해 이 세상이 잃은 것도 아무것도 없다는 생각을 했다. 경찰에 신고해야 한다는 것을 알았지만 이 사건에 엮여서 시간을 지체하고 싶지는 않았다. 플라이트의 휴대폰으로 익명의 전화 한 통만 걸면 현지 경찰들이 올 것이다. 통행금지가 끝나야 오겠지만,

경찰들이 여기서 보게 될 장면 그 자체가 사건에 대해 설명해줄 것이었다.

맥닐은 일어서서 벽에 붙은 서랍장 쪽으로 걸어갔다. 그러고는 경찰들이 도착했을 때 수사에 도움이 될 만한 것들은 건드리지 않도록 주의하면서 서랍장을 하나씩 열어보았다. 그 안에는 플라이트의 과거 전시회 홍보전단, 스케치와 흘겨 쓴 메모들, 손때가 묻은 타로 카드, 펜과 연필, 영수증, 그리고 동전 몇 개가 들어 있었다. 그 외에 무언가 개인적인 물건이라고 할 수 있는 것들은 거의 없었다. 맥닐은 플라이트가 사생활과 관련된 물건은 어디에 보관해두었을까 생각해보았다. 플라이트는 다른 사람의 삶을 수집하여 후대를 위해 처리, 보관하는 일을 업으로 하는 사람이기 때문에 혹시 본인과 관련된 건 거의 남겨놓지 않는 것일까?

플라이트의 침실에서 그는 이 집에서 유일하게 스칸디나비아 가구 카탈로그를 통해 우편 주문하여 구입한 것으로 보이지 않는 가구를 발견했다. 그것은 접뚜껑이 달린 앤티크한 책상이었는데, 아마도 플라이트의 가족 혹은 다른 사람들이 사용하던 것인 듯싶었다. 뚜껑을 열어보니 갖가지 서류 더미가 들어 있었다. 고지서, 영수증, 청구서, 플라이트가 작게 휘갈겨 쓴 기록이 빼곡한 장부 공책 등. 편지보관 꽂이 안에는 우편 봉투가 가득했다. 사적 서신도 몇몇 있었지만 대부분은 고지서들이었다.

맥닐은 드디어 금덩이를 찾았다. 책상 뒤쪽의 얕은 서랍에 주소록 수첩이 있었다. 그 안에는 명함이 가득했고 접힌 종잇조각에는 이런저런 주소가 흘겨 쓴 필체로 적혀 있었다. 바로 여기에 플라이트의 친구들과 지인들이 모두 모여 있었다. 비록 친구와 지인 사이의 경계선은 꽤 애매할 수도 있을 테지만 그의 사적인 삶과 공적인 삶에 관련되어 있는 사람들이 모두 여기 있을 터였다.

맥닐은 신중하게 알파벳 순서대로 훑기 시작했다. 하지만 수많은 이름들 속에서 무엇을 찾아야 하는 것인지 혼란스러웠다. 그는 곧 앞부분을 포기하고 K로 시작하는 부분으로 넘어갔다. 그리고 거기에서 카진스키의 전화번호를 발견했다. 주소는 적혀 있지 않았다. 주소까지 적을 필요는 없었을 것이다. 그 주소는 플라이트가 끔찍한 악몽 속에서라도 가보고 싶어하지 않을 그런 곳일 테니.

남은 페이지를 대충 훑어보려던 찰나, 두 번 접은 작은 정사각형 모양의 메모가 수첩 사이에 깊숙이 끼어 있는 것이 눈에 띄었다. 그는 K로 시작하는 이름들이 적힌 부분에서 주소록을 펼쳐두고 수첩이 일자로 펴지게 꾹 누른 뒤 그 사이에 낀 작은 종이를 조심스럽게 빼냈다. 종이를 펼치자 휘갈겨 쓴 이름이 하나 적혀 있었다. 핑키. 아마도 별명인 듯했다. 그 아래쪽에는 전화번호가 있었다. 휴대전화 번호였다. 그 아래에는 주소도 적혀 있었는데 이름과 주소 사이에 선이 그어져 있었다. 선이 그어져 있는 것으로 보아 그 주소가 핑키라는 사람의 집 주소는 아닌 것으로 보였다. 하지만 무언가 관련이 있는 주소일 수도 있었다. 맥닐은 차분하게 생각했다. 그의 머릿속에서 카진스키의 목소리가 들렸다. "주소는 몰라. 엄청 큰 집이었어. 늙은 부자가 사는 것 같은…… 원즈워스 커몬 근처 어딘가. 루트 거리 혹은 루스 거리. 어두워서 잘 안 보였어." 맥닐의 시선이 손에 들고 있는 그 종이 한 장에 집중되었다. 주소는 원즈워스 커몬 근처 루스 거리였다.

맥닐은 침대 끄트머리에 걸터앉았다. 종이를 들고 있는 그의 손이 미묘하게 떨리고 있었다. 한참을 그렇게 보고 있었더니 급기야 시야가 흐려져서 종이에 적힌 이름과 번호, 주소가 잘 보이지 않았다. 피곤이 밀려왔다. 너무나 허기진 상태였다. 충격에 정신을 집중하기가 어려웠다.

그때 섬광처럼 머릿속에 어떤 생각이 스쳐 지나갔고, 그는 침대 옆에 있는 전화기를 들어 종이에 적힌 숫자를 누르기 시작했다.

핑키는 50미터 정도 떨어진 차 안에 앉아 플라이트의 아파트에서 새어 나오는 불빛을 지켜보고 있었다. 그는 맥닐이 그 안에서 무슨 짓을 하고 있을지, 어떤 재밌는 것을 찾았을지 그리고 또 어떤 비밀을 알아냈을지가 궁금했다. 맥닐은 1층에서 플라이트의 괴상한 작업물들에 완전히 정신이 팔려 있었기 때문에 핑키가 천천히 집을 빠져나와 어둠 속으로 사라지는 건 식은 죽 먹기였다. 위층에서 맥닐을 기다리고 있을 플라이트를 발견하고 맥닐이 어떤 표정을 지었을지 상상해보았다. 핑키는 조각가가 맥닐을 환영하는 포즈로 앉혀놓고 싶은 충동을 억누를 수 없었다. 만약 맥닐이 바로 2층으로 올라온다면, 그는 맥닐도 쏠 수밖에 없을 것이었다. 물론 스미스 씨가 대노하겠지만…… 비싼 가죽 의자에 앉은 플라이트의 머리는 협조를 거부하고 계속 앞으로 숙여졌고, 핑키는 결국 안전을 위해서 플라이트의 환영 자세 연출을 흡족하게 완성하지 못한 채 자리를 떴다.

옆좌석에 놓인 휴대전화가 울리기 시작했다. 핑키는 전화기를 들어 화면을 확인해보았다. '조너선 플라이트'라고 떴다. 그는 마치 끔찍한 물건이라도 되는 듯 휴대폰에서 화들짝 손을 떼었다. 플라이트일 리가 없었다. 방금 전에 죽은 사람이 어떻게? 한동안 목과 어깨에 온통 닭살이 돋는 것을 느끼며 겨우 마음을 가다듬었다. 플라이트일 리가 없다, 그러면 누군가 플라이트의 전화기를 사용하고 있다는 뜻인데…… 그건 전화를 걸고 있는 사람이 바로 맥닐이라는 말이었다. 대체 어디서 전화번호를 찾은 걸까? 플라이트가 핑키의 번호를 주소록에 보관해놓았거나, 휴대폰에 기록이 남아 있을 수 있었다. 하지만 수많은 전화번호가 있을 터인데 맥닐은 굳이 왜 이 번호로 전화를 해볼 생각을 했을까? 소름이 돋았다.

핑키는 조심스럽게 다시 전화기를 들고 초록색 버튼을 눌렀다. 그러고는 전화기를 귀에 갖다 대고 듣기만 하며 아무 말도 하지 않았다. 마침내 "여보세요?" 하는 맥닐의 목소리가 들렸다. "여보세요?" 핑키는 계속 아무 말도 하지 않았다. 그는 씨익 미소를 지었다. 이제는 맥닐에게 소름이 돋을 차례였다.

맥닐은 아무 소리도 들리지 않는 전화기에 귀를 기울였다. 누군가 숨을 쉬는 소리가 들렸다. 상대는 전화를 받았지만 아무 말도 하지 않았다. 마치 그가 전화할 걸 알고 있었다는 듯이…… 맥닐은 전화를 끊어버리고 싶었다. 모든 것을 다 알고 있다는 암시로 가득한 그 침묵을 얼른 끝내버리고 싶은 심정이었다. 하지만 이대로 끊으면 안 될 것 같은 직감으로 자리에 앉아서 몇 분동안 아무 말도 하지 않은 채 상대의 소리에 귀를 기울였다. 그는 침묵 속에서 악한 기운을 감지했다. 침묵을 듣고 있으면 있을 수록 수화기 너머의 존재는 더욱 위협적으로 느껴졌다. 이제 더 이상은 버틸 수 없는 한계에 다다랐을 때, 맥닐은 전화기를 원래 자리에 올려놓았다. 입안이 바싹 마르고 몸은 떨리고 있었다. 자신을 쫓아다니던 그 유령이자 플라이트와 카진스키, 불량배 아이들 그리고 어쩌면 입술이 갈라진 그 여자아이를 죽인 범인일수도 있는 살인자와 방금 통화한 거라는 불안한 예감이 들었다. 또한, 그자가 아주 멀지 않은 곳에 있다는 생각도 함께.

그때 스코틀랜드의 국가가 울려 퍼졌고 맥닐은 심장이 터지는 줄 알았다. 그는 주머니를 더듬거려서 휴대폰을 찾았다. 화면에는 에이미의 이름이 떠 있었다.

"응, 에이미." 그는 최대한 자연스럽게 전화를 받는 척하려 노력했다.

"무슨 일 있어?"

"왜?"

"목소리가 이상해서."

"그냥 좀 피곤해서 그래, 에이미." 시계를 보니 자정이 지난 후였다. "아직 안 자?"

"잘 수가 없어. 얼굴 모형을 집으로 가져오는 게 아니었는데. 마치 그 어린애가 같이 있는 것 같은 기분이야. 무서워. 머릿속에서 그 애 얼굴을 지울 수가 없어."

오늘 밤 고통받고 있는 사람은 나뿐만이 아니었구나.

"어떻게 되어가고 있어?" 에이미가 물었다.

에이미에게 사실대로 말할 수는 없었다. 언젠가 사실을 말할 수 있는 때가 오겠지만, 오늘 밤은 아니었다. "몇 가지 단서를 찾았어." 그가 말했다. "그 아이는 윈즈워스 커먼 인근 저택에서 살해당한 것 같아."

"세상에. 그건 몇 가지 단서 정도가 아니잖아? 어떻게 알게 된 거야?"

"지금 설명하기에는 너무 복잡해. 그쪽은 어때? 뭐 새로 발견한 거 없어? 실험실에서 새로 온 소식이라든지."

"있어. 사실은 정말 이상해. 이게 중요한 정보인지 아닌지도 판단하기가 어려워. 그 애가 감염된 상태였대."

맥닐은 깜짝 놀랐다. "그것 땜에 죽은 거야?"

"그건 알 수 없어. 병에 걸렸다가 회복했거나, 병과 싸우던 중에 죽었거나 둘 중 하나야."

맥닐은 에이미가 한 말에 대해 생각해보았다. 이게 중요한 정보일까 아닐까?

에이미가 이어서 말했다. "그런데 이상한 점은, 지금 사람들이 죽어 나가고 있는 H5N1 변이가 아니라는 거야."

맥닐의 얼굴이 구겨졌다. "그게 무슨 말이야?"

"다른 종류의 H5N1 변이 바이러스였어. 사람이 직접 만든 인위적인 바이러스."

17

에이미는 전화를 끊고 거실의 희미한 조명이 비추는 다락방에서 그녀를 빤히 바라보고 있는 얼굴을 마주 보았다. 그녀의 시선이 또다시 갈라진 입술에서 멈췄다. 아이의 입술은 마치 낚시꾼의 낚싯바늘에 걸렸다가 입만 찢어진 채 다시 바다로 던져진 것 같은 가혹한 모습이었다. 영원히 입이 찢어진 채로, 조류에 맞서서 헤엄쳐야 하는 운명을 타고난 아이.

유전자 코드 속의 작은 오류가 똑똑한 사람과 멍청한 사람, 잘생긴 사람과 못생긴 사람을 나누며 인생을 결정하는 것처럼, 아이의 삶은 아주 단순한 곳에서 틀어진 것일 수 있었다. 에이미의 삶이 그렇게 된 것처럼…… 에이미는 똑똑하고 얼굴도 예뻤다. 단지 에이미의 인생을 틀어버린 것은 유전자 코드상의 오류가 아니라 술취해 운전석에 앉은 음주 운전자와 단 5초 동안의 광기였다.

에이미와 린 사이에는 그 외에도 모종의 공통점이 있었다. 그들이 물려받은 인종이라는 유산과 문화적인 부분 같은 공통점. 중국에서 가난하게 태어난 여자아이에게는 기회가 많지 않았을 것이다. 에이미는 그것을 너무나 잘 알았다. 비록 그녀는 가난하기보다는 상대적으로 부유했고 중국이 아니라 영국에서 태어났지만 몇천 년 동안 아들을 선호하던 문화를 쉽게 떨쳐내지 못하는 부모님 밑에서 자랐다. 에이미는 첫째였지만 둘째 남동생이 태어나자 남동생에게 많은 것을 양보해야 했고 항상 집안의 주인공은 남동생이었다.

그녀가 중국의 가난한 시골에서 태어났다면, 고아원에 보내졌을 수도 있었다. 수많은 부모들이 아들을 갖기 위해 경찰서 입구에 딸아이를 버리곤 했으니까. 그런 수백만 명의 아이들 중 하나가 될 수도 있었다. 중국 정부의 1가구 1자녀 정책으로 인해 도시에 살면서 돈이 있어 누군가를 매수할 능력이 있거나 하지 않는 한, 두 번째 기회는 가질 수 없었다.

많은 사람들이 알고 있는 것처럼 중국 사회에서는, 아들은 장성해 결혼 후 부모님과 함께 살고 이후 부모가 나이 들면 아들 내외가 부모를 돌봐야 한다는 전통이 있었다. 따라서 딸을 낳는 경우 딸은 장성해 결혼하여 시부모를 모시고 살아야 하므로, 딸만 둔 부모는 노후를 스스로 책임져야 했다. 그런 전통을 가진 사회에서 남자아이를 선호하고 여자아이를 무시하는 것은 어찌 보면 너무 당연했다.

에이미는 린의 운명에 대해 상상해보았다. 린도 그렇게 고아원에 버려진 아이는 아닌지, 아무에게도 사랑받지 못하고, 아무도 원하지 않는 아이로 살다가 아이를 절실하게 원하는 서양인 부부에게 입양되었는데 그런 양부모조차 그 아이를 사랑해주지 않았을 수 있다는 생각이 들었다. 아이의 기형적인 외모가 늘 걸

림돌이 되었을 것이다. 아이는 런던에 와서 서구의 풍족한 생활 및 특권을 잠시 누렸지만 결국 고아원에서보다 못한 운명을 맞아 살해당한 후 난도질당해 공사장에 버려지는 신세가 되었다.

컴퓨터에서 휘−익 소리가 들려 에이미는 화면으로 고개를 돌렸다. 샘과 가장 최근까지 나눴던 대화가 화면에 아직 떠 있었다. 그리고 방금 또 샘에게서 새로운 메시지가 도착했다. 에이미는 샘이 무슨 내용을 보냈는지 확인하기 위해 휠체어를 책상 쪽으로 이동시켰다.

− 에이미, 아직 안 자요?

메시지 옆의 커서가 에이미의 대답을 기다리며 계속해서 깜빡이고 있었다.

− 네, 샘, 아직 안 자요.

− 계속 그 아이가 생각나서 잠이 안 오네.

− 저도 마찬가지예요. 아이의 얼굴이 저를 쳐다보고 있어서…….

− 누군가의 얼굴을 복원할 수는 있어도 이름이나 과거를 알 수 없는 게 너무 안타까워요. 나도 그 아이를 한번 보고 싶네.

− 제가 얼굴 사진을 찍어서 이메일로 보내드릴 수 있어요.

− 아침에 보내줘요.

커서가 잠깐 깜박거렸다.

− 잭은 어떻게 하고 있대요?

− 저도 모르겠어요. 방금 통화했는데 목소리가 굉장히 이상했어요. 제가 보기엔 딴생각을 하기 싫어서 이 조사에 매달리고 있는 것 같아요.

− 이상하다니, 무슨 뜻이에요?

− 잘은 모르겠지만…… 뭔가 멍한 느낌이었어요.

— 수사는 진척이 있나요?

— 진전이 있는 것 같아요. 그 애가 살해당한 곳을 알아낸 것 같아요.

커서가 또다시 오랫동안 깜박거렸다.

— 그걸 대체 어떻게 알아냈죠?

— 모르겠어요.

— 어디라고 하던가요?

— 원즈워스 커먼 근처에 있는 집이라고 했어요.

— 그렇게 구체적이지는 않네요.

— 구체적으로 얘기하는 걸 꺼리는 것 같았어요.

그렇게 대화가 끊기고 한참을 커서만 깜박거렸다. 한 이삼 분 정도 아무런 메시지가 오가지 않았다. 에이미의 시선은 또다시 방 건너편에 있는 아이의 얼굴로 향하고 있었다. 아이는 아무 말도 없이 에이미를 쳐다보았다. 에이미에게 무언의 비난을 퍼붓고 있는 것 같았다. 왜 당신은 더 이상 아무것도 할 수 없는 거야? 살인범을 찾아내는 게 그렇게 어려워?

또다시 휘-익 알람이 울렸다.

— 에이미, 그래서 결국 DNA 샘플 요청했나요?

— 네. 하지만 결과가 나오려면 하루 이틀 정도 걸릴 거예요.

— 맞는 사람을 찾을 가능성은 그리 높지 않으니 큰 기대는 말아요.

— 안 해요.

그렇게 답하고 나니 문득 조이 생각이 났다.

— PCR 테스트를 의뢰하긴 했어요. 아이가 바이러스에 감염된 거는 아닌지 알아보려고요.

또다시 오랜 침묵이 이어졌다.

– 왜요?

– 항상 저한테 아무리 작은 거라도 확보하라고 하셨잖아요. 작은 디테일이 퍼즐 조각을 맞추는 데 도움이 된다고…….

커서가 몇 번 더 깜빡였다.

– 그래서 결과가 나왔나요?

– 네. 저희 팀에 분자 유전학으로 석사를 마친 조이라는 연구원이 있어요. 좀 세고 거친 성격이긴 한데 굉장히 똑똑해요. 철들면 괜찮은 연구원이 될 것 같아요. 멍청하게 그 테스트를 진행하느라 통금 시간이 되어버려 밤새 실험실에 갇혀 있어요. 톰이 고소할 거 같아요. 그 애를 엄청 싫어하거든요!

– 결과는 어떻게 나왔죠?

– 그 아이가 감염된 상태였다는 걸 알아냈어요.

잠깐 커서가 깜빡이더니 샘의 대답이 돌아왔다.

– 그게 그렇게 도움이 되는 정보는 아니죠, 그렇지 않나요?

– 맞아요. 그런데 조금 이상한 점은 조이가 그러는데, 아이가 감염된 바이러스는 H5N1이 아니라고 하더라고요. 적어도 이번 팬데믹을 초래한 그 바이러스가 아니라고.

– 그걸 어떻게 알아냈죠?

– 바이러스와 RNA 코드를 복원했대요. 제가 잘 모르는 분야라서 이해하기 어렵지만 제한 부위랑 코드와 관련이 있다고 했어요. 원래 있어서는 안 될 코드가 삽입되어 있다고요. 어쨌든, 유전적으로 조작된 바이러스라고 했어요.

대화가 오랫동안 끊겼고, 에이미는 샘이 자리를 뜬 게 아닌가 궁금했다.

– 샘, 아직 접속 중인가요?

– 아직 있어요, 에이미.

– 어떻게 생각하세요?

에이미는 미친 듯이 깜빡이는 커서를 지켜보았다.

– 그럼 모든 게 달라지겠네요.

***

핑키의 차창 밖으로 칙칙하게 늘어서 있는 겨자색 공영아파트들이 지나갔다. 텅 빈 도시를 주행하는 것은 재밌는 일이었다. 차들도 없고 신호등도 없었기에 운전하기가 너무나 쉬웠고 핑키의 차를 멈춰 세우는 이도 없었다. 검문소에 가까워지면 차의 속도를 줄여 천천히 지나가주는 것만으로 충분했다. 검문소 카메라가 그의 번호를 인식한 뒤 몇 초 후 통과하라는 신호를 보냈다. VIP 번호니까 검문이 필요하지 않았다. 모두가 행복했다.

맥닐은 클래펌 커먼에서 우회전을 했다. 핑키는 맥닐이 추적당하고 있다는 사실을 모른다고 확신했다. 밤 시간대 300미터 이상 뒤쪽에서 라이트도 켜지 않은 채 어둠 속을 뚫고 쫓아오는 차량을 본다는 것 자체가 불가능했다. 반면에 맥닐 차량의 미등이 뿜어내는 작은 불빛은 아무리 희미하더라도 뒤에서 놓치지 않고 따라가기 충분했다. 적어도 큰 도로에서 계속 주행한다면 말이다. 하지만 그가 큰 도로에서 벗어나 연속적으로 방향을 계속 틀어 보이지 않게 되면 핑키는 가까이 따라붙어야 할 것이고, 그렇다면 들킬 위험이 커질 것이었다.

조수석에 둔 휴대폰이 조용한 차량 내부에서 진동하기 시작했다. 핑키는 화면에 떠 있는 이름을 확인하고 전화를 받았다.

"네, 스미스 씨."

"그래, 핑키. 지금 어디야?"

"지금 배터시 라이즈예요. 원즈워스 커먼을 향해 가고 있습니다. 제 생각에는 루스 거리로 가는 것 같습니다."

"그래. 거기로 가면 안 되는데, 핑키."

"그러면 곤란하겠죠."

"생각보다 상황이 심각해. 그 멍청한 불구자가 골수 PCR 검사를 의뢰했어."

"심각한 건가요?"

"매우 심각해, 핑키. 거기서 바이러스를 찾아냈어."

핑키는 고개를 저었다. 그 망할 놈. 로널드 카진스키만 아니었더라면. 그놈 때문에 이렇게 틀어져버린 것이다. 차라리 그가 살아 있어서 지금 자기 때문에 어떤 일이 벌어지고 있는지 똑바로 보라고 하고 싶었다. "제가 어떻게 하면 될까요, 스미스 씨?"

"내 생각에는 잠시 맥닐은 놔두고 다른 걸 먼저 해야 할 것 같다."

**

루스 거리는 사람들이 '토스트 랙'이라고 부르는 길 끄트머리에 있었다. '토스트 랙'이라는 이름이 참으로 말이 되는 것이 원즈워스 커먼의 뒤쪽으로 이어진 바스커빌 거리와 수직으로 이어진 다섯 개의 거리들이 토스트 랙과 닮은 모양을 하고 있었기 때문이다. 좀 더 쉽게 이름을 붙여 '빗살모양 길'이라고 할 수도 있었을 텐데. 트리니티로의 반대편에는 원즈워스 교도소가 엎어지면 코 닿을 거리에 있었다.

데이비드 로이드 조지(영국의 정치가—역주)도 한때 이곳 루스로드 3번가에서 살았다. 이 부근에는 빨간 벽돌로 된 3층짜리 단독주택과 연립주택이 많았는데, 100년도 더 된 정원의 나무들과 울타리가 주거지를 거리로부터 차단하고 보호해주고 있었다. 도로 경계석에는 BMW와 볼보, 메르세데스 벤츠 차량들이 줄줄이 주차되어 있었다.

맥닐은 트리니티로에 차를 세워두고 종이에 적힌 주소를 향해 걸어갔다. 연철 울타리 뒤 깜깜한 어둠 속에 집 한 채가 서 있었다. 주변의 집들도 마찬가지로 조명이 꺼져 어둠 속에 묻혀 있었지만 이 집은 유독 어딘가 슬프고 버려진 듯한 분위기를 풍기고 있었다. 작은 앞뜰 정원은 관리가 제대로 되지 않아 초목이 무성하게 자라 있었고 빈 쓰레기통이 한쪽에 쓰러져 있었다. 집 안의 창문에는 커튼이나 블라인드가 드리워져 있었다. 인근의 관리가 잘 된 이웃집 정원이나 집들과는 확연히 대조적인 모습이었다. 낮에는 마치 아픈 손가락 또는 빛나는 미소 속의 충치처럼 보일 것 같았다.

집의 왼편에 바로 이어지는 이웃집은 없었지만 2차 세계대전 때 지어진 벽돌 방공호가 그 집과 옆집 사이에 있어, 집 안을 통과하지 않고서는 뒷문 쪽으로 갈 수 있는 방법이 없었다. 맥닐은 가로등이 내뿜는 노란색 불빛 아래 서서 그 집을 찬찬히 뜯어보았다. 사람이 사는 집 같지 않았다. 맥닐이 마당 입구의 문을 열자 어둠 속에 찌직 하고 요란한 소리가 울렸다. 문을 통과해 집 현관으로 이어지는 계단을 올라가보았다. 가까이 와서 보니 원래 있던 오래된 문을 최근 수리하여 화창한 날에는 현관문 스테인드글라스를 통해 색색의 아름다운 빛들이 홀 안으로 비쳐들 것 같았다. 집 자체는 정원만큼 버려진 모습이 아니었다. 문에는 명패가 달려 있지 않았고 왼쪽에 초인종이 있었다. 맥닐은 벨을 눌러보았다. 옛날식 초인종 소리가 멀리 깊은 속에서 울리는 것이 들렸다. 하지만 안에서는 아무런 기척이 없었다. 맥닐은 편지를 밀어 넣을 수 있도록 문에 뚫어놓은 작은 구멍의 뚜껑을 털어보고는 쭈그려 앉아서 뚜껑을 들어 올려 안쪽을 들여다보았다. 스테인드글라스를 통과해서 집 안으로 스며들어간 나무 위 가로등의 희미한 불빛을 제외하고는 칠흑처럼 새까만 집 안은 거의 아무것도 보이지 않았다. 단지 그 구멍을 통해 뭔가 오래되고 눅눅한 냄새, 사람이 살지 않는 느낌의 냄새가 풍겨 나왔다. 불쾌한 입 냄새같이 답답한 냄새였다. 그 냄새는 이 집이 오랫동안 비어 있던 집이라고 말해주고 있었다.

그는 계단을 내려가서 집 앞으로 나와 주변을 둘러보았다. 옆집은 방공호를 창고로 개조해 방공호 문을 파란색으로 페인트칠해놓았다. 맥닐은 펜스 너머로 손을 뻗어서 문손잡이를 만져보았다. 잠겨 있지 않았다. 하지만 어둠 속에 갑자기 눈이 멀 정도의 조명 세례가 쏟아졌다. 맥닐의 움직임을 감지한 보안등이 작동한 듯했다. 그는 자기도 모르게 뒷걸음질을 치다가 관목에 걸려 넘어져서 잔디 위로 엉덩방아를 찧었고, 덕분에 환한 할로겐 조명 세례를 받게 되었다. 이윽고 그 집 1층 창문이 열리더니 옆은 파란색 잠옷을 입은 대머리 노인이 어깨에 엽총을 걸치고 창문으로 나타나 밖을 내다보았다. 그리고 맥닐에게 총을 겨누었다. "당장 정원에서 나가!" 노인이 소리쳤다. "얼른!"

맥닐은 일어나며 코트에 묻은 흙을 털었다. 그리고 눈이 부셔 손으로 눈 위를 가리며 말했다. "안 가면 뭐, 쏘기라도 할 건가요?"

"경고한다."

"그 총은 소지 허가를 받은 겁니까?"

"경찰 부를 거야."

"안 불러도 돼요. 여기 경찰 이미 왔잖아요."

그 남자는 엽총을 어깨에서 살짝 내리고는 옆집으로 이어지는 정원의 잎사귀가 다 떨어진 마가목 가지 사이로 우두커니 서 있는 남자를 내려다보았다. "당신이 경찰이야?"

"맞습니다."

"신분증 좀 보여주지."

"그렇게 멀리서 보이기나 하겠어요?"

"펜스를 넘어와서 우리 현관 쪽으로 오슈. 거기에 보안 카메라가 있으니 카메라 쪽으로 신분증을 갖다 대요."

맥닐은 남자가 말한 대로 펜스를 넘다가 코트가 걸려 어딘가 찢어지는 걸 느꼈다. 현관 옆에는 양쪽으로 대들보가 현관 위의 아치를 받쳐주고 있었고, 그 위 손이 닿지 않는 곳에 보안 카메라가 걸려 있었다. 맥닐은 신분증을 꺼내 카메라 렌즈 쪽으로 향했다. 이제 창문에 서 있던 노인의 모습이 사라지고, 대신 그의 목소리가 현관 어딘가에 설치된 스피커를 통해 흘러나왔다.

"좋아요, 형사 양반. 새벽 1시에 무슨 일로 우리 집 근처를 돌아다니는 거요?"

"제가 관심이 있는 건 사실 이웃집입니다. 르쏘 씨."

문의 명패에 그렇게 이름이 적혀 있었다.

"옆집은 빈집이요."

"그럴 거라 생각했어요. 가장 최근에 누가 살았나요?"

난감한 듯한 르쏘 씨의 목소리가 들렸다. "최근 몇 년 동안 계속 사람이 바뀌던데……."

"가장 최근에 살던 사람은요?"

"외국인 커플이었소. 여자 얼굴은 한 번도 보지 못했지만…… 여기 한 6개월 정도밖에 안 살았거든요. 정원은 방치해서 다 망쳐놓고. 남자가 단기 임대 계약이라고 하더군. 무슨 생산라인을 신설한다고 하던데. 그게 어떤 사업인지는 잘 모르겠소. 말이 별로 없는 사람이었어요."

현관문에서 스피커를 통해 들려오는 목소리와 인터뷰를 하는 기분이 묘했다. "언제 이사 갔나요?"

"음, 그게 좀 이상해요. 이삼일 전까지만 해도 사람들이 들락날락하던데, 뭐 중개인들일 수도 있지만. 지금은 집이 빈 것 같은데 어디로 갔는지는 잘 모르겠소. 자기 나라로 돌아가진 못했겠지. 요즘 런던에서 출국하는 건 불가능하니까."

"어느 나라 사람이었나요?"

"확실하지는 않지만 프랑스인 같지 아마. 그런데 영어를 워낙 잘해서 프랑스어 억양 티가 잘 안 났소."

"부인은요?"

"한 번도 말을 해본 적이 없어요. 여자는 항상 집에만 있는 것 같더라고. 9월에 여기 학교를 다니기 시작한 양딸이 하나 있었어요."

맥닐이 얼굴을 찌푸렸다. "아이가 입양아라는 걸 어떻게 아셨나요? 그 남자가 그러던가요?"

"말이 필요 없었소, 형사 양반. 그 아이는 중국 애였고, 부모는 아니었으니까. 그리고 그 애가 바이러스에 걸린 이후로는 아예 접촉이 없었어요. 그래도 부모는 바이러스에 걸리지 않은 것 같더라고."

"아이는 살아 있나요?"

"모르죠." 그러고는 잠시 대화가 멈추었다. "그런데, 참 불쌍한 애였어요."

"왜요?"

"얼굴에 심각한 기형이 있었거든. 그렇게 보기 흉한 언청이는 처음 봤어요."

18

핑키는 높이 솟아오른 창고 건물들 사이를 빠른 걸음으로 지나가고 있었다. 머리 위에는 메탈로 된 폭이 좁은 다리들이 이상한 각도로 걸쳐 있었고, 발밑은 조약돌이 박힌 길이었다. 매기 블레이크 코즈를 왼쪽으로 끼고 가는 길에 보이는 오른쪽 팬시 용품 상점들은 모두 널빤지를 댄 모습이었다. 비록 팬데믹에 휩쓸린 지금, 현재로서는 금으로 만든 새장에 불과하지만 창고를 개조한 주상복합단지에 거주하는 이 부유한 사람들은 강철로 막아놓은 창문 뒤에서 안전하게 잠을 청하고 있을 터였다. 예전에는 이곳을 드나드는 선박에 쥐들이 따라 들어와 이곳에 내려 전염병을 퍼뜨렸다. 샤드 템스로 불렸던, 고층빌딩 계곡과 같은 이곳은 옛날과는 다른 전염병이 찾아와 버려진 상태가 되어 죽음 같은 적막만이 감돌았다.

핑키는 길을 쭉 따라 자바 와프를 지나 찾고 있는 목적지 주소를 확인했다. 버틀러스와 콜로니얼 와프. 핑키는 전자장치가 부착된 문 위의 삐죽한 부분을 피해 쉽게 올라타 안쪽 마당으로 가볍게 착지했다. 안쪽에는 낮은 가로등이 길을 비춰주고 있어 불빛을 따라가니 뒤쪽 광장이 나타났으며 에이미의 집으로 이어지는 경사로가 보였다. 이렇게 금방 쉽게 찾다니…… 핑키는 미소를 지었다.

에이미는 불안했다. 시간은 새벽 2시가 다 되었지만 잠이 오지 않았다. 정신은 피곤했지만 잠을 잘 수가 없었다. 샘이 남긴 마지막 메시지 때문에 에이미는 묘하게 불안했다. *그럼 모든 게 달라지겠네요.* 이 말은 무슨 의미일까? 재차 물어보았지만 멘토는 답을 해주지 않았다. 컴퓨터 화면에 그들이 나눈 대화가 여전히 떠 있었다. *샘, 아직 접속 중이에요? 샘? 답 좀 해주세요!* 하고 에이미가 샘을 애타게 찾는 마지막 메시지 위로 마우스 커서만 깜빡일 뿐이었다. 샘에게서는 아무런 메시지도 오지 않았다. 샘은 지금 컴퓨터 앞에 없는 게 확실했다. 잠이 든 것일까? 그런데 어째서 대화 도중에 그렇게 수수께끼 같은 결론을 던지고 사라진 것일까?

와인 한 병을 다 마시고 나니 살짝 취기가 올라왔다. 에이미는 방금 30분가량 린과 대화를 하면서 보냈다. 그녀의 남동생에 대해서, 남동생 리가 누나가 거둔 성공에 대해 얼마나 못마땅해했는지 이야기하고, 에이미가 학창 시절 받은 상들과 빛나는 성적에 대해 이야기했다. 그리고 의대에 입학해 학년 최우수 졸업을 하게 된 이야기, 또 법의학 치과학 분야에서 발휘한 눈부신 능력과 데이비드와의 약혼 이야기까지. 동생을 위해서 모든 것을 다 희생하고 양보해야 했던 어린 시절 스스로 자기 자신을 챙겨야 했던 과정들을 지나 성공하기까지의 이야기 그리고 그다지 성공하지 못한 남동생이 느낀 열등감까지 모두 얘기했다. 동생은 학교에서 좋은 성적을 받은 적이 한 번도 없었고 고등학교를 중퇴하고 말았다. 그리고 결국 차이나타운의 한 레스토랑에서 부주방장으로 채소 써는 일을 하게 되었다. 에이미는 성공한 딸이 되어 부모님에게 작은 선물을 해주곤 했는데 동생은 이러한 선물을 볼 때마다 질투하고 화를 내었다.

에이미가 사고로 불구가 되자 동생은 은근히 만족하는 눈치였다. 부드러운 표현과 유사 연민의 표현으로 누나를 위로해주었지만 에이미는 동생이 속으로 꽤나 흡족해하는 것을 느낄 수 있었다. 누나가 볼품없이 휠체어에 갇혀 사는 신세가 되자 가족을 돌보고, 선물을 사고, 식탁에서 아버지가 앉는 상석 바로 옆 오른쪽을 당당히 차지하고 앉게 되었다.

동생은 누나가 장애를 극복하고 다시 일어서리라고는 꿈에도 생각하지 못했다. 그리고 에이미가 피해 보상으로 수백만 파운드를 받게 되었을 때, 그중 자기 몫도 있을 것이라고 여겼다. 가족 모두가 그렇게 생각했다. 어찌 됐든 그들에게는 에이미가 성공한 게 다 가족들 덕택이었으니까.

에이미는 태어나 처음으로 남동생에게 맞섰다. 에이미는 스스로 다시 일어나 자립하기 위해서라도 그 돈이 필요했다. 실제로 두 발로 땅을 딛고 스스로 일어서지는 못할지라도 비유적 의미에서 자립하려면 돈이 필수였다. 몸이 불편한 사람이 정상적인 삶을 살기 위해서 얼마나 많은 돈이 필요한지 가족들이 생각이나 해보았는지 의문이었다.

그 일로 인해 가족과 균열이 생겼고 에이미는 중국인들이 모여 사는 지역을 벗어나 버몬지에 있는 오래된 향신료 창고를 개조한 멋진 집에서 혼자 사는 삶을 택했다. 가족들은 딱 한 번 이곳을 방문했고 에이미 집에 있는 모든 것들을 부러운 눈으로 쳐다보았다. 그리고 다시는 찾아오지 않았다. 이후 에이미의 멋진 독립은 그리 썩 멋지지 않은 고립 생활로 바뀌었다. 맥닐이 그녀의 인생에 등장하기 전까지는.

불쌍한 잭. 에이미는 길거리 어딘가에서 아들의 죽음을 잊기 위해 해결이 불가능해 보이는 살인 사건을 붙잡고 있을 맥닐을 생각했다. 아들이 살아 있었을 때 충분히 사랑을 주지 못하고 같이 있어주지 않았음을 후회하고, 마음 아파하고 있을 터였다.

그녀는 등을 둥그렇게 말고서 자세를 바꿔 앉았다. 너무 오랫동안 앉아 있어서 눌려 있던 부분이 고통스러웠다. 침대에 누워서 쉬어야 하는데…… 하지만 맥닐이 아직 어딘가에서 돌아다니고 있는데 혼자 편히 쉴 수는 없었다. 맥닐이 그녀를 필요로 할 때 곁에 있어주고 싶었고, 또 아침 7시 그가 마지막 근무를 마무리할 때도 옆에 있고 싶었다. 샤워라도 하면 눌려 있던 부분에 가해진 고통이 조금 완화되지 않을까 하는 생각이 들었다. 또 최소한 씻고 나면 정신이 좀 개운해져 도움이 될 것 같았다.

핑키는 에이미의 모습을 보기 전에 계단 승강기가 움직이는 소리부터 듣게 되었다. 승강기가 지금 움직이기 시작했으니 시간은 충분할 것이었다. 이미 침실은 다 살펴본 상태였고 아까부터 다락방에서 흘러 내려오는 에이미의 목소리도 듣고 있었다. 목소리가 들리자 처음에는 에이미가 누군가와 함께 있는 줄 알

앉다. 하지만 계속 들어보니, 무슨 말을 하는지 정확하게 들리지는 않았지만 한 사람의 목소리라는 것을 알 수 있었다. 아마 에이미가 누군가와 전화 통화를 하고 있는 모양이었다. 스미스 씨가 살과 뼈를 다 분리해버린 바로 그 여자아이와 그녀가 대화하고 있다는 사실을 핑키로서는 알 수 없었다.

이제 그는 코트 옷장 안에 숨어 문틈 사이로 얼굴을 갖다 대고 아래층에 내려온 에이미의 얼굴을 처음 보게 되었다. 핑키는 순간적으로 놀라서 잠시 동안 숨을 쉴 수 없었다. 에이미는 아름답고 작고 우아했으며, 움직일 수 없어 쇠약해진 다리를 가진 모습은 너무나도 연약해 보였다. 그녀는 계단 승강기에 앉아 눈을 감은 채, 손을 포개서 허벅지 위에 올리고 있었다. 평온해 보이는 에이미의 모습 어딘가가 핑키의 마음을 아프게 하는 부분이 있었다. 에이미의 모습은 기묘하게 핑키의 엄마와 닮아 있었다. 엄마는 항상 평온한 모습으로 뭐든지 인내했다. 그리고 본인의 삶을 일종의 운명처럼 받아들이며 묵묵히 인생이 엄마한테 던지는 모욕들을 다 감내해냈다. 핑키가 계단 밑 찬장에 갇혀 있던 그날, 엄마의 비명 소리를 처음으로 들었던 그날이 떠올랐다. 그리고 그 기억과 함께 익숙한 떨림이 시작되었다. 어둠 속에서 코트 옷장에 갇혀 있던 그는 폐쇄공포증으로 인해 목이 조여오기 시작했다. 그는 숨소리를 내지 않으려고 기를 쓰고 참았다. 잘못하면 에이미가 그의 소리를 듣게 될 것이고, 그러면…… 핑키는 에이미를 죽이고 싶지 않았다. 적어도 아직은 아니었다.

그는 에이미가 계단에서 휠체어로 옮겨 앉는 모습을 지켜보았다. 그리고 휠체어의 전동 모터가 위잉거리면서 에이미를 욕실

쪽으로 데리고 가는 소리가 들려왔다.

엄마의 비명 소리가 계속 이어지자 핑키는 공포에 질려 문을 박차고 나오고 말았다. 그때 그는 열 살짜리 소년이었고, 체구도 그다지 큰 편이 아니었다. 두 사람은 주방에 있었다. 엄마의 등은 바닥에 붙어 있었고 그 위에 한 남자가 앉아서 엄마의 목을 조르고 욕을 하며 닥치라고 소리치고 있었다. 그는 주먹으로 엄마를 여러 차례 때렸고, 엄마는 입술이 터져 고통으로 얼굴을 찡그렸다. 하얀 치아는 피로 빨갛게 물들었다. 찢긴 옷 사이로는 배꼽이 나와 있었고 브래지어도 벗겨져 한쪽 가슴이 나와 있었다. 핑키는 도대체 무슨 일이 벌어지고 있는지 알 수가 없었다. 분명한 건 그 남자가 엄마를 아프게 하고 있다는 것이었다. 그는 차분히 생각할 시간이 없었다. 본능적으로 그 남자의 등에 올라타 머리를 미친 듯이 잡아 뜯으며 엄마를 놔주라고 비명을 질렀다.

남자는 경악했다. 그는 깜짝 놀라 몸을 휙 돌렸고 그 바람에 아이는 등에서 떨어져 나가 나동그라졌다. 집에 단둘이 있었던 것이 아니라는 사실에 크게 놀란 듯했다. 남자의 등에서 나가떨어진 아이는 문 모서리에 머리를 박고 말았다. 머릿속에 빛이 번쩍하더니 핑키는 순간적으로 정신을 잃었다. 그 모습을 본 엄마가 미친 듯이 비명을 지르기 시작했다. 그리고 그 남자는 입 닥치라고 고함을 지르며 엄마의 목을 조르기 시작했다. 엄마가 숨을 쉬려고 발버둥 치는 것이 보였다. 아무것도 신지 않은 맨발로 바닥을 쾅쾅 내리쳤다. 핑키는 겨우 정신을 차리고 일어나서 기어가듯 주방 조리대 쪽으로 갔다. 그곳에는 부엌칼이 있으니까. 그는 매일 아침 눈을 뜰 때마다 그때 좀 더 빨리 정신을 차리지 못한 것을 후회했다. 30초만 더 빨리 일어났어도…… 그랬다면 엄마는 지금 살아 있을지도 모르는데…… 핑키가 빵칼을 남자의 어깨에 내리꽂았을 때, 엄마는 이미 숨을 거둔 상태였고 그의 인생도 되돌릴 수가 없었다.

핑키는 어두운 옷장 속 벽에 기대어 팔로 무릎을 둘러 가슴 쪽으로 당겼다. 그는 이렇게 기억이 되살아나는 순간들이 너무 싫었다. 그 기억은 묻어버리고 싶은, 숨기고 싶은 것이었지만 어둠 속에 있을 때면 언제나 그를 찾아왔다. 핑키는 울고 싶지 않았다. 하지만 볼에는 뜨거운 눈물이 흐르고 있었다. 그는 눈을 감으며 이 꿈은 한편에 밀어두고 평행세계로 들어가, 매일 밤 잘 시간이 되면 엄마가 이마에 부드럽게 키스해주며 "잘 자라, 우리 아들." 하고 속삭이는 소리를 듣고 싶었다.

드디어 호흡 조절이 될 만큼 정신이 추슬러지자 핑키는 얼굴의 물기를 닦아냈다. 욕실에서 샤워기 물소리가 들려왔다. 그는 다시 깊은숨을 들이쉬었다. 그녀가 샤워를 하고 있는 지금이 좋은 기회였다.

그는 문을 천천히, 살살 열고 바닥으로 내려왔다. 화장실 문이 살짝 열려 있었고, 화장실 전등 조명 속에서 마치 겨울 아침의 안개처럼 증기가 올라오는 것이 보였다. 그는 홀을 지나 문 앞에 멈추어 서서 천천히 몸을 숙여 그 틈 사이로 안을 들여다봤다.

에이미는 어떤 장치 같은 것을 착용해 몸을 지지해서 거의 서 있는 자세로 샤워를 하고 있었다. 증기 사이로 유리를 따라 물이 흘러내리는 것이 보였고 뜨거운 물에 젖은 에이미의 피부는 분홍색으로 변해 있었다. 그리고 핑크빛이 도는 갈색 원 모양의 유룬과, 다리 사이에 검은색 삼각형이 보였다. 그 순간 핑키는 당황해서 돌아서고 말았다. 어릴 때 엄마가 샤워하는 모습을 본 적이 있었다. 소변을 보려고 무심코 화장실에 들어갔다가 거의 1분 정도 엄마를 보고 있었다. 엄마는 핑키가 들어온 것을 몰랐다. 그리고 그를 발견하자마자 나가라고 소리를 질렀다. 그렇게 훔쳐보는 것은 더러운 짓이라고 했다. 그것은 엄마가 핑키에게 소리를 친 몇 번 안 되는 일들 중 하나였고 핑키는 그때부터 벗은 여자를 죄책감 없이는 볼 수 없었다.

그는 뒤돌아서 계단을 살금살금 잽싸게 올라 꼭대기 층으로 갔다. 계단 꼭대기에서 커다란 다락의 거실을 휙 둘러보다가 컴퓨터에 시선이 꽂혔다. 화면보호기가 작동되어 이미지들이 번갈아가며 교체되고 있었다. 시원한 파란색의 이미지와 안개가 어린 습한 열대 숲의 장면들이 번갈아 나타났다. 그가 책상 앞에 앉아서 마우스를 움직이자 화면보호기가 사라지고 에이미와 샘이 나눈 대화창이 나타났다. *샘, 아직 접속 중이에요? 샘? 답 좀 해주세요!* 핑키는 미소를 지으며 작업화면 하단에 있는 작업표시줄에서 주소록 아이콘을 클릭했다. 주소록이 눈앞에 펼쳐졌다. 그는 "베넷"을 입력한 후 검색 버튼을 눌렀다. 그러자 화면에 그의 주소가 나타났다. 톰 베넷, 풀햄, 파프리 스트리트 13동. 이렇게 쉽게 찾다니. 운이 좋았다. 그러나 톰이나 해리에게는 운이 아주 나쁜 날이 될 터였다.

핑키는 주소록 창을 종료하고 자기가 화면을 발견했을 때와 똑같은 상태로 돌아간 후 화면보호기를 작동시켜놓았다. 에이미가 눈치챌 수 없도록.

그러다 문득 방을 가로질러 저쪽 편에서 자신을 바라보고 있는 그 애와 눈이 마주쳤다. 핑키의 목에 닭살이 돋았다. "이럴 수가." 그가 중얼거렸다. 그 애와 똑같은 모습이었다. 기묘할 정도로 똑같았다. 역겨운 입 모양은 살아 있을 때의 모습과 완전히 똑같았다. 어떻게 두개골만 가지고 그 사람이 어떻게 생겼는지를 이처럼 정확하게 알아낼 수 있을까?

그는 잠시 동안 자기가 왜 그곳에 왔는지조차 잊고, 그 애를 자세히 보기 위해 방을 가로질러 다가갔다. 그러고는 지금 샤워를 하고 있는 중국인 치과의사에 대해 새롭게 감탄하면서 고개를 내둘렀다. 사진을 보고 작업해도 이보다 잘할 수 없을 거란 생각이 들었다. 하지만 에이미가 잘못 만든 부분이 딱 한 가지 있었다. 핑키는 그 부분이 마음에 들지 않았다.

에이미는 온몸에 수건을 두르고 나와 휠체어를 타고 침실로 향했다. 그냥 가운을 하나 걸칠지 아니면 새로 옷을 꺼내서 입을지 고민하다가 후자를 택했다. 세탁해놓은 속옷을 입은 후 침대에 누워서 청바지를 당겨 입고 후드티를 입었다. 그리고 앉아서 운동화에 발을 끼워 넣었다. 옷을 입는 일은 많은 노력을 필요로 했지만 의사들의 말에 따르면 신체가 계속 기능을 하도록 도와주는 좋은 운동이 된다고 했다.

계단 승강기를 타고 다시 다락층으로 올라오는 동안 에이미는 지그시 눈을 감았고 그러자 오늘 밤 처음으로 졸음이 밀려왔다. 지금 소파에 누우면 그냥 잠들 것 같았다. 그렇게 승강기가 계단 위에 도착해 꼭대기 층에 다다르자 뭔가 좋지 않은 예감이 들었다. 뭔가 잘못된 듯한 느낌이었다. 정확히 무엇인지는 말하기 어려웠지만 꼭대기 층의 공기중 어딘가 낯선 냄새가 살짝 섞여 있는 것 같았다. 그게 아니라면 유령이든 귀신이든 어떤 누군가가 왔다 갔거나 아니면 같이 있는 느낌이었다. 마치 숨겨진 무의식 감각이 작용하여 알려주는, 그렇게 다가온 생소한 느낌. 그 정체가 무엇이든, 그녀는 긴장되고 불안했다.

에이미는 휠체어를 타고 책상으로 향했다. 샘한테 메시지가 왔을까? 그녀는 마우스를 흔들어 화면보호기를 해제하고 아까 남겨두었던 대화 화면을 확인했다. *샘, 아직 접속 중이에요? 샘? 답 좀 해주세요!* 아까 그대로였다.

컴퓨터 화면 앞을 떠나 다락방의 중간 즈음을 가로지르며 마주친 아이의 얼굴을 보고 에이미는 자기도 모르게 비명을 질렀다. 형용할 수 없는 공포가 그녀를 엄습했다. 보이지 않은 창들이 마구 찌르는 듯한 공포였다. 그녀는 공황 상태에 빠져 정신없이 방을 둘러보았다. 방에는 아무도 없었다. 그 자리에 얼어붙어 귀를 기울여보았지만 아무 소리도 들리지 않았다. 에이미는 두려운 마음을 달래며 억지로 다시 한번 그 아이의 얼굴을 확인했다. 머리에 씌워진 가발이 에이미가 상상했던 모습대로 불규칙하고 뾰족뾰족하게 잘려 나가 있었다. 그녀는 떨리는 손으로 휠체어의 컨트롤러를 조종해 얼굴 쪽으로 더 가까이 다가갔다.

탁자 위에는 머리카락 뭉치들이 흩어져 있었다. 잘려 나간 머리카락 사이로 가위도 눈에 띄었다.

새로운 헤어스타일로 급격하게 바뀐 모습이 되어버린 린이 그녀를 바라보고 있었다. 에이미는 잠시 동안 자신이 저 아이 머리를 자르고 까먹은 것은 아닌가 하는 생각이 들었다. 그 생각이 맞을 거라고 믿고 싶었지만, 그건 아니었다. 분명 샤워를 하는 사이에 누군가 집 안으로 들어와 아이의 머리를 잘랐다는 절대적인 확신이 들었다. 미친 소리처럼 들릴지 모르겠지만, 그 증거가 바로 눈앞에 버젓이 있었다. 에이미는 끔찍한 공포감을 느꼈다. 이런 짓을 한 사람이 누구든 그자가 아직 집 안에 남아 있을 수도 있는 것이었다. 에이미는 주체할 수 없이 떨리는 손을 뻗어 전화기를 잡으려다 그만 바닥에 떨어뜨리고 말았다. 겨우 전화기를 다시 주워서 떨리는 손가락으로 맥닐의 번호를 눌렀다. 벨소리가 울리고 울리고 또 울렸다. 그러고는 음성메시지 알림으로 넘어갔다. 에이미는 절망감에 전화를 끊으려다 일단 메시지를 남기기로 했다.

미칠 것 같은 마음을 추슬러가며 음성메시지를 남기는 자신의 목소리가 스스로에게도 이상하게 들렸다. "잭, 누군가 우리 집 안에 있어. 제발, 빨리 와. 너무 무서워." 에이미는 전화를 끊고 전화기를 가슴에 끌어안은 채, 살면서 이보다 더 섬뜩했던 적은 없었다고 생각했다.

19

맥닐은 전화가 연결되기를 잠시 기다렸다. 도슨의 목소리가 들렸다. "도슨 경사입니다."

"루퍼스, 나 잭이야."

"어, 그래 잭. 거기 일은 진전이 좀 있어?"

"아이가 살던 곳을 찾은 것 같아. 윈즈워스 루스 거리에 있는 집인데, 임대 주택이야. 이웃집 사람 말에 따르면 지난 6개월 동안 스미스란 가족이 살았고 프랑스인으로 보였대."

"거기가 맞는 거 같네."

"그리고 아이가 있었는데 언청이 중국 소녀. 우리가 찾는 그 애가 확실해. 부모는 유럽 사람. 집주인이 누군지 알아봐야 해. 옆집 사람은 지금 그 집이 중개업소에 내놓은 상태라고 생각하던데 중개업소가 어딘지 좀 알아봐줘. 거길 통해서 이 집을 현재 임대하고 있는 사람 또는 마지막으로 이 집에 살던 사람이 누군지 조사해줘."

"바로 알아볼게."

"고마워." 맥닐은 그에게 집 주소를 불러주었다.

"잭……," 루퍼스 도슨이 뭔가 할 말이 있는 듯 뜸을 들였다. "오늘 밤 일 말이야……."

"미안해, 루퍼스." 맥닐이 선수를 쳤다.

"아니, 내가 미안해. 우리 전부 다 너무 미안해. 무척 마음이 아팠을 텐데 우리까지……" 루퍼스의 목소리가 흐려졌다. "망할, 우리 다 너무 마음이 아팠어."

"그러지 마. 아무것도 몰랐잖아. 그리고 그렇게 마음 써줘서 고마워. 진심으로. 다들 감사하다고 전해줘."

맥닐은 전화를 끊고 어두운 차 안에 고치처럼 웅크린 자세로 앉아 교도소로 이어지는 트리니티 거리를 바라보았다. 산불이 번지듯이 바이러스가 교도소 안에 퍼졌다는 뉴스가 떠올랐다. 자연이 사람에게 극형을 내려버린 것이다. 어떠한 항소의 가능성도 잘라버리고 무차별적으로 모두를 처형해버렸다.

거리에는 아무것도 움직이는 것이 없었다. 완벽하게 모든 것이 정지되어 있는 듯했다. 아무런 소리도 나지 않았다. 고양이 울음소리도, 개 짖는 소리도 나지 않았고 지나가는 차도 없었다. 맥닐은 마치 자신이 지구상 마지막으로 살아남은 유일한 인간처럼 느껴졌다.

정적을 깨뜨리고 스코틀랜드 국가가 울려 퍼졌다. 그는 휴대폰 화면을 슬쩍 보았다. 음성메일 알림. 메시지가 하나 들어와 있었다. 그는 잠시 망설이다가 나중에 듣기로 했다. 지금은 그보다 더 위급한 일을 처리해야 했다. 어떤 내용이든 간에 저건 나중에 처리할 수 있을 것이었다.

그는 루스 거리로 다시 걸어 내려가 그 집을 올려다보았다. 아이가 생의 마지막 6개월 동안 살던 집이었다. 이곳에서 생을 마감했을 가능성이 아주 높았다. 아이는 매일 작은 책가방을 메고 사람들의 눈을 피해 시선을 떨군 채 이 길을 걸어 학교를 오갔을 터였다. 학교에서는 얼마나 잔인하게 놀림거리가 되어 상처를 받았을까? 아마 선생님들조차도 시선 처리에 어려움을 느꼈을 것이다. 성격, 영민함, 개성, 타고난 기질과 같은 아이에 관한 모든 것들이 단 한 가지 신체적인 결함으로 모두 가려졌을 것이라고 생각하면 너무 안타까웠다. 너무나 많은 것들이 내면보다는 겉으로 보이는 것으로 평가된다는 게 얼마나 슬픈 일인지.

그는 르쏘 씨의 정원으로 들어갔다. 아까 르쏘 씨에게 오늘 밤만 보안조명을 꺼줄 것을 부탁해둔 덕분에 조명 세례를 피해 무사히 들어갈 수 있었다. 오래된 방공호로 이어지는 파란색 문을 열자 깜깜한 어둠이 반겨주었다. 맥닐은 감각에 의존해서 더듬더듬 앞으로 나아갔고, 시간이 좀 흐르자 뒤쪽 길가에서 들어오는 아주 희미한 불빛에 차츰 눈이 적응되었다. 정원관리용 도구들과 물뿌리개 그리고 화분들이 보였고 습한 흙냄새가 올라왔다. 맥닐의 무거운 코트 사이로는 차가운 냉기가 스며들었다. 문 반대편 끝 쪽은 뒤뜰로 이어져 있었는데 그곳은 길가의 가로등 빛조차 닿지 않아 더욱 어두웠다. 높은 벽돌벽이 두 집 정원을 가로막고 있었다. 맥닐은 혹시 뾰족한 유리를 시멘트에 박아놓았는지 확인하기 위해 벽 위쪽을 만져보았다. 부드러운 이끼만이 느껴졌다. 그는 도약할 준비를 하고 뛰어올라 팔 힘으로 몸통을 위로 당겨 다리를 저쪽에 걸친 뒤 뛰어내렸다. 33번지 정원으로 들어온 것이다. 그는 집 건물 바로 뒤쪽의 커다란 현대식 온실 옆 공간에 웅크리고 앉아서 혹시 방금 전 인기척 때문에 주변의 이웃집들이 깨지는 않았나 살펴보았다. 르쏘 씨네 보안조명은 꺼져 있었고, 다른 집에서도 아무런 인기척이 없었다.

그는 이제 불법적인 짓을 저지를 참이었다. 요즘 같은 상황에 그것도 한밤중에 영장을 받는 일은 불가능에 가까웠다. 이 한밤중에 판사님을 깨울 수조차 없을 것이었다. 일단 불법으로라도 수색해서 도움이 될 만한 무언가를 찾으면, 서류 절차를 거친 후 합법적으로 다시 수색을 하면 될 것이었다. 맥닐은 기다릴 수가 없었다. 이상하게 멈출 수 없었다. 단지 다섯 시간 후에는 더 이상 경찰 신분이 아니라는 이유 때문이 아니라 뭔지 모를 급박한 위기감이 그를 재촉했다. 이 사건에서 시간이 정말 중요하다는 직감 때문이었다. 램베스에서 발생한 두 불량배의 죽음. 소호에서 벌어진 카진스키의 처형. 사우스 켄싱턴의 스튜디오에 정교하게 앉아 있던 조너선 플라이트의 시체. 맥닐이 가는 곳마다 사람이 죽어 나갔다. 누군가 입을 막기 위해 사람들을 처단하고 있었다. 살인범의 조급한 마음이 맥닐한테까지 느껴졌고, 맥닐은 이러한 일련의 사건들이 벌어지는 자세한 이유도, 결과도 아무것도 모르지만 시급을 다투어 이 일을 해결하지 않으면 안 된다는 걸 직감했다.

밤하늘을 장막처럼 싸고 있는 구름들 너머 저 어딘가에 거의 보름달로 다 차오른 달이 구름 사이로 뚫고 나오려 하고 있었다. 하지만 비를 머금은 채 하늘을 검게 덮고 있는 단층운은 달에게 틈을 주지 않았다. 아주 미미한 달빛의 흔적만이 구름 사이로 투과되어 나오고 있었다. 얼음장 같은 바람이 정원의 숨을 조르고 있는 죽은 잔디 사이로 바스락거리며 지나갔고, 사람의 손길이 끊겨 제멋대로 자란 관목을 흔들고 지나갔다.

맥닐은 온실 유리에 얼굴을 바싹 대고 안쪽을 들여다보았다. 너무 캄캄해서 아무것도 보이지 않았다. 그는 온실 주변부를 돌아보다가 무거운 대리석 화분에 정강이를 찧었고 덕분에 자기도 모르게 작은 비명을 지르고 말았다.

그 순간 잔디에서 뭔가 움직이는 소리가 들렸다. 세찬 바람으로 인해 생긴 거라고 보기는 힘든 큰 움직임이었고, 반려동물이나 도심을 돌아다니는 여우보다 큰 덩치였다. 맥닐은 가만히 서서, 숨을 죽이고 소리에 집중했다. 누군가가 정원에 있다는 확신이 들었다. 존재감이 느껴졌다. 그리고 그 존재는 움직이지 않고 숨만 쉬고 있었다. 아마 맥닐이 행동을 취하기를 기다리고 있는 것일 수도 있었다. 잔디 속에 있는 게 무엇인지 보이지 않았지만 그게 무엇이든 간에 잔디 속에서 맥닐을 보고 있는 것이 확실했다. 맥닐은 먼저 행동을 취하기로 결심했다. "거기 누구야?" 너무나 멍청한 질문처럼 들리겠지만 그는 그렇게 물었다. 마치 저쪽에서 대답하리라고 기대하는 것처럼!

맥닐의 물음이 떨어지자 왼편의 관목 사이로 갑작스러운 움직임이 시작되었다. 뛰어가는 발길에 스치는 죽은 잔디의 바스락 소리가 들렸고, 정체를 알 수 없는 형체는 뒤쪽 울타리를 향해 질주하고 있었다. 침입자의 얼굴은 거의 보이지 않았지만, 맥닐보다 체구가 작아 보였다. 맥닐은 이제 침입자를 몰래 잡으려는 생각은 포기하고, 전속력으로 뒤따라가 풀 사이로 몸을 날렸다. 정원 뒤쪽을 둘러싸고 있는 나무 울타리 바로 앞에서 맥닐은 침입자가 입고 있던 우둘투둘한 트위드 소재 천을 붙잡았고, 동시에 그 침입자와 함께 허물어져가는 원예 창고 옆의 오래된 플라스틱 화분 더미 속으로 넘어졌다. 그 둘의 무게가 합쳐져서 플라스틱 덩어리가 쪼개지고 갈라지는 소리가 들렸다. 맥닐에게 잡힌 사람은 맥닐의 아래 깔린 채 버둥대고 꿈틀거리며 끙끙 소리를 냈다. 그러고서 갑자기 맥닐의 얼굴 정면에 눈이 멀 것 같은 환한 빛이 쏟아졌다. 손전등 불빛이었다. 그는 손전등을 들고 있는 침입자의 손을 잡고 방향을 틀었다. 그러자 불빛은 깜깜한 허공을 비추었다. 침입자가 남은 손으로 맥닐의 얼굴을 손톱으로 할퀴기 시작했다. 맥닐은 그 손 또한 붙잡고 나서 손전등을 폭행범을 향해 비추었다.

손전등에 비친 얼굴은 창백한 얼굴에 겁을 잔뜩 집어먹은 중년 여성이었다. 맥닐은 깜짝 놀랐다. 그녀는 머리가 하얬고, 눈은 겁에 질려 있었지만 한편으로는 뭔가 결의에 찬 모습이었다. 그녀는 자신의 손목을 강철 수갑처럼 붙잡고 있는 맥닐에게서 벗어나기 위해 이쪽저쪽으로 절박하게 몸을 뒤틀었다. 그 바람에 손전등이 잔디 속으로 구르며 두 사람이 몸부림치는 장면을 비추었고 울타리에는 두 사람의 그림자가 생겼다.

"소리 지를 거예요!" 겁을 먹어 어둠 속에서도 거의 들리지 않는 작은 목소리로 그녀가 말했다.

맥닐은 숨을 몰아쉬며 말했다. "그럼 나도 지를 겁니다."

맥닐의 목소리를 듣고 그녀는 몸부림을 멈췄다. 맥닐에게 깔려 땅에 누워서 몸이 굳은 채 숨을 몰아쉬고 있었다. 트위드 재킷과 치마, 하얀색 블라우스와 진주 목걸이를 착용한 모습이었다.

"당신, 대체 뭐하는 사람이에요?"

"맥닐 형사라고 합니다. 당신은요?"

여자의 얼굴에서 공포감이 사라지는 것이 보였다. "사라 카스텔리라고 합니다." 누가 들어도 북미 억양의 목소리로 그녀가 대답했다. "HPA 조사관입니다."

"HPA가 뭐죠?"

"건강보호청(Health Protection Agency)이에요. 원하시면 신분증을 보여드릴게요."

맥닐은 잡고 있던 손목의 힘만 풀어주고 자세를 풀어주지는 않았다. 여자를 바닥에 누운 자세에서 움직이지 못하게 한 채로 손을 뻗어 손전등을 주워 비추었다.

"제발 얼굴에는 비추지 말아요." 그녀가 다급히 말했다. 맥닐은 손전등 방향을 바꿔 여자가 주머니에서 건강보호청 신분증이 달린 목걸이 줄을 꺼내는 것을 비춰주었다. 신분증에는 사진과 이름이 있었다. 사라 엘리자베스 카스텔리. 맥닐은 신분증에 적힌 생년월일을 계산해봤다. 60에 가까웠다. 그는 순식간에 그녀를 그처럼 거칠게 제압한 것이 미안하게 느껴졌다. 그는 한쪽으로 비켜서서 일어선 뒤 그녀를 일으켜 세우기 위해 손을 내밀었다. 하지만 그녀는 맥닐의 손길을 무시하고 혼자 힘으로 일어서서 재킷과 치마에 묻은 부서진 플라스틱 조각과 진흙, 시든 나뭇잎들을 털기 시작했다. "엉망이네요." 그녀가 중얼거렸다. "숙녀를 어떻게 대해야 하는지 전혀 모르시는 분 같네요. 맥닐 씨."

"그러게요." 맥닐이 대답했다. "여기서 뭘 하고 있었죠? 카스텔리 씨?"

"카스텔리 부인으로 불러주세요. 카스텔리는 남편 성이에요. 그냥 박사라고 부르셔도 되고요."

"네, 박사님. 제 질문에 대답해주시죠."

그녀는 옷을 계속 털면서 맥닐의 눈을 피했다. "음, 신분증 보여주시면 한번 고려해볼게요. 경찰인 척만 하는 사람일 수도 있으니까요."

맥닐은 경찰증을 보여주었다. "되셨나요?"

"저는 팬데믹이 시작된 지점을 찾기 위해서 조사 중입니다. 그게 제 일이에요. 감염 경로와 원인을 찾아내서 어떻게 통제할지에 대한 방안을 제시합니다."

"미국인인가요?"

"캐나다인입니다. 지난 20년간 미국에서 살긴 했어요. 카스텔리와 결혼하면서 시민권까지 따버렸죠. 만약 그때 내가 그 사람이 사실 미국보다는 이탈리아 사람에 더 가깝다는 사실을 알았다면 좋았을 텐데. 〈마피아의 아내〉라는 영화 들어보셨나요? 그영화에 나오는 여자가 바로 접니다. 알고 보니 카스텔리 집안이 뉴욕을 꽉 잡고 있더라고요. 덕분에 법무부에서 보건 자문 일자리 얻는 건 수월했죠." 그녀는 맥닐을 도전적으로 쳐다보았다. "더 알고 싶은 게 있나요?"

"왜 팬데믹이 원즈워스에 있는 어떤 집 뒤뜰에서 시작되었다고 생각하는지에 대해서 듣고 싶은데요. 카스텔리 박사님."

"음, 당연히 그렇게 생각하지는 않아요. 하지만 이 집에 있던 사람이 초기 보균자나 최초로 감염된 사람일 것으로 짐작하고 있어요."

"이 집은 빈집인데요."

"네, 알고 있어요."

"그럼 어떻게 집에 들어가실 생각이었나요?"

"어려운 질문이네요, 맥닐 씨. 이제 당신이 있으니까, 저를 위해 먼저 들어가주시면 되겠네요." 그녀는 말을 멈췄고 눈썹이 꿈틀거렸다. "막 그럴 참이었죠?"

"왜 그렇게 생각하시죠?"

"안 그럼 뭐하러 이런 야밤에 남의 집 뒤 정원에 숨어 들어왔겠어요?" 이제 맥닐이 눈길을 피할 차례였고 그녀는 이 기회를 놓치지 않았다. "아, 그리고 여기서 뭘 하려던 참이었는지 말씀 안 해주셨네요."

맥닐은 말 많고 도전적이며, 트위드 정장 차림에 희끗희끗 하얀 머리가 난 작은 몸집의 여자를 쳐다보았다. 그리고 깔끔하게 목적을 밝히기로 결정했다.

"저는 10세 아동 살인 사건을 조사 중입니다." 그가 말했다. "여자아이인데, 여기 살았던 것 같아요."

카스텔리의 낯빛이 어두워졌다.

"초이 말하는 건가요?"

"이름은 몰라요."

"제가 아는 한 여기 살았던 여자아이는 딱 한 명밖에 없어요. 그리고 그 애 이름은 초이 스미스고요."

***

맥닐은 장갑을 끼고 유리창을 깼다. 유리가 부서져 창문 안쪽에 있는 카펫 위로 떨어졌다. 그는 손을 안으로 뻗어 창문 고리를 풀어 창문을 열었다.

"너무 잘하시네요, 맥닐 씨." 카스텔리 박사가 읊조렸다. "경찰에서 이런 것도 가르치나 봐요?"

맥닐은 박사를 한번 쳐다보고 손을 내밀어서 박사가 창문턱을 넘어갈 수 있도록 도와주었다. 두 사람은 주방 위 지붕의 격자무늬 지붕을 타고 올라가 맨 처음 보이는 창문을 넘어선 참이었다.

이제 두 사람은 서재로 보이는 방 안에 서 있었다. 맥닐은 박사의 손전등으로 방을 비춰보며 서류가 어지럽게 널려 있고 컴퓨터, 계산기, 전화기 두 대가 너저분하게 어질러져 있는 책상 위 물건들을 살펴보았다. 책상에는 전기, 가스, 수도 요금 통지서와 프랑스어로 보이는 편지 여러 통이 있었다. 편지의 발신자는 오메가 8, 발신지는 서섹스였다. 같은 곳에서 온 편지들이 몇 통 더 있었다. 또 프랑스어로 되어 있는 과학 논문과 같은 종류의 문서들이 있었다.

방 한편에는 가죽 커버로 제본된 영국 고전 클래식 작가들의 작품집이 빼곡히 꽂혀 있는 책장이 있었다. 아마도 원래 집주인의 물건인 듯싶었다. 커다란 중세 런던 지도가 액자에 걸려 있었고 바닥에는 마치 화가 나서 구겨버린 듯한 종이들이 나뒹굴고 있었다. 문밖으로 나가 계단을 두 칸 내려가자 바로 아래층으로 내려가는 계단 직전에 욕실이 나왔다. 계단을 따라 내려가면 1층이었고, 방이 두 개 있었다. 맥닐은 목재 난간에 기대어 서서 아래층 홀을 내려다보았다. 바깥쪽 가로등 빛이 문 위쪽에 달려 있는 스테인드글라스를 통과하며 수천 개의 빛깔을 띤 조각들이 되어 마룻바닥에 흩뿌려지고 있었다. 위쪽을 올려다보니 다락으로 이어지는 계단이 보였고, 위쪽 욕실과 침실로 이어지는 문들이 보였다. 세 명이 살기에는 너무 큰 집이었다.

초이의 침실은 1층 뒤편에 있었다. 좁은 싱글 베드가 한쪽 구석에 놓여 있었고 창문 아래쪽에는 조그만 책상, 그리고 그 책상에 기대어 놓여 있는 책가방이 있었다. 책상에는 숙제 연습장이 펼쳐져 있었는데, 어린아이가 커다랗게 흘겨 쓴 한자가 색색깔의 크레용으로 적혀 있었다. 맥닐은 손전등으로 연습장을 비춰 보면서 램베스의 탁자에 늘어져 있던 뼈들이 떠올랐다. 그 작은 뼈들로 이루어진 조그만 손가락으로 크레용을 잡고 한자 쓰기 연습을 했을 텐데, 이게 얼마 전일까? 그리 오래되지 않은 일이었다. 불과 며칠 전일 수도 있었다. 맥닐은 텅 비어 있는 슬픈 방을 돌아봤다. 벽에는 사진이나 그림 하나 걸려 있지 않았고, 바닥에도 장난감 하나 굴러다니지 않았다. 그는 난장판으로 어질러져 있던 션의 방이 떠올랐다. 어린아이라면 당연히 따라다니는 장신구들이 여기엔 하나도 없었다.

카스텔리 박사가 붙박이장 문을 열었다. 옷장 안에는 초이의 옷들이 철제 옷걸이에 정갈하게 걸려 있었다. 대부분이 새 옷 같아 보였다. 블라우스와 치마가 옷걸이에 걸려 있었고 작은 신발들이 그 아래에 정렬되어 있었다. 서랍장에는 회색 스웨터와 교복 넥타이, 속바지, 양말들이 들어 있었다. 티셔츠나 청바지라든지 아이의 활동적인 모습이 나타나는 밝은 색깔의 옷은 찾아볼 수 없었다. 방에 있는 물건 중 어떤 것도 아이다운 건 없었다. 대체 이 아이는 이곳에서 얼마나 이상하고, 엄격한 삶을 살았던 것 일까?

"세상에나, 말기 암 투병 중인 아이들 옷장도 여기보단 재밌던 데." 카스텔리 박사가 말했다. 그녀는 서랍에서 회색 스웨터를 하나 들어 올렸다. "불쌍해라."

맥닐이 그녀를 쳐다보았다. "감염될 위험은 없나요?"

"바이러스 말이에요?" 박사가 으쓱했다. "걸릴 수 있을지 의문이네요. 저는 이미 너무 많은 감염성 질병에 노출된 전적이 있어서, 체내에 너무나 많은 항체들이 떠다니고 있답니다. 아마 제 피 몇 방울이면 런던 전체에 면역력을 제공할 수도 있을 거예요." 박사가 고개를 내저었다. "저는 작년 대부분의 시간을 베트남에서 조류독감 사례를 추적하며 보냈어요. 사람 간의 전파가 있었는지 확인하기 위해서요. 그런 사례는 찾지 못했지만 피해자들을 많이 만났죠. 그리고 그 피해자들의 친지들을 대상으로 혈액 테스트를 했는데, 일부에서 항체를 발견했어요. 그 사람들은 바이러스에 감염은 되었지만 증상이 없었어요. 그래서 이 바이러스가 무서운 킬러는 아닐 수도 있다는 희망을 품었었죠. 물론 저희가 틀렸지만. 그리고 나서 제 혈액 검사를 했는데 저도 항체가 생겼더라고요. 신기하죠?"

"사람 간 전파 사례를 발견 못 했다고 했잖아요?"

"네, 하지만 다른 곳에서는 발견했어요. 널리 인정된 첫 사례는 태국에서 나왔어요. 방콕에서 북쪽으로 다섯 시간 정도 떨어져 있는 깜팽펫이라는 곳의 지역사회에서요. 전염이 효과적으로 진행되면 어떻게 될까 모델링을 해봤더니 21일이면 거기까지 미치고 또 그 후 10일이 경과하니 600명이 감염되는 것으로 나왔어요. 그리고 또 10일 후에는 아마 6,000명이 되었겠죠. 그게 저희가 굉장히 걱정을 하는 이유랍니다. 전파력이 강력한 데다 사망률이 70에서 80퍼센트에 육박하면, 전 세계의 총사망자 수는 상상하기도 불가능할 정도일 거예요. 스페인 독감 들어보셨죠?"

맥닐이 고개를 끄덕였다.

"역사상 가장 끔찍했던 팬데믹이었죠. 1918년에 스페인 독감으로 5천만 명 이상이 숨졌습니다. 근데 그 수치가 사망률은 2퍼센트도 채 되지 않았을 때의 수치예요."

"저는 흑사병이 스페인 독감보다 더 심각했다고 알고 있었는데." 맥닐이 말했다.

"흑사병으로 물론 더 많이 죽기는 했습니다. 하지만 그건 몇백 년에 걸쳐서 벌어진 일이고 반면 스페인 독감은 단 몇 달 만에 그 많은 사망자가 발생한 거예요."

그들은 초이의 방을 나와 앞쪽에 있는 침실로 갔다. "문제는," 박사가 말했다. "만약 다음 팬데믹이 조류독감에서 시작된다면 동남아시아가 근원지가 되어 전 세계로 점차 퍼져나갈 것이라고 예상했다는 거예요. 그래서 모든 노력을 그 지역에 쏟아부었던 거고요. 물론 런던에도 바이러스가 도달할 거라고는 생각했죠. 하지만 아무도 런던이 근원지가 되리라곤 생각 못 했던 거죠."

앞쪽 침실은 거리를 내려다보는 퇴창(돌출된 창)이 있는 큰 방이었다. 하지만 밖에서 들여다보는 눈들과 햇빛을 차단하기 위한 블라인드가 드리워져 있었다. 방에는 마지막으로 잠을 자고 침구를 정리하지 않은 커다란 더블베드 침대가 있었다. 마치 침대를 사용한 사람은 한 명이라고 말하는 듯이 왼쪽에 있는 베개는 사람이 베었던 흔적이 없었다. 서랍장과 옷장에는 남자 옷 일색이었다. 방에 딸려 있는 욕실에도 향수나 브러시 혹은 화장품 같은 것은 없었다. 만약 스미스 씨의 아내가 이곳에서 시간을 보낸 적이 있었다면, 그녀는 한참 전에 이곳을 떠난 것이 분명했다.

카스텔리 박사는 맥닐이 방을 체계적으로 뒤지는 모습을 지켜보며 말했다. "정부에서 발표하는 통계 수치는 다 헛소리예요. 그것보다 훨씬 더 심각해요."

"얼마나 더 심각한가요?"

"음, 런던 인구가 한 700만 정도 되죠? 간단히 계산해봅시다. 그중 4분의 1이 걸린다 치면 175만 명 정도 되겠네요. 그리고 감염자 중 4분의 3 정도가 사망하게 될 거고요. 그러면 130만 명이 조금 넘겠죠. 그렇게 많은 사람들이 죽는 거예요. 더 이상 돌아올 수 없는 강을 건너는 겁니다. 영원히."

맥닐은 노란색 손전등 빛에 비쳐 귀신처럼 보이는 박사를 쳐다보았다. 박사는 통계에 통달한 사람처럼 수치를 확실하게 제시하고 있었다. "사람은 숫자가 아닙니다. 박사님. 그리고 숫자도 그 사람들을 설명해주지 못하고요." 하지만 맥닐은 선도 그냥 숫자가 되어버렸다는 사실을 너무나도 잘 알고 있었다. 수많은 얼굴 없는 피해자들과 섞여 용광로의 연료로 사라진 숫자……

맥닐의 목소리에 박사가 그를 의아한 듯이 바라보며 뜸을 들이다가 물었다. "가까운 사람이라도 포함되어 있나요?"

"제 아들이요."

"미안해요."

"아닙니다." 그는 문 쪽으로 돌아섰다. "아래층에 가봅시다."

주방에 있는 검은색과 크림색 붙박이장들은 대부분 비어 있었다. 통조림 몇 개와 라면, 스파게티 같은 건조식품 몇 가지와 설탕이 전부였다. 냉장고에는 반 정도 사용한 소스와 올리브와 마요네즈가 있었고, 플라스틱병에 우유가 조금 남아 있었다. 맥닐은 우유 냄새를 맡아보다가 그 고약한 냄새에 움찔했다. 날짜를 확인해보니 유통기한이 2주가 지나 있었다. 주방에서는 온실과 뒤쪽 정원이 보였으며 아침 식사용 작은 탁자와 의자가 두 개 있었다. 아마 스미스 씨 부부는 아이와 함께 식사를 하지는 않았던 모양이었다. 온실로 이어지는 유리문이 있었고, 온실에는 커다란 유리 식탁과 커버가 씌워진 철제 의자들이 있었다. 그리고 프랑스식 창이 거실 쪽으로 나 있었다.

"뭘 찾고 있는 건가요?" 카스텔리 박사가 물었다.

맥닐은 어깨를 으쓱하며 말했다. "저도 모르겠어요. 박사님은요? 여기에 뭐가 있을 거라고 기대하고 왔나요?"

"저도 똑같아요. 여기에 일단 도착해서 보면 도움이 될 만한 걸 발견하게 될 수도 있을 거라고 생각했어요. 아이가 어떤 경로로 감염이 된 건지 알 수 있는 단서가 있을 거예요."

맥닐은 온실로 들어갔고 박사도 그를 따라 들어왔다. 그는 탁자 윗면에 조명을 비추었다. 탁자 위에는 프랑스어로 된 온갖 문서와 서류, 편지들이 있었다. 맥닐은 편지 하나를 집어 들었는데 그 와중에 종잇조각이 바닥으로 떨어졌다. 그는 편지를 읽어보려고 했지만 프랑스어 기초 단계조차 통과하지 못한 실력이었다. 편지의 발신인란에는 서재에 있던 편지들과 마찬가지로 오메가 8이라고 적혀 있었다.

카스텔리 박사는 떨어진 종잇조각을 줍기 위해 몸을 굽혔다. "이것 좀 보세요." 박사가 일어서면서 말했다. 맥닐은 손전등을 비추기 위해 몸을 돌렸다. 여러 장이 붙어 있는 여권용 사진이었다. 총 세 장이 있었고 네 번째 사진은 잘려 나가고 없었다. 아마 여권에 붙이려고 잘랐을 터였다. 그중 두 장의 사진 속에서는 윗입술이 끔찍하게 기형적으로 생긴 조그만 중국인 소녀가 카메라를 보며 애써 미소를 짓고 있었다. 아이의 머리는 마치 핑킹가위로 잘라낸 것 같은 모습이었고, 보기 흉한 얼룩무늬 테 안경을 쓰고 있었다. 첫 번째 사진에서 아이는 카메라 바깥쪽을 보며 당황스러운 표정을 한 채 카메라 앵글 밖의 누군가에게 말을 하고 있었다. 초이. 불과 19시간 전 웨스트민스터 근처의 건축 현장에서 발견된 가방 속의 그 아이였다. 사진 속에는 에이미가 자기 집 다락층에서 복원한 바로 그 얼굴이 들어 있었다. 에이미는 정말 실물과 유사하게 복원을 해낸 것이었다.

"이 아이가 그 아이인가요?" 카스텔리 박사가 물었다.

"아마 그럴 겁니다."

"왜 확신을 못 하시죠?"

"저희가 발견한 건 뼈밖에 없었습니다. 뼈 외 다른 부분은 모두 깔끔하게 제거해놓은 상태였어요. 그리고 두개골을 가지고 얼굴을 복원해본 모형밖에 없습니다. 실재 아이가 어떻게 생겼었는지는 저희도 몰라요." 그는 다시 사진을 보았다. 갈라진 입술이 그 아이가 아닐 수 없다고 말하고 있었다. "하지만 이 아이가 맞을 확률이 커요."

그는 여권사진을 증거수집 봉투에 담아 주머니 안쪽에 넣었다. 그리고 그들은 다시 거실로 돌아왔다.

현관문의 편지함 구멍 아래 며칠분의 우편물이 쌓여 있었고, 거실 탁자 위에도 아직 열어보지 않은 편지 봉투가 어지럽게 널려 있었다. 카스텔리 박사는 편지 봉투를 훑어 넘겨보면서 불평하기 시작했다. "이 가운데 절반은 제가 보낸 건데 열어보지도 않았네요. 어쩐지 답이 없더라니."

"편지는 왜 보내신 건데요?" 맥닐이 물었다. "그리고 애초에 이 집에 오신 이유가 뭔가요?"

카스텔리 박사는 모든 것을 다 내려놓는다는 듯이 길고 피곤한 한숨을 내쉬었다. "저는 런던의 여러 학교에서 켄트 야외활동 참가 도중 팬데믹이 시작되었다고 확신하고 있어요. 지난 10월, 학기중 방학기간 동안 런던에서 온 수천 명의 아이들과 교사가 일주일간 스프린트 워터 아웃도어 센터에서 지냈습니다. 그 센터는 숙소였죠. 아시겠지만 그런 캠핑에서는 요트 타기나 카누 타기, 암벽 타기도 하고, 팀 대항전 같은 것도 합니다. 천막 같은 데서 행사도 하고 캠프파이어도 하고요. 아이들은 그 기간 내내 얼굴을 맞대고 숙소랑 식당을 함께 이용하고 버스를 타고 같이 이동했어요. 전염병이 퍼지기에 너무나 좋은 조건이었죠."

박사는 느릿느릿 자기가 보낸 편지 봉투를 열어 훑어보며 고개를 저었다.

"바이러스에 맨 처음 감염된 가정들의 공통점은 모두 아이가 10월에 열린 이 캠프에 참여했다는 거였어요. 상황 인지가 빨랐으면 이것도 더 빨리 알 수 있었을 텐데. 몇 주가 지나서야 큰일이 난 걸 알아차렸죠. 그때쯤 바이러스는 이미 통제할 수 없을 만큼 퍼져버린 상태였고, 저희가 할 수 있는 일은 통계 데이터를 가지고 역추적하는 것뿐이었습니다. 캠프에 참여했던 아이들의 경로를 모두 다 파악하고 조사하며, 한 명씩 전염병의 원천 여부를 짚어나갔습니다. 마치 용의선상에서 하나씩 지워나가는 것처럼요. 우선 동남아시아와 연관이 있는지 찾아봤어요. 그 와중에 초이를 발견한 거예요. 그중에 있었으니까. 초이가 중국에서 왔고, 프랑스인 부모들한테 입양된 아이라는 사실을 알게 되었어요. 그런데 언제 중국에서 온 것인지 동남아시아와는 연결고리가 있는지 여부를 전혀 알 수 없었습니다. 프랑스에서 태어난 것일 수도 있는데 우린 아이에 대한 정보를 확보하지 못했어요. 그런 사례는 초이가 유일했죠. 초이의 부모는 편지에 답장도 안 해주고 전화를 해도 받지 않았어요."

박사는 편지를 다시 거실 탁자에 두고 검은색 눈동자로 진지하게 쳐다보며 맥닐에게 말했다.

"소거 과정에서 이 아이만 남게 되었다는 사실과 이 아이가 바이러스의 근원이 아니라는 증거가 없는 상황에서, 저희는 초이가 이번 팬데믹의 시작일 거라고 추정하게 된 겁니다."

20

파프리 거리에 위치한 그 아파트는 채링 크로스 병원 맞은편에 위치하고 있었다. 핑키는 그 병원이 신체 부위 절단과 성전환 수술로 유명하다는 소리를 들은 적이 있었다. 팬데믹이 시작되기 전 주민들은 그 병원에서 나오는 사람의 성별은 알 수 없다는 농담을 하곤 했다. 핑키는 이제 곧 만나게 될 커플에게 이곳이 최적의 장소라고 생각했다.

톰과 해리가 사는 아파트는 13A호였다. 건물 아래에는 꽃집과 카페를 겸하는 가게가 있었는데 바로 그 옆에는 술을 파란색 비닐봉지에 담아주는 24시간 점포가 있었다. 팬데믹 이전에는 잠옷 같은 병원복 차림의 환자들이 이 거리를 왔다 갔다 하며 가게에 들러 파란색 비닐봉지를 들고 돌아가고는 했다.

이제 이 병원의 병동은 대부분 죽거나 죽어가는 사람들로 가득했다. 병원에 주기적으로 왕래하던 사람들의 발길은 끊겼고, 24시간 운영하던 점포는 이제 24시간 문을 닫아걸었다. 꽃집 겸 카페도 마찬가지였고, 톰과 해리가 요리하기 귀찮은 밤에 끼니를 때우곤 했던 피자 익스프레스도 예외는 아니었다.

핑키는 병원 불빛과 오가는 구급차에서 나오는 불빛을 피해 옆길로 주행했다. 요즈음에는 거의 일반 교통이 없었다. 차도에 차가 없으니 사이렌을 울릴 필요조차 없었다. 핑키는 주차할 만한 곳을 찾은 뒤 차를 세워두고 걸어 올라갔다. 그는 코트 안에서 쇠 지렛대를 꺼내 레버를 열었다. 잠금장치가 부서지면서 나무가 갈라지고 쪼개졌다. 요즈음은 애써 조심하고 숨길 필요조차 없었다. 그는 계단을 타고 맨 위층에 있는 13A호로 올라가서 명패를 확인했다. 톰 베넷, 해리 슈워츠. 그는 문과 문설주 사이에 쇠 지렛대를 끼워 넣고 힘주어 문을 열었다. 나무가 또 쪼개져 나갔다. 소음이 층 전체에 울려 퍼졌다. 핑키는 문을 밀어 열고 들어가 닫은 후 어둠 속에서 귀를 기울였다. 이불이 바스락거리는 소리와 함께 졸린 목소리로 구시렁대는 소리가 들렸다.

"뭐야, 톰, 너야? 거기서 뭐 하는 거야?"

핑키가 침실 문을 열자 해리가 이불에 몸을 감싸고 엎드린 채 반쯤 몸을 일으켜 세우며 물었다. "너 오늘 밤샘 근무인 줄 알았는데."

"좀 일찍 왔어." 핑키가 대답했다. "네 입에다가 뭐 좀 집어넣을 게 있어서."

해리는 반사적으로 침대 옆의 스탠드에 손을 뻗었다. 조명이 켜지고 그는 충격적인 표정으로 문 앞에 서 있는 핑키를 바라봤다. "당신 누구야?"

핑키는 해리를 분석하듯이 뜯어보았다. 톰이 왜 해리를 좋아하는지 알 것 같았다. 해리는 남자들이 닮고 싶어하는 남자였다. 키가 크고 체격도 좋았으며, 두꺼운 갈색 머리카락이 풍성했다.

그의 모습은 조지 클루니를 연상시키는 구석이 있었다. 그랬다. 해리는 영화배우 같은 느낌을 풍기고 있었다. 해리가 인기 많은 이유를 납득할 수 있었다. 핑키는 미소를 지으며 침대 가장자리에 앉았다. "나는 톰의 친구야." 그가 말했다. "톰이 네가 날 보면 좋아할 거라고 하던데." 그는 누비이불을 쳐다보며 말했다. "근데 별로 기뻐하는 것 같지가 않네."

해리는 벌떡 일어나 핑키에게서 멀리 떨어졌다. 핑키는 자신이 별로 위협적으로 행동하고 있지 않다고 생각했다. 그런데 해리는 왜 이렇게 겁을 먹은 것일까? 해리에게 진짜 공포가 무엇인지 알려줄 때가 되었다. 그는 재킷에서 총을 꺼내 해리의 머리에 겨눴다. 해리의 동공이 크게 확장되었다.

"제발! 제발 하지 마."

"뭘 하지 마? 난 널 해치려고 하는 게 아니야." 핑키는 소음기를 해리의 입 바로 앞 3센티미터 정도 되는 지점에 놓고 한 번 튕겼다. "진정하고, 입 좀 열어봐. 입에 좀 넣어야 하니까."

"오, 하나님." 해리가 중얼거렸다, 그리고 입을 벌리자 핑키는 소음기를 그의 입에 넣었다. 치아에 소음기가 잘 걸쳐 있는 것이 느껴졌다. 해리는 몸이 얼어붙어서 감히 움직일 엄두도 내지 못하고 숨을 죽였다.

"됐다." 핑키가 달래듯 말했다. "그렇게 나쁘지 않아, 그치?"

핑키는 사람들의 공포를 즐겼다. 안타깝게도 일을 하다 보면 사람들의 공포를 즐길 여유가 없을 때도 있었다. 바로 방아쇠를 당겨 끝내야 하니까. 그는 엄마를 공격하던 그 남자의 어깨에 칼을 찍어 내리던 기분을 떠올렸다. 칼이 뼈에 맞고 튕겨 나오면서 핑키의 팔도 덩달아 위로 튕겼고, 핑키는 칼을 다시 그 남자의 심장 안으로 밀어 넣었다. 그리고 그자는 핑키가 기를 쓰고 엄마에게서 떼어놓기 전에 이미 죽어 있었다. 자기가 사람을 죽였다는 것을 깨달은 그 순간 핑키는 공포나 고통을 인식하지도 느끼지도 못했다. 그러나 그 이후로 핑키는 이러한 순간들을 최대한 즐기고 싶었다. 하지만 너무 오래 끌 수는 없었다. 시간이 없었다.

"나를 위해 해줘야 할 게 있어, 해리. 내 말대로 해준다면 네 입에서 이 총을 치워줄게. 내 말대로 잘할 수 있겠지? 내 말 알아들어?"

해리가 허겁지겁 고개를 끄덕였다.

21

맥닐은 계단 아래 있는 작은 욕실에 손전등을 비추어보았다. 욕실 안 오른쪽에 문이 하나 있었다. 손잡이를 비틀어 문을 여니 어두운 공간이 이어졌다. 손전등 불빛에 가파르고 좁은 나무 계단이 나타났고, 계단은 지하 저장고로 이어지는 듯했다.

"박사님은 여기서 기다리는 게 나을 것 같아요." 그가 말했다.

"아뇨," 카스텔리 박사가 단호하게 말했다. "저도 같이 가겠어요."

"그럼 조심하셔야 해요. 계단이 굉장히 가팔라요."

"제 걱정은 하지 마세요. 안 미끄러운 주거침입용 신발로 챙겨 신고 왔거든요."

그는 몸을 옆으로 돌려 한 발씩 탄탄하게 계단을 짚고 균형을 잡아가며 춥고 눅눅한 지하로 내려갔다. 지하실의 작은 공간은 가운데 벽돌벽을 중심으로 두 부분으로 나뉘어 있었다. 비좁은 석탄 수송 장치를 통해 가로등의 희미한 불빛이 투과되어 들어왔다. 짐승이 들어오는 것을 방지하기 위해 철창살이 붙어 있었다. 석탄 배달부가 마지막 석탄을 이 수송 장치에 가져다 놓은 게 수십 년 전이었겠지만 아래 작은 화로 옆에는 소나무를 쪼개

쌓아놓은 장작더미가 있었다. 낮은 공기압으로 인해 굴뚝으로 이어지는 검은색 메탈 파이프를 타고 내려온 숯 냄새가 풍겼다. 마치 베이컨이 쉰 냄새 같았다. 얼음장같이 추운 냉기가 돌아 맥닐은 자기도 모르게 상체를 부르르 떨었다. 바닥에서부터 올라오는 냉기가 신발을 뚫고 발과 발목까지 공격해 들어왔다.

맥닐은 손전등으로 벽을 따라가며 방을 비춰보았다. 별다를 것은 없었다. 텅 빈 와인 랙과 빈 와인병이 가득 찬 습한 종이상자가 있었고, 위층 침실의 깔고 남은 카펫에서 잘려 나온 조각이 돌돌 말려 있었다. 오래된 벽돌에서는 하얀 가루가 날렸다. 날리는 가루를 피하려면 벽돌벽을 지나 저쪽 편으로 갈 때 몸을 숙이고 지나야 했다. 하얀색으로 페인트칠된 콘크리트 기둥이 낮은 천장을 지탱하고 있었고 벽에는 텅 빈 와인 랙이 나란히 있었다.

"굉장히 목이 마르셨나 보네." 카스텔리 박사가 말했다. 춥고 폐쇄적인 공간에서 울리는 박사의 목소리는 이상하게 죽은 사람 목소리처럼 들렸다. 뒷벽에는 오래된 벨파스트 싱크 즉, 자기磁器로 된 욕조가 있었다. 아마 과거에 여기서 옷을 세탁했던 모양이었다. 냉수 수도꼭지 하나가 벽 위쪽에 튀어나와 있었고 그 아래는 커다란 가스통과 상업용 가스레인지가 견고한 금속 선반 위에 올려져 있었다. 그리고 그 옆에 있는 작은 배럴 사이즈의 용기에는 수건이 덮여 있었다. 방의 중앙에는 정육점 도마같이 생긴 튼튼한 목재 탁자가 있었는데 실제로 진짜 정육점에서 쓰였던 것으로 보였다. 도마는 칼질로 인한 흠집이 여기저기 나 있었고 한쪽에는 움푹 패 들어간 부분이 있었지만 깔끔하게 표백되어 있었다. 맥닐은 냄새를 쿵쿵 맡아보았다. 공기중에서도 표백제 냄새를 맡을 수 있었다.

카스텔리 박사도 말했다. "표백제네요."

맥닐은 손전등으로 방을 따라 비춰보다가 벽에서 녹슨 금속 문을 발견했다. 길이는 60센티 폭은 30센티 정도의 문이었다. 문을 열려고 시도해보았지만 꿈쩍도 하지 않았다. 녹슬어 굳어 버린 것이거나 잠겨 있는 상태였다.

"아마 이걸로 열리지 않을까요."

뒤돌아보니 박사가 15센티 정도 되어 보이는 낡고 커다란 열 쇠를 들고 있었다. "어디서 찾았어요?"

"딱히 숨겨져 있지 않던데요. 벽에 걸려 있었어요." 맥닐이 열 쇠를 받아 몸을 돌려 문에 열쇠를 꽂으려 할 때, 박사가 말했다. "뭐일 것 같아요? 일종의 금고?"

"아마 은을 보관했던 오래된 안전 금고 같아요. 원래 이런 집 에 사는 사람들은 꽤 부유한 편이라 보통 이런 데 은으로 된 식 기구나 찻잔 세트 같은 걸 넣어놓거든요. 하인들이 쓰고 나서 잘 닦아 여기 넣어두고 잠가놓은 걸 겁니다."

맥닐이 열쇠를 시계방향으로 비틀자 삐걱거리기만 할 뿐 잘 돌아가지 않았다. 하지만 다시 한번 돌리자 녹슨 경첩이 삐걱거 리면서 무거운 철문이 열렸다. 금고 안에는 목재 선반이 놓여 있 었다. 손전등을 비춰보니 선반 위에 단정하게 나열된 칼과 도끼 의 모습이 드러났다. 플라이트의 아파트에서 봤던 절단 도구들 과 크게 다르지 않았다.

그는 마치 죽음의 숨결을 맡기라도 한 것처럼 움찔했다. 은으 로 된 식기 같은 건 없었다. 쇠로 된, 치명적일 만큼 예리한 칼과 도끼였다. 맥닐은 이 도구들이 어린 초이의 뼈와 살을 벗겨내는 데 사용되었을 것이라고 확신했다. 그는 커다란 정육 칼을 집어 들고 장갑을 낀 두 손가락으로 조심스럽게 만져보았다. 손전등의 불빛이 깔끔한 칼날에 부딪혀 벽에 반사되었다. 가까이에서 자세히 살펴보니 칼날과 연결된 목재 손잡이 연결 부위에 어두운색 물질이 말라붙어 있었다.

그는 손전등을 카스텔리 박사에게 넘겼다. "이것 좀 잠깐 잡아주세요." 그리고 그는 칼을 탁자로 가져가 탁자 위에 조심스럽게 올려놓고서 노트를 꺼내어 한 장 뜯어냈다. 그런 다음 종이를 탁자 위에 올려두고 작은 펜나이프로 칼날과 손잡이 사이의 연결 부위를 조심스럽게 긁어냈다. 녹슨 흑갈색 가루가 종이 위로 바스러지며 떨어졌다.

"피인가요?" 카스텔리가 물었다.

"그렇겠죠."

"초이의 피?"

그는 음울하게 고개를 끄덕였다. "제 생각에는 여기서 사건이 발생한 것 같아요. 정확히 이 공간에서 죽었는지는 알 수 없지만 바로 이 탁자 위에 몸을 올려놓고 뼈와 살을 분리해냈을 겁니다. 사방이 온통 다 피범벅이었을 거예요."

"그럼 여기에도 흔적이 있겠네요." 박사가 말했다. "아무리 철저하게 청소를 했더라도."

맥닐은 갈색 가루를 받은 종이를 조심스럽게 접어 증거 봉투에 담았다. "바로 이것처럼요."

"분리된 피부와 장기들은 어떻게 했을 거라 생각하세요?"

"아마도 태우지 않았을까요, 저쪽에 있는 화로에서요." 그는 저쪽 방을 향해 고갯짓을 했다. "잿더미에 흔적이 남아 있을 거예요." 그는 싱크대로 가 고개를 숙여 가스레인지 아래를 살펴보았다. 그리고 옆에 있는 수건을 벗기자 너비가 60센티 이상 되어 보이는 커다란 구리 냄비가 모습을 드러냈다. 옛날 좋았던 시절에는 잼을 만드는 데 쓰였음 직한 냄비였다. "제 생각에는 이 냄비에다가 뼈를 끓이지 않았을까 싶어요." 그가 주먹으로 냄비를 치자 둔탁한 울림이 되돌아왔다. 맥닐은 아이가 고통을 느끼지 못하고 순식간에 죽었기를 바랐다. 숨이 끊어진 후 아이가 겪었을 일이 너무나 끔찍했다.

"과학수사대에 전화하셔야 할 것 같아요." 박사가 말했다.

맥닐은 자리에서 일어나 한숨을 쉬었다. "그럴 수는 없어요."

"왜죠?"

"왜냐하면 우리는 현재 불법으로 침입한 상태라 지금 찾은 증거들은 법정에서 받아들여지지 않을 테니까요."

"말도 안 돼요!"

"법이 그렇게 되어 있어요. 누군가가 영장을 가지고 와서 여길 전부 다시 합법적으로 뒤져야 해요. 우리는 여기 온 적이 없었던 겁니다, 박사님."

"저는 오늘 내내 집에 있었습니다, 형사님."

맥닐은 옅은 웃음을 지어 보였다. "학습이 빠르시네요"

"전 뭐든지 빨랐어요. 그래서 남자애들한테 인기도 많았죠."

맥닐은 다시 손전등을 받아 들고 칼을 원래 자리에 둔 뒤 금고를 잠그고 열쇠를 원래 있던 벽의 못에 다시 걸어두었다. 암울한 살인 공간을 둘러보니 몸이 떨렸다. 이번에는 추위 때문이 아니었다.

다시 올라온 거실에는 현관문의 스테인드글라스를 투과한 색색의 빛이 쏟아지고 있었다. 맥닐은 휴대폰을 꺼내 들었다. 휴대폰 화면에 확인하지 않은 메시지가 하나 있다는 알림이 떠 있었다. 그는 알림을 무시한 채 램베스의 과학수사대에 전화를 걸어 톰 베넷 박사를 연결해달라고 요청했다.

톰의 목소리는 자고 있다가 전화를 받은 듯 졸리고 피곤하게 들렸다. 아마 문을 닫아걸고 책상 뒤에 늘어져서 빨리 해가 떠 통행금지가 풀려 집에 갈 때만을 기다리고 있었던 것일지도 몰랐다. "베넷입니다."

"잭 맥닐입니다."

수화기 너머로 정적이 흘렀다. 그 정적 속에서 맥닐은 적대감을 느낄 수 있었다. "그런데요?" 톰이 마침내 말을 꺼냈다. 목소리에 냉기가 돌았다.

"당신의 도움이 필요합니다." 맥닐은 톰이 도와줄지 회의적이었지만 어쨌든 용건을 말했다. "피가 눌어붙은 거라고 추정되는 샘플이 하나 있는데, 살해된 여자아이의 것 같아요. 뼈에서 나온 DNA와 이 샘플을 대조해봐야 할 것 같습니다."

"그건 부탁이 아닌데요, 형사님. 공식적으로 요청하시면, 누구든 해드릴 거예요. 저한테 이렇게 친절하게 요청하실 필요도 없고요."

"알고 있습니다. 하지만 기록에 남길 수가 없어요."

더 오랜 침묵이 흘렀다. 이어 "왜죠?"라는 질문이 돌아왔다.

맥닐이 한숨을 쉬었다. 맥닐에게는 적당히 둘러댈 시간 따위는 없었다. "왜냐면 불법적으로 취득한 샘플이니까요."

"그럼 저를 지금 공범으로 만들려는 겁니까?"

"지금 살인범을 잡으려고 하는 겁니다. 제발, 시간이 없어요."

"어떤 시간 말이죠? 영웅이 되실 시간 말인가요?"

"정중하게 부탁드립니다."

"그러면 당신의 그 절친한 친구에게 부탁하면 되지 않나요? 에이미라면 흔쾌히 해줄 텐데요."

맥닐은 순간 톰이 자신과 에이미의 관계에 대해서 알고 있다는 것을 느꼈다. 그 사실을 알고 에이미가 두려워했던 그대로 독기가 더해진 것이었다. 에이미는 톰을 너무 잘 알았다. 그때 톰의 사무실에 또 다른 전화벨이 울리기 시작했다. 톰에게는 전화를 끊을 완벽한 핑계가 생긴 것이었다.

"미안합니다. 전화가 오네요. 그럼 이만." 전혀 미안한 목소리가 아니었다. 전화가 뚝 끊겼다.

***

해리는 옷을 갈아입고 침대 한편에 앉아 있었다. 새하얗게 질린 그의 얼굴은 어둠 속에서 거의 빛이 나는 것처럼 보였다. 핑키는 해리의 목에 소음기를 들이민 채 바로 옆에 앉아 있었다. 해리는 떨리는 손으로 전화기를 귀에 대고 전화벨이 울리는 동안 기다렸다. 톰의 건조하고 형식적인 목소리가 들려오자 톰의 남자친구, 해리는 배 안 깊은 곳을 날카로운 나무막대기로 찌르는 것같이 아팠다. 차라리 톰이 전화를 받지 않는 것이 두 사람에게 좋았을 텐데.

"베넷 박사입니다."

"톰, 나 해리야."

핑키는 통화 내용을 듣기 위해 해리의 귀 쪽으로 몸을 기울였다. 톰이 반기는 목소리가 들렸다.

"와," 톰이 말했다. "우리 이제 서로 다시 말하는 거야?"

핑키가 고개를 끄덕였고 해리가 답했다. "그런 것 같아." 그는 깊고 떨리는 숨을 내쉬었다. "그런데, 톰!"

핑키는 소음기 몸체를 해리의 목에 강하게 밀어 넣었고 그 바람에 해리는 캑캑거렸다.

"왜 그래? 무슨 일이야?" 톰의 목소리가 걱정스럽게 변했다. "해리, 괜찮아?"

핑키가 전화기를 빼앗아 대신 답했다. "해리는 괜찮아, 톰."

"당신 누구야?"

"그게 중요한 게 아니야." 핑키가 달래듯이 말했다. "이제 너는 내가 해달라는 걸 그대로 해야 해. 그렇게만 하면 해리는 무사할 거야. 이 예쁜 머리통에 달린 머리카락 한 올도 해치지 않을게."

* * *

에이미는 불을 끄고 깊은 어둠 속에 앉아 있었다. 머리로는 아파트 내부가 따뜻하다는 것을 알고 있었지만, 너무 추웠고 피부도 차가웠다. 에이미는 부엌칼을 다리 위에 올려둔 채 앉아서 계단을 응시했다. 아래층에서 올라오는 불빛이 경사진 천장에 찌그러진 장방형(기다란 사각형 모양)으로 반사되었다. 누구라도 계단을 올라오면, 그 그림자를 즉각 볼 수 있을 것이었다. 이렇게 하면 더 높은 위치에서 먼저 기습할 수 있는 기회를 확보할 수 있을 거란 생각이 들었다. 하지만 맥닐에게 전화를 건 지 한 시간이 지났는데 그동안 아무런 소리도 들리지 않았고, 아주 작은 희미한 움직임도 없었다.

이쯤 되면 린의 머리를 잘라놓은 그 누군가가 완전히 이 집에서 나갔다고 안심할 법도 했지만 에이미는 그렇게 생각하기가 힘들었다. 에이미는 거의 넋이 나간 상태였다. 자신이 아무것도 모른 채 옷을 벗고 샤워를 하는 동안 누군가가 집에 들어왔다는 사실은 아무리 생각해도 믿을 수가 없었다. 차라리 다시 태아가 되어 자궁 안에 들어가 바깥세상을 차단해버리고 싶은 심정이었다. 이 모든 일이 일어나지 않았다고 생각할 수만 있다면 얼마나 좋을까. 그냥 죽은 듯이 잠들어 아침에 침대 가에 있는 디지털시계 화면을 보며 잠에서 깰 수 있다면, 그리고 그렇게 커튼 모서리를 뚫고 들어오는 햇빛을 볼 수만 있다면.

하지만 에이미는 그런 쉬운 탈출 방법은 없다는 것을 잘 알고 있었다. 그래서 온몸이 긴장으로 인해 얼음처럼 굳어버린 채 앉아서 그저 기다렸다.

방 건너편에서는 머리카락이 잘려 나간 아이가 어둠 속에서 마치 조롱하듯이 그녀를 쳐다보고 있었다. 에이미는 이것이 어떤 종류의 두려움인지 알지 못했다. 하지만 분명한 것은 에이미는 아직 살아 있었고, 희망이 있었고, 또 미래가 있다는 것이었다.

그때 갑자기 전화벨이 울렸다. 에이미는 너무 놀라 비명을 지를 뻔했다. 그녀는 수신기를 들어 올렸다. 드디어!

"잭!"

"실망시켜서 미안한데, 나 톰이야." 에이미는 진짜 실망스러웠다. 순간적으로 넘쳐 올랐던 안도감이 즉각적으로 후퇴하며 다시 날카로운 긴장 상태로 들어갔다.

그런데 애써 들뜬 척하는 톰의 목소리가 어딘지 모르게 보통 때와는 달랐다.

"용건이 뭐야, 톰?" 이렇게 딱 잘라서 말하려던 건 아니었는데 말이 그렇게 튀어나왔다.

"실험실로 좀 와줬으면 좋겠어." 톰이 차분하게 말했다.

"왜?"

"전화로는 말 못 해. 지금 여기로 좀 와줘. 최대한 빨리."

"톰, 지금이 몇 시인 줄은 알아?"

"3시 정도 되었지 아마."

"대체 새벽 3시에 내가 거길 가야 하는 이유가 뭘까?"

"두개골이랑 얼굴 복원한 걸 가지고 와줘."

그 순간 두려운 마음이 사라지고 혼란스러웠다. "왜? 뭣 때문에?"

"묻지 말고, 에이미." 톰은 이제 자제력을 잃어갔고 목소리에는 짜증이 섞여 있었다. "그렇게 해줘. 부탁이야."

"톰……."

"에이미!" 그는 거의 비명을 지르듯 말했다. "그냥 내 말대로 해줘."

에이미는 움찔해 휴대폰에서 귀를 떼었다. 몇 년 동안 말다툼을 한 적은 많았지만 한 번도 톰이 에이미에게 이런 식으로 말한 적은 없었다. 하지만 톰은 바로 후회하는 눈치였다.

"미안해, 에이미." 그는 이제 애원을 하고 있었다. "너한테 소리를 지르려던 건 아니었어. 다만…… 이건 진짜 중요한 일이야. 그냥 빨리 와줘. 부탁이야." 톰은 잠시 말을 멈추었다가 덧붙였다. "나를 믿어줘."

믿어달라고? 어떻게 믿지 않을 수 있지? 두 사람은 정말 오랜 친구였고 에이미가 지옥에 갔다가 돌아왔을 때 곁에는 항상 톰이 있었다. *나를 믿어줘.* 이 두 어절의 말은 둘 사이의 우정과 그에게 빚진 고마운 마음을 그 무엇보다 잘 불러오는 말이었다. 물론 에이미는 톰을 신뢰했다. 그리고 온갖 의문스러운 톰의 행동에도 불구하고, 에이미는 톰의 부탁을 거절할 수 없었다.

"한 사오십 분 정도 걸릴 거야."

톰이 안도하는 모습이 보이는 듯했다. "고마워." 톰에게 걸려온 전화 한 통으로 아파트 안에 감돌던 긴장감이 모두 사라지고 말았다. 에이미는 그녀가 느꼈던 두려움이 얼마만큼 자신의 상상으로 인한 것이었을까 궁금했다. 그녀는 다시 불을 켜고 탁자 위에 놓인 아이의 얼굴을 챙기기 위해 휠체어를 굴려 가서 가발을 조심스럽게 벗긴 뒤 부드러운 천으로 감싸고, 두개골 모형을 이동할 때 사용하는 오래된 모자 상자에 넣었다. 그리고 가발을 그 위에다가 올려놓은 뒤 뚜껑을 닫았다.

계단 승강기를 타고 천천히 아래층으로 내려오는 동안, 다시 공포감이 밀려왔다. 지금 얼마나 위험한 상황에 처해 있는지에 대한 예민한 자각이 돌아온 것이었다. 그녀는 모자 상자 위에 올려놓은 부엌칼을 꼭 움켜쥐었다. 하지만 집 안에는 아무도 없었다. 침실이나 욕실에도 그리고 어깨에 두를 겨울 망토를 찾기 위해 코트 옷장을 열었을 때도 아무것도 없었다.

계단참 밑의 좁고 차가운 현관에는 노란 조명이 밝혀져 있었으며, 겹겹의 비닐백을 뚫고 두개골 냄새가 스며 나와 에이미를 반겨주었다. 그 아이는 이미 죽었고, 아이를 죽인 범인은 아직 잡지 못했다는 사실을 그녀는 새삼 상기했다.

문을 열자 겨울밤의 찬 공기가 얼굴에 닿았다. 에이미는 문을 닫고 경사로를 내려가 인기척이라고는 찾아볼 수 없는 화강암 바닥으로 내려갔다. 하늘 위 구름 사이로 달빛이 잠깐 모습을 드러내 비치고는 곧바로 구름 뒤로 사라졌다. 살아 움직이는 존재는 하나도 보이지 않았다. 에이미는 이보다 더 혼자였다고 느낀 적이 없는 적막감을 느꼈다. 그 적막 속에 휠체어를 조종해 게인스포드 거리와 다층 주차장으로 향했다.

22

이따금 이 거대한 도시에 살고 있던 수백만 명의 사람들이 모두 짐을 싸서 떠난 건 아닐까 하고 생각되는 순간들이 있다. 칠흑같이 어두운 새벽 시간대, 도로에는 차량 한 대 찾아볼 수 없고 차창 밖으로 스치는 집들은 모두 불이 꺼진 그 적막한 모습은 마치 버려진 도시처럼 느껴졌다.

카스텔리 박사는 차를 원즈워스에 두고, 맥닐의 차를 타고 함께 가는 쪽을 택했다. 맥닐에게는 동행자가 생겨서 좋은 일이었다. 정장 차림으로, 주거침입에 적합한 신발을 신고 조수석에 앉아 있는 이 작은 몸집의 기묘한 존재가 신기하게도 마음을 안정시켜주었다. 누군가와 함께하며 대화를 나누다 보면 머릿속을 어지럽히는 괴로운 생각도 잠재울 수 있을 것이라고도 생각했다.

박사는 쉬지 않고 떠들었다. 박사도 그녀 나름의 악마를 머릿속에서 쫓아내기 위해 저렇게 말을 하고 있는 것인지도 몰랐다.

여러 가지 주제를 섭렵한 후 이제 H5N1에 대해 이야기하기 시작했다. "물론 항원의 연속적 변이에 대해서는 들어보셨죠?" 박사는 마치 일상적인 대화의 주제라도 되는 듯 질문을 던졌다.

"아니요."

"인플루엔자 A 바이러스에 갑작스럽게 큰 변화가 생기는 거예요. 자주 일어나는 현상은 아니에요. 하지만 한번 발생하면 새로운 인플루엔자 A 아형을 만들어내고, 또 새로운 헤마글루티닌과 뉴라미니다아제와 같은 단백질을 생성해 사람을 감염시킵니다. 사람에게는 이에 대항할 보호 장치가 거의 없거든요."

"H5N1이 인플루엔자 A 바이러스인가요?"

"맞아요. 그리고 여러 가지 형태로 굉장히 오랫동안 존재해왔죠."

"그리고 변이가 생긴 것이군요?"

"정확해요. 그리고 변이가 진행된 후에는 조류뿐만 아니라 사람에게도 치명적인 존재가 되었죠. 물론 바이러스는 우선 사람을 죽일 수 있는 능력을 유지하면서 동시에 사람 간 전이가 가능하게 할 방법을 찾아내야 했죠. 하지만 바이러스가 또 그걸 해냅니다. 정말 짜증나는 것들이죠! 마치 다른 생물체들을 죽일 수 있는 최고의 방법을 찾도록 프로그램되어 있는 것 같아요. 바이러스의 존재 이유는 단 한 가지입니다. 기하급수적으로 번식하는 것이죠. 일단 시작하면, 그걸 막기는 너무나 어려워요."

"그러면 사람 간에 효율적인 전이가 가능하게 하기 위해 어떻게 했나요?"

"아, 대부분의 경우, 재조합을 합니다."

"그게 뭐죠?"

"간단하게 말하자면, 바이러스가 또 다른 바이러스와 만나서 유전 형질을 서로 교환하고 효과적으로 제3의 바이러스를 만들어내는 겁니다. 더 나쁜 것으로 발전될 수도 있고, 그렇지 않을 수도 있어요. 어찌 됐든 간에 그렇게 변화를 하는 것이죠. 바이러스계의 프랑켄슈타인이라고 설명할 수도 있겠네요."

"그게 조류독감이 발생하게 된 경로인가요?"

"맞아요. H5N1 바이러스가 이동하며 숙주 안에서 사람의 독감 바이러스를 만났을 수도 있어요. 그렇게 만나 서로 좋은 것이든 나쁜 것이든 유전형질을 교환하고, 그런 방법으로 지금 사람들이 죽어 나가고 있는 이 지독한 망할 바이러스가 만들어진 거죠."

그들은 나인 엠스 레인과 원즈워스 로드의 교차로 지점에 있는 꽃시장을 지나갔다. 맥닐은 생각에 잠겨 강 아래를 따라 조명이 환하게 켜진 국회의사당, 그리고 빅벤 시계탑으로 시선을 옮겼다. "그러면 실험실에서도 그게 가능할까요?"

"물론이죠." 카스텔리 박사는 본격적으로 이야기를 이어나갔다. "유전자 조작을 통해서 전이 가능한 H5N1 버전을 쉽게 만들 수 있어요. 독감 바이러스의 수용체 접합 도메인을 H5 몸체에 붙이면 전염성이 엄청나게 증가해요. 지난 몇 년 동안 전 세계에 분포한 각국의 실험실에서 사람 간 전염 가능한 H5N1이 어떤 형태일지 예상하기 위한 연구를 계속해왔어요."

"백신을 만들기 위해서 말이죠." 맥닐은 어제 아침 스타인-프랑크의 의사가 텔레비전에서 설명하던 모습이 떠올랐다. 그 방송을 본 게 정말 24시간밖에 안 되었나 싶었다.

"네, 하지만 예상이 다 빗나갔죠. 그리고 진짜 바이러스가 등장했을 때는 완전히 처음부터 다시 시작해야 했어요." 박사는 잠시 아무 말 없이 앉아 있다가 맥닐 쪽으로 몸을 돌리더니 눈가를 살짝 찌푸리며 물었다. "왜 그런 질문을 하죠?"

맥닐이 답했다. "실험실 연구원이 초이의 뼈에서 추출한 골수에서 독감 바이러스를 분리해냈어요."

카스텔리 박사의 의미심장한 눈길이 느껴졌다.

"그리고요?"

"음, 저한테는 그게 큰일로 다가오지 않았는데, 실험실 사람들은 그게 H5N1이 아니라고 흥분한 것 같았어요. 최소한 지금 우리가 알고 있는 바이러스와 같은 버전은 아니라고 하더군요. 인위적인 것이라고 했습니다. 사람이 만들어낸 바이러스라고요."

***

핑키는 웨스트민스터 홀과 국회의사당을 지나 광장을 가로질러 가고 있었다. 추운 겨울밤 웨스트민스터 수도원은 음울한 모습으로 앉아 있었다. 공원 나무들의 가지에는 잎이 하나도 없어 앙상한 모습에 뼈대만 남았는데 그 모습이 마치 신이 인간의 악행에 대해 형벌로 내린 전염병의 목격자처럼 보였다. 모종의 이유로 웨스트민스터 다리가 봉쇄되어버린 탓에 핑키는 램베스 다리를 통해 강을 건너기 위해 남쪽으로 향하고 있었다. 실험실과는 거의 반대 방향으로 멀어지고 있었다.

해리는 재갈이 물리고 마스크가 씌워진 채 뒷좌석에 묶여 있었다. 처음에는 몸부림치며 낑낑거렸지만 어느덧 지쳤는지 조용해졌고 이제 운전을 하고 있는 핑키의 귀에는 가끔 훌쩍이는 소리밖에 들리지 않았다.

핑키는 기분이 너무 좋았다. 그는 즉흥적으로 일을 처리해야 하는 순간을 즐겼다. 자기 머리와 순발력을 시험해볼 수 있으니까. 그것은 핑키에게는 도전이었고 동시에 자신의 한계를 시험할 수 있는 기회이기도 했다. 핑키는 스미스 씨의 목소리에서 애써 숨기려고 하는 깊은 불안감을 감지했다. 하지만 핑키는 자기가 다 해결할 수 있다고 믿었고, 그렇게 해나가고 있었다. 핑키가 돈을 받는 이유는 바로 그거였다. 일을 잘 마무리하는 것. 엄마가 말했듯이 끝내지 못할 일은 시작하지도 말아야 했다. 다시 말하면 어떤 일이든 해야 한다면 제대로 해야 했다. 핑키는 시작한 일을 흐지부지 끝낸 적이 단 한 번도 없었다. 언제나 제대로 잘 마무리했다. 다른 사람의 잘못 때문에 일이 잘못되는 꼴을 그냥 가만히 눈 뜨고 보고 있지도 않았다.

애초에 카진스키를 스미스 씨에게 소개시켜준 사람이 자기라는 사실이 신경 쓰였다. 스미스 씨는 카진스키가 저지른 잘못을 핑키 탓으로 돌릴 가능성도 있었다. 하지만 카진스키는 이미 죽었고, 핑키는 이제 이 일을 마무리할 참이었다. 무슨 일이 생기든 그는 끝까지 갈 생각이었다.

강 옆 빅토리아 타워 가든이 왼쪽에 자리하고 있고, 오른쪽으로는 스미스 광장 너머 세인트 존스 콘서트홀이었다. 전방에 템스 강변과 밀뱅크 로터리 그리고 그 앞에 램베스 다리가 보였다.

핑키는 기어를 3단으로 바꾸고 천천히 좌회전해서 다리를 건너기 시작했다. 중간지점 부근에 군 검문소가 있었다. 트럭 두세 대와 군인 대여섯 명 정도가 대기 중이었다. 핑키는 검문소에서 차량번호판을 확인할 수 있도록 기어를 내려 속도를 줄이며 접근하기 시작했다.

그때 갑자기 뒤에서 밧줄에 묶인 손이 나타나 핑키의 목을 죄기 시작했다. 해리가 끙끙거리며 핑키의 목을 사정없이 당기는 바람에 핑키는 운전석 머리받이에서 꼼짝할 수가 없었다. 밧줄의 거친 표면이 핑키의 피부를 사정없이 파고들어와 기도가 부서지는 것 같았다. 핑키는 밧줄을 부여잡으며 자신도 모르게 액셀을 밟았고 그 바람에 차는 갑자기 전방으로 질주하기 시작했다. 핑키의 양손이 목을 조여오는 밧줄을 부여잡은 상태에서 해리는 핑키의 머리에 박치기를 했다. 두개골 뼈가 뽀개지는 듯한 고통이 느껴졌다. 눈 안에서는 빛이 터지고 있었다. 해리는 힘이 셌고, 핑키를 놓아줄 생각이 전혀 없었다.

군인들이 고함치는 소리가 엔진의 굉음을 뚫고 들려왔다. 미칠 듯 급박한 목소리였다. 하지만 핑키는 무력하게 아무것도 할 수가 없었다. 차 앞유리를 통해 군인들이 총을 겨누고, 발사할 준비를 하고 있는 모습이 보였다. 해리는 으르렁거리는 소리를 내며 핑키를 더욱 조여왔다. 이제 납치범을 제압할 수 있겠다고 생각하는 듯했다.

맨 처음 날아온 총알이 엔진에 맞았다. 핑키는 군인들이 정지를 거부하는 차량에 대해 엔진을 사격한다는 것을 알고 있었다. 다음 총알은 차 앞유리로 날아올 것이었다. 핑키는 자신이 이제 곧 죽을 거라는 사실을 알았다. 그럼에도 불구하고 아무것도 할 수 없었다. 하지만 두 번째 총알은 날아오지 않았다. 차가 옆으로 비틀어지며 마스크를 쓴 하얗게 질린 얼굴들이 흩어지는 모습이 보였다. 차가 앞에 서 있던 트럭을 받고 빙그르 회전하면서 금속 찢어지는 소리가 들려왔다. 핑키의 발은 아직도 바닥을 꾹 누르고 있었다. 차량은 2단 상태였고, 엔진은 굉음을 지르고 있었다. 스미스 씨의 BMW 차량이 난간을 받으며 보닛에서 불길이 치솟았다. 해리가 핑키의 머리를 스치듯이 앞으로 날아갔고, 앞유리에 얼굴을 박으며 피가 사방으로 퍼졌다.

핑키는 석유 냄새가 난다고 생각했고, 그리고 불길에 휩싸였다.

***

맥닐은 램베스 팰리스 로터리에 접근하던 중 폭발을 목격했다. 첫 번째 불꽃은 공중으로 칠팔 미터 정도 치솟았다. 맥닐은 급히 브레이크를 밟고 현장을 바라보았다. 난간에 반 정도 걸쳐 있는 차량이 보였다. 차량에 부딪힌 충격으로 가로등이 부서져 가로등 불은 꺼진 상태였다. 하지만 폭발로 인한 불꽃이 밤하늘을 밝게 비추어 마치 쥐 떼처럼 사방으로 흩어지는 군인들의 모습이 보였다.

"이게 웬 난리래요?" 카스텔리 박사가 소리쳤다. "차 안에 누가 있어요. 살아 있는 것 같아요!"

맥닐의 눈에 운전석에서 팔 한쪽이 파닥거리는 게 보였다. 운전자가 차에서 나오려고 절박하게 움직이고 있는 모습이었다. 맥닐이 차 밖으로 뛰쳐나가자 군인들이 그에게 총을 겨눴다. 그는 공중에 신분증을 휘저으며 폭발하는 불길을 뚫듯이 고함쳤다. "경찰입니다. 의사와 동행 중이에요. 누구 다친 사람 있나요?"

"차 안에 남자 두 명이 다쳤습니다." 누군가가 소리쳤다. "그런데 사라졌어요."

하지만 맥닐은 아직 차 안에서 누군가가 움직이는 것을 볼 수 있었다. 그는 코트를 벗어 머리 위로 덮어쓰고는 차를 향해 뛰어 갔다. 열기가 엄청났다. 코트가 타는 냄새가 났고 숨을 쉴 수가 없었다. 이 연기에 숨을 쉬면 폐가 손상될 것이었다. 그는 코트 소매로 손을 감싼 뒤에 손잡이를 더듬어 차 문을 열었다. 문은 열자마자 덜렁덜렁 떨어져 나갔다. 바지와 신발, 머리카락이 타 는 것이 느껴졌다. 문이 열리자 운전석에 앉아 있던 형체가 반쯤 맥닐 쪽으로 쓰러졌고, 맥닐은 그의 팔을 잡아당겨서 힘없이 축 늘어진 남자를 차 밖으로 꺼냈다.

살이 타는 냄새가 났다. 누구의 살이 타는 냄새인지 알 수 없었다. 그는 숨 막히는 불길에서 탈출하기 위해 도로로 향해 굴렀다. 그리고 숨을 쉬기 위해 헉헉거리다 보니 갑자기 손과 팔 앞부분에서 타는 듯한 심한 통증이 느껴졌다. 군인 두 명이 맥닐 옆을 지나 운전자 쪽으로 달려가더니 남자가 불길에서 완전히 벗어날 수 있게 옮겨주었다. "세상에!" 달려간 군인 중 하나가 놀라서 외치는 소리가 들렸다. "이 사람 좀 보세요."

또 다른 누군가가 맥닐에게 무거운 코트를 씌운 뒤 그를 몇 번 굴렸다. 그슬린 옷 위로 연기구름이 올라가는 것이 보였다. 그러고는 카스텔리 박사의 목소리가 들려왔다. 절박하고 걱정이 가득한 목소리였다. 박사는 맥닐의 얼굴과 팔 그리고 손부터 확인 했다. "당신 제정신이야? 세상에, 미쳤지. 1도 화상으로 끝난 게 행운인 줄 알아요." 박사가 고개를 돌려 소리쳤다. "물이랑 깨끗 한 붕대 좀 갖다줘요, 빨리!" 그리고 이어 맥닐에게 말했다. "많 이 아프죠?"

"두 손이," 맥닐이 헉헉댔다. "타는 것같이 아파요."

"다행이에요." 조그만 체구의 박사가 애정 어린 눈빛으로 미소를 지어 보였다. "통증이 느껴지면 심각한 게 아니라는 얘기예요."

"박사님한테는 심각하지 않겠죠."

"차에서 끌어낸 남자는 고통을 아예 느끼지 못할 거예요."

"죽었나요?"

"아직은요. 근데 곧 죽을 거예요. 맥닐 씨가 영웅적으로 사람을 구했지만 허사가 될 거 같네요."

군인이 물이 담긴 통과 초록색 구급상자를 가지고 왔다. 그는 경계하는 눈으로 박사를 바라보더니 물품들을 두고 돌아갔다. 박사가 손에 물을 부어주는 동안 맥닐은 일어나 앉았다. 순간적으로 고통이 가라앉는 느낌이 들었지만 찬물의 축복이 멈추자마자 통증은 즉각 다시 돌아왔다.

"물 좀 더!" 박사가 소리를 지르고는 다시 맥닐 쪽으로 돌아서 말했다. "피부 손상을 막으려면 계속 물을 부어줘야 해요."

그는 손을 내려다보았다. 새빨갰다. 그리고 사고 현장으로 눈을 돌렸다. 군인 두 명이 차에 소화기를 뿜고 있었고, 하얀색 거품이 구름처럼 차를 감싸고 있었다. 다른 군인들은 맥닐이 차에서 끌어낸 남자를 절반은 들고 절반은 끌고 가듯이 옮겨 트럭에 실었다. 어디선가 무전기가 지지직거리는 소리가 났고, 구급차를 부르는 소리가 들렸다.

카스텔리 박사는 부드러운 붕대로 맥닐의 팔과 손을 감기 시작했다. "이건 감염을 차단하기 위한 거예요." 박사가 말했다. "그래도 적절하게 치료는 받아야 돼요." 박사는 거의 다 전소되어버린 차에서 나오는 깜빡거리는 불꽃에 비친 맥닐의 얼굴을 보며 말했다. "심지어 속눈썹도 그슬렸네요. 잘못했으면 저 친구처럼 완전히 타버릴 뻔했어요."

맥닐은 자리에서 일어섰다. 이제 충격이 전해져 다리가 후들거리는 것이 느껴졌다. "그 사람 좀 보러 갑시다." 그가 말했다. 그리고 그들은 트럭 뒤쪽으로 다가갔다.

핑키는 트럭 뒤 칸 들것에 누워 큰 눈으로 천장을 바라보고 있었다. 불의 열기로 인해 기도가 심하게 손상되어 정상적으로 호흡이 되지 않았다. 마치 잘못 구운 바비큐처럼 타버린 고기 냄새가 견딜 수 없었다. 핑키의 몰골은 너무나 끔찍했다. 맥닐은 그를 똑바로 쳐다볼 수가 없었다. 옷은 거의 다 타버렸는데 그나마 남아 있는 옷은 벌겋고 누런 액체들이 흘러나오는 숯처럼 타버린 살덩이에 눌어붙어 있었다. 차 좌석이 보호해준 덕분에 바지 뒷부분과 재킷 일부분만이 아직 남아 있었다. 타버린 살과 그을음 사이로 신발과 양말 일부도 겨우 형체를 유지하고 있었다. 옷칼라도 일부분이 남아 목에 눌어붙어 있었다.

핑키의 얼굴은 무시무시했다. 귀는 불에 타 쪼그라들었고, 불에 그을린 코는 마치 덜 자란 옥수수 이삭 같았으며, 콧방울이 뒤로 당겨져서 마이클 잭슨 말년 모습을 기괴하게 풍자한 것 같았다. 눈꺼풀은 말 그대로 전소되어 사라졌고, 눈에서는 진물이 흘렀다. 입과 볼은 끔찍하게 찌그러졌으며, 입술이 치아와 잇몸 주변을 따라 수축해서 열린 입 모양은 지옥에서 웃고 있는 것처럼 보였다. 머리카락은 쪼그라들어버린 갈색 그루터기를 연상시키는 모습이었다.

맥닐은 구역질이 올라왔다. 차라리 차 안에서 죽게 놔두는 편이 나았을지도 모른다는 생각이 스쳐 갔다. "눈은 보일까요?" 그가 박사에게 물었다.

"아마도요. 시력이 많이 손상되어서 흑백으로만 보일 수도 있어요."

"고통을 느끼지는 않나요?"

"네."

"어떻게 그게 가능한가요?" 맥닐이 말했다. "제 손은 지금도 끔찍하게 고통스러운데."

카스텔리 박사는 슬픈 듯이 고개를 작게 저었다. "왜냐하면 저 남자는 피하지방까지 다 타버렸기 때문이에요." 박사가 말했다. "피하지방은 피부 아래쪽에 있는데 고통을 느끼는 감각 수용기가 있는 진피층 아래 있는 거예요. 피하지방까지 타버렸으니 고통을 느낄 수가 없는 거죠. 저기 나오는 누런 빛깔 액체 있잖아요. 조금씩 타서 그을린 부분이 보이시죠. 약간 크림 브륄레같이 생긴……."

"박사님, 제발……."

"네. 저게 바로 지방이에요. 그리고 비교적 덜 탄 부위 주변으로 빨간색 테두리 보이시죠. 그건 남아 있는 피부가 건조되는 과정에서 위로 치켜 올라가며 그 안에 있는 혈액이 저렇게 보이는 거예요. 뭐라도 하려면, 외과 의사들이 겉부분에 타버린 층을 잘라내야 해요. 그래야 그 아래 깊은 층 조직의 혈액 순환이 가능하니까요. 피부나 남아 있는 조직은 온도가 내려가고 건조하게 되면 수축하면서 기본적인 순환을 방해합니다. 수술할 때

깊고 길게 조직을 갈라서 압력을 완화시켜주어야 해요." 박사는 깊은숨을 내쉬었다. "화상 입은 괴사조직을 제거하는 건 정말 비인간적인 일이에요. 일단 환자가 의식을 잃으면, 그럼 그동안 의사와 의료진은 커다란 메스와 전기 소작기를 준비해서 말 그대로 타버린 조직 덩어리들을 긁어내야 해요. 피가 나오는 건강한 조직이 보일 때까지요. 그런 다음 옆에서 대기하던 의료진이 출혈이 일어나는 혈관을 지져요. 저도 의대에 있을 때 해본 적이 있어요."

"아까 저 사람은 살아남지 못할 거라고 했잖아요."

"가능성이 희박해요. 체액이 계속해서 빠져나오고 있는 중이라…… 현실적으로 말하면 구멍을 통해 나오는 체액을 차단할 피부가 남아 있지 않아요. 보시면, 지금 장액이 온 사방에 흘러내리고 있죠."

"얼마나 더 살 수 있을까요?"

"치료를 하고 운이 좋다면, 혹은 운이 좋지 않다고 해야 할까요 — 보는 관점에 따라 달라지니까 — 아마 하루 정도 더 살 수 있을 것 같아요. 치료를 안 한다면 몇 시간 안에 사망할 겁니다."

그들은 천천히 차로 돌아갔다. 불길은 모두 잡혔고, BMW 차량은 골조만 남은 숯검댕이가 되어 있었다. 이미 사망한 동승자의 형체가 앞 좌석 사이에 태아처럼 웅크린 채 남아 있었다. 다리 아래로 평화롭게 흘러가는 템스강이 황폐해진 도시의 빛을 받아 반사하고 있었다. 이제 조류가 바뀌어 강의 어귀에서 상류로 강물이 흐르고 있었다.

"이제 화상 치료하러 갑시다." 박사가 말했다.

"병원에는 안 갈 겁니다." 맥닐이 말했다. "거기서 어떤 게 묻어 나올지 모르니까요."

"그럼, 어디로 갈 건가요?"

"경찰서로 가게 운전 좀 해주세요. 여기서 몇 분이면 갑니다. 구급상자 같은 게 있을 거예요."

***

핑키는 트럭 뒤편에 누워 박사가 한 말을 머릿속에서 몇 번이고 되새기고 있었다. 왜 의사들은 항상 사람을 앞에 두고 마치 그 사람이 없는 것처럼 얘기를 할까? 어쩌면 핑키가 이미 죽은 거나 다름없다고 단정 지은 것이었을 수도 있다. 박사의 말은 맞았다. 핑키에게는 아무런 고통도 느껴지지 않았다. 하지만 적어도 시력에 관한 한 박사가 틀렸다. 눈은 잘 보였다. 단지 눈을 깜박거릴 수 없는 게 적응이 되지 않을 뿐이었다.

사실 이렇게 큰 사고를 겪은 것치고는 전반적으로 참을 만했다. 숨쉬기가 가장 큰 문제였다. 숨쉬기가 어렵고 고통스러웠다. 핑키는 팔과 다리를 번갈아 움직여보았다. 팔다리가 꽤나 반응을 잘했다. 열로 인해 수축되어 뻣뻣해진 근육을 펴는 게 문제였지만 핑키는 할 수 있었다. 그는 박사가 말한 외과 의사 혹은 그 누구라도 그의 살을 갉아내게 놔둘 생각이 없었다. 큼직한 칼로 살을 잘라낸다는 것은 상상만 해도 끔찍했다.

모든 걸 떠나서 무엇보다 중요한 것은, 아직 일을 끝내지 못했다는 사실이었다. 트럭 뒤에서 무전기로 구급차를 호출하던 군인이 핑키의 상태를 확인하기 위해 다가왔다. 그 젊은 군인은 핑키 옆으로 몸을 구부렸고, 핑키는 그의 마스크가 공포에 질린 얼굴은 가려주어 다행이라고 생각했다. 핑키가 일어나자 그는 반사적으로 물러났다. 핑키는 갈라지는 목소리로 그 젊은 군인에게 뭐라고 속삭였다. 군인은 무슨 말을 하는지 듣기 위해 핑키를 향해 몸을 기울였고, 핑키는 아직 유연한 손가락을 이용해 젊은 군인의 벨트에 부착되어 있는 칼집에서 칼을 빼냈다.

핑키가 갈라지는 목소리로 말을 했고, 군인은 더욱 가까이 몸을 기울였다. 핑키는 칼날을 그의 갈비뼈 사이로 깔끔하게 그어내리며 군인의 눈에 담긴 충격과 공포를 즐겼다.

무장을 한 군인들이 트럭으로 돌아왔을 때는 죽은 동료의 시체를 발견하게 될 것이었다. 그리고 끔찍한 사고를 당한 화상 환자가 그을린 발자국만을 남긴 채 흔적도 없이 사라졌다는 것과 SA80 소총 한 자루가 없어진 사실을 알게 될 것이다.

23

박사는 맥닐의 손과 팔을 흐르는 물에 15분 정도 붙들고 있으면서 5분마다 그에게 손의 감각이 있는지 물어봤다. "감각이 없어지면 안 돼요." 박사가 말했다. "그러면 주변 조직도 손상될 수 있어요." 한참을 그러고 있으니 매 순간 신경이 온통 손에 가 있을 정도는 아닐 만큼 통증이 상당히 완화되었다.

카스텔리 박사가 앞쪽 팔을 깨끗한 붕대로 감싼 뒤 손가락을 사용할 수 있도록 손가락 하나씩 부드러운 붕대로 감아주었다. "이제 여기다가 장갑만 작용하면 아주 멀쩡해 보일 거예요."

장갑을 낀 손은 둔하고 불편하게 느껴졌지만 최소한 더 이상 화상으로 인해 손이 기능을 못 하는 느낌은 없었다. 맥닐은 사물함에서 청바지와 잠복근무할 때 입는 두꺼운 재킷, 그리고 닥터마틴 부츠를 꺼냈다. 카스텔리 박사가 그 모습을 보고는 말했다. "와우, 형사 잠복근무 패션쇼라도 열면 우승은 떼논 당상이겠네요." 박사의 농담을 듣고 맥닐은 피식 웃음이 나왔다.

루퍼스가 말했다. "마지막 근무를 아주 알차게 보내고 있는 것 같다. 잭, 목숨이라도 바치고 갈 생각이었어?"

"경찰 연금 부담이라도 좀 덜어주려고 했지." 맥닐이 말했다. 그러고는 "내가 차에서 끌고 나온 사람이 누군지 좀 알아봐줘, 루퍼스. 궁금하니까. 군대에 물어보면 될 거야. 거기서도 그 건에 대해 보고서를 써야 할 테니."

"그래." 그는 전화기를 들어 올리다가 잠시 멈추었다. "아 있잖아, 루스 거리에 있는 그 주택 말이야. 오메가 8이라는 회사 소유래. 클래펌에 있는 중개소에서 관리하고 있는데 집은 내놓지 않은 상황이고 회사에서 직원들 숙소로 제공하던 곳이라던데."

"오메가 8." 카스텔리 박사가 말했다. "그 집에서 발견한 편지 발신자가 오메가 8이었죠?"

"그 집에 갔다 왔어요?" 도슨이 놀란 듯이 물었다.

"방금 그 말은 못 들은 걸로 해줘, 루퍼스." 맥닐이 말했다.

"응. 요즘 계속 열심히 귀 씻어가며 살고 있는 중이야." 도슨이 말했다. 그리고 전화를 걸기 시작했다.

형사실은 거의 비어 있었다. 직원들 두세 명 정도만이 자리에서 컴퓨터 자판을 두드리고 있었다. 천장 조명은 꺼진 상태였고 사람들이 일하고 있는 자리에 켜진 책상 조명만이 밝은 하얀색 빛을 내고 있었다. 그리고 거리의 가로등에서 들어오는 오렌지 빛깔의 희미한 불빛이 사무실을 비추고 있었다.

"컴퓨터 좀 사용해도 될까요?" 박사가 물었다.

"그럼요."

"오메가 8이 누구인지 찾아낼 수도 있을 것 같아요."

"아무거나 맘에 드는 거 쓰세요." 맥닐이 빈 책상들 쪽을 손짓으로 가리켰다. 박사는 가장 가까운 책상에 자리를 잡았다.

맥닐은 불에 타 못 쓰게 된 재킷 주머니에서 사진들을 꺼냈다. 비닐봉지가 열에 쪼그라든 모습이었지만 사진은 온전한 상태였다. 그는 조심스럽게 사진을 꺼내어 책상 위에 올려놓고 조명에 비춰보았다. 경직된 듯 반쯤 미소 짓고 있는 초이의 표정이 불편한 심정을 드러내고 있었다. 두꺼운 안경테를 쓴 초이의 눈이 맥닐을 쏘아보았다. 맥닐의 시선이 입에 꽂혔다. 왜 양부모는 아이의 입을 그대로 내버려 두었을까? 요즘 같은 시대에 성형수술만 하면 많이 좋아졌을 터인데. 그는 도와달라고 호소하는 것처럼 느껴지는 초이의 안타까운 눈빛을 보면서 마음이 아팠다. 누구든 이 사진을 보면 사진의 주인공을 구해주고 싶어질 것이었다. 그런 사진이 맥닐의 손에 들어왔는데 지금은 너무 늦어버린 후였다.

사진을 서랍에 넣으려 하는데 맥닐의 시선을 사로잡는 게 있었다. 아이가 카메라 밖의 누군가를 쳐다보는 모습이 찍혔던 첫 번째 사진에서였다. 아마 아이는 뭔가를 물어보거나 혹은 대답을 하는 중이었던 듯한데 안경렌즈의 굴곡진 부분에 바로 옆에 있는 사람의 모습이 반사되어 보였다. 빛을 배경으로 실루엣이 드러나 있었다.

맥닐은 사진을 조명에 갖다 대고 자세히 봤지만, 이미지가 너무 작았다. 그는 주변을 둘러보며 소리쳐 물었다. "돋보기 있는 사람 있나요?" 아무도 없었다.

루퍼스가 전화를 끊고 다가왔다. "아직 군대에서는 아무 보고도 안 올라왔대." 그리고 덧붙였다. "돋보기는 왜 찾아?"

맥닐은 사진을 보여주었다. "세상에…… 공원에서 발견된 어린아이가 바로 이 애야?"

맥닐이 끄덕였다. "안경렌즈에 누군가 반사된 모습이 보이지?" 그가 말했다. "이 사람이 우리가 찾는 스미스 씨일 수도 있어. 어쩌면 살인범일 수도 있고."

루퍼스 도슨은 잠시 생각에 잠겨 사진을 바라보았다. "컴퓨터로 스캔해보면 어떨까? 이미지 처리용 소프트웨어들이 꽤 괜찮은 거 깔려 있으니까. 확대해보고, 선명하게도 만들어보고."

"할 줄 알아?"

"물론이지."

맥닐은 그를 바라보며 말했다. "자네가 왜 경위를 못 다는지 알지? 너무 똑똑해서야."

스캐너가 돌아가면서 스캐너 덮개 테두리 사이로 빛이 새어 나왔다. 그리고 jpeg 파일 하나가 화면에 나타났다. 루퍼스가 어플리케이션 폴더에서 이미지 처리 소프트웨어를 클릭하고 프로그램을 부팅했다. 그러자 프로그램이 시작되었고, 파일에서 jpeg 사진을 데스크톱에 불러왔다.

한순간에 초이의 작고 슬픈 얼굴이 화면을 가득 채웠다. 최고 해상도로 스캔한 이미지는 아주 선명했다. 도슨은 커서를 옮겨가며 초이의 안경 오른쪽 렌즈를 따라 점을 찍고 입력 키를 눌렀다. 이제는 안경렌즈가 온 화면을 가득 채웠다. 해상도는 상당히 줄어들었지만 초이를 향해 몸을 기울이고 있는 남자의 이미지가 크게 확대되었다. 하지만 얼굴을 파악할 수 있을 정도로 선명하지는 않았다. 도슨은 남자 이미지만 다시 선택해서 또다시 확대했다. 이제는 남자의 머리 부분만이 화면에 남았다. 하지만 화소가 너무 크고 간격이 커서 이미지가 뭉그러졌다. 밝기를 줄이고 대조도를 늘리자 얼굴의 특징들이 나타나기 시작했다. 이제 그 남자도 안경을 쓰고 있다는 것까지 확인할 수 있었다. 그는 금발, 혹은 은발이었고 머리카락을 짧게 자른 모습이었다.

도슨은 또 다른 메뉴를 가져와 '개선' 옵션을 선택했다. 이제 소프트웨어는 가장 가까운 곳의 화소를 복제하여 공간을 메우기 시작했다. 그러자 화면에 이들을 바라보는 남자의 얼굴이 나타났다. 초이가 여권사진을 찍던 그날 그 순간에 초이가 쳐다보고 있던 바로 그 얼굴이었다. 나이는 40대 정도로 보였으며, 짙고 검은 눈썹과 크고 어두운색의 눈동자를 가진 남자였다. 금발 커트 머리는 아주 짧았고 타원형의 은테 안경을 착용하고 있었다. 맥닐은 어디선가 본 것 같은 그 얼굴이 거슬렸다. 하지만 누구인지는 생각이 나지 않았다.

"본 적 있는 것 같아?" 도슨이 물었다.

"응."

"나도. 그런데 어디서 봤는지를 모르겠어."

"나도 그래."

두 사람은 모두 그 얼굴을 바라보았다. 도슨이 갑자기 말했다. "젠장, 어디서 봤는지 기억났다."

"그래야죠. 하루 걸러 하루는 텔레비전에 나오는 사람인데." 두 사람 모두 갑자기 끼어든 카스텔리 박사 목소리에 깜짝 놀랐다. 박사는 두 사람의 뒤에 서서 화면을 들여다보고 있었다. "물론 마스크가 어느 정도 익명성을 보장해주기는 하지만 그래도 알아볼 수는 있죠."

"이 사람이 누군가요?"

"로저 블룸 박사요. 스타인-프랑크의 플루킬 프로젝트팀을 이끄는 사람이에요."

맥닐은 그의 얼굴을 다시 들여다보고는 나지막이 욕을 내뱉었다. 어디서 본 것같이 익숙한 얼굴이라고 느꼈던 이유가 바로 그거였다. 바로 어제 아침 저 사람을 TV 속 기자회견에서 보았는데. 그는 카스텔리 박사를 향해 돌아서서 물었다. "저 사람을 아세요?"

"그럼요. 지난 몇 년 동안 몇 번 만났어요. 굉장히 차분하고 매력적인 사람인데 또 굉장히 건방져요. 스타인-프랑크 사에서의 서열은 두 번째 정도 될 거예요."

맥닐은 이 모든 것이 의미하는 바가 무엇인지 앞뒤를 맞춰보았다. 블룸과 스미스는 같은 인물이고, 또 그는 초이의 양부이자 팬데믹 덕분에 수십억 달러를 벌어들이고 있는 제약회사의 경영진이었다.

"이럴 수가." 맥닐이 읊조렸다.

"더 심각한 건," 카스텔리 박사가 말했다. "혹은 보는 관점에 따라 좋은 소식일 수도 있겠네요. 오메가 8은 서섹스 주에 있는 작은 제약 실험 서비스 회사라는 거예요. 지난해에 스타인-프랑크가 인수하기 전까지는 개인 소유였네요."

맥닐은 자리를 박차고 일어나 도슨에게 말했다. "그것 좀 인쇄해줄 수 있어?" 그는 화면에 떠 있는 블룸의 사진을 가리켰다.

"얼마든지."

"루스에 있는 그 이웃집에 가서 확실하게 신원 확보하고……"

그는 박사를 향해 말했다. "그리고 판사한테 가서 초이가 팬데믹의 시작점으로 생각된다 보고하고 영장 발급받으면, 그 집을 샅샅이 수색할 수 있습니다."

***

에이미는 램베스 팰리스 로터리에서 왼쪽으로 돌아 램베스 거리로 진입했다. 다리에 큰일이 난 듯했다. 불에 탄 차량이 난간에 반 정도 걸쳐 있고 그 근처에 군용 차량들과 군인들이 모여 있었다. 또 구급차와 구급대원들이 서성대고 있었다. 군용 지프차에는 오렌지색 불빛이 깜빡이고 있었다.

하지만 에이미의 신경은 온통 오늘 일어난 일련의 복잡한 사건과 사실에 쏠려 있었다. 조이가 골수에서 발견한 유전자가 조작된 바이러스라는 사실, 대화 중에 갑자기 사라진 샘, 린의 머리카락을 잘라놓고 간 침입자와 톰에게서 걸려온 전화, 그리고 린의 얼굴과 두개골을 실험실로 가지고 오라는 톰의 말, 이 모든 것들이 계속 마음속을 어지럽혔다. 그리고 맥닐. 맥닐은 지금 어디 있는 것일까? 뭘 하고 있길래 전화 한 통 없는 것일까?

그녀는 페어리 하우스 스쿨의 방문객 입구를 거쳐 아치비숍 공원으로 이어지는 골목 옆의 아치비숍 데이비슨 센터를 지났다. 그리고 프랫 워크로 우회전을 한 뒤 램베스 거리 109번지의 실험실 맞은편에 차를 세웠다. 총 4층짜리 건물에 불이 켜 있는 창문은 얼마 되지 않았다. 차에서 내려 휠체어에 앉기까지 몇 분이 걸렸다. 이어 길을 건너 건물 앞에 에이미를 위해 설치해준 경사로를 타고 올라갔다. 유리문이 열리고 로비가 나왔다. 형광등 조명으로 밝게 비춰진 로비는 이상하게 텅 빈 상태였다. 보안 데스크에도 아무도 없었다. 에이미는 엘리베이터 쪽으로 가서 버튼을 누른 뒤 엘리베이터를 탔다. 그리고 휠체어 방향을 돌리자 데스크 뒤로 삐져나온 안전요원의 다리가 보였다. 타일에는 피가 물들어 있었고, 안전요원은 피가 흥건한 웅덩이에 한쪽 팔을 뻗고 쓰러져 있었다. 에이미는 버튼을 눌러서 엘리베이터를 멈추려고 했지만 한 박자 늦어버린 뒤였다. 문이 쿵 하고 닫히고, 엘리베이터가 위로 올라가기 시작했다.

에이미의 몸이 공포로 얼어붙고 숨이 가빠지기 시작했다. 목구멍이 부어올라 숨이 막힐 것만 같았다. 어떻게 해야 하지? 비상정지 버튼을 누를까도 생각해봤지만 엘리베이터 안에 혼자 갇혀 있을 생각을 하니 너무 끔찍했다. 그렇게 엘리베이터가 3층에 도착하기까지 시간이 영원처럼 길게 느껴졌다. 마침내 엘리베이터 문이 스르륵 열리고 어두운 복도가 보였다. 여기저기 열린 사무실과 실험실의 불빛이 기하학적인 모양을 그리고 있었다.

엘리베이터에서 나와 복도로 진입하기 위해 휠체어를 작동하자 전동 모터 돌아가는 소리가 귀가 먹먹할 정도로 크게 들렸다. 뒤쪽으로 엘리베이터 문이 닫히는 소리에 에이미는 펄쩍 뛰듯이 놀랐다. 문이 닫히고 나니 복도는 더 어두워졌다. 에이미는 일이 분 정도 가만히 앉아서 주변의 소리를 들어보았다. 하지만 난방기와 환풍기 그리고 조명이 돌아가는 소리와 같이 건물에서 항상 나는 소음들만 들릴 뿐 아무 소리도 들리지 않았다.

"여기요." 에이미가 겨우 소리를 냈다. 그녀의 목소리가 어둠 속에서 더 유약하게 들렸다. "아무도 없나요?"

에이미는 휠체어를 이동시키다가 바닥에 묻은 어두운 자국에 시선이 꽂혔다. 허리를 숙이고 자세히 살펴보니 발자국 모양으로 나 있는 핏자국이었다. 입 속이 바짝 타들어가 혀가 입천장에 달라붙어버린 듯했다. 앞으로 이동하기 위해 휠체어 컨트롤러를 조정하고 있는 손이 부들부들 떨렸다.

톰의 연구실 문은 활짝 열려 있었지만 안에는 아무도 없었다. 연구실을 두 개 더 지났는데 모두 닫혀 있었다. 실험실에 도착하자 문에 달린 유리 패널로 불빛이 새어 나오고 있었다. 문 위쪽에 나 있는 유리를 통해 안쪽을 들여다보기에는 너무 높아서 에이미는 두려운 마음으로 서서히 문을 열고 안으로 들어갔다. 톰이 5미터 정도 떨어져 있는 작업대에 서 있었다. 그렇게 창백한 톰의 얼굴은 처음이었다. 그리고 알 수 없는 복잡한 표정을 하고 있었다. 엄청난 공포심과 참을 수 없는 죄책감이 뒤섞인 복잡한 표정이었다. 그는 꼼짝도 않고 서 있었다.

"톰, 대체 무슨 일이야?"

톰의 시선이 그녀의 뒤쪽을 향했고, 그 시선을 따라 에이미가 반쯤 몸을 틀자 조이가 누군가에게 밀려 작업대 쪽으로 쓰러지며 작게 비명을 질렀다.

시야에 들어온 움직임이 무엇인지 확인하기 위해 에이미는 몸을 틀다가 마주한 장면에 자기도 모르게 생경한 비명이 터져 나왔다. 목청을 가르며 나온 그녀의 비명 소리가 실험실 안에 울려 퍼졌다.

에이미의 눈앞에 출현한 형체는 마치 악몽에서나 볼 수 있을

법했다. 화상 환자를 본 적이 있었지만, 이 정도는 시체 보관실에 들어가야 할 수준이었다. 에이미를 응시하는 눈은 튀어나와 있었고, 뒤로 당겨진 입술은 마치 지옥의 웃음을 모방하고 있는 듯한 끔찍한 모습이었다. 온몸이 타고 벗겨진 모습에 피하지방이 녹아 바닥에 뚝뚝 떨어지고 있었다. 그을린 고기 같은, 역겹고 감당하기 힘든 냄새가 에이미의 후각을 공격하기 시작했다. 그는 영국 군대에서 지급하는 SA80 소총을 들고 있었는데 팔과 다리의 검게 탄 근육들이 계속 수축하여 어렵사리 겨우 움직이고 있는 듯했다. 에이미는 그가 화상을 입은 지 오래되지 않았다는 것을 짐작할 수 있었다. 어쩌면 지금도 몸이 계속 익어가는 중인지도 몰랐다.

그의 호흡은 짧고 거칠었다. 그가 앞으로 다가와 에이미가 복원한 두개골과 얼굴을 가져왔는지 확인하는 동안 에이미는 자기도 모르게 의자 뒤로 몸을 최대한 밀착했다. 핑키의 얼굴이 에이미의 얼굴에 가까이 다가왔고, 그 눈은 에이미의 눈을 뚫어져라 쳐다보았다. 그는 사람의 형체가 아니었다.

숙였던 몸을 일으킨 핑키는 톰에게로 돌아서며 문 쪽을 향해 총을 휘둘렀다. 톰은 핑키가 지시하는 대로 초이의 뼈와 실험실의 샘플들을 쓰레기봉투에 넣고, 봉투를 들어 올렸다.

조이가 바닥에서 일어나 숨을 헉헉 내쉬더니 요란하게 재채기를 하기 시작했다. 공기중에 떠다니던 그는 먼지가 코에 들어가 감각 센서를 자극한 것이었다. 핑키는 뒤돌아 조이의 가슴에 총을 쏘기 시작했다. 총이 한 발씩 발사될 때마다 에이미는 마치 자신이 총에 맞은 듯 소스라쳤고, 조이가 바닥으로 미끄러지는 모습을 보면서도 믿을 수가 없었다. 하지만 조이가 죽었다는 사실에는 의문의 여지가 없었다.

"나는 재채기하는 사람을 싫어해." 핑키가 말했다. "엄마가 재채기할 때는 입을 가리고 하라고 가르쳐주지도 않았나?" 하지만 에이미와 톰의 귀에 들리는 것은 목구멍 깊은 곳 어딘가에서 긁혀 나오는 이상한 컥컥 소리뿐이었다.

***

사라 카스텔리의 차는 박사가 두고 간 그대로 루스 거리 맨 위쪽에 주차되어 있었다. 맥닐은 그 뒤에 차를 세우고 박사와 함께 차에서 내려 초이의 옆집으로 향했다. 르쏘 씨는 맥닐이 부탁한 대로 보안조명을 꺼둔 채로 놔둔 모양이었다. 박사와 맥닐이 집으로 다가가도 보안등은 작동하지 않았고, 나무들 사이로 가로등 불빛이 새어 나와 비춰줄 뿐이었다. 맥닐은 초인종을 여러 번 누르고 현관 쪽 CCTV 카메라가 있는 쪽으로 가서 기다렸다. 자다가 깬 르쏘 씨의 목소리에는 짜증이 잔뜩 묻어 있었다.

"이번에는 또 뭐요?"

맥닐은 도슨이 출력해준 인쇄물을 들어 올렸다. "잘 보이시나요?"

"네, 잘 보이네요."

"이 사람이 옆집에 살던 스미스 씨 맞습니까?"

르쏘 씨의 답이 아무런 주저 없이 돌아왔다. "그 사람 맞소."

"감사합니다, 선생님." 맥닐은 사진을 접어 주머니에 넣고는 앞문으로 나왔다. 카스텔리 박사가 서둘러 그의 뒤를 따라왔다.

"이제 어떡할 건가요, 맥닐 씨?"

"가서 판사님을 깨워야죠. 박사님이 초이에 대해서 아는 대로
다 말해주세요."

"이 일이 결국 어디로 흘러갈지는 알고 있죠?"

"그건 별로 생각하고 싶지 않아요."

스코틀랜드 국가가 루스 거리를 따라 울려 퍼졌다. 맥닐은 손
을 더듬어 휴대폰을 찾아 꺼내 들었다. 도슨의 전화였다.

"잭, 자네가 바로 알아야 할 것 같아서. 램베스 다리에서 사고
난 차, 자네가 사람을 구해준 그 차…… 차는 스타인-프랑크 법
인차량이고 운전자는 로저 블룸 박사로 등록되어 있어."

맥닐은 한순간 도로 한복판에서 정지 상태로 서 있었다. 마치
알 수도 없고 느낄 수도 없는 어떤 다른 세계를 잠시 엿본 사람
처럼 멍하니 아무 곳도 응시하지 않고 서 있었다. 카스텔리 박사
가 옆에서 물었다. "괜찮아요?" 맥닐이 도슨에게 말했다. "내가
차에서 끌어낸 사람은 블룸 박사가 아니었어."

"그 사람 신원은 나도 파악을 못 했어. 아무도 모르더라고. 자
네가 그 자리를 떠난 후 그 사람이 군인 하나를 죽이고 총을 훔
쳐 사라진 모양이야."

"이럴 수가……" 맥닐이 읊조렸다. 트럭 뒤에 누워 있던 그 사
람, 살아 있다고 할 수조차 없었던 그 형체가 그런 짓을 하다니
믿을 수가 없었다. 그게 스타인-프랑크와 관련이 있는 차라고?
말도 안 되는 소리처럼 들렸다. "차에 타고 있던 또 다른 사람
은? 그 사람 신원은 파악됐어?"

"아니."

전화를 끊고 나서 맥닐의 시선은 도로에 고정된 채 혼란에 빠졌다. 그럼 같이 타고 있던 탑승자가 블룸이었을까? 대체 거기서 뭘 하고 있었던 것일까? 그리고 어떤 기묘한 운명의 장난이나를 그 순간에 램베스 다리로 데려간 것일까?

카스텔리 박사는 그의 옆에서 계속하여 질문을 쪼아대고 있었다. 맥닐은 어디서부터 설명을 해야 할지 몰랐다. 휴대폰 화면에는 아직 도슨과의 전화로 화면이 켜져 있었다. 그는 화면을 보다가 아까 확인하지 않은 음성메시지가 떠올랐다. 새까맣게 까먹고 있던 메시지였다.

맥닐은 손을 입에다 대고 박사에게 말했다. "잠시만요." 그리고 음성메시지를 확인했다.

녹음된 여자의 목소리가 나오기 시작했다. 〈오늘 2시 5분에 도착한 메시지가 한 개 있습니다.〉 그리고 삑 소리가 나더니 에이미의 목소리가 들려왔다. 공포에 질린 듯한 목소리는 잔뜩 긴장해 떨리고 있었다. *잭, 누군가 우리 집 안에 있어. 제발, 빨리 와. 너무 무서워.*

24

맥닐은 뭔가에 홀린 사람처럼 차를 몰았다. 차창 앞유리에 반사된 가로등이 마치 몸에서 분리된 노란색 얼굴처럼 차량 앞유리에 떠다녔다. 그들은 케닝턴 오벌을 지나 케닝턴 파크 로드를 따라 북동쪽으로 향했다. 맥닐은 몇 분 간격으로 계속 에이미에게 전화를 걸어보고 있었다. 전화는 매번 벨소리가 끝까지 울린 뒤 끊어졌다. 그가 다시 휴대전화로 손을 뻗으려고 하는 순간 카스텔리 박사가 휴대폰을 가져갔다. "내가 걸게요." 박사가 말했다. "이 정도는 내가 충분히 할 수 있는 일이니까. 안 그러면 우리 둘이 가로등에 박혀서 한 몸이 되어 죽겠어요."

박사는 전화를 걸고 30초간 이상을 기다렸다. 그러고는 고개를 저으며 전화를 끊었다.

맥닐은 에이미가 아파트 바닥에 쓰러져 있는 끔찍한 장면이 머릿속에 떠올랐다. 이들이 얼마나 피도 눈물도 없는 인간들인지 맥닐은 잘 알고 있었다. 하지만 왜 에이미까지 해치려 하는 걸까? 살해된 여자아이의 얼굴을 복원하고 그것을 보관하고 있다는 이유로? 대체 왜 메시지를 더 빨리 들어보지 않았던 걸까?

에이미에게 무슨 일이라도 생긴다면 맥닐은 스스로를 용서할 수 없을 것 같았다. 이번 사건은 전부 맥닐이 벌인 일이었다. 자신의 집착 때문이었다. 아들의 죽음을 머릿속에서 지우기 위해 사건에 너무 집착한 나머지 다른 것을 보지 못하고 말았다.

엘리펀트 앤 캐슬 지역에 도착하니 군대 검문소가 있었다. 이젠 차량번호판을 확인시켜주기 위해서 속도를 줄이는 것만으로는 부족했다. 램베스 다리에서 일어난 사건 이후로 검문소에는 통과하는 모든 차량을 멈춰 세우라는 지시가 내려졌기 때문이다. 검문소 군인이 맥닐의 차량을 확인하는 데 시간이 걸렸다. 그를 재촉해봤자 아무 소용이 없다는 것을 잘 아는 맥닐은 턱을 굳게 다문 채 아직도 화끈거리는 손바닥으로 운전대를 부여잡고 고통스럽게 기다렸다. 이제 통증보다 긴장감으로 터질 것 같았다. 끊어지기 일보 직전의 고무줄처럼 느껴졌다. 끊어지는 것은 시간문제였다.

검문소 군인이 드디어 한 발 뒤로 물러서서 가도 좋다는 손짓을 했다. 맥닐은 뉴켄트 로드를 따라 타워 브리지 로드가 있는 교차로까지 날아가 북쪽으로 방향을 틀었다. 가속페달을 얼마나 밟았는지 그가 지나간 자리에는 차량 바퀴의 마찰로 인한 고무 냄새와 함께 연기가 날 정도였다. 직진하는 동안 멀리 타워 브리지 불빛이 보였고, 강 건너편 멀리 런던탑이 보였다. 그는 오른쪽으로 급히 회전한 후 교차로를 가로질러 툴리 거리로 향했다.

맥닐은 게인스포드 가에 차를 내버려 두고 달렸다. 카스텔리 박사가 사냥감을 쫓듯 그 뒤를 따라갔다. 버틀러스&콜로니얼 와프 입구의 비밀번호를 때려 누르고 마당을 지나 에이미 집 현관까지 질주했다. 붕대와 밴드로 감싸진 서투른 손으로 자물쇠에 열쇠를 돌리자 문이 열리며 계단 밑바닥으로 내려와 있는 승강기가 보였다.

그는 안도감과 더불어 혼란스러운 마음으로 계단을 바라봤다. 카스텔리 박사도 숨을 몰아쉬면서 현관으로 들어왔다. "달걀 들고 달리기 시합에서 2등을 한 이후로 이렇게 빨리 뛰어본 건 처음이에요." 박사가 말했다. 맥닐이 바라보자 박사는 "알아요, 미안해요. 나는 입 닥치고 있어야 할 순간에도 시시껄렁한 소리를 지껄이는 걸로 악명이 높아요."라고 말하여 계단 승강기 쪽을 쳐다봤다. "집에 없는 모양이죠?"

"승강기가 바닥 쪽에 있으면 그렇다는 얘기예요. 그리고 휠체어도 없고요." 하지만 그는 눈에 보이는 상황을 받아들이지 않았다. 계단을 한 번에 두 개씩 타고 올라갔다. 위층으로 이어지는 또 다른 계단 승강기도 마찬가지로 바닥에 얌전히 내려와 있었다. 맥닐은 조명을 하나씩 켜고 다니면서 침실과 욕실, 옷장을 하나씩 살펴보고는 다락층으로 뛰어 올라갔다. 조명을 다 올리자 다락층 공간이 강력한 조명을 받아 환해졌다.

"에이미!" 대답이 없을 거란 걸 알고 있었지만 맥닐은 크게 불러봤다. 에이미는 그곳에 없었다. 발코니를 확인해보았지만 발코니로 가는 문은 잠겨 있었고, 바깥에는 아무도 없었다. 그러다가 탁자 위에 놓여 있던 아이의 얼굴이 사라진 것을 발견했다. 탁자 위에 남아 있는 것은 검은색 가발을 고정해놓았던 핀들뿐이었다. 카스텔리 박사가 다락층에 도착하자 맥닐이 박사에게 말했다. "여기서 잠깐만 기다려요."

"알았어요." 박사가 맥닐의 뒷모습을 향해 소리쳤다. "어차피 숨을 고르려면 최소 30분 정도는 걸릴 것 같아요."

어디론가 사라졌다가 5분도 안 되어 나타난 맥닐은 심란해 보였다. "에이미의 차도 없어졌어요. 주차장에 차가 없어요." 이제 숨을 고른 박사를 보며 맥닐이 말했다. 박사는 에이미의 컴퓨터 앞에 앉아 있었다. "이 한밤중에 어딜 간 걸까요?"

"여기 와서 이것 좀 한번 보세요." 카스텔리 박사가 말했다. 맥닐은 방을 가로질러 박사 뒤로 가서 컴퓨터 화면을 바라보았다. 에이미가 누군가와 메시지를 주고받던 대화창이 떠 있었다. "샘이 누구죠?"

"에이미가 일원인 학술모임의 멘토라고 했어요." 그는 마지막 메시지를 확인해보았다.

에이미 – 그런데 조금 이상한 점은 조이가 그러는데, 아이가 감염된 바이러스는 H5N1이 아니라고 하더라고요. 적어도 이번 팬데믹을 초래한 그 바이러스가 아니라고.

샘 – 그걸 어떻게 알아냈죠?

에이미 – 바이러스와 RNA 코드를 복원했대요. 제가 잘 모르는 분야라서 이해하기 어렵지만 제한 부위랑 코드와 관련이 있다고 했어요. 원래 있어서는 안 될 코드가 삽입되어 있다고요. 어쨌든, 유전적으로 조작된 바이러스라고 했어요.

에이미 – 샘, 아직 접속 중인가요?

샘 – 아직 있어요, 에이미.

에이미 – 어떻게 생각하세요?

샘 – 그럼 모든 게 달라지겠네요.

그리고 샘은 아무런 설명 없이 갑작스레 자리를 뜬 것 같았다. *아직 접속 중인가요? 얘기 좀 해요!* 라고 슬프게 외치는 에이미의 문자에서 간절함과 혼란스러움이 느껴졌다.

카스텔리 박사가 말했다, "제가 보기에는 샘이라는 사람이 당신들 조사에 굉장히 관심이 많아 보이네요. 그리고 에이미는 필요 이상으로 말을 많이 하고 있는 듯하고요."

맥닐은 박사의 어깨 뒤로 몸을 숙여 마우스를 스크롤해 하루 동안의 대화를 확인해보았다. 샘은 에이미에게 반복해서 문자를 보내며 조사가 어떻게 진행되고 있는지 묻고 있었다. 조사에 새로운 진전이 있는지? 맥닐이 새로운 단서를 발견했는지? 머리에 대한 질문, 골수에서 복원해낸 것이 무엇인지에 대한 질문, 그리고 독성에 대한 토론이 이어졌다. DNA에 관한 검사요청과 바이러스를 발견한 것까지.

"샘에게 모든 걸 다 얘기했네요." 맥닐이 말했다. 붉은빛 안개 같은 분노와 실망감이 차올랐다. "아주 세세한 부분까지요." 샘은 조사 상황의 모든 단계를 모두 알고 있었다. 맥닐이 에이미에게 전화를 할 때마다, 에이미는 샘에게 이야기했다. 맥닐이 무엇을 조사하고 있는지 샘이 다 알고 있었던 것이다. 에이미는 샘에 대한 무한신뢰를 바탕으로 스스로도 모르는 사이 맥닐을 염탐해 알려주는 스파이 역할을 하고 있었다. 맥닐은 차오르는 분노를 떨쳐내고 이성적으로 생각하려 애를 썼다. 에이미가 그렇게 못할 이유가 없지 않나? 에이미와 샘은 서로 잘 알고, 지금까지 항상 많은 일에 대해 공유하고 의논해왔다. 그들은 같은 편이었다. 그렇지 않은가?

마치 먹이를 쫓아 모여드는 비둘기 떼처럼 온갖 생각들이 맥닐의 머릿속에 가득 찼다. 그래서, 샘이란 사람은 대체 어떤 사람일까? 온종일 맥닐의 어깨 너머를 엿보고 있던 이 정체불명의 인물. 그는 화면 아래 작업표시줄에서 에이미의 주소록을 발견했다.

"제가 좀 살펴볼게요." 맥닐이 말했다. 카스텔리 박사가 의자를 비켜주었다. 주소록을 클릭하자 화면에 명단이 펼쳐졌다. 맥닐이 가장 필요로 하지 않는 톰 베넷의 주소가 가장 먼저 등장했다. 그는 왜 에이미가 톰의 주소를 찾아봤을지에 대해서는 생각해볼 겨를이 없었다. 검색엔진에 샘을 검색했다. 그러자 소프트웨어가 즉각적으로 샘의 이름과 주소를 데이터베이스에서 찾아내주었다. *샘–사만다 루커 박사, 42A 콘소트 하우스, 세인트 데이비스 스퀘어, 아일랜드 가든, 아일 오브 독스.* 그는 나지막이 욕을 내뱉었다.

카스텔리 박사가 화면을 보더니 말했다. "그러니까 샘이라는 사람은 여자였군요."

맥닐의 머릿속에서 비둘기들이 더욱 난리를 피웠다. 그는 목표물을 조준하는 사냥꾼처럼 한 가지에 집중하려고 노력했지만 계속 빗나갔다. 아무것도 납득이 되지 않았다. 사만다 루커 박사라는 사람은 이 일과 어떤 연관이 있는 것일까? 정확히 뭔지는 알 수 없으나 이 사람은 연관이 있어 보였다.

마치 그의 마음을 읽기라도 한 듯이 카스텔리 박사가 말했다. "내 생각에는 박사한테 당신이 직접 물어봐야 할 것 같아요."

맥닐은 컴퓨터 옆에 있는 전화기를 들고 주소록에 있는 샘의 번호를 눌렀다. 하지만 상대는 전화를 받지 않았고, 맥닐은 결국 대답 없는 전화기를 내려놓았다. 그는 고개를 내저었다. "알 수 있는 방법이 없는 것 같네요."

"그냥 전화만 받지 않는 것일 수도 있잖아요. 집으로 찾아가면 되죠."

"아일 오브 독스에 살고 있어요."

"그래서요?"

"언론에 보도 금지가 되어서 알려지지 않았지만 지금 그곳은 접근금지 구역이에요. 도시 안의 나머지 지역들로부터 봉쇄되어 있습니다. 런던을 떠도는 바이러스로부터 자유로운 조그마한 섬이 된 거죠. 거기 사는 사람들이 그 상태를 유지하고 싶어하고요."

"하지만 당신은 경찰이잖아요."

"제가 여왕이라 하더라도 할 수 없는 게 있어요. 그곳에 접근하는 사람은 총에 맞아 죽을 각오를 해야 해요."

"마치 런던 동부가 아니라 개척 시대 미국 서부의 이야기처럼 들리네요." 박사는 그렇게 말하고 잠시 얼굴을 찡그리고 있다가 불현듯 어떤 생각이 난 듯 표정이 밝아졌다. "어쩌면 그곳으로 진입할 수 있을 것 같아요."

"박사님은 가실 생각 마세요." 맥닐이 말했다. "특히나 아일 오브 독스 근처라면 더욱 안 됩니다."

박사가 어깨를 으쓱해 보였다. "그럼 본인이 방법을 한번 찾아보세요." 맥닐이 무서운 표정을 지었지만 박사는 미소 지을 뿐이었다. "나를 한번 믿어봐요." 박사가 말했다. "나는 박사잖아요."

하지만 맥닐은 미소 짓지 않았다. 사만다 루커 또한 박사였고,

에이미는 그녀를 신뢰했지만 지금은 어딘가로 사라진 상태였다. 하지만 맥닐은 에이미에게 어떤 일이 있어났는지 알아낼 수 있을 만한 뾰족한 방법이 전혀 생각나지 않았다. 그는 카스텔리 박사를 향해 몸을 돌렸다. "좋아요. 어디 한번 들어봅시다."

***

스코틀랜드 시인 로버트 번스의 「탬 오셴터Tam O'Shanter」라는 서사시에는 짧은 속옷을 입고 귀신 들린 교회 마당에서 악마의 음조에 맞추어 춤을 추는 젊은 여성이 등장한다. 시인과 동명의 주인공은 이를 보고 자신도 모르게 "잘도 허네이, 짧은 셔쓰(원문의 Weel done, Cutty-sark에서 '커티삭'은 스코틀랜드어로 짧은 옷(셔츠, 스커트, 슬립 등)을 지칭함-역주)."라고 소리를 지르는 바람에 마녀와 마법사들의 관심을 끌게 된다. 그리고 여기 나오는 '짧은 셔쓰' 즉, '커티삭'이라는 표현이 전 세계 바다를 누비는 차茶 운반용 쾌속범선의 명칭이 된 것이다. 커티삭호는 처음 태어난 클라이드강의 덤바튼에서 800킬로미터 정도 떨어진 그리니치의 건선거(선박의 수리를 위해 만든 구조물-역주)에서 어둠을 품은 채 앉아 있었다. 세월은 흘렀어도 과거의 영광을 담은 모습이 지금까지 잘 보존되어 있어 매년 이 배를 보기 위해 수백만 명에 달하는 사람들이 이곳을 찾았다.

맥닐은 그리니치 처치 거리에 차를 세워두었다. 그리고 카스텔리 박사와 함께 높게 솟은 배의 돛대 밑을 잰걸음으로 지나 그리니치 부두와 그리니치 도보 터널 입구 위에 위치한 빨간 벽돌로 된 원형 건물로 이어지는 넓은 중앙홀에 도착했다. 북쪽으로 거리상 고작 400미터도 안 되는 곳에 템스강의 물빛에 반사된 아일 오브 독스의 불빛이 보였다. 멀리 제방을 따라 아파트가 줄지어 서 있고 세인트 데이비즈 광장의 가로등이 거리를 밝혀주고 있었다. 이제 손을 뻗으면 닿을 듯한 거리까지 왔는데 맥닐에게는 그 짧은 거리가 건널 수 없는 천 리 길 낭떠러지 위에 있는 다리처럼 느껴졌다. 맥닐은 건물 위에 저격수들이 배치되어 있다는 것을 알고 있었다. 아직까지 그곳에서 총격을 당한 사람은 없지만, 충분히 그럴 가능성이 있다는 것 또한 잘 알고 있었다. 그리고 자신이 그 첫 번째가 되고 싶지는 않았다.

원형 건물의 돔 모양 지붕은 마치 온실처럼 빛나고 있었다. 낮 시간이었다면 아래쪽 터널로 이어지는 엘리베이터 통로와 나선형 계단까지 햇빛으로 환히 비쳐 보였을 텐데. 오늘 밤은 하늘의 희미한 빛을 수백 개의 판유리가 반사하고 있을 뿐 내부는 깊은 어둠에 잠겨 있었다. 입구가 나란히 두 개 있었는데, 한쪽은 검은색 페인트로 칠한 무거운 철문으로 완전히 닫혀 있었고, 다른 한쪽은 위쪽을 따라 창살이 박혀 있는 철문으로 빗장이 채워져 있었다. 상인방과 창살 사이에 1미터도 안 되는 틈이 있었다.

맥닐은 문을 찬찬히 뜯어보았다. "저 문을 올라가 고자가 되지 않고 무사히 넘어간다고 가정했을 때, 반대편 출구 쪽에서 무사히 나갈 수 있는 확률은 얼마나 될까요?"

"완전히 똑같이 생겼어요." 박사가 말했다. "한 꼭지에 들어있는 강낭콩같이 똑같아요. 복사해 붙여넣기를 해놓은 것같이. 빅토리아 시대 사람들은 상당히 대칭에 꽂혔었거든요." 박사가 잠시 말을 멈추었다. "더 정확히 말하자면 에드워드 시대 사람들이라고 해야 맞긴 해요. 빅토리아 여왕이 죽은 후에야 터널이 개통되었으니까. 하지만 빅토리아 여왕 시대에 고안이 되어 거의 다 지어진 거니, 빅토리아 시대라고 해도 되겠네요."

맥닐은 놀라움과 짜증이 뒤섞인 표정으로 박사를 바라보았다. "그런 걸 다 어떻게 아세요?"

"아, 그건, 내가 처음으로 런던에 왔을 때 관광하면서 주워들었죠. 그리니치 도보 터널도 여행 일정표에 들어 있었어요."

"터널 길이도 아시겠네요."

360미터 정도예요." 박사는 주저 없이 말했다. "높이는 3미터가 조금 안 되고. 20만 개가 넘는 타일이 깔려 있죠. 더 물어보세요."

"아뇨. 그 정도면 충분합니다."

맥닐은 손전등을 들고 박사가 먼저 창살 밑 발판 위로 올라가는 것을 도와주었다. 박사는 다리를 걸치고 반대편으로 건너가기 위해 치마를 끌어 올렸다. 근육이 발달한 작은 다리가 드러났다. "훔쳐보기 금지." 아래에서 올려보는 맥닐에게 박사가 말했다.

박사가 안전하게 내려간 뒤 맥닐은 창살을 통해 박사에게 손전등을 건네주었다. 그는 손쉽게 몸을 끌어올려 착지한 뒤 박사 옆으로 뛰어내려서 손전등을 다시 건네받았다. 오른쪽에 하얀색 타일로 된 벽이 있었고, 어둠 속 유리 패널로 된 차단벽 뒤에 조용히 서 있는 엘리베이터 문이 있었다. 왼쪽으로는 철재 계단이 깜깜한 아래쪽을 향해 나선형 형태로 이어져 있었다. 손전등 불빛은 연기처럼 떠 있는 두껍고 습한 공기 속을 깊이 뚫고 나가지 못했다.

내려가는 길에는 꿉꿉한 흙냄새와 녹내가 그들을 맞았다. 계단은 엘리베이터 외곽을 감싸듯 곡선을 그리며 이어져 있었다. 빙빙 돌아가며 내려가는 길이 너무 길게 느껴졌다. 내려갈수록 공기는 더욱 차가워졌고, 두 사람이 뿜어내는 숨은 눈앞에서 바로 하얀색 구름이 되었다. 계단을 다 내려온 두 사람은 왼쪽으로 꺾어 터널 안으로 들어섰다. 강바닥 밑에 엄청나게 큰 둥근 강철을 볼트로 이어 만든 터널은 한 치 앞도 보이지 않는 어둠 속으로 이어져 있었다. 머리 위로는 누렇게 변색된 하얀 타일이, 몇 주 전 불을 꺼버린 조명 전기선이 들어 있는 녹슨 몸체에 아치 모양을 그리고 있었다.

발밑의 터널은 강바닥 밑에 건설되며 살짝 기울어 있어 그 경사를 느낄 수 있었다. 지붕에서는 물이 떨어져 콘크리트 바닥 곳곳에 웅덩이가 고여 있었다. 두 사람이 걸어갈 때 나는 발소리와 숨소리는 마치 이 길을 지나갔던 모든 사람들의 혼령이 곁에 있기라도 하듯 이들에게 메아리로 되돌아왔다. 너무 추웠고, 폐쇄공포증에라도 걸릴 듯한 답답함은 참기 힘들 정도였다.

"세상에." 카스텔리 박사가 속삭이듯 말했다. "투어 가이드랑 다닐 때와는 완전 딴판이네요."

맥닐의 귀에는 카스텔리 박사의 말이 잘 들리지 않았다. 캄캄한 어둠과 추위, 그리고 위쪽에서 흐르는 강물이 내리누르는 무거운 분위기가 그의 좌절감을 더 증폭시켰다. 이제 그는 더 이상 사건 조사를 진행 중인 형사가 아닌 것처럼 느껴졌다. 그냥 예상할 수도, 감당할 수도 없이 연쇄적으로 발생하는 사건들에 휩쓸려가고 있었다. 어느 순간 그러한 좌절감은 위기감을 증폭시켰고, 그는 갑자기 달리기 시작했다.

"뭐 하시는 거예요?" 박사가 뒤에서 소리쳤다.

"이렇게 걷고 있을 여유가 없어요." 맥닐이 어깨 너머로 소리를 질렀다. "못 따라올 것 같으면, 돌아가세요."

"이제 와서 어떻게 혼자 빠져요." 박사가 소리쳤다. 그리고 그의 뒤를 추격해오는 박사의 신발 소리가 들렸다. 맥닐이 손전등을 가지고 있기 때문에라도 쫓아오지 않을 수 없을 것이었다.

터널 끝 저쪽 편에 다다랐을 무렵 맥닐은 숨을 헉헉거리고 있었다. 박사는 상당히 멀리 떨어져 있었지만, 여전히 어둠 속에서 뛰어오는 소리가 들려왔다. 박사를 두고 갈 수는 없었다. 손전등 불빛 속에 박사의 얼굴이 나타났다. 땀이 범벅이 되어 발개진 얼굴이었다. 작고 검은 눈에 힘들어 죽겠다는 기색이 역력했다.

"날 떼어내버릴 생각이에요?" 박사가 숨을 몰아쉬며 말했다. 그리고 허리를 숙이더니 무릎에 손을 짚었다.

"그게 생각대로 잘 안 되네요. 그죠?" 맥닐은 이제 계단을 오르기 시작했다. "저기요!" 박사는 허리를 펴고 일어서 뒤따라오며 끙끙 앓는 소리를 냈다.

계단 꼭대기에 다다르자 아일랜드 가든 공원을 따라 설치된 가로등에서 나오는 불빛이 철창으로 된 입구를 통해 들어와 어둠 속을 비추고 있었다. 맥닐은 조심스럽게 접근해서 공원 쪽을 내다보았다. 20미터 정도 떨어진 곳에 위치한 아일랜드 가든 카페에 불이 켜져 있었다. 카페는 울타리 옆에 작은 벽돌로 지어진 건물로 여름이면 손님들이 그곳의 테라스에 앉아 템스강과 그리니치 쪽 구 왕립 해군대학 전경을 바라보며 커피나 시원한 음료를 마시던 곳이었다. 지금은 테라스에 아무도 없고 텅 비어 있었다. 하지만 테라스 유리 안쪽 의자에 늘어져 앉아 있는 남자의 형체가 보였다. 어둠 속 텔레비전 화면에서 나오는 파란색 불빛이 깜박거리고 있었다. 남자가 앉아 있는 의자 팔걸이에는 총구가 하늘을 향해 세워진 소총이 끼어 있었다. 누가 보아도 그 남자는 터널을 통해 접근하는 사람들을 감시하고 있는 것이었다. 별로 할 일이 없는 한직이라 여겼을 것이다. 누가 이 시국에 터널을 통해서 이 섬에 잠입하려 할 것인가? 맥닐은 손가락을 입에 가져다 대는 표시로 박사에게 조용히 하라는 신호를 주고, 가만히 지켜보았다. 남자는 미동도 하지 않았다. 잠들어 있을 확률이 상당히 높았지만 철창 입구를 기어 올라가서 넘어가보기 전까지는 모를 일이었다. 그런 시험을 해보는 것 자체가 무모하기 짝이 없겠지만 맥닐에게는 다른 대안이 떠오르지 않았다. 저 가드가 이쪽 움직임을 감지하고 행동에 옮긴다면, 총 맞기 전에 이 원형 건물에서 뛰어 나가 저 건물까지 갈 수 있을까? 아무리 빨라도 어림없는 거리였다. 하지만 만약 가드가 잠들어 있는 상태라면 비몽사몽 상태일 것이고, 완전히 정신을 차리기까지는 몇 초가 걸릴 것이었다. 그동안을 틈타 가드를 제압할 수 있을 듯했다. 이제 실천에 옮기는 수밖에 없었다.

그는 손전등을 바지에 밀어 넣고 입구를 넘어 올라갔다. 그리고 사뿐히 착지해서 그림자에 몸을 숨긴 후 불안한 눈빛으로 카페를 주시했다. 여전히 아무런 움직임이 없었다. 곧 카스텔리 박사에게 고갯짓을 하자, 박사가 끙끙거리며 위로 올라왔다. 그러고는 겁이 난 듯 속삭였다.

"내가 잘 뛰어내릴 수 있을지 모르겠어요."

맥닐은 한숨을 쉬고 하늘을 한번 바라봤다. 박사를 왜 데려온 것일까? 그는 그림자 속에서 나와 가로등 조명을 받으며 박사를 향해 손을 뻗었다. "자, 제 손 잡아요."

박사는 그의 손을 꽉 잡았고, 맥닐은 화상 입은 손에 가해진 압력 때문에 움찔했다. 박사는 맥닐의 손에 의존해 균형을 잡으려 했지만 순간 균형을 잃고 앞으로 넘어지면서 스커트가 걸려 찢어지는 소리가 들렸다. 박사는 소리를 지르며 떨어졌고, 맥닐은 자기 몸을 쿠션처럼 던져서 박사를 받아주었다. 그리 요란하지는 않았지만 적막한 공원 안에 울려 퍼지기에는 충분한 소음이었다. 맥닐이 박사의 손을 놓자 박사는 바닥에 넘어졌다. 몸을 돌려보니 가드가 자리에서 일어나는 모습이 눈에 들어왔다.

"제길!" 생각할 시간이 없었다. 도망갈 곳도 없었다. 맥닐은 미친 듯 주먹을 공중에 날리며 카페를 향해 질주했다. 자기를 향해 달려오는 맥닐의 모습을 본 남자의 몽롱하게 덜 깬 얼굴에 당혹감이 번졌다. 눈앞에 벌어지고 있는 상황에 대한 이해가 아직 덜 된 표정이었다. 그리고 그 잠깐의 시간은 맥닐이 옆으로 문을 박차고 들어가 온몸의 무게를 실어서 어리둥절해하는 남자를 덮치기에 충분했다. 두 사람은 바닥으로 나가떨어졌고, 그 충격에 이동식 텔레비전이 빙빙 회전하며 방을 가로질러 구석에 가서 처박혔다. 화면이 꺼지면서 음향도 꺼졌다.

맥닐이 그를 깔아뭉개고 위에 올라타자 폐에서 순간적으로 공기가 빠져나가며 "윽." 하는 소리가 들렸다. 바닥에는 총이 나가떨어져 있었다. 맥닐은 그의 목 칼라를 붙잡고 바닥에 눕힌 자세에서 벨페스트의 햄같이 거대한 주먹으로 두 번 내리쳤다. 첫 번째 주먹에 남자의 입술이 터졌고 두 번째 주먹에 의식을 잃었다.

맥닐은 엎어져 있는 남자 옆에 쪼그리고 앉아 헐떡거리며 숨을 골랐다. 손에서는 처음 화상을 입었을 때와 비슷한 통증이 느껴졌다. 주위를 살펴보니 카스텔리 박사가 이쪽을 향해 오는 소리가 들렸다. 박사가 부서진 입구에 서서 맥닐을 바라보고 서 있었다.

"치마가 다 찢어졌어요." 박사가 말했다. 맥닐이 노려보자 박사가 한마디 더 덧붙였다. "사람 위에 깔고 앉는 게 취미인가 봐요, 맥닐 씨."

두 사람은 가드의 셔츠와 바지를 벗겨 길게 찢은 후 그걸로 가드를 묶고 재갈을 물렸다. 맥닐은 총을 주워들었고 공원을 가로질러 손더스 네스 로드 쪽으로 들어갔다. 거리는 텅 비어 있었고, 두 집씩 붙어 있는 단독주택과 아파트가 나란히 서 있었다. 가로등이 환하게 비추는 거리를 걷는 건 들킬 위험이 컸다. 하지만 주택가 어디에도 조명이 들어와 있는 집은 없었고, 거리에는 개미 새끼 한 마리도 보이지 않았다. 이곳 주민들은 총을 들고 망보는 사람들이 자신들을 바이러스로부터 안전하게 지켜줄 것이라 믿고 모두 태평하게 잠을 자고 있는 모양이었다.

두 사람은 거리의 끝자락에 있는 포플러 조정 클럽을 지나 페리 거리로 들어섰다.

***

세인트 데이비스 스퀘어에 다다르자 조금 전 지나온 강 건너편이 보였다. 커티삭호의 돛대와 삭구, 구 왕립 해군대학 그리고 두루미들이 보이는 경치 덕에 고급 아파트 단지가 들어섰지만, 비상사태가 선포된 이후 썰렁하게 버려진 모습이었다. 부두 아래 진흙으로 덮인 강둑에는 세 대의 자전거가 반쯤 진흙더미에 묻힌 채 버려져 있었다.

맥닐과 박사는 광장의 남동쪽 부근에서 컨소트 하우스를 찾아내 계단을 통해 꼭대기 층으로 올라갔다. 약 24시간 전 핑키가 했던 대로 두 사람은 강이 내려다보이는 창 옆 복도의 끝 쪽에서 42A호를 찾아냈다. 집주인 이름이 명패에 적혀 있었다. 사만다 루커 박사. 맥닐이 조심스럽게 문을 밀어보자 문이 휙 열렸다. 문 너머의 집 안은 어둠에 싸여 있었다. 맥닐은 카스텔리 박사에게 지금 서 있는 곳에 그대로 있으라는 신호를 보냈다. 그는 가슴 앞에 총을 비스듬히 들고 조심스럽게 아파트 안으로 들어섰다. 맥닐의 사격 솜씨는 20발 중 19발을 맞추는 수준으로 정확한 편이었지만 한 번도 흥분한 상태에서 총을 쏘거나 사람에게 겨누어본 적은 없었다.

아파트 내부 복도 카펫에는 가로등 불빛을 받아 유리창 무늬가 그려져 있었다. 그는 문이 열려 있는 침실 안쪽을 들여다보았다. 침대에는 아무도 없었고 정갈하게 정리된 상태였다. 왼쪽으로는 욕실 문과 주방으로 이어지는 문이 있었다. 아파트의 실내 공기는 따뜻했지만 사람의 온기는 느껴지지 않았다. 복도 끝의 거실에도 사람이 있을 거란 생각은 들지 않았지만 맥닐은 여전히 조심스럽게 거실로 접근했다.

거실 안에 발을 디디자 발끝으로 무언가 스치고 지나가며 스 으 하는 소리가 들렸다. 깜짝 놀라 헉하고 소리를 지르며 뒷걸음 질 치다 조그맣고 검은 물체가 카펫을 가로지르는 것을 보았다. 맥닐은 손을 더듬어서 조명을 찾아 스위치를 올렸다. 차가운 노 란색 불빛이 방 안을 밝혀주었고 그는 잽싸게 총을 돌려 90도로 들었다.

사만다 루커 박사는 피에 뒤덮인 채 핑키가 두고 간 모습 그대 로 엎어져 있었다. 컴퓨터는 켜 있었고, 화면보호기가 태양계 행 성들을 번갈아 보여주며 끊임없이 움직이고 있었다. 하얀색 턱 받이와 양말을 신은 작은 검정고양이가 방 저편에서 맥닐을 쳐 다보고 있었다. 맥닐이 고양이의 꼬리나 발을 밟은 모양인지 그 를 경계하듯이 쳐다보고 있었다.

카스텔리 박사가 방으로 들어오는 기척에 맥닐은 휙 몸을 틀 었다. "세상에, 이럴 수가." 박사는 바닥에 있는 시체를 발견하 고서 바로 무릎을 꿇고 맥박을 집어보았다. 그리고 맥닐을 올려 다보며 고개를 저었다. "차디차요." 이어 박사는 시체의 팔 근 육을 만져보았다. "완전히 사후경직이 되었네요. 그 말은 적어 도 죽은 지 열두 시간은 더 지났다는 뜻이에요." 박사는 다시 시 체를 내려다보았다. 맥닐은 두 박사 간의 나이 차이가 크게 나지 않을 거라는 생각이 들었다. 두 사람은 체격도 비슷하고 짧게 자 른 회색 머리도 비슷했다. 어쩌면 카스텔리 박사는 본인의 죽음 도 가까이 와 있을 수 있다는 생각에 충격을 받은 것 같았다. 처 음으로 심각한 상황에서도 농담을 하지 않았다. "이 사람이 샘이 겠죠." 박사가 말했다.

"아마 그렇겠죠."

"그럼 에이미가 하루 종일 채팅하던 사람은 누구죠?"

맥닐은 고개를 저을 뿐이었다. 어느 누구든 가능했다. 누가 그 문자를 친 것인지 어떻게 알 수 있을까? 그는 시체를 넘어가서 컴퓨터 마우스를 움직여 화면보호기를 해제했다. 화면에는 에이미의 컴퓨터에 있던 것과 똑같은 대화창이 떠 있었다. 카스텔리 박사도 자리에서 일어나 화면을 확인했다.

"3자 간 채팅이었던 게 확실해요." 박사가 말했다. "콘퍼런스 콜 같은 거 말이에요. 단지 에이미는 제3자가 있었다는 사실은 몰랐을 거예요." 박사는 맥닐에게서 마우스를 가져가 채팅 명단을 확인했다. "샘하고 에이미만 뜨네요. 아마 나머지 한 사람은 다른 곳에 있는 컴퓨터에서 샘의 아이디로 로그인했을 거예요. 에이미는 샘이 아닌 다른 누군가와 대화하고 있다는 사실을 꿈에도 몰랐을 거고요."

마우스 커서가 에이미가 보낸 마지막 메시지 옆에서 깜빡거리고 있었다. *샘, 아직 접속 중이세요? 샘? 답 좀 해주세요!*

막다른 길이었다. "그럼 에이미가 누구랑 얘기를 하고 있었던 건지 알 수 있는 방법이 없겠네요." 맥닐이 말했다.

"저 사람이 저쪽에 없다면요."

맥닐은 박사를 쳐다보았다. "무슨 말이죠?"

"내 말은, 아직 대화창이 열려 있잖아요. 그러니까 우리의 유령 샘이 아직 접속 중일 수도 있다는 말이죠."

"그걸 어떻게 알 수 있을까요?"

"직접 물어봐야죠." 박사가 한쪽 눈썹을 치켜세우며 맥닐을 바라보았다. 맥닐은 그제야 박사의 말이 이해되었다. 그는 의자를 끌어당겨 키보드 앞에 앉아서 타자를 치려다가 흡사 바나나처럼 흐물거리는 손가락으로는 타자를 제대로 칠 수 없겠다는 것을 깨달았다.

"박사님이 하는 게 낫겠습니다." 그는 그렇게 말하고 일어서서 박사에게 자리를 비켜주었다.

"뭐라고 보내죠?"

맥닐은 잠시 생각해보았다. 에이미가 대화하고 있던 상대가 누구였을까? 합리적으로 생각하면 스미스가 가장 유력했다. 그리고 이제 그들은 스미스와 로저 블룸 박사가 동일 인물이라는 것을 알게 되었다. "안녕하세요, 블룸 박사님." 그가 말했다.

박사는 맥닐을 한번 쳐다보고 고개를 끄덕였다. 박사의 손가락이 자판 위를 타닥타닥 오갔다.

- 안녕하세요, 블룸 박사님.

커서가 깜빡일 뿐 아무 답이 없었다. 한참을 기다리다 "접속 중이 아닌 모양이네요."라고 맥닐이 말했다. 그때 휘-익 하는 소리와 함께 메시지가 도착했다.

- 맥닐 씨겠죠, 아마.

맥닐은 조심스럽게 장갑을 벗고 박사에게 옆으로 가라는 신호를 주었다. 많이 고통스럽더라도 스스로 직접 그와 접촉해야 했다. 그는 조심스럽게 자판을 쳤다.

- 네.

- 왜 이렇게 오래 걸리셨나요?

- 찾기 쉬운 분이 아니시더라고요.

– 그래도 찾아내셨네요.

– 에이미는 어디 있죠?

– 아, 바로 본론으로 들어가시네요.

– 이제 다 끝났습니다, 블룸 씨.

– 그건 끝까지 가봐야 아는 거죠.

– 루스에 있는 주택에서 혈흔을 확보했습니다. 초이의 여권사진에서 안경렌즈에 반사된 당신의 모습도 확보했고요. 그 주택이 스타인-프랑크 소유라는 사실도 확인했습니다. 그리고 이웃 사람들에게 당신의 신원확인도 다 마쳤습니다.

– 그런데 그 외에 모든 것들을 제가 가지고 있습니다, 맥닐 씨. 뼈, 아이의 얼굴, 골수, 모든 실험 샘플들. 그리고 그게 없으면 아무것도 없는 것이나 마찬가지 아닌가요?

맥닐은 화면에 시선을 고정한 채 멍하니 앉아 있었다. 만약 그게 사실이라면 블룸의 말이 맞았다. 그들이 확보한 건 아무 의미 없었다. 시체 없이는 살인 사건도 성립되지 않았다. 아무것도 증명할 방법이 없었고, 그 외에 확보한 것은 불법으로 수집한 증거물뿐이었다.

"이 사기꾼 새끼가!" 카스텔리 박사가 컴퓨터에 대고 욕을 했다.

– 왜 갑자기 꿀 먹은 벙어리가 되셨나? 고양이가 혀라도 물어갔나?

맥닐은 방 건너편에서 여전히 그들을 쳐다보고 있는 고양이를 바라봤다. 직접 대면했더라면 블룸에게 할 말이 너무나 많았을 텐데. 하지만 키보드 앞에서는 막막했다.

– 아, 그리고 한 가지 더 말해줄 게 있는데. 톰하고 에이미도 이쪽에 데리고 있으니까. 거래할 생각이 있으면 말해주세요.

– 무슨 거래?

– 그쪽이 가지고 있는 기타 남은 증거들하고 당신 여자 친구랑 맞바꾸기.

"저 사람이 하는 말 하나도 믿지 마요." 카스텔리 박사가 말했다. "거짓말쟁이니까."

맥닐은 잠시 생각하더니 타자를 쳤다.

– 어디서 그리고 언제?

– 런던아이에서. 빨리 오는 게 좋을 거예요. 벌써 5시가 넘었고, 통행금지가 해제되기 전에 일을 끝내는 게 가장 최선이니까. 그리고 당신이 민간인 신분으로 돌아가기 전에 끝내야죠.

25

 템스강의 남쪽 강둑에 자리잡은 런던아이는 어른들을 위한 대관람차였다. 마치 거인의 자전거처럼 보이는 런던아이는 높이가 135미터로 17,000톤에 달하는 철강과 케이블로 만들어졌으며, 낙관주의 시대에 새천년을 기념하기 위해 지어진 랜드마크였다. 런던아이에 달린 30개가 넘는 유리 캡슐은 관람차 바퀴의 바깥쪽 고리에 걸려 원을 돌며 회전했다. 가장 높은 곳에 도달했을 때 내려다보이는 탁 트인 런던 도시의 광경은 어디에도 견줄 수 없었다. 비상시국이 시작되기 이전에는 일일 15,000명가량의 관광객이 그 작은 캡슐에 탑승하려고 몰려들었다. 하지만 바이러스의 도래와 함께 런던아이는 조용히 멈춰선 채 이제는 완전히 바뀌어버린 런던의 상황을 그 자리에서 상기시켜주는 존재가 되고 말았다. 어쩌면 다시는 되돌릴 수도 없는 그런 상황을.

 핑키는 나무로 지은 관제실 내부 부서진 유리 사이에 앉아서 초록색과 빨간색 버튼으로 된 컨트롤패드를 살펴보고 있었다. 정말 너무 간단했다. 복잡하거나 은밀한 조작 방법 같은 것은 없었다. 어린 시절, 손가락 하나 가지고 저 큰 기계를 움직이고 멈추게 할 수 있는 능력을 가졌으면 하고 상상해보던 것과 같았다. 그 냥 버튼만 누르면 되니까. 이 버튼을 누르면 기계가 움직이고, 저 버튼을 움직이면 멈추고. 이걸 누르면 문이 열리고, 이걸 다시 누르면 문이 닫히고. 캡슐 하나하나를 각각 관리할 수도 있었다.

그는 한때 캡슐을 타고 내리는 사람들로 붐비었던 출발 및 도착 데크, 그리고 그 너머 유리 캡슐 안에 갇혀 있는 톰과 에이미를 바라보았다. 핑키는 톰에게 에이미를 안아서 캡슐 안의 벤치에 앉히도록 했다. 이제 그곳은 유리로 된 철창 없는 감옥이 되어버렸다. 언제나 바깥세상을 바라보기만 할 수 있는 감옥보다 더 끔찍한 감옥이 있을까? 자유가 바로 눈앞에, 항상 보이지만 그것이 역설적으로 당신이 영원히 자유를 얻지 못하리라는 사실을 상기시켜주는 것이라면 어떤 기분일까?

핑키는 자신이 감옥에 갇히는 신세가 됐다면 절대 살아남지 못했으리란 것을 알고 있었다. 물론, 어른들은 그런 시도조차 하지 않았다. 핑키는 엄마를 보호하기 위해 그 남자를 죽인 것이었고, 법정에서는 또한 핑키에게 법적 책임을 묻기에는 너무 어리다고 판시했다. 하지만 나중에 쾌락을 위해, 그리고 돈을 위해 그 짓을 하기 시작하면서 핑키는 만약 잡히는 경우 자살이 최선이라고 생각했다. 그는 절대 그렇게 답답한 공간, 닫힌 문 뒤에서 몇 날 며칠을 보낼 자신이 없었다. 계단 아래 찬장에 갇혀 있던 시간이 그랬던 것처럼, 그 숨 막히는 느낌 때문에 무너질 것이었다.

이제 핑키는 몸 상태가 정말 심상치 않다는 것을 느끼기 시작했다. 체액이 온 바닥에 흥건하게 흘러내렸고, 구역질이 나고 힘이 없었다. 근육도 강직 현상이 진행되고 있었다. 핑키는 컴퓨터 화면에서 나오는 빛이 얼굴에 반사되는 게 느껴졌다. 오른쪽 창문으로 고개를 돌리면 창문에 비친 자기 얼굴을 확인할 수 있다는 것도 알았다. 하지만 핑키는 확인하고 싶지 않았다. 이런 상태에서 마지막으로 본 얼굴로 스스로를 기억하고 싶지 않았다. 그는 본인의 외모가 준수하지 않다는 것을 알고 있었고, 한 번도 그렇게 착각하거나 망상을 품어본 적도 없었지만, 적어도 건강하고 강했다. 그는 현재 자기 모습을 있는 그대로 마주할 자신이 없었다.

가슴속 그르렁그르렁한 소리는 점점 더 심해졌다. 숨을 쉬기가 더욱 버거워지고 있었다. 스미스 씨는 어디 있는 걸까? 죽은 군인의 휴대폰으로 주고받은 문자대로라면 스미스 씨는 진작 이곳에 도착하고도 남았을 텐데. 핑키는 창밖을 내다보았다. 조명을 받고 있는 타워와 국회의사당 첨탑이 강 너머 멀리 펼쳐진 검은 하늘을 찌르고 있었고, 천천히 흘러가는 템스강의 검은 물빛에 그 모습이 반사되고 있었다. 갑자기 왼쪽에서 소리가 나 고개를 돌려보니 스미스 씨가 드디어 문 앞에 서 있었다. 입은 떡 벌어지고 눈은 공포로 인해 커진 동공을 하고서 핑키를 쳐다보고 있었다. 핑키는 자신의 모습이 얼마나 끔찍한지 다시 한번 더 실감했다.

"누-누구야 당신?" 스미스 씨가 의아한 목소리로 말했다.

핑키는 남아 있는 입을 최대한 움직여서 이름을 말해보았다. "스으…… 핑키……."

스미스 씨는 믿을 수 없다는 듯 넋 나간 표정으로 그를 쳐다보

았다. "핑키?" 핑키가 고개를 끄덕였다. "하나님 맙소사." 스미
스 씨가 읊조렸다. "어떻게 된 거야?"

"차…… 차 사고."

"세상에."

스미스 씨의 눈을 보며, 핑키는 자기가 곧 죽을 운명이라는 것
을 이 남자도 직감하고 있음을 느꼈다. 하지만 어찌 됐든 핑키는
이곳에 왔지 않은가? 그는 맡은 일을 마무리하러 온 것이다. 일
단 시작한 일을 마무리하지 않고 흐지부지할 수는 없었다. 핑키
는 손을 뻗어 관제실에 있는 검은색 봉지를 들어서 자기를 고용
한 사람에게 건네주었다. 스미스 씨가 그 안을 살펴보았다. 순간
그가 악취에 움찔하는 것이 보였다.

"이게 전부?" 스미스 씨가 물었다.

핑키는 고개를 끄덕였다.

"좋아, 걸을 수 있겠어?"

핑키는 또다시 고개를 끄덕였다.

"저 여자랑 같이 위로 좀 가줘야겠어. 맥닐이 이쪽으로 오고
있어. 저 여자가 저 위 손 닿을 수 없는 곳에 가 있으면, 협상할
거리가 생기게 돼. 할 수 있겠지?"

에이미는 캡슐 안 의자에 조용히 앉은 채 텅 빈 눈으로 바깥쪽
의 템스강을 바라보고 있었다. 화상을 입은 사람, 그렇게 심한
화상을 입고도 아직 살아 있다는 것이 믿기지 않았다. 하지만 에
이미는 그가 몇 시간 못 버틸 거란 사실도 직감했다. 체액이 너
무 많이 빠져나가고 있었다. 그 몸으로 아직 서 있을 수 있다는

사실 자체가 놀라웠다. 무엇보다 대체 무엇 때문에 지금 이런 일을 하는 것인지 에이미는 이해할 수가 없었다. 분명 본인도 자기가 곧 죽을 목숨이란 걸 알고 있을 텐데.

톰과 에이미 사이에 긴장 어린 침묵이 감돌았다. 톰은 에이미에게 전화를 걸면 에이미가 함정에 빠진다는 것을 알면서도 전화를 했다. *믿어줘.* 톰은 그렇게 말했었다. 그리고 에이미는 그말대로 톰을 믿었는데 그녀에게 돌아온 것은 속임수와 배신이었다.

"어쩔 수가 없었어." 톰이 에이미에게 말했다. "너랑 해리 중선택을 해야 했어."

"그래서 나를 선택했구나."

톰은 죄책감에 빠져 고개를 돌렸다. 더 이상 할 말이 없었다.

그때 공기압 피스톤의 피식 소리가 들렸고, 문고리가 풀려 미끄러지면서 캡슐 한쪽이 열렸다. 톰이 일어나며 말했다. "이제한 사람이 더 늘었네."

에이미의 눈에 캡슐로 접근해 오는 두 남자의 실루엣이 들어왔다. 불에 탄 남자는 간신히 걸어오면서도 여전히 SA80을 들고 있었다. 그리고 캡슐 안으로 들어왔다. 그 뒤에는 어딘가 익숙하게 느껴지는 남자가 따라왔다. 키는 크지 않았고 짧은 머리스타일에 눈썹이 보기 드물게 굉장히 짙은 색이었으며, 타원형은테 안경을 쓰고 있었다. 얼굴 혈색은 피가 다 빠져나간 사람처럼 창백했고 누가 봐도 긴장한 모습이었다.

"어떻게 되어가는 겁니까?" 톰이 물었다. 그의 목소리는 두려움으로 갈라져 있었다.

안경 쓴 남자는 톰의 질문을 무시하고 에이미를 힐끗 보더니 불에 탄 남자 쪽으로 몸을 돌렸다. "또 한 명은 어디 있지?"

"맞아." 톰이 말했다. "해리는 어디 있어? 해치지 않겠다고 약속했잖아."

만약 핑키가 미소를 지을 수만 있었다면 그는 미소를 지었을 것이었다. "죽었어." 그가 말했다. 그 단어를 말하기 위해서 입술을 오므리고 힘을 줄 필요가 없었다. 입술을 움직이지 않아도 그 단어는 아주 명확하게 흘러나왔다.

톰의 입에서 끔찍한 비명이 터져 나왔다. 톰은 튀어 나가듯 핑키를 향해 돌진했다. 아주 짧고도, 귀가 먹먹한 소음과 함께 핑키의 반자동 총에서 대여섯 발의 총알이 발사되어 톰의 가슴에 꽂혔다. 톰은 공중에 떴다가 바닥으로 떨어졌고 유리창에는 피가 튀겼다. 에이미는 비명을 질렀다. 눈앞에 벌어진 광경이 믿기지 않았다. 그녀를 배신했을지는 몰라도 여전히 톰은 에이미에게 소중한 사람이었다. 한 통의 전화가 12년간의 세월을 밀어낼 수는 없는 것이었다. 그런데 한순간에 눈앞에 톰이 죽은 채 누워 있었다. 돌이킬 수 있는 방법도, 사과하고 화해할 방법도 없었다. 불에 탄 그 남자는 톰을 눈 깜짝할 새에 죽여버렸고, 이제 영원히 만날 수 없게 되었다. 사는 건 어렵지만 죽는 건 너무나 잔인하게 쉬웠다.

안경 쓴 남자는 손을 위로 들고 관자놀이를 누르고 있었다.

"제발 좀 핑키! 고막 터질 뻔했잖아!" 그러고서 그는 혹여나 북쪽 강독 인근 검문소 어딘가에 총소리가 들리진 않았을까 걱정하며, 템스강 주변을 불안한 눈빛으로 살펴보았다. 하지만 총소리는 캡슐 밖으로 새어 나가지 않은 듯했다.

"원하는 게 뭐야?" 에이미가 소리 질렀다.

남자는 에이미 쪽으로 돌아섰다. "네가 입 닥치는 거." 그는 짤막하게 말하고 곧 덧붙였다. "핑키가 너를 꼭대기로 데려가줄 거야. 맥닐과 협상할 때 너를 협상 카드로 사용하려고 하거든. 그러니 손이 닿지 않는 곳으로 가줬으면 해. 혹시라도 소란 피우면 핑키가 너를 바깥으로 밀어줄 테니 얌전히 있는 게 좋을 거야."

에이미는 눈을 감았다. 악몽 같은 상황이 더 끔찍해지고 있었다. 이제 그녀는 135미터 상공의 런던 하늘 위에 불에 탄 끔찍한 사이코패스와 함께 갇힐 운명에 처한 것이었다. 게다가 아래쪽에서 협상이 틀어지기라도 하면 공중으로 수직 낙하하겠지. 그런데 에이미가 할 수 있는 건 아무것도 없었다. 아주 희미한 한 줄기 희망이 있다면, 맥닐이 에이미가 여기 있다는 것을 알고 있으며 이곳으로 오고 있다는 소식이었다.

에이미가 그 남자에게 물었다. "나랑 뭘 맞바꿀 생각이지?"

"초이의 죽음에 나를 엮고 들어갈지도 모를 나머지 증거들 모두."

에이미는 그때 아이의 이름을 처음 들었다. 아이의 이름은 린이라고 생각했던 것이 너무 익숙해진 나머지 실제 이름을 듣는 게 충격적이었다. "초이," 에이미가 말했다. "당신이 그 애를 죽였어?" 남자는 아무 말도 하지 않았고, 에이미가 다시 입을 열었다. "맥닐은 절대 응하지 않을 거야."

"그럼 그분도 죽여드려야지."

"현직 경찰관을 죽이려면 대단한 배짱이 필요할 텐데."

"열 살짜리 아이를 죽이고 뼈와 살을 발라낼 수 있는 사람이라면, 경찰관도 죽일 수 있지 않을까?"

에이미는 고개를 저으며 목소리가 떨리는 것을 들키지 않으려 애쓰면서 최대한 차분하고 단호하게 말했다. "아주 큰 차이점이 하나 있어."

"무슨 차이점?"

"열 살짜리 여자아이는 맞서 싸우지 못했겠지." 에이미는 자신이 그 남자를 얼마나 경멸하고 있는지 목소리에서 전달되기를 바랐다.

그는 돌아서서 톰의 사체를 건너 플랫폼으로 나갔다. 그리고 잠시 멈추고는 다시 핑키를 쳐다보며 물었다. "오른쪽에 있는 초록색 버튼?"

핑키가 고개를 끄덕였다. 그리고 그 남자는 관제실로 들어갔다. 잠시 후에 캡슐이 흔들리더니 천천히 움직이기 시작했다. 에이미는 의자 끝부분을 움켜쥐고 캡슐 천장을 올려다보았다. 커다란 바큇살이 돌아가는 것이 보였고, 캡슐이 앞으로 이동하여 꼭대기를 향해 상승하는 과정이 마치 무중력 상태처럼 느껴졌다.

26

아닌 밤중에 난데없이 사람들이 외치는 소리로 소란스러웠다. 분주히 뛰어다니는 발소리도 들렸다. 손전등 불빛이 어둠 속에서 서로 교차했다. 이제 왔던 길로 되돌아갈 수 있는 방법은 없었다.

차량 몇 대가 손더스 네스 로드에 있는 공원 바깥쪽에 멈췄다. 엔진은 여전히 돌아가고, 전조등을 환하게 비추어 어두운 밤을 대낮같이 밝혀주었다. 누군가 재갈을 풀어준 것인지 스스로 풀었던 것인지는 알 수 없지만, 터널 앞에서 지키고 있던 남자가 풀려나 있었다. 그리고 이 섬에 침입자가 발생했다는 경보가 울렸다. 그 침입자와 함께 바이러스가 들어올 수도 있는 일이었다. 이제 사람들에게 잡히면 죽은 목숨이었다. 현장에서 즉시 총살. 공포는 이성적 판단을 가로막는 가장 큰 적이었다.

맥닐은 카스텔리 박사의 손목을 잡고 페리 거리를 따라 달렸다. 박사의 주거침입용 신발에서 타닥타닥하는 소리가 울렸다. 뒤쪽에서 흥분한 목소리가 들려왔다. 무기를 장착한 차량, 타이어가 끼익하는 소리도 들렸다.

"신발 벗어요!" 맥닐이 반쯤 껑충거리듯 뛰며 박사에게 말했다. 박사는 신발을 벗어서 한 짝씩 도로에 던져버렸다. 맥닐은 박사를 이끌고 도로에서 벗어나 지붕이 낮은 벽돌 단층집들 사이 골목길로 접어들었다. 길거리 표지판이 보였다. 리빙스톤 플레이스. 집집마다 불이 들어오기 시작했다. 누군가가 소리를 질렀다. "침입자다! 침입자!"

맥닐은 이성을 잃기 시작했다. 그들은 잘 정돈된 울타리 뒤 작은 정원을 지났다. 깔끔하게 정리된 잔디 위로 더욱 많은 불빛이 쏟아졌다.

누군가가 소리쳤다. "저기 있다!" 총소리가 들렸다. 총알이 근처의 벽 어딘가에 맞고 튕겨 나가는 소리가 들렸다.

또 다른 누군가가 소리쳤다. "쏘지 말라고! 제발! 우리끼리 서로 쏘는 수가 있어." 뒤쪽 거리에는 더 많은 사람들이 뛰어다니는 소리가 들렸다.

골목 끝은 강기슭 통로와 이어져 있었다. 100미터 정도 되는 길이었다. 양 끝이 막다른 길이었다. 그 길에 갇힌 것이었다.

"험한 말 좀 할게요." 카스텔리 박사가 말했다. "오, 우라질!"

맥닐은 가로벽 아래 강변 쪽을 바라보았다. 물결이 밀려와 바위와 갯벌에 부딪치며 강둑을 따라 서 있는 가로등 형광 불빛에 부서졌다.

카스텔리 박사가 그를 바라봤다. "못 해요."

"다른 방법이 없어요." 맥닐이 박사에게 말했다. "잡히면, 죽어요."

카스텔리 박사가 먼저 착지했다. 진흙이 발목까지 올라왔다.

맥닐은 그 위에 착지하다 앞으로 넘어졌다. 비틀거리며 일어서서 박사의 팔을 잡고 강둑의 벽에 바싹 밀어붙였다.

벽 위쪽으로 사람들의 목소리가 들리고 손전등 불빛이 비춰졌다. 차갑고 하얀 빛줄기들이 바로 몇 센티미터 앞 진흙을 어지럽게 비추더니 사라졌다. "여기 없습니다!" 누군가가 소리쳤고, 발소리는 도로로 이어진 골목길 쪽으로 사라졌다. "정원을 찾아봅시다!"

"지금이에요." 맥닐이 속삭였다. 그러고는 여전히 카스텔리 박사의 손목을 잡은 채 벽을 타고 앞으로 전진했다. 발목을 놓아주려 하지 않는 진흙 속에서 한 발자국씩 내딛는 것은 쉬운 일이 아니었지만 계속 걷다 보니 울퉁불퉁한 암석들이 나오기 시작하면서 한결 걷기가 수월해졌다. 벽은 오른쪽으로 휘어 있었고, 그 위에는 아파트 건물이 들어서 있었다. 물가 너머에는 이제 불빛이 수십 갈래로 빛나고 있었다. 아일 오브 독스의 남쪽 끝에 사는 사람들 모두가 잠에서 깨어난 듯했다. 그리고 모두 그들을 찾고 있었다. 두 사람은 바위를 기어 올라가고 자갈과 조류에 밀려온 쓰레기들을 헤치며 걸었다. 지구가 어찌 되건 말건 강에 버린 쓰레기들이 조류에 떠밀려와 나뒹굴고 있었다. 그렇게 걷다 보니 펠스테드 선착장의 어두운 형체가 보였다.

그들은 선착장이 강기슭에 드리워준 짙은 그림자 속으로 몸을 숨기고 올라갔다. 선착장에 다가가자 다시 사람들에게 들킬 위험이 느껴졌다. 아파트 건물 너머 어딘가에서 사람들 목소리가 들렸고 집집마다 창문에 불이 들어와 있었다. 선착장 끝자락은 작은 방파제로 이어져 있었는데, 거기에는 작고 오래된 2인승 보트가 강의 조류에 따라 부드럽게 흔들리며 묶여 있었다. 맥닐은 저걸 타고 이 섬을 벗어나면 되겠다고 생각했다. 어쩌면 이게 마지막 기회일지도 몰랐다.

카스텔리 박사가 그를 따라 계단을 내려왔고 맥닐이 먼저 보트 위로 뛰어 올라갔다. 그 바람에 보트는 위험할 정도로 심하게 흔들렸다. 그는 보트의 계기판을 뜯고 운전대에 있는 여러 가지 색상의 전선줄을 멍하니 바라보았다. 항상 법의 편에 서 있던 맥닐은 이걸 어찌 해야 움직일 수 있을지 알지 못했다. 뭔가 방법이 있을 텐데. 그는 전선을 따라가서 연소기 통을 찾아보았다.

카스텔리 박사가 그를 밀어내고 말했다. "잠깐. 내가 해볼게요. 우리 어릴 때는 토요일 밤마다 차를 훔쳐 노는 게 일이었거든."

박사는 회로를 구성해보며 녹색과 붉은색 전선의 끝을 잘라 안의 구리 선을 확보했다. 그 두 선을 닿게 하자 모터가 푸들푸들 떨었지만 곧 사그라들고 말았다. "제기랄." 박사의 입에서 다시 험한 말이 튀어나왔다. 그렇게 반복했다간 전체 주민들이 이 선착장으로 모여들 판이었다.

맥닐이 손을 뻗더니 초크를 당겨주며 말했다. "다시 해보세요."

이번에는 시동이 걸렸고, 박사는 능숙하게 두 개 선을 한데 꼬아 연결해두고 맥닐이 운전석에 앉도록 했다. 모터 힘이 달리는 듯해 맥닐은 초크를 밀었다가 힘차게 시동을 걸었다. 디젤 연기와 냄새가 진동했다.

"줄을 풀어요." 맥닐이 외치자 박사는 몸을 숙여 캡스턴에 감겨 있는 정박용 밧줄을 풀었다. 맥닐은 기어를 넣은 다음 운전대를 잡고 스로틀을 뒤로 당겼다. 그러자 보트의 앞부분이 엄청나게 위로 들리더니 뒤쪽에 하얀 포물선을 그리며 선착장을 벗어나 순식간에 강으로 진입하기 시작했다.

뒤쪽에서는 뒤늦게 눈치를 챈 사람들이 소리치는 소리가 들렸고, 총알도 날아왔다. 맥닐은 본능적으로 몸을 숙였고, 날아온 총알은 바로 앞 템스강 물에 튀기며 하얀 물기둥이 되었다. 섬을 나가는 사람에게 총을 쏘며 뒤를 쫓는 것이 그는 의아했다. 바이러스를 묻혀 들어갔던 아니건 이미 게임은 끝났고, 떠나는 이들을 죽인다고 달라질 것은 없을 터인데.

맥닐은 강둑 저편으로 배를 몰아 섬에서 쏘는 총의 사정거리를 벗어났다. 그리고 박사를 향해 말했다. "이렇게 배로 가는 편이 훨씬 빠르겠네요. 런던아이에 선착장도 있고요." 박사는 고개를 끄덕였다. 남쪽 강둑에 다다르자 맥닐은 그들 두 사람을 잡기 위해 혈안이 된 섬으로부터 최대한 거리를 유지하기 위해 북쪽으로 돌았다.

27

 발밑에는 도시의 불빛들이 넓게 퍼져 있었고 동쪽으로 기어가는 뱀처럼 구불구불한 템스강 주위로 자치구들이 불규칙하게 얽혀 있었다. 국회의사당, 논란 덩어리인 포트컬리스 하우스와 국방부 건물인 콘크리트 빙산이 보였다. 빙산이라고 부르는 이유는 시설의 3분의 2가 지하에 숨겨져 있기 때문이었다. 오른쪽 멀리에는 세인트 토마스 병원의 불빛이 빛났고 그 너머로는 불과 24시간 전에 초이의 뼈가 발견된 아치비숍 공원 건축 현장이 있었다. 이를 시작으로 예측할 수 없는 사건들이 꼬리에 꼬리를 물고 벌어지면서 여기까지 오게 된 것이었다. 모든 것의 출발점이 되었던 바로 그 장소는 밤 동안 잠깐의 휴식 시간을 가진 뒤 작업이 재개되었고, 인부들은 아크등 불빛 아래 조그마한 주황색 개미들처럼 현장을 돌아다니고 있었다. 도움을 청하기에 그들은 너무 멀리 있었다. 혹시 누군가 고개를 들어 런던아이를 본다 해도 불빛이 꺼진 상태로 너무나 천천히 움직이고 있어서 아무것도 눈치채지 못할 것이었다.

 에이미는 바로 위 앞서가던 캡슐이 가장 꼭대기 위치에 도달하는 걸 지켜보았다. 그리고 그것은 다시 에이미가 탄 캡슐보다 아래로 내려가기 시작했다. 이제 에이미가 앉아 있는 캡슐이 이 거대한 바퀴의 가장 꼭대기 자리를 차지하게 된 것이다. 열려 있는 문을 통해 동트기 전의 찬 공기가 불어오고 있었다. 찬바람이 바큇살 사이로 휙휙 지나갔고 케이블에서는 마치 살아 있는 듯한 울음소리가 나며 에이미의 공포감을 대변해주었다.

순간 런던아이의 축이 살짝 덜컹거리더니 거대한 바퀴가 멈추어 섰고, 그 바람에 에이미가 타고 있는 캡슐은 부드럽게 흔들렸다. 이제 그들이 올라갈 수 있는 가장 높은 위치에 있었다. 에이미는 발밑을 똑바로 바라볼 수가 없었다. 바닥을 쳐다보면 어지럽고 위장이 뒤틀렸다. 그녀는 맞은편에 있는 핑키를 흘긋 바라보았다. 그는 반 정도 혼수상태에 빠진 듯한 모습으로 유리에 등을 기대고 바닥에 앉아 있었다. 사지가 멀쩡한 사람 하나만 있어도 지금 충분히 그를 제압하고도 남을 텐데. 하지만 에이미는 그렇게 할 수 없었다. 그리고 캡슐이 꼭대기 층에 멈춰 서는 순간 핑키도 깨어나는 듯했다. 그는 어렵사리 두 발로 일어났는데 그가 앉았던 자리에는 체액이 흥건히 고여 있었다. 그는 절뚝거리며 캡슐 문 쪽으로 가더니 문에 기대어 아래쪽을 바라보았다. 에이미는 차가운 공기를 빨아들이는 핑키의 손상된 기도에서 지글거리는 소리를 들을 수 있었다. 핑키는 몸을 돌려 총을 벽에다가 세워놓고 아주 힘겹게 톰을 문 앞으로 옮기기 시작했다.

에이미가 핑키의 의도를 알아차리기까지는 약간의 시간이 걸렸다. "안 돼!" 순간 그녀가 소리쳤다. "이미 죽은 사람이잖아요. 제발 그러지 말아요."

핑키는 고개를 들어 에이미의 눈을 잠시 쳐다보았다. 에이미와 마주친 그의 눈은 묘하게 슬퍼 보였고, 촉촉한 우울과 고독한 느낌이 묻어 있었다. 에이미에게서 시선을 거둔 핑키는 다시 하던 대로 시체를 문 앞으로 끌고 갔다. 그리고 일어서서 숨을 고르며 발로 톰의 시체를 밀었다. 톰은 조용히 어둠 속으로 떨어지다가 바퀴 어딘가에 부딪혀 보이지 않는 곳으로 완전히 튕겨 나갔다.

핑키는 총을 다시 집어 들고 문 왼쪽 유리벽에 기대어 섰다. 에이미는 그를 바라보며 마음속 깊은 곳에서 뿜어져 나오는 증오심과 역겨움을 느꼈다. "당신 지옥에 떨어질 거예요."

핑키는 무언가 말을 하려고 했지만 아무런 소리도 나오지 않았다. 목구멍에서 나오는 거품 들끓는 소리가 전부였다. 그는 빠른 속도로 아스러지고 있었다.

***

그들은 타워 브리지와 세인트 캐서린 도크에 가까워지고 있었다. 오른쪽에는 시슬타워 호텔이라고 하는 콘크리트로 지은 괴물이 버티고 있었고 왼쪽에는 버틀러스 와프의 개조된 창고들이 있었다. 그리 멀지 않은 곳에 어둠 속에 묻혀 있을 에이미의 아파트가 있었다. 강어귀에서 불어오는 바람이 거세었고 조류의 흐름이 이들이 가는 길을 도와주었다. 배 뒤쪽으로 물거품이 녹색 포물선을 그리며 따라오고 있었다.

맥닐은 눈앞에 펼쳐진 강으로부터 눈을 떼지 않았다. 런던탑의 '반역자의 문'으로 향하는 오래된 입구는 벽돌로 막혀 있었다. 지나가면서 본 HMS 벨페스트(해군 선박 자체를 템스강 한가운데 계류시켜 만든 박물관—역주)에는 사람의 흔적을 볼 수 없었다. 강 주변에는 천년의 역사가 흐르고 있었다. 골든 힌드, 글로브 극장, 세인트 폴 대성당, 그리고 강을 따라 차례차례 이어진 다리들은 왕들의 처형에서부터 런던 대화재 그리고 독일의 공습까지 모든 역사를 지켜보며 그 자리를 지키고 있었다. 인간의 모든 노력, 영감, 약점, 천재성, 악마성 이 모든 것들이 결국 이렇게 슬픈 결말로 귀결되다니. 사람들은 이제 치명적인 미생물 하나 때문에 아무것도 못 하고 집 안에 웅크리고 앉아, 거리에 나서는 것조차 두려워하는 그런 존재가 되어버렸다.

맥닐은 카스텔리 박사를 돌아보며 물었다. 이제는 진실을 밝혀야 할 때가 된 것 같았다. "박사님은 이게 어떻게 된 일이라고 생각하세요?" 맥닐이 말했다. "초이와 블룸 박사 말이에요."

박사는 고개를 내저으며 말했다. "누가 알겠어요? 스타인-프랑크는 백신을 만들고 있었어요. 이 경쟁에서 선두를 차지하려고 했죠. 하지만 다른 경쟁자들이 너무 많았어요. 누구든 효과 있는 백신을 생산하면 수십억 달러를 버는 건 떼논 당상이었으니까. 유럽연합만 놓고 보더라도 연간 수억 유로의 예산을 팬데믹 상황을 대비한 백신과 항바이러스제 구입 자금으로 할당해놓거든요." 박사는 강물 저 너머를 응시했다. "하지만 사전에 백신을 생산하려면 먼저 사람 간 쉽게 전염되는 바이러스를 인위적으로 만들어야 했죠. 그리고 딱 그들의 소원을 들어줄 지니가 요술램프 속에서 나온 거예요. 경로는 모르겠지만 초이가 감염되었고 10월 짧은 방학 기간 동안 캠프에 참가하면서 수백 명에게 전파를 시키게 된 거예요."

카스텔리 박사는 깊은숨을 들이쉬었다. "아이들이 중요한 점은, 바이러스에 있어서 아주 효과적인 인큐베이터 역할을 한다는 거예요. 또 바이러스를 옮기는 데에도 아주 탁월하죠. 성인의 경우에는 감염이 되면 바로 증상이 나타나고 4, 5일 정도 지속돼요. 한데 아이들은 증상이 발현되기 6일 전부터 바이러스를 전파시키고 그 이후 최대 21일까지 바이러스를 옮기고 다녀요. 걸어다니는 시한폭탄인 셈이죠. 아이들은 자기가 감염된 사실을 꿈에도 모른 채 만나는 사람 모두에게 전파시켜요. 말하고 기침하고 재채기하면서요. 아이들이 만진 물건을 만지면 감염이 되는 거죠. 보통 잠복기간이 1일에서 3일 정도, 평균적으로 한 사람당 1.4명을 감염시키는데, 아이들은 그 수치가 월등히 높아요. 그리고 폐쇄된 지역사회 내에서는 마치 산불이 번지듯이 바이러스가 전파돼요."

"그러니까 수천 명의 아이들이 참가하는 학교 캠프는 감염된 아이를 보내기에 가장 최악의 장소인 거네요." 맥닐이 말했다.

"만약에 누군가가 생화학 테러를 하려고 한다면, 그보다 더 좋은 시나리오가 없겠죠."

"하지만 스타인-프랑크는 생화학 테러를 하려는 게 아니잖아요."

"아니죠. 그 사람들은 그저 돈을 벌려고 하는 것뿐이죠. 하지만 그들이 예상했던 것보다 사망률이 훨씬 높았어요. 뭔가 중간에 잘못되어서 결국 수백만 명이 죽게 된 거예요. 그리고 초이가 그 살아 있는 증거였을 테고요. 초이를 없앤다는 건, 증거를 없애는 것이나 마찬가지인 거죠."

맥닐은 카스텔리 박사가 하는 말에 집중하면서 박사의 논리를 쫓아가보았다. "잘 이해가 되지 않는 게 있는데, 그 아이도 다른 사람들과 똑같은 바이러스를 가지고 있을 텐데, 그걸로 증명할 수 있는 건 없잖아요."

"아니요, 그 아이의 바이러스는 달랐어요. 맥닐 씨가 본인 입으로 그랬잖아요. 실험실에서 초이의 H5N1이 유전적으로 조작된 거라고 했다면서요."

"맞네요."

"그러니까 그 아이가 가지고 있던 바이러스는 사람들이 감염된 것과 달랐던 거죠."

"어떻게 그런 일이 가능할 수 있죠?"

"바이러스는 변이되니까요." 카스텔리 박사가 마치 그게 세상에서 가장 당연한 일이라는 듯이 어깨를 으쓱했다. "플루 바이러스는 항상 변이됩니다. 연속적인 항원 변이를 하고, 재배열하고, 재조합하죠. 스타인-프랑크가 생산한 백신이 효과가 없었던 건 그 때문이에요. 물론 그들도 바이러스가 변이할 거라는 사실을 알고 있었지만, 이 정도로 달라질 줄 예상하지 못했던 거죠. 그리고 우리는 사람들이 다 죽어 나가고 있는 바로 이 바이러스가 인위적으로 만들어낸 바이러스란 걸 꿈에도 몰랐고요." 박사는 맥닐을 향해 검지를 흔들며 말했다. "하지만 여기서 주목할 점이 있어요. 초이가 이 팬데믹의 가장 중심에 있는데, 만약 우리가 초이의 바이러스와 스타인-프랑크의 백신 제조에 사용된 바이러스를 진작에 대조해볼 수 있었다면, 바이러스가 어디서 시작

되었는지 바로 알 수 있었겠죠. 그건 지문 같은 거니까요. 이해
되시죠? 그게 바로 초이를 없애야 했던 이유였던 거예요."

그들은 이제 킹스 리치를 지나가고 있었다. 워털루 다리가 바
로 눈앞에, 그리고 사우스뱅크 센터가 왼쪽에 보였다. 거기에서
도 주변 건물을 난쟁이처럼 보이게 만드는 런던아이가 그 위용
을 자랑하며 강의 남쪽에서 조용히 서 있는 것이 보였다. 런던아
이는 도시의 불빛을 받아 검은색 하늘에 반사하고 있었다. 맥닐
은 에이미가 그 꼭대기에 있는 캡슐 안에 갇혀 있다는 것을, 그
것도 그가 두 시간 전에 램베스 다리 위 불타오르는 차 안에서
꺼내준 남자에게 붙잡힌 포로 신세가 되어 있다는 것은 꿈에도
알지 못했다. 맥닐의 머릿속에 떠오른 생각은 이대로 로열 페스
티벌 홀을 지나 헝거포드 다리만 지나면 런던아이에 다다른다는
사실이었다. 그리고 만약 그곳에서 강 쪽을 바라보고 있는 사람
이 있다면 발각될 거란 사실뿐이었다. 하지만 블룸은 도로 쪽을
바라보며 기다리고 있을 것이었다. 그들이 배를 타고 도착하리
라고는 예상하지 못할 것이므로 런던아이 근처에서 배의 모터를
끄고 조용하게 부두로 접근한다면 그와 공범들을 체포할 가능성
이 있어 보였다.

차링 크로스까지 이어지는 기차 교량 양쪽에 매달린 현수교
형태로 건설된 인도용 교량 밑을 지나면서 맥닐은 박사가 이어
준 전선을 당겨 끊어버렸고 그로 인해 모터도 죽었다. 두 사람은
국방부 건물 바로 맞은편에 있는 부두로 조용히 배를 몰았다.

런던아이에서 사람들이 내리는 발판 역할을 하는 바닥으로부
터 두 갈래로 길이 뻗어 나와 있었고, 그 밑에는 커다란 크루즈

선박이 묶여 강물의 흐름을 따라 부드럽게 흔들리고 있었다. 맥닐은 하늘을 향해 치솟아 있는 거대한 구조물을 올려다보았다. 이렇게 가까이 와서 보니 런던아이의 규모가 비로소 실감이 났다. 탑승 및 하차 구역 부근의 관제실에 불빛이 들어와 있었지만 인기척은 느껴지지 않았다.

그는 배를 조심스럽게 부두로 몰고 가 배에서 뛰어내린 뒤 하얀색으로 쭈욱 뻗어 있는 난간에 밧줄로 묶어 배를 고정시켰다. 배는 조류에 흔들리며 부두의 끄트머리에 와 부딪혔다. 맥닐은 무릎을 꿇고 앞으로 몸을 기울였다. 카스텔리 박사는 그가 손을 내밀어 자신을 도와주려는 줄 알았지만 맥닐은 "여기 배에 이대로 계세요."라고 조용히 말했다. 박사가 반박하려 하자 맥닐은 잘라 말했다. "저 사람들은 살인자들이에요. 인정사정없는 인간들이라고요."

박사는 단념한 듯 배 쪽으로 몸을 돌리더니 섬에서 빼앗아 온 총을 꺼냈다. "그럼 이거라도 가져가요. 필요할 거예요."

맥닐은 고개를 저었다. "갖고 계세요. 근처에 누구라도 오면, 그걸로 쏘아버려요."

"맥닐 씨가 와도요?"

맥닐은 살짝 짜증난 표정을 지었다. "그건 예외로."

"그래요."

맥닐은 난간을 뛰어넘어 부두의 남쪽으로 이어진 경사로를 따라 올라갔다. 그곳에는 거대한 바퀴 모양으로 된, 런던아이의 토대라 할 수 있는 붉은색의 대형 모터 네 대가 자리잡고 있었다. 이 모터의 고무바퀴가 톱니바퀴처럼 돌아가며 런던아이가 회전하는 것인데 모터는 모두 멈춰 서 있었다. 관제실에서 뿜어져 나오는 빛을 제외하고는 여전히 인기척은 없었다. 맥닐은 경사로의 그림자에서 벗어나 투명한 아크릴판 도보 밑을 이삼십 미터 정도 사뿐사뿐 뛰어 탑승 구역 안으로 진입했다. 밑으로 지나가면서 살펴보니 나선형 계단이 어둠 속으로 쭉 이어져 있고, 거대한 모터를 보수 유지할 때 사람이 들어갈 수 있는 입구가 있었다. 위쪽은 쇠창살 문으로 막혀 있었다. 문 위를 올라타고 넘어가니 덜커덩하는 소음이 발생했다. 그 앞에는 지그재그 형태로 탑승 구역까지 올라가는 경사로가 이어졌다. 비상사태 이전에는 수많은 사람들이 런던아이를 타는 즐거움을 누리기 위해 줄을 서 기다리곤 했던 그곳이 이제는 개미 새끼 한 마리 없이 텅 비어 음산할 정도로 고요했다. 바람이 바큇살 사이를 스쳐 지나가며 나는 소리와 벌거벗은 나뭇가지를 흔들고 가는 소리만 들려왔다. 남자 허벅지 두께 정도 되는 두꺼운 케이블이 구조물을 단단히 고정하고 있었다. 원형 부스가 두어 개 있었는데 전부 닫혀 있었다. 텅 비어 있는 카페 테라스, 그리고 그 너머에는 한때 아이들이 떠드는 소리로 생기가 가득했지만 이제는 슬프게도 아무 소리도 들리지 않는 놀이터가 있었다.

블룸은 파시즘에 대항했던 스페인 사람들을 지원한 국제여단을 추모하기 위한 조각상 옆에 서 있었다. 조각상은 주먹을 하늘 높이 들어 올린 채, 천국을 바라보는 모습이었다. 국제여단에 참여했던 사람들의 4분의 1은 목숨을 잃었다. 블룸은 갑자기 들려온 맥닐의 목소리에 황급히 고개를 돌렸다.

"에이미를 어떻게 했는지 말할 시간 딱 30초 준다. 아니면 당신 목을 부러뜨려버릴 거니까."

블룸의 긴장감은 곧 흡사 안도감에 가까운 미소로 변화했다. "음, 맥닐 씨, 그건 조금 성급하신 생각 같군요. 나한테 무슨 일이라도 생기면 에이미의 목이 몇 번은 더 부러질 거예요."

"에이미는 어디 있지?" 맥닐은 어리둥절했다. 블룸에게 접근하기 전에 분명히 여긴 없는 걸 확인했는데. 하지만 이렇게 아무런 보호장치 없이 혼자 노출된 상황에서도 여유롭고 기세등등한 것을 보면 뭔가 꿍꿍이가 있는 게 틀림없었다.

블룸은 고개를 뒤로 기울여 높은 하늘을 향해 바라봤다. "저기 위에." 잠시 동안 맥닐은 그가 무슨 말을 하는지 어리둥절했다. 그러다 블룸의 시선을 쫓아가면서 그가 런던아이를 말하고 있다는 것을 알아차렸다. 블룸은 혼란스러워하는 맥닐을 보고 미소 지었다. "바로 저기 꼭대기." 그가 말했다. "가장 최고의 자리죠. 게다가 무료로 올라갔어요. 하지만 내려오는 길은 굉장히 멀겠죠. 당신이 말을 안 듣는다면."

맥닐은 그를 노려보았다. 몸속의 모든 세포들이 그 남자를 바닥에 때려눕혀버리라 하고 있었다. 그 충동을 자제하기 위해 엄청난 노력이 필요했다. "원하는 게 뭐야?"

"당신이 알고 있는 게 뭔지 알고 싶어요. 그리고 그에 대해 알고 있는 사람들이 누구인지도."

맥닐은 동상을 받치고 있는 검은색 대리석 주각에 각인된 글귀에 시선이 꽂혔다. *그들의 눈에는 다른 길이 보이지 않았기에 이 길을 택한 것이다.* 마침내 맥닐이 입을 떼었다. "사고가 있었다는 걸 알아. 그리고 당신들이 연구하고 있던 독감 바이러스에 초이가 감염되었고. 당신들의 주의 소홀로 이 팬데믹이 시작되었다는 것도."

블룸은 눈알을 굴리더니 고개를 내저었다. "그렇게 생각해요?" 그가 말했다. "정말? 진짜 자애로운 해석이네요."

"무슨 말이지?"

"그건 사고가 아니었어요, 맥닐 씨. 우리는 실수로 초이를 감염시킨 게 아닙니다. 의도적으로 감염시킨 다음 팬데믹을 촉발할 거를 알면서, 아니 바라면서 초이를 캠프에 보낸 거예요."

맥닐의 예상과는 다르게 이야기가 흘러가고 있었다. 블룸이 고백한 짓거리는 숨이 막히는 수준이었다. 맥닐은 기가 막혀 할 말을 잃고 그저 "왜지?"라고 물을 뿐이었다.

블룸이 한숨을 쉬었다. "말하자면 길고 가슴 아픈 이야기입니다. 스타인-프랑크는 파산하기 직전이었죠. 아주 급격하게 무너지고 있었어요. 사실 그 전까지는 잘 굴러가고 있었는데……돈을 좀 썼으니까. 세계보건기구의 일부 관료들이 플루킬을 예견된 조류독감 팬데믹의 항바이러스제라고 발표해주었습니다." 그는 씁쓸하게 미소를 지었다. "경쟁사인 로슈는 탐탁지 않아했죠. 타미플루가 설 자리가 없어졌으니까." 그는 팔짱을 끼고 국제여단 조각상에 기대었다. "그러자 서구 주요 국가들이 수십억 달러 규모의 주문을 해왔어요. 근데 돈을 벌려면 먼저 투자를 해야 했어요. 그래서 돈이 들어오기 전이었지만 먼저 생산라인에 크게 투자를 했습니다. 수요를 충족시키기 위해서 공급을 늘려야 하니까요. 프랑스에 새로운 생산라인을 만들었습니다. 모든 달걀을 한 바구니, 아니 이 경우에는 한 둥지 안에다가 몰아넣었다는 표현이 맞겠네요. 하지만 당시에는 모든 것이 너무나 확실해 보였습니다. 모두가 플루킬을 원했으니까요. 그러다가 베트남, 캄보디아, 중국에서 조류를 수백만 마리 살처분하기 시작했습니다. 수백만 마리! 경제적인 손실이 상상을 초월했지만 어찌됐든 그렇게 강행했습니다. 그리고 조류독감 바이러스의 위협이 사그라들면서 언론보도에서도 공포를 조장하는 내용의 뉴스가 사라지기 시작했고, 세계보건기구조차도 다른 현안에 집중하기 시작했죠. 전 세계 각국 정부에서는 플루킬에 배정해놓은 예산을 다른 곳에 쓰겠다며 구매를 취소하기 시작했습니다. 그렇게 주문이 대거 취소되었고, 새로 들어오는 주문도 없었죠. 스타인-프랑크는 완전히 끝난 목숨이나 다름없는 상황이 되어버렸습니다. 아, 돈은 여전히 충분히 있었죠. 문제는, 다 엉뚱한 데 가 있었다는 겁니다. 아무도 더 이상 원하지 않는 약을 생산하는 데에."

마치 가을 아침 안개가 걷히듯이 맥닐의 머릿속에 그림이 선명하게 그려졌다. "그래서, 약을 팔 수 있는 시장이 한순간에 없어졌으니까, 직접 시장을 만들기로 했군."

블룸은 천천히 고개를 끄덕였다. "그렇게 되었다고 할 수 있죠. 불장난과 다름없다는 걸 알고 있었지만 우리가 통제할 수 있을 것이라고 믿었습니다. 사람 간에 전파되는 H5N1 바이러스를 만들고, 이의 감염을 막아줄 백신을 만들어서 배포하는 계획이었죠. 물론 플루킬 주문을 먼저 다 소화한 후에 백신 배포. 바이러스가 변이를 일으킬 것이라는 사실을 알았지만 백신이 처리할 수 있는 범위 내에 머무를 거라고 생각했습니다. 하지만 그 생각이 오산이었던 겁니다."

블룸은 맥닐을 바라보았고, 맥닐은 그의 눈에서 후회의 빛을 읽었다. 그러나 맥닐은 그 후회가 죽은 사람들의 목숨에 대한 후회가 아니라는 것을 알고 있었다. 처음 이 짓을 시작한 이유가 지극히 상업적이었듯이, 그저 일이 잘못되어 이로 인한 장사꾼으로서의 예상이 어긋난 데 대해 유감이었던 것이다. "수백만 명이 목숨을 잃을 거요." 맥닐이 말했다. "이미 수백만이 죽었고."

블룸은 짜증난 듯이 말했다. "그게 무슨 차이죠? 백만 명이건, 천만 명이건. 그저 숫자일 뿐이에요."

"당신 말이 맞아." 맥닐이 말했다. "하지만 개개인의 목숨을 생각하면 달라지지. 그게 본인한테 닥쳤거나 혹은 가까운 사람이 되었을 때는 더 이상 남의 일이 아냐."

"맞는 말씀입니다."

"아들을 잃었다면?"

블룸이 그를 쳐다보았고, 처음으로 그의 자신만만한 태도가 확연히 흔들렸다. "미안하게 생각합니다." 그가 말했다.

"아니, 당신은 미안하지 않아. 당신이 내 아들을 죽였어. 직접 총을 들고 머리에 쏴서 죽인 거나 마찬가지라고. 당신이 뼈에서 살을 발라낸 그 조그마한 중국인 여자아이, 그니까 바로 당신 딸한테 한 짓과 똑같은 짓이야."

블룸은 경멸스러운 입술 사이로 한숨을 내쉬었다. "그 애는 내 딸이 아닙니다. 심지어 내가 입양한 것도 아니에요. 서류를 한번 확인해보시죠. 월터 스미스 부부란 이름으로 입양이 되어 있을 겁니다. 사실은 우리가 국제시장에서 그 애를 산 거죠. 요즘 같은 시대에도 얼마나 저렴하게 사람을 살 수 있는지 아시면 놀랄

걸요. 정말로. 그리고 그 애처럼 기형적인 외모를 가진 아이는, 정말 몇 푼도 안 합니다."

맥닐은 에이미가 두개골을 통해 복원해낸 아이의 얼굴을 머릿속에 떠올리며, 아이가 겪었을 끔찍한 순간들을 생각해보았다. 낳아준 친부모에게 버려지고, 국경을 건넌 인신매매. 살면서 그 아이가 무자비하게 자신을 착취하는 어른들 손에 겪었을 고통이 어떤 것인지 아무도 모를 것이었다. 불우한 어린 시절을 보내던 어느 날 갑자기 부유한 런던 교외 지역에서 학교를 다니게 되고 방학 때는 캠프에 가면서 어쩌면 죽었다가 깨어나 천국에 온 것이 아닐까 생각했을지도 모르는데. 그런 아이를 결국 치명적인 바이러스에 감염시키고, 아이가 바이러스를 이기고 살아나자 믿었던 어른들이 죽음으로 몰고 간 아이의 운명은 너무 가혹했다.

"감염되었을 때 죽었어야 했는데." 블룸이 말했다. "그리고 화장을 해서 깔끔하게 없앴어야 했는데. 그 애가 살아남으리라고는 아무도 예상 못 했죠. 하지만 살아 있는 증거를 그대로 내버려 둘 수는 없었어요. 특히나 HPA에서 나온 여자가 들쑤시고 다니는 마당엔 더더욱……."

"이 쓰레기만도 못한 인간." 맥닐이 말했다. 그리고 한 발자국 다가가자 블룸이 코트 주머니에서 작은 권총을 꺼내 맥닐을 향해 어설프게 겨눴다.

"너무 가까이 오면 안 됩니다." 블룸이 말했다. "우리랑 협상할 생각은 없나요? 맞습니까?"

맥닐은 입술이 분노로 떨리는 것을 느꼈다. "없어. 전혀."

"그럼 어쩔 수 없이 당신을 죽여야겠군요."

"그럼, 그러셔야겠지." 맥닐의 시야에 카스텔리 박사가 마치 결심한 듯이 동상 뒤에서 뛰쳐나오는 것이 보였다. 박사는 총으로 블룸의 머리를 내리쳤다. 블룸이 관자놀이 바로 윗부분을 맞고 바닥에 엎어졌다. 그 바람에 그의 권총은 바닥으로 털털거리며 굴러갔다.

"이 혐오스러운 새끼야!" 박사가 말했다. "돈 때문에 그 많은 사람들을 죽게 하다니! 정말 믿을 수가 없다. 네놈이…… 그 아이를 보내 사람들을 감염시키고, 세상에, 그 불쌍한 아이를 죽음의 천사로 만들고. 너 같은 인간은…… 너 같은 건……." 박사는 더 이상 자신의 분노를 표현할 방법을 찾지 못하고, 대신 총을 끙끙대고 어깨에 올려 메고는 서투른 솜씨로 블룸을 향해 겨눴다. 블룸은 팔꿈치를 짚고 일어나면서 한 손으로는 마치 손바닥으로라도 총알을 막아보겠다는 듯이 얼굴을 가렸다.

"안 돼, 쏘지 마!" 그가 소리쳤다.

맥닐이 다가가 총구를 하늘로 향하게 한 뒤 박사에게서 총을 빼앗았다.

"저 인간을 죽이고 싶지 않아요?" 카스텔리 박사는 분노했다. 그토록 작은 몸에서 그렇게 들끓은 분노와 혐오가 표출될 수 있다는 것이 믿기 힘들었다. "당신 아들을 죽인 사람이에요."

하지만 맥닐은 고개를 저을 뿐이었다. "나는 복수를 하고 싶은 게 아니에요." 그가 말했다. "내가 원하는 건 정의예요. 저 사람이 자기가 한 일이 가져온 결과에 대해 책임을 지게 할 겁니다. 법정에 가서 심판받고 남은 인생 동안 교도소에서 썩으며 매일매일 아니 매 순간 살아 있는 걸 후회하게 만들 거예요."

카스텔리 박사가 깊은숨을 들이쉬고는 코를 찡끗하는 표정을 지었다. "어차피 총 쏠 줄도 몰라요."

맥닐이 말했다. "먼저 안전핀부터 제거하면 돼요."

그때 총탄이 한 발 날아와 카스텔리 박사가 헉하고 쓰러졌다. 돌아보니 땅에 엎어져 있어야 할 블룸이 일어나서 권총을 들고 있었다. 이제 그는 총구를 맥닐에게 향한 뒤 또다시 방아쇠를 당겼다. 하지만 아무 일도 일어나지 않았다. 그는 다시 한번 방아쇠를 당겼다. 여전히 아무 일도 일어나지 않았다. 그는 총을 던져버리고 비틀거리며 런던아이를 향해 뛰어가기 시작했다.

카스텔리 박사는 조각상에 기대어 숨을 몰아쉬며 피가 흐르는 왼쪽 가슴을 오른손으로 누르고 있었다. "총에 맞았네." 박사가 말했다. 마치 총에 맞는 일이 이렇게 쉽게 일어날 수 있다는 것이 놀랍다는 듯한 말투였다. 맥닐은 박사 옆에 무릎을 꿇고 앉았다. "어떡하죠?"

"저 사람을 따라가요."

"이렇게 두고 갈 수 없어요."

"심장을 비껴갔어요. 안 그랬으면 벌써 죽었을 거예요." 박사가 말했다. "그리고 아직도 숨이 잘 쉬어지는 거 보니까 폐도 비껴간 것 같네. 어서!"

맥닐은 더 이상 지체할 수 없었다. 그는 돌아서서 블룸을 쫓아가기 시작했다. 무엇보다 에이미를 찾아야 했다. 저 꼭대기에 있는 캡슐에 에이미 혼자서 올라가진 않았을 것이었다.

하지만 런던아이에 가까워지자 블룸이 시야에서 사라져버리고 말았다. 관제실로 뛰어 들어가보았지만 텅 비어 있었다. 두

리번거리는 맥닐의 귀에 어디선가 금속에 신발 부딪히는 소리가 들려왔다. 런던아이의 북동쪽 방향, 거대한 모터 옆에 이어진 두 개의 나선형 계단을 따라 올라가는 블룸의 발소리였다. 블룸은 왼쪽 계단을 통해 바퀴의 외곽 테두리를 따라서 아주 힘겹게 위로 올라가고 있었다. 맥닐이 그 뒤를 따라갔지만 그가 계단에 도착했을 때 블룸은 이미 원형 사다리로 옮겨간 이후였다. 맥닐은 황망한 눈으로 위를 올려다보았다. 블룸은 제정신이 아니었다. 에이미가 갇혀 있는 꼭대기까지 그렇게 기어서 올라갈 수 있다고 생각하는 듯했다. 뾰족한 대안이 없는 맥닐은 그를 따라 올라가기 시작했다.

나선형 계단의 꼭대기에 다다라서 맥닐은 아래쪽에 있는 카스텔리 박사를 내려다보았다. 박사는 난간에 기대어 맥닐을 쳐다보고 있었다. "이걸 작동할 수 있을지 한번 찾아봐주세요!" 맥닐은 그렇게 소리치고 사다리의 굽은 커브 안쪽으로 몸을 날렸다. 그리고 고개를 들어 위를 올려다보았다. 블룸이 2, 3미터 정도 앞선 위치에서 귀신에 홀린 사람처럼 사다리를 한 칸씩 올라가고 있었다. 맥닐도 그를 따라 오르기 시작했다. 밴드로 붙여놓은 화상 입은 손가락이 아려왔다.

너무 빨리 속도만 생각하고 오르다간 낭패를 보게 될 게 뻔했다. 사다리를 한 칸씩, 한 발자국씩 안정적으로 올라가는 것이 더 중요했다. 절대로 내려다보면 안 된다. 이 생각이 머리에 스치는 순간 그는 아래를 내려다보았다. 그 짧은 시간 동안 믿을 수 없을 만큼 높이 올라와 있었다. 심장이 터져버릴 것 같았다. 순간 발을 헛디뎌서 거의 떨어질 뻔했다. 공포가 엄습해왔다. 위를 봐야 해, 그는 스스로에게 다독였다. 그리고 그 와중에 블룸이 런던아이 바퀴 곡선을 따라 올라가기 위해 사다리 안쪽에서 바깥쪽으로 옮겨가는 모습이 보였다. 맥닐도 다시 속도를 내기 시작했다.

매서운 바람이 불어와 재킷 사이를 지나 맥닐 주변의 바큇살 사이를 통과하며 휘파람 소리를 내고 지나갔다. 타들어가던 손은 이제 추위에 감각을 잃어가고 있었다. 기울어진 사다리 때문에 뒤로 엎어질 것 같았다. 옮겨갈 타이밍이었다. 그는 바깥쪽 사다리 칸을 잡고 더듬어 발판을 찾았다. 이제 팔 힘도 거의 남아 있지 않았다. 온 힘이 다 방전되어버린 것 같은 순간 맥닐은 잠깐 바퀴 모서리에 그냥 매달려 있었고, 그때 발밑의 도시가 기묘한 각도로 기울어져 눈에 들어왔다. 배터시 발전소의 굴뚝 네 개에서 시체 소각 연기가 올라오는 것이 보였다. *나는 생각한다, 고로 나는 할 수 있다. 아이디어의 시대에 도착하신 여러분 환영합니다.* 카진스키를 찾으러 그곳에 갔던 게 아주 먼 옛날 일처럼 느껴졌다.

왼쪽 편 세인트 토마스 병원 너머로는 이 모든 것이 시작된 건축 현장이 보였다. 어제 아침 그는 자기 몸집에는 한참 작은 싱글 침대에 누워서 무단결근 상상을 하고 있었다. 그리고 어제 이맘때 션은 아직 살아 있었다. 모든 것을 내려놓는 일이 얼마나 쉬운지. 그냥 이 어둠 속으로 사라져서 이 모든 것을 끝낼 수도 있겠다는 생각이 들었다. 죽는다면 사는 것이 너무 쉬울 듯했다. 너무나 달콤한 유혹이었다. 이 생각이 맥닐을 사로잡았다. 에이미가 떠오르기 전까지는.

그는 이를 갈며 다시 위로, 위로 올라가기 시작했다. 바퀴의 바깥쪽 커브를 따라 꼭대기를 향해 갔다. 그를 자유롭게 풀어주려 바람이 불어와 옷을 세차게 흔들어댈 때 맥닐은 목숨을 부지하기 위해 런던아이 꼭대기에 필사적으로 매달려 웅크리고 있었다. 바로 위 캡슐 안에서 두 사람이 움직이는 게 보였고, 가운데쯤 그림자에 가까운 존재가 있었다. 아마 그 그림자가 에이미일지도 모른다는 생각이 들었지만 확실하지 않았다. 확실한 것은 블룸이 무사히 캡슐 안으로 들어갔다는 것이고, 그 자신은 아직 얼음장같이 차가운 야밤, 템스강 위 120미터 상공에 매달려 있다는 사실이었다. 사다리 몇 개만 더 건너면 캡슐 바로 아래에 도달할 것이고, 캡슐 안의 사람들은 바로 밑에 있는 맥닐을 보지 못할 것이었다. 맥닐은 그 거대한 구조물에 매달려서 목을 빼고 위를 쳐다보았다. 캡슐의 문은 활짝 열려서 양쪽으로 미끄러져 나와 있었다. 몸을 날려 왼쪽 문에 매달린 후 캡슐을 타고 내릴 때 쓰이는 발판을 지지대로 삼아 안으로 들어가면 될 것 같았다.

그는 캡슐이 드리운 그림자에 숨어 연신 불어오는 바람에 몸을 맡기고 눈을 감고서 용기를 불러 모았다. 실패하면 끝이었다. 바로 밑의 동상에서 보았던 글귀가 떠올랐다. *그들의 눈에는 다른 길이 보이지 않았기에 이 길을 택한 것이다.* 그는 눈을 떴다. 이제 움직여야 할 때가 되었다.

그가 몸을 힘차게 흔들어 캡슐의 문을 조정하는 기압용 바를 잡으려 했을 때 런던아이가 갑자기 부르르 몸을 떨더니 움직이기 시작했다. 카스텔리 박사가 조정 방법을 알아낸 모양이었다. 하지만 그 바람에 맥닐은 바를 놓쳤고, 붕대를 감은 손은 허공에 날린 채 몸 전체가 뒤로 기울어지고 말았다. 눈 아래 펼쳐진 런던 도시 전체가 기우뚱하더니, 강이 90도 각도로 기울어져 보였다.

팔꿈치가 승선용 플랫폼에 부딪쳤고 얼굴이 캡슐 바닥에 같은 높이로 올라가 맥닐은 캡슐 안을 들여다보게 되었다. 손은 계속 미끄러지고, 다리는 허공에 매달려 있으며, 곧 떨어질 것처럼 위험했다. 에이미의 비명 소리가 들리는 듯했다.

***

바퀴 끝에 매달린 채 손을 뻗어 캡슐 안으로 들어오려는 스미스 씨를 발견하고 핑키는 경악했다. 스미스 씨가 악마에 쒼 사람 같다고 항상 생각하고는 있었지만 지금 그의 눈앞에 펼쳐진 광경은 그 도를 넘는 경이로운 풍경이었다.

그리고 이어서 맥닐이 등장했다. 맥닐의 재킷은 바람 속에 펄럭이고 있었고 거꾸로 뒤집힌 얼굴은 창백하고 두려움이 가득한 모습이었다. 그처럼 덩치도 크고 힘도 센 맥닐이 그렇게 연약해 보일 수가 없었다.

하지만 이제 모든 게 어떻게 되든 핑키에게는 더 이상 상관없는 일이었다. 맡은 일을 다 완수했으니 이제는 빠져줄 타이밍이었다. 핑키는 의식이 혼미한 상태였고 당장 쓰러질 것 같았다. 그때 맥닐의 커다란 덩치가 그들이 탄 캡슐 입구에서 왔다 갔다 하고 있었다. 맥닐은 바깥쪽 어딘가 귀퉁이에서 펄럭거리며 안으로 들어오기 위해 허우적거리고 있었다.

스미스 씨가 저주의 말을 퍼부으며 문 쪽으로 가더니 맥닐의 얼굴을 차고는 그의 붕대 감은 손을 짓밟고 올라섰다. 핑키의 눈에 화상 입은 손과 그 손을 감싸고 있는 너덜너덜한 붕대가 들어왔다. 그 순간 화염 속을 뚫고 들어와 불길에 싸인 차 안에서 자신을 꺼내준 사람이 맥닐이라는 사실이 떠올랐다.

"안 돼!" 핑키가 스미스 씨에게 외쳤다. 하지만 허덕이는 호흡 속에 딸려 나온 그의 목소리는 작은 속삭임으로 들릴 뿐이었다. "이건 아녜요." 핑키가 말했다. 하지만 스미스 씨는 그의 말을 듣고 있지 않았다. "그만해!" 핑키가 고함을 쳤다. 무섭게 들끓는 목소리였다. 이번에는 스미스의 귀에도 그의 목소리가 들렸다. 스미스는 고개를 돌렸고 핑키는 SA80 총을 집어 들었다.

"핑키, 지금 뭐 하는 거지?"

탄창에 남아 있는 총알들이 스미스를 문 바깥으로 밀어냈다. 그리고 그는 마치 죽음의 천사와 같은 모습으로 밤의 어둠 속으로 사라졌다.

맥닐은 떨어지기 일보 직전이었다. 이제 더 이상 버틸 힘이 없었다. 에이미가 어찌할 바를 몰라하며 흐느끼는 소리가 들려왔다. 핑키는 안타까웠다. 그래서 총을 내려놓고 문 쪽으로 비틀비틀 걸어갔다. 맥닐과 눈이 마주쳤고 그 눈에서 두려움을 보았다. 그리고 자기의 목숨이 얼마 남지 않았음을 느꼈다. 핑키는 무릎을 꿇고 속삭였다. "미안해요." 그 말은 진심이었다. 하지만 아무도 자신의 목소리를 알아들을 수 없으리란 것도 알고 있었다.

핑키는 맥닐의 손이 미끄러지는 순간 그 손을 붙잡았다. 이제 맥닐의 목숨은 그를 잡고 있는 핑키의 손에 달려 있었다. 어쩌면 둘이 함께 떨어져 죽게 될지도 몰랐다. 혹은 이 죽어가는 손으로 한 생명을 구한다면, 이때까지 찾지 못했던 인생의 의미를 찾게 될지도 모를 일이었다.

맥닐은 눈을 감았다. 지금 이 상황이 이해가 되지 않았다. 하지만 죽음을 목전에 둔 순간 어떤 질문이 의미가 있을까? 맥닐은 자기 손을 잡고 있는 이 남자가 바로 램베스 다리 위의 그 사람이라는 것을 짐작할 수 있었다. 그리고 지옥 같은 몇 시간을 더 살게 된 사람이 그 시간을 안겨준 사람에게 고마워할 이유는 없을 텐데라고 생각했다. 맥닐은 불에 타 늘어진 한쪽 팔 끝에 매달려서 그 남자의 눈을 쳐다보았다. 마치 심연을 본 느낌이었다. 텅 빈 커다란 공간 안에 아무것도 없는 것 같았다. 다른 쪽 손이 내려와 그의 목덜미 옷의 칼라를 잡고 당기기 시작했다. 초인적인 힘이었다. 양다리를 문 양쪽에 하나씩 걸고 맥닐을 끌어올리는 동안 핑키의 폐에서는 쌕쌕거리는 깊은 숨소리가 울려퍼졌다. 맥닐은 가까스로 문가를 손으로 붙잡고 무릎을 난간에 올려 안쪽으로 기어 들어가 바닥에 철퍼덕 엎드려 누웠다. 그에겐 아무 힘도 남아 있지 않았다.

얼마나 지났을까 겨우 뒤돌아 자신의 구원자를 찾아보았지만 그곳에는 아무도 없었다. 핑키는 자신의 영혼과 같은 심연 속으로 몸을 날린 후였다.

고개를 돌리니 눈물범벅이 된 에이미의 얼굴이 보였다. 그는 젤리처럼 흐물흐물해진 다리를 짚고 일어서 에이미 옆으로 가 그녀를 끌어안았다.

저 멀리 동쪽 강 상류에서 비춰오는 희미한 빛이 겨울 하늘에 반사되어 비치기 시작했고 맥닐은 코끝이 간지럽고, 목구멍 깊은 곳이 따가웠다.

끝

감사의 말

이 소설을 쓰기 위해 사전 조사를 진행하는 동안 저에게 시간과 재능을 할애해주신 모든 분들께 감사의 말을 전합니다. 그중에서도 특히 병리학자이자 캘리포니아 샌디에이고의 의학 조사관인 스티브 캡맨 씨, 서부 온타리오 대학 유전학 명예교수인 조 커민스 교수, 영국 범죄 치과학 협회 전 회장인 프레디 마틴 박사, 북부 지역 담당 조지 머레이 형사님께 감사드립니다. 그레이엄과 피오나 케인은 집 구조를 그대로 쓸 수 있도록 허락해주었고, 알리슨 캠벨 젠센은 계피와 정향을 주셨습니다. 감사합니다.

옮긴이의 말

2020년 1월 해외 출장을 마치고 돌아오는 길. 언제나처럼 비행기 거의 맨 뒷자리에 탔던 나는 꼴찌로 내려 한적한 인천공항의 긴 복도를 내려오고 있었다. 이제 여권을 준비해야 하나 싶을 때쯤 한쪽에 구름처럼 몰려서 있는 사람들이 눈에 들어왔다. 뭔일인가 고개를 빼고 보니 줄을 세우던 공항 관계자가 어디에서 들어오느냐고 묻는다. 로마라고 답하는 나에게 그럼 저쪽으로 그냥 나가란다. 이쪽은 중국에서 들어오는 사람들 줄이라고. 한편으로는 줄을 안 서도 된다는 안도감, 한편으로는 괜히 새치기한 듯한 미안한 마음으로 통관을 하고 집에 돌아온 그때는 꿈에도 몰랐다. 이게 몇 년 동안 계속될 코로나 시대의 서막이란 것을. 그리고 앞으로 출장은 물건너갔으며, 다시 가도 무지 불편하고 복잡한 절차가 따르게 되리란 걸.

내가 들어오고 중국에 교환학생으로 가 있던 딸도 곧 귀국했다. 그리고 며칠 후 딸아이가 중국에서 만났던 미국 친구가 우리 집으로 피신을 왔다. 하지만 코로나는 얼마 안 되어 우리나라로 진격, 먼저 대구를 급습했고 그 미국인 친구는 다시 코로나를 피한 망명길에 올라 영국으로 향했다. 그땐 우리도 몰랐다. 영국을 비롯한 유럽 전역에 코로나가 창궐하는 건 시간문제라는 걸. 그리고 우리는 아무 데도 숨을 곳이 없다는 것을.

20여 년을 통역사로 살아온 내 인생은 그 후로 긴 쉼표를 맞았다. 당장 2월로 잡혀 있던 회의 일정부터 취소되더니, 3월로 잡혀 있던 일은 가을로 미루어지고 그렇게 시작된 기나긴 공백. 수많은 사람들이 지나온 그리고 지금도 지나고 있을 긴 터널의 시작. 가을이 되었으나 코로나는 끝날 기미가 보이질 않았고, 가을로 연기되었던 회의는 결국 내년으로 또 연기. 그때부터 정말 내년에는 가능할까? 하는 의심을 품게 되었고, 그러는 사이 국제회의를 온라인으로 하는 시대, 따라서 통역도 온라인으로 하는 시대의 막이 올랐다. 그리고 같은 나라에 있는 학생들과도 대면을 못 하고, 줌으로 수업을 하는 상황이 되어버렸다.

그렇게 명함만 프리랜서, 현실은 백수로 살기를 몇 달. 어느 날 그동안 멀어져 있던 책 번역 작업을 해보지 않겠냐는 의뢰가 들어왔다. 그렇게 『락다운』을 접하게 되었고, 책을 번역하며 그나마 책에서 묘사한 만큼까지는 상황이 치닫지 않은 데 감사하며 마음을 다독이는 계기가 되었다.

경험을 토대로 순간을 견디며 사는 힘을 얻을 때도 있다. 그 경험은 꼭 내가 한 경험이 아니어도 힘을 주기도 한다. 사는 게 힘들 때 김훈의 『칼의 노래』를 떠올리며 이 순간이 적어도 생과사를 오가는 순간이 아님에, 그리고 내게 주어진 과제가 나를 비롯한 휘하 부하들과 백성의 목숨을 책임지는 결정을 해야 하는 것이 아닌 아주 하찮은 것임에 감사하며 견디어지는 순간들이 있었다.

이 책을 번역하면서 코로나를 견디며 살아온 내 일상이 적어도 맥닐이 지나온 가슴 아픈 터널은 아닌 것에 감사했고, 또 그렇게 어두운 상황에도 빛과 같은 존재가 있음에 고마웠고, 그리고 그 존재의 이야기를 내가 번역하였다는 사실에 행복했다.

아직 힘든 시기를 거치고 있는 분들에게 잠시나마 현실과 비슷하지만 현실이 아닌 이야기 속에서 내 옆의 시간을 잊을 수 있는 시간이 되길 바라며, 어떤 식으로든 이를 통해 다시 오늘 하루를 열심히 살아나가는 작은 힘을 얻을 수 있다면 더욱 바랄 것이 없겠다.

이런 순간에도 모두가 자기 일에 집중하여 내가 일을 시작할 때 달성하고자 했던 본질에 더욱 가까워지려 노력한다면 이 시기가 조금은 덜 힘들고, 같이 살아가는 동료들에게도 힘이 되지 않을까 한다. 요즈음 내 마음에 건반을 두드리고 있는 그 젊은 피아니스트처럼······.

옮긴이 고상숙

연세대학교 영문과, 한국외대 통번역대학원 한영과를 졸업했다. KBS에서 외신 번역과 통역을 담당하다가 현재는 프리랜서 통번역가로 활동하고 있다. 옮긴 책으로는 『위험한 시간 여행』 『세상 끝의 카페』 『사막을 건너는 여섯 가지 방법』 『레드 세일즈 북』 『아이를 바꾸는 교육의 절대 원칙 11』 『희망과 함께 가라』 등이 있다.

락다운

초판 1쇄 발행   2022년 10월 20일

지은이   피터 메이
옮긴이   고상숙
펴낸이   김요안
편집   강희진
디자인   장지영

펴낸곳   북레시피
주소   서울시 마포구 신수로 59-1
전화   02-716-1228
팩스   02-6442-9684
이메일   bookrecipe2015@naver.com | esop98@hanmail.net
홈페이지   www.bookrecipe.co.kr | https://bookrecipe.modoo.at/
등록   2015년 4월 24일(제2015-000141호)
창립   2015년 9월 9일

ISBN 979-11-90489-63-8 03840

종이·화인페이퍼 | 인쇄·삼신문화사 | 후가공·금성LSM | 제본·대흥제책